가

을

주

의

보

가
을
주
의
보

초판 1쇄 인쇄일 2016년 11월 25일
초판 1쇄 발행일 2016년 11월 29일

지은이 | 정은향
펴낸이 | 김기선
편집장 | 김은지

펴낸곳 | 와이엠북스(YMBOOKS)
출판등록 | 2012년 7월 17일 (제382-2012-000021호)
주소 | 서울시 도봉구 노해로 379, 1005호(창동, 대성빌딩)
전화 | 02)906-7768 / **팩스** | 02)906-7769
E-mail | ymbooks@nate.com

ISBN 979-11-322-3966-6 03810

값 9,000원

가을주의보

정은향 장편소설

YMBOOKS
ROMANCE STORY

BOOKS

차 례

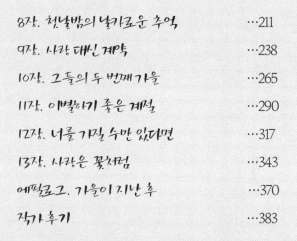

프롤로그. 늦가을의 정사

창밖에는 바람이 불고 있었다. 바람은 더 이상 푸르고 투명하지 않았다. 얼마 전까지만 해도 온화하고 다정하던 가을바람은 이제 더 이상 그곳에 없었다.

어느덧 싸늘해진 공기는 황량하게 서걱거리는 찬 기운을 품고서, 제가 주었던 온기들을 냉정하게 빼앗아가고 있었다. 이제 곧 다가올 겨울을 경고하는 듯이.

진경은 오전 내내 모니터 위에서 혹사당해 뻑뻑해진 눈을 들어 창밖을 바라보았다. 블라인드 사이로 보이는 희끄무레한 회색의 도시는 평소보다도 더 음울하고 황량해 보였다. 짙푸르게 빛나던 가을 하늘은 어느새 흔적도 없이 사라지고, 창밖에는 낮게 깔린 구름이 뿜어내는 우울한 회색빛만이 가득했다.

가을엔 우울증을 주의하세요.

오늘 아침 뉴스에서 보았던 앵커의 말이 문득 떠올라서 진경은 쓴웃음을 지었다. 가을우울증. 자신이 지금 앓고 있는 병의 이름은 그런 것일지도 모르겠다는 생각이 불쑥 들어서였다.

가을은 참 이율배반적인 계절이었다. 만물이 가장 아름다운 전성기를 맞는 풍요의 계절이지만, 어느 한순간을 기점으로 모든 것이 시들어가는 죽음의 계절이기도 했다. 모든 것을 허락한다는 듯 자애롭게 웃음 짓던 가을의 햇살은 어느 순간 미소를 거두고 차가운 모습으로 돌아서고 만다. 찬란하던 풍요의 가을이 갑작스럽게 끝나버리고 예기치 않은 죽음의 시기가 도래하게 되면, 결국 그 상실의 고통을 견디지 못한 사람들은 가을의 우울증을 앓게 되는 것이다. 바로 지금의 진경처럼. 가장 아름다우며, 또 가장 잔인한 계절. 그것이 바로 가을이었다.

햇볕을 많이 쬐세요. 일조량의 부족은 우울증의 원인이 될 수 있습니다.

TV에 나온 전문가는 자신 있는 표정으로 그렇게 말했다.

햇볕을 쬐면 세로토닌과 도파민같이 행복한 기분을 만드는 호르몬이 분비됩니다. 가을이 되면 일조량이 줄면서 이런 호르몬 분비가 줄어들어 우울증을 유발하게 되는 겁니다.

보톡스를 한껏 맞은 듯한 TV 속 그녀의 얼굴은 조금 어색하게 부풀어 올라 있긴 했지만, 나이답지 않게 뽀얗고 탱탱한 피부를 지니고 있었다. '너의 우울증 따위는 아무것도 아니야. 그저 호르몬의 장난질일 뿐이지.' 하고 단언하는 듯한 확신에 찬 표정으로, 그녀는 카메라 너머의 진경을 바라보고 있었다.

햇볕을 좀 더 쬐어야 하나.

진경은 불가능한 바람을 조그맣게 중얼거려보았다. 새벽녘 지하철을 타고 나와서 늦은 밤에 퇴근하는 그녀에겐 햇볕이란 바랄 수 없는 사치일지도 몰랐다. 아니, 그 전에, 그녀가 앓고 있는 우울증은 햇볕 따위로 치유될 만한 것이 아니었다. 햇볕도, 세로토민도, 도파민도, 결코 그녀를 구원해낼 수 없었다. 지금 그녀에게 필요한 것은 그런 것이 아니라…….

진경이 상념에 잠겨 창밖을 바라보고 있을 때, 세찬 기세로 벌컥 사무실의 문이 열렸다. 그리고 진경의 우울증을 악화시키는 가장 지독한 주범, 한지후가 성큼성큼 걸어 들어왔다. 평소보다 더 거친 기운을 흉흉하게 내뿜고 있는 것을 보니, 오늘의 회의가 생각보다 더 엿 같았던 것임에 분명했다.

"회의는 잘 끝내셨습니까?"

"아니, 완전 별로였어."

"얼마나요?"

"중간에 때려치우고 은진경한테 오고 싶을 만큼."

진경은 입꼬리를 올려 웃어주었다. 하지만 그것이 있는 힘을 다해 간신히 만들어낸 미소라는 걸, 한지후는 아직 눈치채지 못한 듯했다.

"이리 와봐."

눈꼬리를 접어 웃으며, 지후가 느른하게 진경을 불렀다. 듣기 좋은 목소리 아래로 은근한 달콤함이 묻어 있는 걸 보니, 그가 원하는 게 무엇인지 보지 않아도 알 것 같았다.

"나 위로 좀 해줘. 기운 나게. 응?"

그가 웃었다. 한쪽 볼에만 파이는 보조개가 그의 얼굴 위로 매력적인 음영을 만들어내고 있었다. 숱 많은 짙은 눈썹이라든가, 날카롭게 각이 진 콧날 같은 걸 생각한다면 누구보다도 사내다운 얼굴이었지만, 웃을 때만큼은 어린아이나 애교쟁이 아가씨 같은 조그마한 보조개가 볼 한가운데에 움푹 패었다.

강하고 각이 진 남성다움 사이에서 수줍은 듯 살포시 모습을 드러내는 예쁘장한 보조개는 사막에서 만나는 오아시스처럼 이율배반적인 아름다움이 있었다. 결코 있어서는 안 될 곳에 존재하는, 신기루처럼 기묘한 아름다움. 남들 앞에서는 잘 웃지 않는 한지후가 진경 앞에서만 살짝 보여주는 그 조그만 볼우물은 진경을 꼼짝 못하게 하는 치명적인 약점이기도 했다.

안타깝게도 이 남자는 웬만한 내공으로는 견디지 못할 만큼 매력적인 수컷이었고, 더욱더 안타까운 사실은 이 남자 본인이 그 사실을 너무도 잘 알고 있다는 점이었다. 예쁘게 볼우물을 지으며 찡긋대는 지후의 눈빛 공격 앞에, 진경은 언제나 속수무책으로 패배하곤 했다. 이번에도 마찬가지였다. 진경은 결국 자리에서 일어나 조용히 그의 곁으로 다가갈 수밖에 없었다. 그녀의 결정을 칭찬이라도 하듯 그의 미소가, 그리고 그의 보조개가 조금 더 짙어졌다.

눈꼬리에 살랑거리는 엷은 웃음으로 그녀를 맞이하며, 지후는 천천히 다리를 벌렸다. 지금부터 그녀가 해야 할 일이 무엇인지를 알려주듯이.

진경은 자신을 환영하듯 넓게 벌어진 지후의 다리 사이로 무릎을 꿇고 앉았다. 그러고는 이런 종류의 일과는 어울리지 않아 보이는 단정하고 정갈한 손놀림으로 그의 바지 앞섶 사이에 숨겨져 있던 퍼스너를 천천히 열었다. 언제부터 서 있었는지 알 수 없는 그의 페니스는 벌써부터 얇은 천 아래서 뜨끈한 열기를 내뿜고 있었다. 회의하는 동안 이사진들과의 한판 전투에 흥분했는지, 혹은 사무실로 돌아오는 길에 진경을 떠올리며 흥분했는지는 알 수 없었지만, 이미 드로어즈의 앞섶이 번들거리며 젖어 있는 것을 보면 아마도 그의 성기는 꽤 오래전부터 벌떡 일어나서 씩씩대고 있었던 것임에 틀림없었다. 진경은 성난 그것을 달래기라도 하듯이 조심스럽게 쓰다듬으며 빡빡해진 속옷에서부터 해방시켜주었다.

부드러운 해면체를 빡빡하게 세운 그의 흥분이 진경의 손길을 반기듯 민감히 반응했다. 마치 살아 있는 독립된 생명체처럼 생동감 있게 퍼덕거리는 뜨거운 꿈틀거림이, 손바닥 아래에서 생생히 느껴졌다.

위협적으로 서 있는 그의 분신을 마주한 채, 진경은 조금 망설였다. 평소 같았으면 곧바로 입으로 집어넣었겠지만, 지금의 그녀는 가을우울증을 앓고 있었다. 그녀를 둘러싼 모든 것들이 색 바랜 사진 속의 풍경처럼 쓸쓸하게만 느껴지는 그런 병. 혈기왕성하게 곧추서 있는 그의 물건은 평소와 다름없는 수컷의 열정을 씩씩하게 뿜어내고 있었지만, 이렇게라도 제 욕망을 풀어내보겠노라며 꿈틀꿈틀 용을 쓰고 있는 그 모습이 오늘따라 어쩐지 우스꽝스럽고 처량해 보였다. 그리고 남들은 열심히 일하고 있을 벌건 대낮에, 발기된 사내의 성기와 눈을 마주하고 있어야 하는 진경 자신의 처지도.

"얼른……."

더 이상은 견딜 수 없다는 듯이, 머리 위에서 지후가 속삭였다. 평소보다도 더 낮게 가라앉은 수컷의 목소리였지만, 어딘가 아프고 괴로운 듯한 애처로운 울림을 띠고 있었다. 평소의 당당한 그의 목소리와는 사뭇 다른 이 목소리를, 예전의 진경은 참 좋아했었더랬다.

진경은 손가락을 내밀어 눈앞의 살덩이를 천천히 쓰다듬었다. 탱탱하게 부풀어 있는 고환과 맞닿아 있는 튼실한 뿌리 끝에서부터, 단단하게 세워진 굵은 기둥을 지나, 잔뜩 성을 내며 흔들리고 있는 귀두의 바로 아래까지. 뜨끈하고 보드라운 살갗과, 단단하게 툭툭 불거져 나온 두툼한 혈관들이 손가락 아래로 생생하게 느껴졌다. 아직까지는, 그래, 아직까지는. 괜찮았다.

진경은 그의 명령대로 얌전히 고개를 내리고, 빳빳하게 일어서서 꺼떡이고 있는 그의 성기를 향해 입을 벌렸다. 벌어진 그녀의 입술 사이로, 한가득 뜨거운 살덩어리가 비집고 들어왔다. 최대한 커다랗게 입을 벌리고 있는데도 턱관절이 아플 정도로 뻐근해져 왔다. 언제나 느끼는 거지만, 그의 물건은 너무 컸다. 아무리 생각해봐도 그녀에게는 어울리지 않을 만큼 커다란 성기였다. 그랬다. 하다못해 성기마저도 그녀와 어울리지 않는 남자였다. 한지후는.

하지만 지금 당장이라도 그녀의 목구멍을 짓찧으며 들어오고 싶어 하는 게 생생히 느껴지는데도, 안간힘을 쓰며 얌전히 기다리고 있는 모습이 기특하고도 측은했다. 잘 참고 있는 걸 칭찬이라도 해주듯, 진경은 혀를 넓게 펴서 '그것'의 표피를 쓰다듬어주었다. 그녀의 뜨거운 혓바닥과 마주한 '그것'은 더 이상은 견디기 힘들다는 듯 바르르 몸을 떨었다.

"빨리, 좀 더 빨리."

'무엇을'이라는 목적어도 없이, 그가 거칠게 재촉했다. 아니, 애원했다. 이 순간만큼은 상사와 부하 직원이라는 신분은 의미가 없었다. 그녀의 상사이자 한경건설의 전략기획본부장인 한지후는 그곳에 없었다. 그는 그저 그녀 앞에서 섹스를 애원하는 한 마리 수컷에 지나지 않았고, 진경은 -적어도 그 순간만큼은- 그의 욕망을 보듬어 품어주는 자애로운 여신이 되었다. 아마도 그녀가 그와의 섹스를 계속하는 건, 이런 이유일지도 몰랐다. 그래서 자기 자신을 좀먹어갈 뿐이라는 걸 뻔히 알고 있는, 이 소모적이고 무의미한 관계를 1년 동안이나 끊어내지 못하고 있는 걸지도 몰랐다.

진경의 입술에, 그리고 진경의 혓바닥에, 조금 더 힘이 실렸다. 커다랗고 달콤한 사탕을 삼키는 것처럼, 열정적으로 그녀의 입술이 움직였다. 세상에서 가장 맛있는 음식을 먹는 것처럼, 진경은 입 속에 가득한 사내의 성기를 세차게 빨고, 핥고, 삼켰다. 후루룩 후루룩 젖은 소리가 그녀의 입 안을 가득 메웠다. 하지만 그녀의 입 속에 있는 것은 결코 달콤하지도, 맛있지도 않은 무언가였다. 비릿하고 찝찔하고, 씁쓸하고, 때때로 역겹기까지 한, 타인의 생식기관이자 배설기관이었다.

진경은 문득 울고 싶어졌다. 이미 그녀의 눈가엔 엷은 눈물이 배어 있었다. 그것은 목구멍 안쪽의 여린 피부를 자극하는 귀두의 묵직함 때문일 수도 있고, 코끝을 마비시킬 정도로 강렬하고 비릿한 수컷의 냄새 때문일 수도 있었다. 아니면, 한동안 제대로 쐬지 못했던 햇빛 때문일지도 몰랐다. 햇빛을 쐬지 못하면 점점 더 심해진다는 가을우울증. 모든 것이 끝나가는 계절, 가을이 진경을 슬프고 우울하고, 지치게 만들어서였을지도 모른다. 그래서인 걸까. 하루가 멀다 하고 매일같이 하고 있는 이 반복적인 행위가, 진경은 오늘따라 서글프고 허망하게만 느껴졌다. 평소와 다름없이 지후의 성기를 빨고 있는 진경의 눈가에는 이유를 알 수 없는 조그마한 눈물방울이 맺혀 있었다.

"입에다 해도 돼?"

진경의 속사정을 알 리 없는 지후가 그녀의 머리카락을 다정히 쓰다듬으면서 달콤하게 속삭였다.

"하고 싶어. 허락해줘. 응?"

폭 팬 보조개에 한가득 미소를 지으며, 다시 한 번 그가 말했다. 쉽사리 거부하기 어려운 달콤한 목소리였다. 진경은 순순히 고개를 끄덕였다. 평소라면 결코 허락하지 않았을 요구였지만, 오늘만큼은 그의 소원을 들어주기로 했다. 어차피 마지막인데, 이 정도 부탁쯤 들어주지 못할 이유가 없었다.

진경은 입 안에 한가득 들어차 있는 그의 분신을 세차게 빨아들였다. 점막과 점막이 부딪치며 세차게 흡입되는 축축하고 야한 소리가 텅 빈 사무실 위로 커다랗게 울려 퍼졌다. 목이 졸린 듯 숨을 들이켜는 낮은 신음 소리도 진경의 머리 위에서 터져 나왔다. 그리고 그 순간, 예민한 피부 위로 갑작스레 쏟아진 극도의 쾌락을 이기지 못한 그의 성기가 진경의 입 속에서 예기치 못한 폭발을 맞이했다. 비릿하고 뜨끈한 액체가 진경의 입 안을 가득 메웠다. 본능적으로 욕지기가 불쑥 치밀었다. 타인의 분비물이 뿜어내는 역겨운 향취가 강렬하게 후각을 자극했다. 하지만 진경은 두 눈을 꼭 감은 채, 입 안을 메운 그의 잔여물들을 꿀꺽 삼켰다. 이렇게 해서라도 이 남자를 몸속에 담고 싶었다. 이 남자의 모든 것을 오래도록 기억할 수 있도록.

"지금 해도 될까?"

하지만 이 남자에게는 아직도 부족한 듯했다. 진경의 머리카락을 부드럽게 쓰다듬으며, 지후는 아쉬움이 가득 담긴 은근한 목소리로 달콤하게 속삭였다.

"11시부터 회의가 잡혀 있습니다."

방금 전까지 사내의 물건을 빨고 있던 사람이라고는 상상할 수 없을 만큼 단정한 목소리로, 진경은 담담히 대답했다. 그리고 그런 그녀의 반응이 야속하다는 듯 지후는 흥 하고 불만스런 소리를 냈다.

"30분이나 남았네, 뭐."

말 안 듣는 7살 꼬마처럼 지후는 눈웃음을 쳤다. 이런 점이 가장 나빴다. 함부로 거절할 수도, 함부로 미워할 수도 없게 만든다는 점.

"콘돔도 끼고 할 거야. 잠깐만 넣었다 뺄 건데, 뭐."

컵라면에 물을 붓는 것만큼이나 쉬운 일이라는 듯, 지후는 능글 거리며 속삭였다.

"어디서 하실 건데요?"

마지못한 듯 진경이 입을 열자, 지후는 엄마를 졸라서 과자를 얻는 데 성공한 아이처럼 씨익 웃었다. 진심으로 행복해 보이는 얼굴이었다.

"책상 위."

지후의 미소가 조금 더 깊어졌다. 볼 한가운데의 보조개가 옴폭 하니 고운 곡선을 그려내고 있었다. 결국 진경은 고개를 끄덕일 수밖에 없었다. 언제나 그래왔듯이, 이번에도 어김없이.

지후의 책상은 커다란 나무 책상이었다, 직원들을 위한 실용적 이고 튼튼한 강화 플라스틱 재질의 책상을 전 회사에 비치해두었 지만, 임직원들을 위해서는 특별히 대형 나무 책상이 구비되어 있 었다. 누구의 취향인지는 알 수 없지만, 건설 회사와는 그리 어울 리지 않는 고풍스러운 디자인이었다. 목조 무늬가 섬세하게 세공 된 아름다운 책상은 21세기 대한민국이 아니라, 마치 19세기 빅토 리아 왕실에나 어울릴 것 같은 모습이었다.

그리고 지금, 진경은 그 책상 위에 앉아 있었다. 커피색 스타킹 을 신은 하얀 다리를 양쪽으로 한껏 벌린 채. 한낮의 사무실 책상 위에서 벌거벗은 다리를 벌린 진경의 모습은 생뚱맞게 놓인 빅토리아풍의 책상보다 더 이질적인 존재임에 틀림없었다. 시대를 거스른 책상만큼이나, 그녀는 이곳에 어울리지 않았다.

진경의 허벅지를 양손으로 꽉 붙잡은 채, 지후는 그녀의 다리 사이에서 힘차게 허릿짓을 하고 있었다. 어느새 한낮의 사무실은 뜨거운 신음 소리로 질척하게 젖어들고 있었다. 시간이 갈수록 지후의 움직임은 점점 더 빠르고 거세졌다. 그녀의 몸을 반으로 쪼개기라도 할 듯 거칠고 열정적인 기세였다. 하지만 격렬한 두 사람의 움직임에도 불구하고 묵직한 나무 책상은 조금의 미동도 없었다. 다만 불안한 자세로 책상 위에 앉아 있는 진경만이 떨어질 것 같은 불안함에 지후의 양어깨를 꽉 붙잡아 안고 있을 따름이었다.

몸 가운데를 쿵쿵 들이받는 지후의 기세에, 진경은 지금이라도 뒤로 나뒹굴 것만 같은 두려움에 떨고 있었다. 허벅지를 꽉 붙잡은 지후의 손바닥이 그녀의 몸을 지탱해주고 있긴 했지만, 속절없이 흔들리는 상체를 지지할 무언가가 필요했다. 진경은 팔을 뻗어 지후의 목을 끌어안았다. 평소에는 별다른 애교를 부리지 않는 진경이었지만, 이런 체위를 취할 때만은 어쩔 수 없이 말 잘 듣는 착한 아이처럼 지후의 목을 꼬옥 끌어안을 수밖에 없었다. 그래서 지후는 책상 위에서 하는 정사를 좋아했다. 은진경은 이럴 때만 한지후에게 얌전히 안기는 그런 여자였으니까.

정사는 짧았지만 강렬했다. 몸부림과도 같은 격렬한 섹스가 끝났을 때, 진경은 커다란 나무 책상 위에 다리를 벌리고 앉은 채로 그저 가쁜 숨만 쌕쌕 내쉬고 있었다. 지후가 자신의 몸 안에서 성기를 빼내는데도 움직일 기운조차 없이 그저 가만히 바라보고만 있을 뿐이었다. 미끈거리며 다리 사이를 빠져나가는 커다란 그것은 꼭 검은빛을 띤 구렁이 같았다. 지금 막 허물을 벗은, 징그럽고도 신기한 생물체. 제 다리 사이의 일인데도, 스크린 너머로 보이는 멀고도 아련한 풍경 같았다. 오늘따라 유난히 낯설고 어색했다.

"시간 많이 늦었어? 빨리 끝내려고 했는데. 그게 내 맘대로 되나. 그래도 지금부터 서두르면 늦지는 않을 것 같은데?"

머쓱하지만 그다지 미안하지는 않은 표정으로, 지후는 웃으며 말했다. 바지 지퍼를 닫고 옷매무시를 조금 가다듬는 것만으로 그는 사무실에 들어올 때와 똑같이 근사하고 깔끔한 사업가의 모습으로 되돌아가 있었다. 무릎까지 말려 내려간 커피색 스타킹을 신은 채 여전히 다리를 벌리고 책상 위에 앉아 있는 진경과는 대조적인 모습이었다. 짧았던 정사만큼이나 허무하게, 그는 저 혼자 자신의 평범한 일상으로 돌아가 버리고 말았다. 말끔한 신사의 모습으로 돌아서는 지후의 뒷모습을 진경은 한참 동안이나 가만히 바라보고 있었다. 희뿌연 액체들로 축축하게 젖어 있는 채로 여전히 헤벌어져 있는 그녀의 양다리 사이로, 풀어진 넥타이를 단정히 매고 있는 남자의 뒷모습이 보였다. 이것 참 우스운 광경이라고, 진경은 혼자서 생각했다.

그가 사무실 한편에 마련된 전용 화장실에서 손을 씻는 동안, 진경은 천천히 책상에서 내려와 흐트러진 옷매무시를 정리했다. 번쩍거리는 본부장 명패가 한쪽 구석에 볼품없이 내팽개쳐진 커다란 책상 위에는 정체를 알 수 없는 뿌연 액체들이 흥건하게 뿌려져 있었다. 지후의 정액은 모두 콘돔 속에 담겼을 테니, 책상 위의 액체는 아마도 진경 자신의 몸에서 나온 것이리라. 아직도 자신의 몸에 이렇게 많은 액체들이 남아 있다는 사실이, 진경은 참 신기하다고 생각했다. 자신의 마음은 이미 비썩 말라비틀어진 지 오래인데 말이다.

진경은 물티슈를 빼서 책상을 닦았다. 그리고 생각했다. 어쩐지 오늘은 좀 더 많이 슬픈 것 같다고.

창문 너머로 보이는 하늘은 여전히 불투명한 회색빛이었다. 바로 열흘 전만 해도 새파란빛을 띠고 있던 가을 하늘이 펼쳐져 있었는데, 어느새 창밖은 온통 우중충한 회색빛으로 변해 있었다. 11월. 가을과 겨울의 중간에 위치한 어정쩡한 계절이었다. 마치 두 사람의 지금처럼, 혼란스럽고 불분명했다. 하지만 진경은 알고 있었다. 이제는 가을이 끝나가고 있다는 것을. 그리고 그것은 조만간 완전히 끝을 내야 하는 시기가 다가오고 있다는 뜻이었다.

"저, 본부장님……."

진경은 마침내 입을 열었다. 드디어 그에게 말해야 할 때가 왔다. 그것은 지난 1년 동안 수만 번이나 마음속에서 되뇌던 말이었다.

그녀의 목소리 안쪽에 가라앉아 있는 심상치 않은 기운을 직감했는지, 무심한 듯 뒤돌아보는 지후의 표정 역시 묘한 빛깔을 띠고 있었다.

"왜?"

짐짓 다정한 목소리를 내며 그가 물었다. 하지만 어딘가 날이 선 듯한 서늘한 기운이 감도는 목소리였다.

"나한테 뭐 할 말이라도 있어?"

그의 입술이 요사스러울 만큼 아름답게 휘었다. 하지만 그녀를 내려다보는 그의 눈은 웃고 있지 않았다. 아마도 그는 이미 알고 있는지도 몰랐다. 그녀가 지금 무슨 말을 하려고 하는지.

"그만…… 하고 싶습니다."

칼날처럼 쏘아져오는 그의 눈빛을 애써 피하며, 그녀는 웅얼거리듯 말했다. 아무렇지도 않은 듯 넥타이를 정리하던 그의 손가락들이 우뚝 멈춰 섰다. 하지만 그는 아무렇지도 않은 듯 천진한 목소리로 되물었다.

"뭘 그만해?"

진경의 어깨가 조금 더 움츠러들었다. 차마 지후를 바라볼 용기가 나지 않아서, 그녀는 조금 전 자신이 닦았던 나무 책상만 바라보고 있는 중이었다. 말갛게 광이 나는 나무 탁자 위를 바라보며, 진경은 그 위에 뿌려져 있던 희뿌연 액체들의 잔영을 기억해내려고 애썼다. 지저분하게 책상 위를 물들이고 있던 보잘것없던 자신의 점액질들을 떠올리며, 진경은 다시 한 번 용기를 그러모았다. 이제는 깨끗이 지워내야 할 때였다. 그녀의 삶을 더럽히고 있는 이 모든 것들을. 진경은 목구멍을 쥐어짜듯 간신히 다음 단어를 내뱉었다.

"……이런 관계요."

바라보지 않았는데도 알 것 같았다. 지후가 지금 어떤 표정으로 그녀를 바라보고 있는지를. 뚜벅거리는 발소리가 대리석 바닥 위로 천천히 울리기 시작했다. 그가 다가오고 있었다. 마치 예방접종 주사를 맞으러 온 어린애처럼, 진경은 꿀꺽 마른침을 삼켰다. 어느덧 묵직한 그의 존재감이 그녀의 코앞까지 다가오자, 진경은 날뛰는 심장을 애써 진정시키며, 고개를 돌렸다. 하지만 천천히 다가온 지후의 손가락들이 움츠러드는 그녀의 턱을 낚아채서는, 부드럽지만 강인한 손길로 들어 올렸다. 잘 벼려진 칼날처럼 날카롭게 빛나는 눈동자가 그녀를 칭칭 옭아매고 있었다.

"무슨 관계? 직장 상사와 부하 직원의 관계?"

들척거리는 꿀처럼 달콤한 목소리로 그가 물었다. 너무 달아서 진저리가 쳐지는 그런 목소리였다.

"아니요, 제 말은⋯⋯."

"그럼 뭘 그만해? 섹스?"

그의 입에서 나온 '섹스'라는 단어는 더할 나위 없이 천박하고 부도덕적인 무언가처럼 들려왔다. 혓바닥 전체를 스치며 발음되는 s와 x의 나지막한 마찰음들은 그와 나누었던 은밀한 성애의 행위들을 떠올리게 했다. 그의 입술에 떠오른 미소에는 이미 밤의 유혹이 은밀한 빛깔로 일렁이고 있었다.

하지만 진경은 그 단어를 듣는 순간 더욱더 마음을 굳혔다. 섹스. 그것이 지난 1년간 그와 맺은 관계의 이름이었다. 섹스가 처음이자 끝인, 참으로 단순한 관계였다. 진경은 움츠러진 어깨를 펴고 한지후의 얼굴을 당당히 응시했다.

"네, 이제 그만하고 싶습니다. 가능하면 부서도 옮겼으면 합니다."

마치 업무 보고라도 하듯 또박또박한 목소리로, 진경은 말했다. 마침내. 1년 만에 처음으로.

이제야 비로소, 모든 것을 끝내야 할 때가 온 것이다.

1장. 칼의 여왕

진경이 지후와 만난 것은 지금으로부터 1년 반쯤 전의 일이었다. 20살의 진경이 한경건설에 아르바이트생으로 입사한 이후, 꼭 8년째가 되는 해였다. 촌스러운 체크남방에 빛바랜 청바지를 입고 있던 그녀는 이제 세련된 정장을 입은, 프로페셔널한 비서가 되었지만, 8년간 이어진 그녀의 일상은 언제나 그렇듯 평화롭고 고요했다. 자타 공인 한경건설 비서실의 안주인으로서 무미건조하지만 평화로운 나날을 보내고 있던 진경에게 뜻하지 않던 지후와의 인연이 찾아온 것은 갑작스레 던져진 한마디의 말 때문이었다.

"죽기 전에 소원이 있어."

등 뒤에서 들려온 뜻밖의 말에, 보라색 히아신스를 꽃병에 옮겨 꽂고 있던 진경의 손가락이 멈칫 굳어졌다. 하지만 그녀는 이내 아무렇지도 않은 듯, 조그마한 보라색 꽃송이들이 올망졸망 탐스럽게 붙어 있는 큼지막한 꽃줄기 중 하나를 집어 들었다.

"죽을병은 아니라고 윤 박사님이 말씀하셨는데요."

담담한 그녀의 대답에 등 뒤의 목소리가 키득키득 작게 웃었다.

"암튼 은진경이야. 이럴 땐 좀 불쌍하게 대해줘도 되잖아."

"회장님 같은 분이 불쌍하다고 하면, 대한민국에 불쌍하지 않은 사람은 거의 없을 겁니다."

등 뒤의 웃음소리가 조금 더 커졌다. 재미난 농담이라도 들은 것처럼, 한경 회장은 한동안 하하하 커다랗게 웃었다. 하지만 어딘지 인위적인 듯한 그의 웃음이 잦아들자, 병실 안엔 침울한 고요함이 무겁게 내려앉았다.

"그렇지? 이 정도면 꽤 잘 산 인생이겠지?"

한숨이라도 쉬는 것처럼, 한 회장이 조그맣게 중얼거렸다. 진경에게 묻는 것이 아니라, 자기 자신을 향해 던지는 혼잣말 같은 풀죽은 목소리였다. 그래서 진경은 일부러 더 밝고 똑 부러지는 목소리로 대답해주었다.

"네, 회장님 정도면 상당히 잘 사신 것 맞습니다. 그리고 곧 죽을 사람 같은 멘트는 자제해주십시오. 원래 병이란 마음이 만드는 법입니다."

"그래도…… 준비를 하긴 해야 할 때지."

"협심증은 약물과 수술로 얼마든지 치료 가능한 질병입니다. 회장님은 지금 딱 한 번 발작을 일으키신 것뿐이고요. 지금부터 윤 박사님 지시대로 잘 치료하시기만 하면 별문제 없을 겁니다."

진경의 위로에도 한경 회장은 침울한 얼굴로 고개를 내저었다.

"보통 사람이라면 그렇겠지. 하지만 회사를 이끌려면 그것 가지고는 부족해. 멀쩡한 사지육신 가지고도 쉽지 않은 자리인데, 언제 고장 나서 말썽을 부릴지 알 수 없는 심장을 가지고 어떻게 버텨 내겠어. 지금부터 준비를 시작해야지."

나직하게 내뱉는 한 회장의 말에, 진경은 꽂고 있던 히아신스를 테이블 한편에 가지런히 내려놓은 후 단정히 몸을 돌렸다. 지금부터 그가 하려는 말이 생각보다 더 무거운 주제임을 깨달았기 때문이었다.

"지금 상황이 진심으로 짜증 나긴 하지만, 어떤 대책이 필요한지는 충분히 알겠어. 나는 은진경 같은 대책 없는 낙관주의자는 아니거든. 그래서 말이야. 은 비서가 해줄 일이 있어. 내가 죽기 전에."

진경은 가만히 고개를 끄덕였다. 겉으로야 평온한 척을 하고 있긴 했지만, 이틀 전 한 회장이 심장을 움켜쥐고 쓰러졌을 때는 진경 역시 심장이 떨어질 것 같은 충격을 겪어야 했다. 며칠 새 수척해진 노인의 얼굴을 하고 몇 개나 되는 링거를 꽂은 채 잠이 든 그를 보며, 남몰래 눈물을 흘린 적도 여러 번이었다. 누가 뭐래도 은진경에게 한경 회장은 아버지 같은 존재였다. 생물학적 아버지란 인간이 난도질했던 그녀의 상처들을 보듬어내서 지금의 은진경으로 살 수 있게 해준 것은 다름 아닌 한경 회장이었다. 그래서 진경은 한 회장의 부탁을 차마 거절할 수가 없었다. 무엇보다도, '죽기 전에'라는 무시무시한 단서를 달고 있는 부탁을 어느 누가 거절할 수 있단 말인가.

"우리 아들 좀 돌봐줘."

"네?"

"내 아들놈 말이야. 아무리 생각해봐도 회사를 맡길 건 그놈밖에 없는데, 이대로 그냥 맡기기엔 아무래도 미덥지가 못해서."

"어떤…… 아드님 말씀입니까?"

진경은 조심스럽게 되물었다. 한경건설의 창업주이자 오너인 한경 회장에게는 두 명의 아들이 있었기 때문이었다. 물론 두 아들 모두 누군가의 돌봄이 필요한 나이는 한참 전에 지났지만 말이다.

"큰놈."

한 회장의 대답은 간결했다. 오래전부터 결정을 끝마친 듯, 확신에 찬 목소리였다.

"큰아드님이시면…… 한지후 본부장님을 말씀하시는 겁니까?"

걱정스러운 낯빛으로 진경은 다시 한 번 확인하듯 그에게 되물었다.

"응, 아무리 생각해봐도, 회사를 끌고 갈 만한 놈은 그놈밖에 없어."

"……사모님은 알고 계시는 겁니까?"

"알면 난리 치겠지. 그 성격에. 그래서 이건 은 비서랑 나랑 둘이서만 아는 비밀이야."

한 회장은 진경을 향해 장난스럽게 눈을 찡긋해 보였다. 그러고는 여전히 납득하지 못한 듯한 진경의 안색을 눈치챘는지, 천천히 부연 설명을 덧붙였다.

"정후는 회사 맡을 만한 재목이 못 돼. 은 비서도 알잖아, 여기가 어떤 바닥인지. 정후 놈 성격으론 절대 못 버텨. 그건 그냥 지어미 욕심이지. 그냥 지 좋아하는 그림이나 그리면서 살게 하는 게, 그놈을 위해서도 나아."

하지만 진경은 여전히 머뭇대는 기색이었다. 어떤 단어를 선택해야 좋을지 한참이나 고민한 끝에, 그녀는 조심스레 입을 열었다.

"한 본부장님은…… 좀 위험하지 않겠습니까?"

위험하다…… 그것이 한 회장의 맘을 상하지 않는 범위 내에서, 그의 생물학적 장남 한지후를 설명할 수 있는 유일한 표현이었다.

물론 한지후를 설명할 수 있는 다른 단어들도 많긴 했지만, 아버지인 한 회장의 면전에서 말할 만한 성질의 것들은 아니었다. 한지후를 향한 회사 내의 다른 표현들은 좀 더 거칠고 직설적인 것들이 대부분이었기 때문이었다.

이런 속사정들을 잘 알고 있다는 듯이, 한 회장은 핫핫, 하고 크게 웃었다.

"그래서 은 비서한테 부탁하는 거잖아. 그놈은 날 닮았어. 배짱도 있고 패기도 있고 야망도 있지. 뭐, 그만큼 욕도 많이 먹지만, 욕 먹으면서도 배짱대로 밀고 나가는 것도 능력이라면 능력인 게야. 윗대가리가 제 귀에 좋은 소리만 들으면서 살려고 하면 회사 말아먹는 건 순식간이거든. 그런 점에서 확실히 정후보단 지후가 나아. 내 아들이라서 하는 얘기가 아니라, 지금처럼 해외에서만 돌리면서 쓰기에는 진짜로 아까운 재목이야. 다만 문제는…… 정도를 모르는 놈이라는 거야. 해도 되는 일이랑 하면 안 되는 일이 있는데,

그놈은 그걸 몰라. 좀 더 나이가 들고 성질머리가 한풀 꺾여야 제대로 쓸 만한 재목이 될 텐데, 안타깝게도 아직은 한참이나 일러. 그때까지 내가 버틸 수 있을지도 의문이고. 그러니 은 비서가 돌봐주라는 거야. 그놈한테 지금 필요한 건 브레이크거든. 그 역할을 해줄 사람은 은 비서밖에 없어."

"제가 그럴 만한 능력이 있겠습니까?"

"내가 은 비서 지켜본 게 8년이야. 충분히 그럴 만한 사람이란 거 내가 제일 잘 알아. 뭣보다도 내 성질머리 받아낼 정도면 그놈 정도는 충분히 감당할 수 있을 거야."

진경은 쿡쿡 웃었다. 한 회장이 직접 자신의 괴팍한 성질머리를 인정한 건 처음이었기 때문이었다. 무서울 정도의 근면과 성실, 그리고 타고난 두뇌와 뚝심으로 이 험난한 건설업계에서 자수성가를 이룬 한 회장은 자신의 기준에 미치지 못하는 주변 사람들을 항상 못마땅해하며 살아왔다. 누구나 자신처럼 할 수 있는 건데 남들이 게을러서 못하는 거라면서 늘 아랫사람들을 들볶곤 했다. 그의 까탈스러운 기준을 통과할 수 있는 '요즘 젊은 사람들'은 은진경이 유일했지만, 그는 그걸 인정하지 않으려 했다. 요즘 젊은 사람들이 부족한 것이 아니라 자신의 성질머리가 유별난 것이라고 스스로 인정하는 것만으로도, 이미 그는 많이 늙고 약해진 것일지도 몰랐다.

"그럼 진경아, 우리 아들놈 좀 잘 부탁한다."

마치 17살의 진경을 고아원에서 처음 만났을 때처럼, 한경 회장은 다정한 목소리로 '진경아.'라고 불렀다. 그것만으로도 진경은 그의 부탁을 결코 거절할 수 없었다. 아무런 꿈과 기대도 없이 암흑 속에 살아가던 그녀에게 희망이란 동아줄을 내려준 이가 바로 한경 회장이었다. 그의 부탁이라면, 진경은 그 무엇이든 들어줄 준비가 되어 있었다. 진경은 한 회장을 향해 말없이 고개를 끄덕여 승낙을 표했다.

"말 안 들으면 때려줘도 돼."

초등학교 선생님한테 말하는 학부모 같은 얼굴로 한 회장은 씨익 웃었다. 하지만 진경은 그저 남몰래 한숨만 쉴 뿐이었다. 그녀가 아는 한지후는 말 잘 듣는 초등학생과는 백만 광년쯤 거리가 먼 남자였기 때문이었다.

한경 회장의 수석 비서 은진경이 전략기획실로 발령 났다는 놀라운 소식이 알려진 것은 얼마 후 한 회장이 퇴원해서 업무에 복귀한 바로 그날 오후였다. 한경 회장이 자신의 집무실에서 협심증 발작으로 쓰러졌다는 사실은 비서실의 최측근 두세 사람만 아는 극비사항이었기 때문에, 갑작스런 인사이동의 속내를 제대로 아는 사람은 거의 없었다. 덕분에 이 느닷없는 소식에 회사의 수뇌부들은 발칵 뒤집힐 수밖에 없었다.

은진경이 누구던가. 지난 8년간 한 회장을 보필해온 측근 중에 최측근이었다. 30년을 한 회장과 함께해온 비서실장 박진구를 제외하고는, 한 회장이 속내를 털어놓는 유일한 사람이 은진경이었다. 그런데 한 회장이 그토록 아끼는 자신의 왼팔을 뚝 떼어서 자신의 아들에게 붙여준 것이다. 그것도 한정후가 아니라 한지후에게.

이것이 과연 무엇을 의미하는지에 대한 추측들은 분분했다. 하지만 대체로 그들이 생각하는 바는 비슷했다. 그리고 그들이 생각하는 바가 맞다면, 회사에는 조만간 커다란 파란이 몰려올 것임에 틀림없었다. 모두가 한 회장의 속내에 대해 수런거리고 있을 무렵, 파란의 시작은 진경의 생각보다 훨씬 더 일찍 찾아왔다.

"은 비서, 오랜만."

사무실 문이 열리며 연극 무대 주인공처럼 등장한 것은 한경건설의 안주인이자 한경 회장의 부인인 윤여희였다. 예순을 앞둔 나이라고는 믿을 수 없을 만큼 늘씬하고 화려한 그녀의 미모에선 돈으로 가꾼 꾸준한 관리의 위엄이 뚝뚝 흘러넘치고 있었다. 재벌가의 영애로 자라나 재벌가의 안주인으로 살아온 그녀의 기운은 웬만한 사내들은 압도할 만큼 강렬하고 당당했다. 하지만 진경은 평소와 같은 무표정으로 담담히 그녀를 맞이할 뿐이었다.

"안녕하십니까, 사모님. 회장님께서는 업무 보고를 받고 계신 중이십니다. 잠시만 기다려주시면……"

"괜찮아. 영감쟁이 보러 온 거 아니야. 집에서도 맨날 보는데, 뭐. 오늘은 은 비서 보러 온 거야."

무슨 일인지 말해보라는 듯한 얼굴로 진경은 조용히 기다렸다. 화려하고 당당한 여희의 기세도 대단했지만, 그녀의 세찬 기운을 물의 장벽처럼 담담히 받아내는 진경의 방어력 역시 만만치 않았다. 결국은 여희는 한풀 꺾인 목소리로 짐짓 다정하게 말을 걸었다.

"우선은 감사 인사부터. 목걸이 고마워. 내가 블랑시에 목걸이

갖고 싶어 했던 건 어떻게 안 거야? 암튼 은 비서 센스는 알아준다니까."

"회장님께서 고르신 겁니다."

"흥, 영감쟁이가 잘도 골랐겠다. 그 양반 이런 쪽으론 센스 없는 거 누구보다 내가 제일 잘 아는데. 암튼 잘 쓸게. 고마워."

진경은 담담한 얼굴로 여희를 향해 고개를 숙여 보였다. 그것이 그녀에게서 이끌어낼 수 있는 최대의 반응이란 걸 깨달은 여희는 결국 참지 못하고 본론부터 꺼냈다.

"그나저나…… 은 비서 지후한테 간다며?"

"네."

"이유가 뭐야?"

"회장님 뜻이십니다."

"당연히 그렇겠지. 은 비서가 영감쟁이 허락 없이 숨이나 맘대로 쉴 사람이야? 그러니까 내 말은 영감쟁이가 갑자기 이러는 이유가 뭐냐고. 혹시 내가 생각하는 그런 이유는 아니지?"

"저는 잘 모르겠습니다. 저는 그저 회장님의 분부만 따를 뿐입니다."

녹음기를 틀어놓은 듯 한결같은 진경의 대답에, 결국 여희는 알았다는 듯 손을 흔들었다.

"됐어. 은 비서 대답을 기대한 내가 바보지. 그냥 영감쟁이한테 이 말만 전해줘. 한경의 다음 주인은 정후라고. 그러니까 쓸데없는 생각은 아예 시작도 하지 말라고."

진경은 그저 가만히 여희의 말을 듣고만 있었다. 알았다고도, 혹은 싫다고도 대답하지 않았다.

여희는 흥, 하고 한번 코웃음을 치고는 진경을 향해 손가락을 흔들어 보였다. 다시 한 번 쐐기를 박는 듯한 단호한 몸짓이었다.

"내 말 꼭 전해줘. 잘못하면 나 이번엔 제대로 돌지도 몰라. 알겠지?"

반쯤 협박이 담긴 그녀의 말에도 진경은 '예, 알겠습니다.'라는 짧고 담담한 대답만을 할 뿐이었다. 그런 진경을 향해 못마땅한 표정을 한 번 지어 보인 여희는 등장처럼 화려하게 사무실 문을 박차고 사라졌다.

"갔어?"

여희가 나간 후 사무실 문이 빼꼼 열리며, 한경 회장이 모습을 드러냈다. 천하에 무서운 것 없는 한경 회장도 마누라만큼은 무서운 듯했다.

"네. 사모님께서 많이 화가 나신 듯합니다."

"그렇겠지. 그 성질에 가만히 있겠어?"

한 회장은 고개를 짤래짤래 흔들었다. 하지만 생각해보면 여희의 분노는 당연했다. 윤여희와 그녀의 가문인 태림그룹의 뒷배경이 없었더라면 지금의 한경건설도, 한경 회장도 존재할 수가 없었다. 물론 한경 회장의 능력이야 어디에서든 인정받긴 했겠지만, 그래봐야 조그마한 중소기업의 사장이나 대기업의 임직원 정도가 끝이었을 것이다. 윤여희라는 에스컬레이터를 타지 못했더라면, 아무리 한경 회장이라 할지라도, 결코 지금의 한경건설을 일구어

내지는 못했을 것이다. 그러니 윤여희가 한경건설을 자신의 회사라고 생각하는 것도 완전히 틀린 말은 아니었다. 그런 한경건설을 첩년이 낳은, 근본도 모르는 자식에게 홀랑 넘겨주는 일 따위는 윤여희에겐 있을 수 없는 일이었다. 차라리 경영 부진으로 한경이 망하는 일이 있더라도, 그 주인은 자신의 아들인 한정후가 되어야만 했다. 눈엣가시와 같은 한지후가 아니라.

"괜찮을까요?"

걱정스러운 듯한 진경의 말에, 한 회장은 어깨를 으쓱여 보였다.

"뭐, 앞으로 지후 놈이 하기에 달렸지. 지 능력을 보여서 주주들한테 인정을 받으면 여편네도 어쩔 수 없을 테지."

"그 정도로 한지후 본부장님의 능력을 신뢰하시는 겁니까?"

"응, 지금이야 한경이 대한민국에서 몇 번째네 하고 자랑하지만, 요즘 건설경기 자체가 암울해. 이런 상황에서 정후가 회사 맡았다간 무너지는 거 금방이야. 아무리 대마불사라지만 덩치가 클수록 한번 비틀거리기 시작하면 무너지는 것도 한순간이야. 구멍가게야 문 닫고 주인만 망하면 끝이지만 회사는 딸린 식구만 해도 수백이야. 이 사람들 끝까지 책임지는 게 오너로서의 내 책임이자 의무라고, 나는 생각해."

"하지만…… 한 본부장님의 행보에 대해서는 주주들도 이견이 많은 걸로 아는데요."

진경의 지적에 한 회장의 한숨이 깊어졌다.

"그게 문제야 젊은 놈이라 옆을 보질 못해. 그냥 앞만 보고 내달리는 거지. 그동안 자기 적들이 얼마나 생기는지도 모르고. 근데 젊었을 때 내가 그랬거든. 놈을 보면 꼭 젊은 시절의 나를 보는 것 같아. 그래서 더 믿음이 가고, 그래서 더 불안해. 그러니 녀석한테 은 비서가 꼭 필요하다는 거야."

"솔직하게 말씀드리면…… 자신 없습니다."

"은 비서 단점이 뭔 줄 알아? 자신의 능력을 너무나 모른다는 거야. 자기 자신을 믿어봐. 은 비서는 충분히 그럴 만한 사람이야."

여전히 자신 없는 얼굴로 바라보는 진경을 향해, 한 회장은 엄지손가락을 들며 눈썹을 찡긋거려 보였다. 이런 한 회장의 부탁을 거절하는 것은 진경으로선 불가능한 일이었다.

결국 진경은 그날 오후 지후의 사무실 문 앞에 서 있을 수밖에 없었다. 단출한 살림살이가 들어 있는 커다란 상자 하나만을 달랑 안은 채로, 진경은 눈앞에 단단히 잠긴 문을 바라보았다. '전략기획본부장 한지후'라고 쓰인 명패에선, 유난히 차갑고 날카로운 금속광이 뿜어져 나오는 듯했다. 한참이나 망설이던 진경은 마침내 조용히 심호흡을 한 번 한 뒤, 똑똑 하고 노크를 했다.

"들어와요."

문 안쪽에서 낯선 사내의 목소리가 들려왔다. 동굴처럼 안쪽에서 울리는 것 같은, 낮은 울림이 섞인 목소리였다. 진경은 조심스럽게 문을 열고, 맹수의 입처럼 빼꼼 열려진 사무실 문 안으로 떨리는 발걸음을 내디뎠다.

"안녕하십니까. 앞으로 본부장님의 비서로 일하게 된 은진경입니다."

단정히 허리를 굽힌 뒤, 진경은 고개를 들었다. 전면 유리로 되어 있는 사무실의 벽 바깥에선 때마침 뉘엿뉘엿 해가 지고 있었다. 따뜻한 오렌지빛 석양이 커다란 나무 책상 위로 쏟아지는 한가운데, 그 남자가 앉아 있었다. 오늘부터, 아니 정확히 말해서 내일 아침부터 그녀의 새 상관이 될 남자, 한지후가.

"어서 와요."

따뜻한 미소를 지으며 남자가 말했다. 석양을 받은 마호가니 책상은 아주 따뜻한 다갈색을 띠고 있었고, 그 온화한 풍경의 한가운데 앉아 있는 남자 역시 아주 따뜻한 색을 띠고 있었다. 훤칠하고 멀끔하게 양복을 차려입은 한지후는 나무랄 데 없는 신사의 모습을 하고 있었다. 피도 눈물도 없는 개새끼라는 세간의 평가를 익히 들어왔던 진경으로서는 조금 의외의 모습이었다. 걱정하던 것보다는 훨씬 더 따사로워 보이는 사무실 안의 풍경에, 진경은 조금 마음을 놓았다.

닮았구나.

그것이 진경이 지후를 본 첫인상이었다. 지후가 자신을 닮았다던 한 회장의 말은 확실히 맞았다. 한지후는 한경 회장과 매우 닮은 이목구비를 갖고 있었다. 물론 한경 회장보다 훨씬 더 커다란 키와 세련되고 잘생긴 외모를 갖고 있었지만, 웃을 때의 눈매라든가, 눈썹에서 코로 이어지는 선이 한경 회장과 매우 흡사했다. 오래전 엄격한 친자확인 작업을 거쳐서 한 회장의 친자로 인정받긴했지만, 굳이 유전자 검사가 없었더라도 누구나 한경 회장의 친자임을 짐작할 수 있을 만큼 그를 쏙 빼닮은 모습이었다.

한경 회장과 비슷한 그의 외모만으로도, 진경의 마음 깊은 곳에서는 한지후에 대해 본능적인 호감과 함께 무한한 책임감이 뿜어져 나오고 있는 중이었다. 그것은 마치 고아원의 화단 그늘에 쪼그리고 앉아 있다가 우연히 한경 회장을 만나게 된, 열일곱의 어느 가을날 같은 느낌이었다. 유난히 새파랗던 가을 하늘을 배경으로 서 있던 한 회장의 미소를, 진경은 11년이 지난 지금도 잊을 수가 없었다. 오래전 그날 비밀 요새처럼 커다란 검정색 고급 외제차에서 내린 한 회장과 눈이 마주친 순간, 그리고 그가 진경을 향해 살짝 미소를 지어준 순간, 진경은 직감할 수 있었다. 그가 자신의 운명을 바꾸어줄 구원자라는 것을. 그리고 실제로도 한경 회장은 지옥 같던 고아원에서 그녀를 구원해 새 삶을 살 수 있게 도와주었다.

11년이 지나 그의 아들을 눈앞에 둔 지금 역시, 진경은 그때와 같은 운명적인 예감을 똑같이 느끼고 있었다. 이번엔 그녀가 그의 구원자가 되어줄 차례였다. 비록 구원자라는 거창한 칭호까지는 아니더라도, 진경은 최선을 다해 그에게 도움이 되어주고 싶었다. 이것이 그녀가 한경 회장의 은혜에 보답할 수 있는 유일한 일이었으니까.

"왜 왔어요, 여기?"

멍하니 서 있는 진경을 향해, 지후가 또다시 생긋 웃으며 말을 걸었다. 꽤나 무례한 질문이었음에도 불구하고, 녹아내릴 것처럼 달콤한 그의 목소리 덕분에 그런 사실을 깨닫기가 쉽지 않았다.

웃으니까 보조개가 지는구나, 하고 진경은 멍하니 생각했다. 고운 빛의 노을 속에서 웃고 있는 남자는 그녀가 생각했던 것보다 훨씬 더 예뻤다. 190센티는 될 듯한 거구의 사내에게 예쁘다는 말이 어울릴지는 모르겠지만, 한쪽 볼에 보조개를 지으며 웃고 있는 남자에게는 단순히 잘생겼다는 표현을 뛰어넘는 기묘한 느낌이 있었다.

하지만 모름지기 예쁜 것들이란 독을 품고 있는 법이랬다. 한지후 역시 그랬다.

"좆 같네, 진짜."

혼잣말 같은 조그마한 읊조림과 함께 지후의 얼굴에서 웃음기가 사라졌다. 마치 한꺼번에 썰물이 빠져나가듯 그의 얼굴에서 웃음이 말끔히 걷혔다. 마치 쓰고 있던 가면을 순식간에 벗어던진 것처럼. 그제야 진경은 그의 웃음 아래에 숨겨져 있던 싸늘한 적의를 깨달을 수 있었다.

"비서는 필요 없다는 말, 못 들었어요? 혼자서도 충분하다고, 분명히 말했는데."

여전히 예의 바른 목소리였다. 하지만 조금 전 그 싸늘하고 살벌한 기운을 목격했던 진경으로서는 오히려 등줄기가 삐쭉 일어서는 듯한 느낌이었다. 발톱을 숨긴 채 억지로 웃고 있는 맹수의 우리 속에 혈혈단신 집어넣어진 듯한 기분이 들었다. 하지만 지금껏 쌓아온 비서의 내공 역시 그리 호락호락한 것만은 아니었다. 조금의 미동도 없는 목소리로, 그녀는 담담하게 입을 열었다.

"귀국하신 지 얼마 안 되셨으니, 도움이 필요할 것 같다고 판단하신 듯합니다."

"누가? 회장님이?"

"네."

"하하, 왜 갑자기 이렇게 친한 척을 하시는 걸까. 감시견까지 직접 붙여주시고."

환하게 웃는 지후의 미소에선 여전히 선득한 칼날이 느껴지고 있었다. 하지만 진경은 싸늘한 그의 적의와 맞서는 대신, 고요히 그것을 받아들이는 전략을 선택했다.

"그냥 편하게 생각해주십시오. 앞으로 본부장님을 성심껏 모시겠습니다."

"나를? 후훗, 은진경 씨 농담도 잘하시네. 당신 회장님 라인이라고 소문이 짜하던데, 이제 와서 라인 바꿔 타진 않을 거 아냐. 안 그래?"

"저는 그저 일개 비서일 뿐입니다."

"내 비서? 아니면 회장님 비서?"

"내일부터는 본부장님의 비서입니다."

"그럼 오늘은?"

"원칙상 오늘까지는 회장실 소속이지만 지금은 퇴근시간 이후니까 정확히는 업무 대기발령중이라고 할 수 있습니다."

"재밌네. 그래서 지금은 무소속이라는 건가?"

"네."

"그럼 오늘은 그냥 돌아가도록 해요, 무소속 은진경 씨. 내일부터 확실한 내 사람이 됐을 때 받아들여주지."

"네, 그럼 가져온 짐만 옮겨두고 돌아가도록 하겠습니다."

진경은 아무런 불쾌한 내색 없이 지후를 향해 예의 바르게 고개를 숙여 보였다. 매끄러운 존댓말과 불쑥불쑥 튀어나오는 거친 반말이 공존하는 지후와의 대화는 베테랑인 진경에게도 쉬운 일이 아니었다. 이런 남자를 '잘 돌봐달라'며 자신에게 떠넘긴 한경 회장을 떠올리며, 진경은 속으로 쓴웃음을 지었다. 말썽쟁이 학생을 떠맡은 가정교사라도 된 듯한 기분이었다. 마치 오래전, 지후의 이복 동생인 한정후를 처음 만났을 때와 비슷한 느낌이랄까.

하지만 아무리 성질머리가 더러웠다고 해도, 그때의 정후는 열여덟의 애송이였다. 진경이 20살 때 처음 만났던 정후 역시 만만한 타입이라고는 결코 말할 수 없었지만, 이미 자랄 대로 자란 서른 살의 한지후와 비교할 만한 만한 상대가 아니었다. 능구렁이를, 아니 살모사를 백 마리쯤은 삶아 먹은 듯한 눈앞의 남자는 천하의 은진경에게도 버겁기만 했다. 그래도 20살 아르바이트생 시절부터 한경그룹의 회장실에서 잔뼈가 굵은 진경이었다. 나름 산전수전 공중전까지 모두 겪은 그녀에게 이 정도는 아무것도 아니었다. 적어도 아직까지는 괜찮았다.

진경은 침착한 모습으로 자신의 몫으로 배정된 책상 앞으로 다가가 가지고 온 상자 안의 물품들을 정리하기 시작했다. 그리고 지후는 그런 그녀의 일거수일투족을 빤히 지켜보고 있었다. 끈적하게 핥는 듯한 시선이 자신의 온몸을 휘감는 듯한 느낌에, 진경은 어서 빨리 달아나고 싶은 충동과 싸우고 있는 중이었다. 문득 진경은 맹수와 처음 마주친 사육사가 된 기분이 들었다. 잔뜩 발톱을 세우고 경계의 눈빛을 보내는 맹수를 향해, '나는 나쁜 사람이 아니야, 너의 적도, 너의 먹이도 아니야. 그러니까 지금부터 잘해보자.'라는 메시지를 전해야만 하는 사육사 말이다. 적어도 한지후는 인간의 말은 알아들으니, 그것보다는 훨씬 더 나은 상황일지도 몰랐다. 진경은 일부러 아무렇지도 않은 듯 책상 정리에만 몰두했다. 자신이 그에게 안전한 사람이라는 것을 증명이라도 하듯이. 적어도 한지후가 자신을 흥미로워한다는 것만은 분명했고, 그것만으로도 썩 나쁜 출발은 아니었다.

자신의 몸뚱이를 뚫어버릴 것처럼 바라보는 지후의 시선은 그야말로 부담스럽기 짝이 없었지만, 진경은 여기서 질 수는 없다며 자신을 다독였다. 지금의 기싸움에서 밀려난다면, 한지후의 브레이크는커녕 깜빡이 램프도 될 수 없을 터였다. 책상 위의 물건들이 달각거리는 조용한 소음만이 고요한 사무실에 울려 퍼지는 가운데, 두 사람의 소리 없는 기싸움은 한참 동안이나 계속되었다.

"이제 가보겠습니다."

마침내 가지런히 모든 정리를 마친 진경은 지후를 향해 공손히 고개를 숙여 보였다. 드디어 탈출의 시간이 도래한 것이었다. 자신의 시선 속에서도 태연함을 유지하는 진경의 모습이 꽤나 신기했는지, 팔짱을 낀 채 의자에 기대어 앉은 지후의 눈동자에는 흥미로운 기색이 어려 있었다.

"결벽증 있어요?"

"네?"

뜻밖에 던져진 지후의 말에, 진경은 처음으로 조금 당황한 목소리를 냈다. 그 모습이 꽤나 웃겼는지, 지후가 풋, 하고 작게 웃었다. 그의 입술 곁에, 아주 조그맣게 볼우물이 패었다.

"그냥 정리하는 수준이 아닌 것 같은데?"

지후는 턱으로 슬쩍 진경의 책상을 가리켜 보였다. 검정색 일색의 문구류들이 종류별로 같은 크기, 같은 모양으로 나란히 줄 맞춰 정리된 진경의 책상 위는 결벽증이란 지적이 무색하지 않을 정도로 완벽한 상태를 유지하고 있었다. 조금의 흐트러짐도 허용하지 않는 완벽한 질서와 조화의 공간. 그것이 은진경이 추구하는 이상향이었다. 하지만 그렇다고 해서, 처음 본 낯선 남자에게 결벽증이라고 지적받는 것은 딱히 기분 좋은 경험은 아니었다.

"그냥 깔끔한 걸 좋아하는 성격입니다."

여전히 담담한 진경의 대답에, 지후는 코웃음을 치며 그녀의 모습을 다시 한 번 찬찬히 살펴보았다. 검은색에 가까운 진회색 스커트에 하얀 블라우스, 머리카락 한 올 허용하지 않고 단정하게 틀어 올린 헤어스타일까지. 그녀의 옷차림은 그녀의 책상 위와 몹시도 닮아 있었다.

"검은색 좋아해요?"

"네."

"나도 검은색 좋아하는데, 그건 나랑 같네. 은진경 씨는 왜 검은색을 좋아해요?"

처음으로 그가 물어본 사적인 질문이었다. 진경은 잠시 지후의 의도를 가늠하듯 그를 바라보다가 조용히 대답했다.

"때가 타지 않으니까요."

지후는 또다시 피식 웃었다. 진짜로 우스운 건지, 혹은 진경을 비웃는 건지는 확실치 않았다.

"그것도 나랑 같네요. 그래서 좋아요, 검은색은. 이미 더러워질 대로 더러워진 색이거든요."

뭔가 선문답 같은 대답이었다. 진경은 그의 대답을 머릿속으로 다시 한 번 곱씹어보았다. 혹시라도 행간 사이에 그가 숨겨놓은 다른 의미가 있을까 싶어서였다.

하지만 지후는 그녀가 생각할 시간도 주지 않고 싸늘한 축객령을 내렸다.

"자, 정리가 다 끝났으면 이만 가보시죠."

아주 잠깐 내보인 듯한 그의 본심은 그렇게 그대로 닫혀버리고 말았다. 조금 아쉬운 마음이 들었지만 진경은 일단 후퇴를 선택했다. 그와의 관계는 이제부터가 시작이었으니까.

"네, 그럼 가보겠습니다."

진경은 단정히 허리를 굽혀 인사를 하고 그에게서 돌아섰다. 문득 맹수에게는 등을 보이면 안 된다던 말이 떠올랐다. 아무래도 진경에게 지후의 첫인상은 맹수와 같았나 보다. 햇볕 아래 드러누워 얌전히 수염을 쓰다듬고 있지만, 언제라도 등을 보이면 달려들 준비가 되어 있는 맹수.

"그럼 내일 봅시다. 내일은 확실히 제 소속이 되어 있길 바라요."

돌아선 진경의 등 뒤로, 지후의 마지막 말이 덮치듯 따라왔다. 어딘지 조롱이 섞인 듯한 빙글거리는 어투였다. 결국 진경은 대답하지 않았다. 반쯤 열려진 문 사이로 다시 한 번 공손히 고개를 숙여 보이고는, 조용하지만 단호한 손길로 문을 닫았을 뿐이었다. 이것이 한경건설의 전략기획본부장 한지후와 그의 비서 은진경의 공식적인 첫 만남이었다.

9시가 출근시간이었지만 보통 비서들은 8시 이전에 출근하기 마련이었다. 하지만 진경은 그보다도 한두 시간 일찍 출근하곤 했다. 지하철에서 사람들과 부대끼는 출근시간 대신, 여유롭고 고요한 새벽 시간에 이동하는 것을 더 좋아하기 때문이었다. 아무도 없는 고요한 사무실에서 갓 내린 커피 한 잔과 함께 고요한 아침을 맞이하는 것은 그녀의 즐거움 중 하나였다. 하지만 6시 반, 아직 새벽의 어스름이 가시지 않은 이른 아침에 출근을 마친 진경은 벌써부터 불이 켜진 사무실의 모습에 깜짝 놀라고 말았다.

"일찍 출근했네요."

어젯밤 헤어졌을 때와 똑같이 말쑥하게 양복을 차려입은 지후가 밝은 목소리로 인사를 건넸다. 이미 사무실에는 향긋한 커피 향이 가득 맴돌고 있었다. 진경은 당황했다. 8년 차 비서 인생에서 이런 경우는 처음이었다. 사무실을 정리하고 커피를 내리는 것은 비서의 첫 번째 임무였다. 하지만 이미 지후의 책상 위에는 갓 내린 커피는 물론이거니와, 오늘자 신문들까지 나란히 놓여 있었다. 아침에 해야 할 비서의 업무들을 이미 빼앗겨버린 진경은 초조한 마음이 들었다.

"일찍 나오셨네요. 항상 이 시간에 출근하시나요?"

"뭐, 대부분은요. 은진경 씨는 커피 어떻게 마셔요? 블랙? 아니면 크림 넣어서?"

마치 커피 광고의 모델처럼 우아한 동작으로 커피 잔을 들어 보이며, 지후는 싱긋 웃었다.

"괜찮습니다. 제가 하겠습니다."

"됐어요. 은진경 씨가 여기 온 첫 손님이니까 오늘은 내가 대접할게요. 그래서 은진경 씨 커피 취향은 어떻게 된다고요?"

"아, 그냥 블랙으로 연하게……."

"커피도 까만 걸 좋아하네요. 이것도 나랑 같네."

따끈하게 김이 오른 블랙커피 한 잔을 머그컵에 가득 담아 오면서 그는 또다시 싱긋 웃었다. 그의 입가에 볼우물이 예쁘게 패는걸, 진경은 조금 멍한 눈으로 바라보았다.

"다음엔 아랍식 커피를 끓여줄게요. 좀 끓이는 방식이 귀찮긴한데, 대추야자랑 먹으면 맛있거든요. 아랍커피 먹어봤어요?"

"아니요."

"약간 우리나라 쑥차 같은 느낌이 드는데, 생각보다 맛있어요."

한 달 전까지만 해도 지후가 사우디에 있었다는 사실을, 진경은 새삼 기억해냈다. 4억 달러 규모의 화공플랜트 건설공사의 계약건이 있었고, 입찰 상대는 재작년 에틸렌아민 화공플랜트를 성공적으로 준공한 경험이 있는 준영건설이었다. 아무도 승리를 예측하지 못한 그 경쟁에서 성공적으로 수주를 따낸 일등 공신이 바로 한지후였다.

입사부터 지금까지 미묘하게 한직으로만 내돌리던 그였지만, 한지후는 모두가 기피하던 업무를 자청해서 맡으며 오히려 승승장구를 거듭하고 있었다. 그리고 마침내 공로를 인정받아 해외영업을 주로 하던 글로벌관리 본부장에서 본사의 전략기획본부장으로 발령받게 된 것이다. 윤여희 측 세력의 반대가 없는 것은 아니었지만, 그러기에는 그의 공훈이 너무도 명백했기에 그의 승진을 막을 수는 없었다.

하지만 지금의 진경에게 중요한 것은 그런 것 따위가 아니었다. 웬만한 일에는 놀라거나 당황하지 않는 진경이었지만, 오늘 아침만큼은 눈에 띄게 안절부절못하며 당황하는 중이었다. 사무실의 벽면을 가득 메운 유리창에는 아직도 푸르스름한 새벽의 기운이 남아 있었고, 아무도 없는 고요하고도 푸른 공간은 사무실이라기보다는 꿈의 한 자락처럼 기묘한 느낌이 났다. 따뜻한 커피 향기 사이로 마주한 한지후는 어제의 맹수 같은 남자가 아니라, 다정한 꿈속의 연인 같은 느낌까지 들었다.

그래서 진경은 이 자리가 매우 불편했다. 자신이 해야 할 일은 완벽한 비서의 모범을 보이는 일이었지, 놀러 온 손님처럼 상사가 타준 커피를 마시며 노닥거리는 것이 아니었다. 어서 빨리 무슨 일이든 해야 할 것 같은 초조함에 마음은 점점 더 불편해져가고 있었다.

오늘 아침의 한지후는 쓸데없을 만큼 친절했다. 깊은 숲 속에서 만난 친절한 마녀처럼 다정하고 상냥했지만 어딘지 모르게 불길

했다. 그런 진경의 마음을 눈치챈 듯 지후는 생긋 웃으며 말했다.

"일정 관리는 보통 스케줄 프로그램으로 하고 있어요. 요즘은 프로그램들이 아주 잘 나와 있더라고요. 모바일 연동도 아주 잘되고."

달콤하고 예의 바른 어조를 띠고 있긴 했지만, 그 안에 담긴 것은 '그러니 너 따윈 필요 없어.'라는 메시지였다. 물끄러미 자신을 바라보는 진경과 눈을 마주치며, 지후는 다시 한 번 매력적으로 웃어 보였다.

"어디 보자. 오늘은 10시에 회의가 있네요. 회의 자료 좀 검토해 보려면 지금부터 시작해야겠는데요? 이사님들이 보통 깐깐한 게 아니셔서요."

휴대폰의 일정 프로그램 화면을 슬쩍 쳐다본 지후는 커피 잔을 손에 든 채로 자리에서 일어섰다. 진경 역시 그를 따라 조용히 자리에서 일어섰지만, 지후는 손을 들어 그녀를 저지했다.

"아, 천천히 커피 마시면서 편하게 있어요."

"괜찮습니다. 그럼 전 뭘 하면 되겠습니까?"

"글쎄요…… 지금은 딱히 할 일이 없네요. 원래 혼자서도 충분한 일이라……. 우선 그냥 편하게 앉아 있어요."

볼우물이 깊이 팰 정도로, 지후는 환하게 웃어 보였다. 하지만 진경은 웃는 가면을 마주한 듯한 느낌을 받았다. 모델처럼 예쁘게 웃고 있는 그의 미소 뒤에는 여전히 칼날처럼 번득이는 날카로운 눈동자가 숨어 있는 듯했다. 자리에 돌아간 그가 자연스럽게 서류 더미 속으로 침잠해버리자, 진경은 이것이 자신에 대한 일종의 선

전 포고라는 것을 깨달았다.

비서라는 것은 무릇 상사의 손발이 되어주는 것이다. 주인이 움직이고자 하는 대로 한 몸처럼 편하게 움직여주는 것. 그것이 비서인 은진경이 해야 할 일이었다. 하지만 지금처럼 주인이 아무런 일도 시키지 않는다면, 비서인 진경은 그저 끈 떨어진 꼭두각시처럼 쓸모없는 존재가 될 수밖에 없었다. 깨끗하게 정리된 책상에 단정히 앉아 있었지만, 단지 그뿐이었다. 아무런 업무 지시도 받지 못한 채, 진경은 책상 앞에 가만히 앉아 있을 수밖에 없었다. 주인을 기다리는 인형처럼 무기력하고 초라하게.

8시가 되고, 9시가 넘어가는데도, 지후는 자신의 책상에서 고개조차 들지 않았다. 진경의 존재조차 온전히 잊어버린 것처럼 오직 자신의 업무에만 집중할 뿐이었다. 용기를 내서 '필요하신 일은 없으십니까?'라고 물어보았지만, 지금은 딱히 시킬 일이 없다는 녹음기처럼 무성의한 대답만이 돌아올 뿐이었다.

분명 이것은 노골적인 따돌림 행위였다. 유치한 왕따놀이에 진경은 기가 찼다. 이런 걸 보면 역시나 한지후와 한정후가 형제는 형제인가 보다 싶기도 했다. 자신을 도련님이라고 부르라며 막무가내로 박박 우기던 8년 전의 정후가 생각나서, 진경은 속으로 쓴웃음을 지었다.

8년이 지난 지금은 그 형의 심술까지 감당해야 하다니, 아마도 전생의 은진경은 이 한씨 형제에게 커다란 빚이라도 졌나 보다. 그렇지 않다면 형제가 쌍으로 이런 시련을 안겨주지는 않았을 것이다. 비겁하게도 서류와 모니터 뒤로 쏙 숨어버린 얄미운 지후의 모습을 노려보며, 진경은 '어디 한번 해보자.' 하고 전의를 가다듬었다. 한지후와의 전쟁은 지금부터가 진짜 시작이었다.

독종.

그것이 초, 중, 고 내내 은진경을 따라다니던 별명이었다. 고아원에서 살고 있는 조그만 계집아이란 어쩔 수 없이 허름하고 볼품없을 수밖에 없었다. 아이들의 놀림과 따돌림의 대상이 되는 것 역시 당연한 수순이었다. 초등학생 때는 보다 직설적이고 거친 놀림이 따라다녔고, 나이가 들면서는 보다 은밀하고 야비한 방식의 따돌림이 그녀를 괴롭혔다. 종류는 조금씩 달랐지만, 어린아이가 감당하기에는 쉽지 않은 시련이 아닐 수 없었다.

하지만 은진경은 독했다. 아직 젖살이 채 가시지 않은 초등학생 시절부터도 독했다. 더럽고 냄새난다는 놀림을 받고 싶지 않아서 새벽부터 찬물로 온몸을 씻고, 고사리 같은 조그마한 손으로 제 옷들을 빨았다. 그 흔한 학원 한번 다녀보지 못했지만 남보다 두 배, 세 배 열심히 공부해서 1등 자리를 놓쳐본 적이 없었다. 비록 허름하고 낡긴 했지만 언제나 빳빳하고 깨끗한 옷을 입었고, 어느 누구도 함부로 할 수 없을 만큼 단정하고 또렷한 몸가짐을 유지했다. 그사이 그녀를 둘러싼 사람들의 적의는 점점 더 심해져갔지만, 진경은 결코 그들에게 굴복하지 않았다. 독종 소리를 들으며 혼자가 되는 한이 있더라도, 고아원 아이라며 무시받고 동정받는 것만은 절대 원하지 않았다. 이렇게 하루하루 독하게 자신을 쥐어짜며, 지금까지 스물여덟 해를 살아온 진경이었다. 진경을 공격하기 위해 따돌림이란 유치한 방법을 선택했다면, 그것은 한지후의 크나큰 판단 실수였다. 진경은 이미 따돌림이라면 이골이 나 있었기 때문이었다.

진경은 속으로 가만히 웃음을 지었다. 그러고는 모니터 너머의 지후를 노려보며 자세를 가다듬었다. 가만히 기다리는 것이다. 그가 스스로 백기를 들고 항복할 때까지.

2장. 인형과 비서의 차이

뻐근해진 뒷목을 주무르며, 지후는 서류 더미에서 고개를 들었다. 그러고는 반사적으로 왼쪽을 흘깃 바라보았다. 그곳에는 하얀 블라우스를 입은 여자가 단정히 앉아 있었다. 한 시간쯤 전에 봤을 때와 조금도 달라진 점이 없는 모습이었다. 아니, 다섯 시간 전과 비교해봐도 전혀 다른 점을 찾을 수가 없었다. 마치 문 앞을 장식해놓은 조각상처럼, 은진경은 그 자리에 그대로 앉아 있었다. 기껏해야 한두 시간만 내버려두면 항의를 하건 애원을 하건 뭐든 재미난 반응을 보여줄 거라 기대했는데, 그의 예상과는 참으로 다른 반응이었다.

지후는 목석처럼 앉아 있는 여자를 곁눈질로 흘긋거리며 코웃음을 쳤다. 한 회장이 8년이나 직접 끼고 있던 여자라더니, 역시나 보통내기는 아니다 싶어서였다. 영감탱이 대체 무슨 생각인 거냐며, 지후는 쓴웃음을 지었다. 갑자기 본국으로 불러들인 것도, 느닷없이 전략기획본부장 자리를 내놓은 것도, 정체불명의 괴상한 여자를 비서로 붙여준 것도, 지후로서는 도무지 이해 가지 않는 행보였다.

지금껏 한씨 가문에서도, 한경건설 내부에서도 한 번도 환영받은 적 없던 지후였다. 7살 어린 나이에 경찰차를 타고 한씨 가문의 저택에 첫발을 내디딘 이후부터 언제나 지후는 벽 바깥의 존재였다. 아무리 노력해도 그들의 벽 안쪽으로는 들어갈 수 없다는 것을, 그는 꽤나 일찍부터 깨달았다.

그래서 지후는 지금 한경 회장의 행보가 더더욱 이해되지 않았다. 그의 실질적 장남인 한정후가 멀쩡히 살아 있는 지금, 굳이 자신에게 관심을 가질 이유가 딱히 없었던 것이다. 이미 본국으로 소환이 되었으니 원치 않게 태풍의 중심에 서게 되긴 했지만, 한경 회장의 꼭두각시로 놀아나는 일만큼은 절대 사양이었다. 한경 회장의 의도를 좀 더 확실히 알게 되기 전까지는 한 회장의 끄나풀인 그녀 역시 쉽게 받아들일 수 없었다.

벌써는 어린아이처럼 책상 앞에 반듯이 앉아 있는 진경이 조금 안쓰럽기는 했지만, 그 역시 그녀가 자초한 것이니 어쩔 수 없는 일이었다.

"벌써 점심시간이네요. 은진경 씨도 식사하러 다녀오세요."

얼굴 가득 얄미울 정도로 가증스런 미소를 두른 채로, 지후는 진경에게 말을 걸었다. 그녀가 지금이라도 성질을 내며 덤벼들기를 기다리면서. 하지만 진경은 여전히 담담한 얼굴로 공손히 대답할 뿐이었다.

"식사 맛있게 하고 오십시오. 저는 도시락을 싸왔습니다."

"아, 그래요? 안타깝네요. 첫날이니까 제가 한턱내고 싶었는데."

"감사합니다만, 괜찮습니다."

"저녁까지 싸온 건 아니죠?"

"네."

"그럼 됐네요. 저녁 같이해요. 어쨌든 첫날이니까."

진경의 얼굴에 당황함이 스치는 것을 보며 지후는 웃었다. 그를 잘 모르는 사람들은 상냥하다고 말하고, 그를 아는 사람들은 무섭다고 말하는, 한지후 특유의 미소였다.

"은진경 씨 술 잘해요?"

어딘지 모르게 장난기가 감도는 얼굴로 지후가 물었다.

"아니요, 술은 잘 못 마십니다."

"아쉽네. 그럼 이따가 나 술 마시는 거 구경해요."

이번엔 진경도 당황할 수밖에 없었다. '네?' 하는 조금 얼빠진 목소리가 진경의 입술 사이에서 흘러나왔다. 그런 진경의 모습에, 지후는 피식 웃음을 지었다. 이 완벽한 여자의 입에서 나온 조그만 균열이 생각보다 웃기고도 귀엽게 느껴졌기 때문이었다.

"회식에 술이 빠지면 안 되잖아요."

진경의 덤덤한 얼굴에 엷은 난처함이 스쳐 가는 것을, 지후는 즐겁게 바라보았다. 은진경과의 대화는 생각보다 재미있었다. 마치 물수제비를 던지는 것과 비슷했다. 말갛고 고요한 수면 위로 돌멩이의 파문이 일어나는 걸 구경하는 듯한 그런 재미가 있었다.

진경에게 회식을 빙자한 술자리를 제의한 것은 지후로서도 뜻하지 않은 충동적인 결정이었다. 자신을 향해 단정히 고개를 숙여 보이는 그녀의 모습을 보는 순간, 저도 모르게 그 말이 튀어나와버렸다. 오전 내내 노골적으로 방치해두었음에도 불구하고 징그러울 만큼 태연한 이 여자의 속내를 조금 더 알고 싶어서였을 거라고, 아마도 그런 이유임에 틀림없을 거라고, 지후는 자기 자신에게 변명 중이었다. 그렇지 않고서야, 언제나 계획에 따라 움직이는 그가 이런 갑작스런 저녁 약속 따위를 잡을 리가 없었기 때문이었다.

근처의 레스토랑에서 혼자 점심을 먹는 동안에도, 지후의 머릿속에는 사무실에 혼자 있을 그 여자에 대한 생각이 떠나지 않았다. 자신이 없는 곳에서도 여전히 그 따분하고 재미없는 표정을 하고 있을지, 아니면 자신이 떠나자마자 점잖던 가면을 벗어던지고 본색을 드러냈을지 정말로 궁금했다. 부뚜막의 고양이처럼 얌전을 떨던 그녀가 쌍욕과 함께 자신의 험담을 하고 있다면, 그건 또 그거대로 재미있을 것 같기도 했다.

물 한 잔도 안 마실 것 같은 로봇 같은 얼굴로 뭘 먹고 있을지도 궁금했다. 도시락이라니, 요즘도 그런 걸 싸가지고 다니는 사람이 있단 말인가 싶어서, 지후는 피식 웃었다. 아무튼 이래저래 호기심이 생기는 여자인 것만은 분명했다. 그녀의 도시락메뉴까지도 궁금해질 지경이니 말이다. 지후는 짜증스러울 정도로 단아한 진경의 얼굴과 수녀복 같은 진회색 정장으로 감싸인 호리호리한 몸을 생각하며, 입 안의 스테이크를 질겅거렸다. 송곳니 아래로 송아지의 여린 살결이 찢기며 핏기 어린 육즙이 향긋하게 배어나오는 것을, 그는 즐겁게 음미했다.

지후가 점심을 먹고 돌아왔을 때도, 은진경은 여전히 그 자리에 앉아 있었다. 다만 사무실에선 좀 더 청결하고 깨끗한 향기가 났고, 사무실의 창가에는 연한 청보랏빛이 도는 수국 한 다발이 꽂혀 있었다. 점심을 먹기에도 짧은 시간에 청소를 하고 꽃까지 꽂아놓은 부지런함에 지후는 감탄했다. 가만히 앉아 있는 것 말고 무엇이라도 해보려는 그녀의 눈물겨운 노력 역시 우습고도 귀여웠다. 하지만 다른 꽃도 아닌 하필 수국이라니. 안타깝게도 그녀의 선택은 틀렸다.

"뭐죠, 저건?"

지후의 목소리는 여전히 상냥했다. 하지만 매끄러운 친절 속에 담긴 것은 호의와는 다른 그 무엇이었다.

"어떤 꽃을 좋아하실지 몰라서, 제 임의대로 준비해보았습니다."

지후는 웃었다. 오랜만에 재미난 것이라도 생긴 것처럼, 진경을 똑바로 바라보며 예쁘게 웃었다. 그러고는 천천히 창가로 다가가서 수국 다발을 뽑아 들었다. 뎅겅 잘린 적장의 목처럼, 연보랏빛 꽃 뭉치가 손아귀에 대롱대롱 매달렸다.

"근데 어쩌죠? 난 꽃 같은 거 질색인데."

꽃 뭉치가 허망하게 바닥으로 추락했다. 고운 빛깔의 꽃잎들이 대리석 바닥 위로 흩어지는 것을, 진경은 가만히 바라보고 있었다.

한편, 물처럼 담담하던 그녀의 얼굴이 하얗게 굳어지는 것을, 지후는 흥미진진하게 바라보았다.

화를 내봐, 어서. 본색을 드러내고 소리를 질러봐, 지금 당장. 지후는 진경을 향해 마음의 응원을 보냈다. 그리고 교양 있는 척, 상냥한 척하는 그녀의 얼굴이 일그러지며, 속 안에 감추어져 있던 더럽고 일그러진 것들이 나오기를 기다렸다.

하지만 아쉽게도, 그런 일은 일어나지 않았다.

"죄송합니다. 앞으로는 꼭 먼저 문의드리고 하겠습니다."

진경은 조심스레 허리를 굽혀 떨어진 꽃들을 집어 들었다. 그러고는 조그마한 사무용 빗자루를 들고 와서 떨어진 꽃잎들을 쓸어 담았다. 바닥 위로 동그랗게 굽혀진 그녀의 등을 보고 있노라니, 지후는 왠지 짜증이 났다. 처량하게 굽어진 그녀의 동그란 등에선, 어쩐지 기억하고 싶지 않은 과거의 누군가가 겹쳐져 보였다.

창가에 앉아 새하얀 수국을 꽂고 있던 앙상하게 마른 등……. 더 이상은 기억하고 싶지 않던 그 뒷모습이 마음의 깊은 심연에서부터 선명히 떠올랐다. 그것은 정말로 엿 같은 기분이었다.

"그냥 둬요. 어차피 이따가 청소하시는 분들이 치우실 거예요."

"괜찮습니다. 거의 다 끝났습니다."

그녀의 대답에 지후는 괜스레 부아가 났다. 수많은 꽃들 중에 하필이면 수국을 선택했던 그녀가 운이 없었던 거라고 변명해봐도, 더러운 기분은 쉽사리 가시지가 않았다.

"그냥 두라는 말 못 들었어요?"

결국 지후는 짜증을 내고 말았다. 진경은 곧바로 '죄송합니다.'

하고 사과하며 허리를 폈지만, 어쩐지 그런 고분고분한 모습조차 짜증스러워졌다.

"그런 일 하라고 여기 온 거 아니니까 앞으론 그러지 말아요."

"네."

"커피나 한 잔 타주세요. 블랙으로, 진하게."

"네."

진경이 커피를 타러 탕비실로 들어간 사이, 지후는 바닥에 떨어진 수국 꽃잎을 착잡한 눈빛으로 바라보았다. 새끼손톱보다도 더조그만 꽃잎은 연한 청보라색을 띠고 있었다. 신경 써서 바라보지 않으면 흰색이라고 생각할 만큼 아주 연한 보랏빛이었다. 참으로 별것도 아닌데, 한번 눈에 밟히기 시작하니 계속 그것들만 보였다. 넓은 대리석 바닥 위에 고작 두어 잎 떨어져 있을 뿐인데도, 연보랏빛 꽃잎들은 도무지 무시할 수 없는 존재감을 자랑하고 있었다. 괜스레 짜증이 솟구쳐서, 지후는 창밖으로 고개를 돌리고 말았다.

어느덧 책상 위로 달각거리는 소리와 함께 향긋한 커피 향기가 느껴졌다. 기척이 거의 없는 조용한 손길로 진경은 커피 잔을 조심스레 책상 위에 내려놓았다.

"입맛에 맞지 않으시면 말씀해주십시오."

조용하고 담담한 목소리였다. 어떻게 보면 무뚝뚝하고 사무적으로도 느껴지고, 어떻게 보면 사려 깊고 친절하게 느껴지기도 하는, 이상한 목소리였다. 지후는 문득 그녀의 목소리가 좀 더 궁금해졌다. 그와 함께한 오늘 하루에 대한 은진경의 심정도 알고 싶었다. 하루 종일 자신을 고장 난 인형처럼 처박아둔 지후에 대해, 그녀가 어떤 생각을 품고 있는지도 궁금했다. 하지만 그녀는 제 할 말만 달랑 끝내버리고는 곧장 제자리로 돌아가버렸다.

감질이 나는 것은 어쩐지 지후 쪽이었다. 지후는 애꿎은 커피만 볼만스레 쳐다보다가, 이내 허탈하게 웃으며 커피 잔을 손에 들었다. 두 사람의 심리전에서, 어쩌면 그녀가 자신보다 한 수 위일지도 모른다는 생각이 문득 들었다.

진경이 타온 커피는 짜증이 날 정도로 맛있었다. 비서가 아니라 바리스타로 취업해도 성공할 것 같은 실력이었다. 향기로운 커피를 한 모금 입에 머금은 채, 지후는 진경 쪽을 흘끔 바라보았다. 여전히 그녀는 같은 자세로 가만히 앉아 있었다. 명령이 떨어지기를 기다리는 로봇처럼 얌전하게. 며칠간은 아무런 업무도 시키지 않고 벌세우듯 방치해둘 생각이었는데, 뜻하지 않게 커피심부름을 시키고 말았다는 사실이 불현듯 떠올랐다. 그녀가 울면서 한 회장에게 고자질이라도 하길 기대했는데, 이미 틀려버린 것 같았다. 하긴 은진경은 무슨 일이 있더라도 울면서 사무실을 뛰쳐나갈 만한 여자는 아니었다. 그녀와 함께한 지 몇 시간 지나지 않았지만 그것만은 확실했다. 어떤 일을 당해야 저 무뚝뚝한 표정을 일그러뜨리고 좀 더 사람다운 표정을 지을 것일까, 지후는 문득 궁금해졌다.

대리석 바닥 위에 떨어진 연보랏빛 꽃잎처럼, 의자에 가만히 앉아 있는 진경의 존재 역시 한번 신경이 쓰이기 시작하자, 계속 눈이 갔다. 점심시간 이후로 계속된 업무시간 내내, 지후의 눈길은 몇 번이나 진경을 향해 있었다. 그토록 장시간 꼼짝도 않고 제자리에 앉아 있으면 온몸에 쥐가 날 듯도 한데, 은진경은 무덤한 얼굴로 그저 가만히 앉아 있을 뿐이었다. 이쯤 되니 초조해서 못 견디게 된 것은 지후 쪽이었다.

"힘들지 않아요?"

퇴근시간이 다가오는, 뉘엿뉘엿한 저녁 무렵이 되었을 때, 결국 지후는 더 이상 참지 못하고 진경을 향해 불쑥 말을 걸었다.

"괜찮습니다."

되돌아온 것은 역시나 감질나는 짧은 대답이었다.

"인내심이 좋으신가 봐요?"

"그런 편입니다."

지후는 진경의 얼굴을 빤히 바라보다가 돌직구 같은 한마디를 불쑥 던졌다.

"속으로 나 욕했죠?"

결국 진경의 얼굴에도 당황스러움이 짧게 스쳤다. 그녀에게서 일말의 인간다운 반응을 이끌어낸 지후는 승리자 같은 얼굴로 빙긋 웃었다.

"어어, 진짜로 욕했나 보네?"

"아닙니다."

"에이, 분명히 욕했을 것 같은데. 저 새끼가 왜 그러나 하고."

일부러 입에 담은 거친 표현에, 진경이 당혹스런 표정을 지었다.

"욕…… 까지는 아닙니다."

"그럼 욕하기 바로 직전까지는 갔단 얘기네. 궁금하죠? 내가 왜 이러는지?"

"대충 짐작은 하고 있습니다."

"아마 은진경 씨 짐작이 맞을 거예요. 솔직히 은진경 씨 못 믿어서 그랬어요."

지후는 부드럽게 웃었다. 상대를 믿을 수 없다는 사람치고는 지나치게 상냥해 보이는 미소였다. 하지만 다음 순간, 그는 단숨에 웃음기를 거둬내고는 진경을 향해 똑바로 물었다.

"다시 한 번 물을게요. 왜 왔어요, 여기?"

취조실의 형사처럼 차갑고 날 선 목소리였다.

"회장님께서 지시하신 일이었습니다."

하지만 진경의 대답 역시 녹음기처럼 똑같았다.

"회장님은 왜 그런 지시를 내리셨을까요?"

"본부장님께서 본사의 업무에 빨리 익숙해질 수 있도록 도와드리라는 지시셨습니다."

진경의 대답에, 지후는 짧은 한숨을 내쉬었다.

"은진경 씨는 맨날 교과서 같은 대답만 하네. 그럼 질문을 바꾸죠."

진경을 바라보는 지후의 눈빛이 조금 더 짙어졌다.

"나 은진경 씨 믿어도 돼요?"

웬만한 사람들은 지레 시선을 피하곤 하는 날카로운 안광이었다. 하지만 진경은 그의 시선을 피하지 않았다. 똑바로 그의 눈동자를 마주하며, 흔들림 없는 어조로 천천히 대답했다.

"네. 믿으셔도 됩니다."

지후는 웃었다. 자신을 믿어도 된다는 진경의 말이 참으로 웃겨서였다. 나도 나를 믿을 수 없는 이 척박한 세상에서는 누군가를 믿는 것만큼 우스운 일도 없었다. 하지만 더 우스운 것은 그녀를 믿어보고 싶은 자기 자신이었다. 어쩐지 한 번쯤은 모험을 하고 싶어졌다. 은진경이란 이름의 재미난 모험을.

하긴 그녀가 믿음을 배신하고 뒤통수를 치면, 그만한 응분의 대가를 치르게 해주면 될 뿐이었다. 조그마한 비서 계집의 알량한 충성 따위가 뭐 그리 대수란 말인가. 한두 번 당해본 배신도 아닌데, 새삼스러울 것도 없었다.

지후는 벽에 걸린 시계를 흘끗 보고는 책상 위의 서류 파일을 풀썩 덮었다.

"오늘은 여기까지 하죠."

"네?"

진경의 눈동자가 아주 조금 커다래졌다.

"퇴근하고 회식하러 갑시다."

이어지는 지후의 말에, 그녀의 분홍빛 입술이 조그맣게 달싹거렸다. 애써서 눈여겨보지 않으면 결코 눈치채지 못할 미미한 변화였다. 하지만 지후는 그녀의 담담한 가면 안에서 벌어지고 있는 미묘한 표정의 변화를 목격하고는 괜스레 즐거워졌다.

"지금 바로 말씀이십니까? 조금만 더 시간을 주시면 담당부서에 연락해서 전체 회식 일정을……."

"아니요. 오늘 회식은 은진경 씨랑 저랑 둘이 하는 단합 대회예요."

지후는 진경을 바라보며 싱긋 웃었다. 한쪽 볼에 옴폭, 보조개가 패었다. 자신의 미소가 상대에게 어떤 위력을 보이는지, 너무나도 잘 알고 있는 지후였다. 반반한 얼굴과 거기에 어울리는 그럴듯한 미소는 지금과 같은 힘을 갖지 못한 어린 시절, 그를 지켜주던 최후의 무기 같은 거였다. 만약 그조차도 없었더라면, 한지후는 아주 오래전에 짓밟혀서 사라졌을 테니까.

"시간 괜찮죠?"

거부할 수 없는 미소에 힘을 실으며, 지후는 다시 한 번 상냥하게 쐐기를 박아 넣었다. 비록 담담한 척하고는 있었지만, 은진경은 분명히 당황하고 있었다. 진경의 무덤덤한 얼굴 뒤에는 미세하지만 분명한 동요가 일렁이고 있었다. 진경의 완벽한 평형 상태가 미묘하게 일그러지는 것을, 지후는 즐거운 얼굴로 지켜보았다. 어쩐지 재밌는 게임을 하는 듯한, 그런 기분이 들었다. 그것은 아주 오랜만에 느껴보는 흥분이었다.

아직 퇴근시간인 6시도 되지 않았건만, 진경은 난처한 얼굴로 지하주차장에 서 있어야 했다. 그녀의 앞에는 샛노란 람보르기니 한 대가 화려한 위용을 뽐내며 서 있었고, 열려진 차 문 사이로는 한지후가 보조개를 지으며 웃고 있었다.

"뭐해요, 안 타고?"

하지만 진경은 여전히 머뭇거리는 중이었다. 지나치게 화려한 차도 부담스러웠지만, 무엇보다도 지후의 옆자리인 것이 망설여졌다. 한 회장은 언제나 대형 세단의 뒷자리에 탔고, 진경은 운전기사의 옆자리에 앉으면 됐었다. 하지만 운전기사가 따로 없는 지후의 차에는 탈 자리가 마땅치 않았다. 여자 친구처럼 다정히 옆자리에 앉기도 불편하지만, 그렇다고 해서 지후를 운전석에 앉히고 자신이 상석인 뒷자리에 떡하니 앉을 수도 없는 일이었다. 결국 진경은 머뭇거리며 지후의 옆자리에 앉았다. 치마 아래로 드러난 자신의 허벅지 위로, 지후의 시선이 뜨겁게 내려앉는 것이 느껴졌다. 진경은 애써 침착하게 말려 올라간 치마를 단정히 끌어 내렸다.

"안전벨트도 해줘야 해요?"

"아닙니다."

진경이 당황스럽게 안전벨트를 매는 것을 보며, 지후는 즐거운 듯 웃었다.

"은진경 씨 단골집이라도 소개해줄래요? 한국 들어온 지 얼마 안 돼서 지리 잘 모르는데."

"죄송합니다만, 술자리는 즐기지 않아서 저도 잘 모르겠습니다."

"그럼 술은 뭐 좋아해요? 맥주, 소주, 양주?"

"너무 독한 술은 잘 마시지 못합니다."

"술은 원래 독한 맛으로 먹는 건데. 아쉽네요. 그럼 칵테일 마시러 갈래요?"

"네."

"그럼 내가 아는 데로 가요. 칵테일 맛있게 하는 데를 알거든요."

"네, 아무 데나 괜찮습니다."

"정말로 아무 데나 괜찮아요?"

"네."

지후의 의미심장한 눈빛을 눈치채지 못한 채, 진경은 무심코 고개를 끄덕이고 말았다. 하지만 술집이야 다 거기서 거기라고 생각하던 진경은 얼마 지나지 않아 자신의 생각을 고쳐야만 했다. 세상에는 '괜찮지 않은 술집'도 얼마든지 있다는 사실을, 그녀는 뼈저리게 느껴야만 했다.

"……여기 말입니까?"

지후가 차를 멈춘 곳은 화려하게 번쩍이는 술집 앞이었다. 누가 봐도 룸살롱인 것이 뻔해 보이는 천박한 불빛이 붉고 푸르게 점멸하고 있었다. 붉은 네온으로 쓰여진 '레드벨벳'이라는 글자만 봐도 예사로운 술집이 아니라는 것은 금세 눈치챌 수 있었다.

"싫어요?"

고개를 갸웃거리며 묻는 지후의 표정이 너무나 천연덕스러워서, 진경은 차마 아니라고 말할 수가 없었다. 하지만 이것 역시 지후의 또 다른 시험일지도 모른다는 생각이 들자, 진경 역시 오기가 들었다. 룸살롱이라면 벌벌 떨며 무서워할 거라고 생각했나 본데, 번지수가 제대로 틀렸다. 안타깝지만 건설업계는 이런저런 로비가 만연한 곳이었고, 로비에 빠지지 않는 코스가 룸살롱이기도 했다. 비록 진경이 룸살롱까지 직접 수행을 가는 일은 없었지만, VIP의 비밀접대를 위해 룸살롱을 예약하는 것은 진경의 업무 중 하나였다. 만일 지후가 단골 술집이 아닌 물 좋은 룸살롱을 물어보았다면, 적어도 이곳보다 훨씬 더 괜찮은 곳을 소개해줄 수도 있었을 것이다. 진경은 어깨를 좀 더 당당히 펴며 우아하게 대답했다.

"아닙니다. 괜찮습니다."

태연한 표정으로 람보르기니에서 내린 진경이 어서 안내하라는 듯 바라보자, 지후는 그런 그녀를 보며 짧게 피식 웃었다. 그러고는 성큼성큼 지하의 계단을 따라 내려가기 시작했다. 진경은 한 번 숨을 들이켜고는 천천히 그의 뒤를 따라갔다. 하지만 검은 양복을 입은 지후의 뒤를 따라 좁다란 계단을 내려가는 것은 마치 저승사자를 따라 지옥 입구로 들어가는 듯한 기분이 들었다.

다행히도 룸살롱의 내부는 번쩍이던 외부와는 달리 조용하고 아늑했다. 어두운 복도에는 붉은 카펫이 깔려 있었고, 나비넥타이를 맨 웨이터들만이 복도를 바삐 지나다니고 있을 뿐이었다. 지후를 알아본 웨이터가 반갑게 인사를 하며, 두 사람을 안쪽의 VIP룸으로 안내해주었다.

"앉아요."

지후는 자신의 맞은편 좌석을 가리키며 예의 바르게 말했다. 하지만 사무실의 한지후와 룸살롱의 한지후는 전혀 다른 사람처럼 느껴졌다. 한낮의 한지후는 말쑥하고 훤칠한 청년실업가로 보였지만, 밤의 한지후는 어딘지 모르게 퇴폐적이고 위험한 느낌이 들었다. 좀 더 진한 수컷의 냄새가 나는 것 같기도 했다. 이런 남자와 단둘이 밀폐된 공간에 있다는 것만으로도 척추가 바짝 곤두설 정도로 긴장되는 일이었다. 이곳으로 자신을 데려온 이 남자의 의도를 알 수가 없다는 사실이 무엇보다도 불안했다.

"편하게 앉아요. 안 잡아먹을 테니까."

상냥한 늑대의 얼굴을 하고서 지후가 웃었다. 진경은 아무렇지도 않다는 듯 자리에 앉았지만, 핸드백을 꼭 쥔 그녀의 손가락엔 어느새 하얗게 힘이 들어가 있었다.

"우롱차 좋아해요?"

"네?"

룸살롱에서 뜬금없이 우롱차를 찾는 지후의 물음에 진경은 저도 모르게 얼른 목소리로 반문을 하고 말았다.

"여기 우롱차 칵테일이 괜찮거든요. 우롱차에 라임주스, 그리고 생강시럽 약간. 어울릴 것 같지 않은 조합인데 은근히 매력적인 맛이에요."

"아…… 네."

"원래는 메뉴에 없는 건데, 친구 특권으로 특별히 먹는 거예요."

그 누구보다도 천진해 보이는 얼굴로, 지후가 찡긋 웃었다. 발톱을 감춘 채 고양이 행세를 하고 있는 표범처럼, 쓸데없이 귀엽고 예쁜 미소였다. 이곳은 그저 지후의 친구가 있는 가게고, 지후는 그저 우롱차 칵테일이 먹고 싶었던 것일지도 모른다고, 진경은 잠시 긍정적으로 생각해보았다. 괜스레 그의 의도를 의심한 진경 자신이 문제였을지도 몰랐다.

하지만 문이 열리고 붉은 옷을 입은 화려한 여자가 등장하자, 진경은 자신도 모르게 바짝 얼어붙고 말았다. 이곳이 어디였는지를 새삼 정신이 번쩍 나도록 깨달은 탓이었다.

"웬일이야? 한지후가 여길 다 오고?"

긴 머리를 우아하게 틀어 올린 아름다운 미녀였다. 큼직큼직한 이목구비가 연예인이라 해도 손색없을 만큼 화려했다. 여자를 둘러싼 공기에선 농도 짙은 향수만큼이나 진한 색기가 흘러나왔다. 핸드백을 꼭 쥔 진경의 손에 또다시 힘이 들어갔다.

"왜긴. 술집에 술 마시러 왔지."

"한국 들어왔다는데도 소리 소문 없길래 이제 여긴 발 끊은 줄 알았지."

"그래서? 섭섭했어?"

"그걸 말이라고 해? 한지후만큼 돈 잘 쓰고 말썽 안 부리는 손님이 또 어디 있다고."

"칭찬이라면 감사."

"글쎄…… 그게 과연 칭찬일까?"

진경을 내팽개친 채, 두 사람만의 다정한 대화가 오갔다. 한참 만에야 호기심 가득한 여자의 눈이 진경을 향했다. 짙은 아이라인 아래의 날카로운 안광이 진경의 몸을 재빠르게 훑고 지나갔다.

"근데…… 이쪽은? 여자 친구?"

"아니. 내 비서."

말린 장미 빛깔의 새빨간 입술로 싱긋 웃으며, 그녀가 진경을 향해 손을 내밀었다. 화려한 장미 향이 훅 끼쳐들었다.

"안녕하세요. 마리예요. 보시다시피 조그맣게 술집을 운영하고 있어요."

조그마한 술집이라기엔 지나치게 크고 화려했지만, 마리는 웃으면서 그렇게 자신을 소개했다.

"안녕하십니까, 은진경입니다."

"귀여우시네, 비서님."

자신을 향해 단정히 고개 숙여 인사하는 진경을 보며 마리가 쿡 쿡 웃었다.

"우리 지후 잘 부탁해요. 나쁜 남자니까 너무 가까이 가지는 말고."

그녀의 새빨간 입술이 다시 한 번 새빨갛게 웃었다. 그러고는 연인처럼 다정한 미소로 지후를 향해 속살거렸다.

"뭐 갖다 줄까? 약한 거? 아님 독한 거?"

"퍼스트 앤드 포모사로 둘. 그거 먹고 싶어서 온 거야."

"오케이. 안주는 과일?"

"과일 괜찮아요?"

지후는 대답 대신 진경에게 질문을 돌렸다. 진경은 조금 당황했다. 한 회장을 모신 지 오래되었지만, 한 번도 이런 자리에서 비서인 자신의 의견을 물은 적은 없었기 때문이었다. 제멋대로인 것 같으면서도 묘한 데에서 친절한 남자였다. 한지후는.

진경이 어색하게 고개를 끄덕여 보이자, 지후는 마리를 향해 '그럼 과일.' 하고 말했다.

"오케이, 제일 싱싱한 놈들로만 골라서 갖다 줄게."

생긋 웃은 마리는 지후를 향해 손키스를 날리고, 진경을 향해 윙크를 해 보인 뒤 바람처럼 문을 나섰다. 등장만큼이나 화려한 퇴장이었다. 그리고 다시 둘만 남은 밀실에는 바위처럼 묵직한 침묵만이 내려앉았다.

"친구분이신가 봐요."

진경은 지후를 향해 조심스럽게 질문을 던져보았다.

"뭐, 친구라기보다는……. 정확히 말해서 비즈니스 파트너죠."

룸살롱 여주인과 비즈니스 관계라니 대체 어떤 사이인 건가 묻고 싶었지만, 진경은 입을 닫았다.

"원래 그렇게 말이 없어요?"

이번엔 지후가 먼저 질문을 했다.

"그런 편입니다."

"친구들이랑 만날 때도?"

"그런…… 편입니다."

"후훗, 친구가 있긴 해요?"

지후가 웃으며 물었다. 무례한 질문을 상냥하게 던지는 이상한 특기가 있는 남자라고, 진경은 문득 생각했다.

"……네."

친구라기보다는 다들 동창에 가까운 사이였지만, 어쨌든 진경은 고개를 끄덕여 보였다. 친구도 하나 없는 외톨이라는 걸 동네방네 자랑할 만큼 바보는 아니었으니까.

"좋겠네요. 난 친구 없는데."

진경은 조금 놀랐다. 자신이 외톨이라는 걸 동네방네 자랑하는 바보가 뜻밖에도 눈앞에 앉아 있었기 때문이었다.

"친구 같은 거 안 키워요, 전."

"왜…… 입니까?"

"글쎄요. 친구를 좋아하는 타입이 아닌가 보죠."

지후의 대답에 진경은 뜻밖의 문화충격을 받았다. 지금까지 친구들이 자신을 좋아해주지 않는 것이 자신의 탓이라고만 생각했다.

자신이 가난해서, 고아라서, 인상이 차가워 보여서, 성격이 사교적이지 못해서, 그래서 친구가 없다고 생각했었다. 하지만 한지후는 친구란 능력의 문제가 아니라 취향의 문제라고 말하고 있었다. 친구를 좋아하지 않는 성격이 있을 수도 있고, 그것이 딱히 흠잡을 만한 일은 아니라고 당당히 말하는 그의 자신감이, 진경은 부러웠다.

아마도 남 눈치 안 보고 살아도 되는 부잣집 아들이라서 그런 거겠지, 라고 진경은 생각했다. 자신처럼 세상천지 기댈 데 하나 없는 천애 고아로 자랐다면, 지후 역시 그렇게 자신감 넘치는 태도는 가질 수 없었을 터였다.

"아 참, 수국 좋아해요?"

지후가 뜬금없이 물었다. 아마도 낮의 일을 떠올렸나 보다.

"특별히 좋아하지는 않습니다. 하지만 예쁜 꽃이라고 생각합니다."

"난 수국 싫어해요. 아주."

당황한 표정의 진경을 보며, 지후는 싱긋 웃었다. '수국을 아주 좋아한다'고 말한 걸 잘못 들은 게 아닐까 싶을 만큼 싱그러운 미소였다.

"아, 죄송합니다. 제가 잘 모르고⋯⋯."

"왜 싫어하는지는 안 물어봐요?"

"싫어하는 데 이유가 필요한가요?"

"필요하죠. 좋아하는 데도. 싫어하는 데도⋯⋯. 사람이 무엇에 대해 감정을 가질 때는 반드시 그에 상응하는 이유가 있는 법이거든요."

사람의 감정이란 꼭 그런 메커니즘에 의해서 움직이는 것만은 아니라고 생각했지만, 진경은 굳이 그의 말을 반박하지 않았다.

"우리엄마가 좋아하던 꽃이었어요. 그래서 난 싫어요. 엄마 생각이 나거든요."

지후의 모친에 대해서는 진경도 자세히 들어본 적이 없었다. 한경 회장의 측근인 만큼 그의 이런저런 가족사에 대해서는 누구보다 많이 아는 편이었지만, 지후의 모친에 대한 이야기만큼은 언급 불가의 비밀이었다.

"자살했어요, 우리 엄마. 나 7살 때."

대수롭지 않은 일처럼, 지후는 어깨를 으쓱이며 말했다. 진경은 놀랐다. 지후의 모친이 사망했다는 사실은 대충 알고 있었지만, 그녀가 자살했다는 사실은 처음 들은 이야기였기 때문이었다.

"그래서 난 지금도 엄마가 미워요. 배신자는 싫거든요."

죽은 어머니, 자살, 그리고 배신……. 지후의 입에서 연이어 터져 나온 자극적인 단어들에, 진경은 당황스럽고 난처해졌다. 아직까지 이런 깊은 속내의 얘기를 나눌 만한 사이가 아니어서 더욱 그랬다. 그에게 무슨 대답을 해주어야 할지 몰라서, 그녀는 그저 어색한 얼굴로 그를 바라보고만 있었다.

"그래서 난 은진경 씨가 끝까지 나를 배신하지 말았으면 해요. 그렇게 해줄 수 있겠어요?"

가면처럼 그의 입가를 떠돌던 미소가 걷혔다. 진경을 바라보는 지후의 눈빛은 그 어느 때보다 진실하고, 또 간절해 보였다. 진경은 진심을 담아서 고개를 끄덕여 보였다.

"좋아요. 믿어볼게요. 그래도 되죠?"

"네."

진경의 영혼 속까지 꿰뚫어 볼 듯 강렬한 눈빛으로, 지후는 한참이나 진경의 눈동자를 바라보았다. 그러고는 싱긋 웃었다. 그것이 합격의 웃음인지 아닌지는 확실하지 않았지만, 어쨌든 몹시도 해사한 미소인 것만은 틀림없었다.

"은진경 씨는 어때요? 엄마랑 친해요?"

"어릴 때 돌아가셨습니다."

"우린 여러 가지로 비슷한 점이 많네요. 설마 은진경 씨 어머님도 자살하시거나 한 건 아니겠죠?"

"……사고였습니다."

'이런.' 하고 지후는 한숨 쉬듯 짧게 말했다. 다행히도 어떤 사고인지는 자세히 묻지 않았다. 진경으로서는 참으로 다행스러운 일이 아닐 수 없었다. 자신의 어머니가 아버지의 손에 살해당했다고, 사실대로 말할 수는 없었기 때문이었다. 아마도 그건 사고였을 거라고, 진경은 지금도 생각하고 있었다.

아버지가 칼을 꺼내 들긴 했지만, 그건 평소처럼 술김에 하던 허세였을 뿐이었다. 정말로 죽일 생각은 절대로 없었을 것이다. 그녀의 아버지는 누군가를 맘먹고 죽일 만큼 강단 있는 성격이 못되었으니까 말이다. 그러니까 그것은 살인이라기보다는 사고라는 표현이 더 맞았다. 적어도 진경은 그렇게 생각하고 싶었다.

아마도 지후는 진경에게 뭔가를 더 묻고 싶었을지도 모른다. 하지만 때마침 문이 열리고 나비넥타이를 한 어린 웨이터가 접시에 담긴 술과 안주를 들고 들어와서, 대화는 끊어지고 말았다.

"어쩌다 보니 불행한 과거를 가진 사람들이 같이 모였네요. 그런 의미에서 우리 같이 열심히 해봅시다. 건배."

술잔을 한 손에 든 채 지후가 건배를 제안했다. 술잔 안엔 노르스름한 연둣빛이 도는 투명한 액체가 찰랑거리고 있었다. 한지후만큼이나 매력적이고 오묘한 빛깔이었다. 진경은 술잔을 들어 그의 잔에 부딪쳤다. 쨍 하는 맑은 소리가 두 사람의 사이를 가르며 울려 퍼졌다.

그가 추천한 칵테일은 독특하면서도 익숙한 맛이 났다. 독특한 진저 향과 새콤한 라임의 맛을 지나면 우롱차의 깊은 향이 입 안을 가득 채웠다. 한지후 같은 자극적인 남자와는 그다지 어울리지 않는 맛이었다. 세련된 도시의 맛이라기보다는 깊은 산사에 좀 더 어울리는, 그런 느낌의 술이었다.

"마음에 들어요?"

투명한 연둣빛의 액체 너머로, 한지후가 웃었다.

"네."

"나는 어때요?"

"네?"

"술 말고 나 말이에요. 나도 마음에 들어요?"

그의 미소가 좀 더 깊어졌다. 도수 높은 술을 마신 것도 아닌데, 어쩐지 어찔한 기분이 들었다.

"아직은요."

진경은 솔직하게 답했다. 지후는 후훗 하고 소리 내서 웃었다.

"후훗, 적어도 거짓말쟁이는 아니네요."

그러고는 술잔을 들어서 한 모금 마신 후, 의미심장한 눈빛으로 진경을 바라보았다.

"나는 은진경 씨가 마음에 들어요."

다시 한 번 아찔하게, 한지후가 웃어 보였다.

"그러니까 우리, 잘해봐요."

우롱차로 만들었다는 칵테일은 생각보다 꽤 도수가 높은 걸지도 몰랐다. 한지후의 매혹적인 미소를 보는 순간, 진경의 얼굴에 훅, 하고 열기가 끼쳤다. 갑자기 빨라지는 심장의 박동을 느끼며, 연둣빛 칵테일을 한 모금 더 들이켰다. 이 남자와 정말로 잘해볼 수 있을지, 그녀는 아직 확신할 수 없었다.

다음 날, 한지후가 사무실로 출근한 시간은 정확히 오전 6시 20분이었다. 평소처럼 4시 반에 일어나 뉴스를 보며 러닝머신을 달리고, 곡물 셰이크와 과일로 간단한 아침을 먹고 나온 길이었다. 아직 어둑한 복도를 지나다 사무실의 문틈으로 새어 나오는 불빛을 보고, 지후는 가벼운 헛웃음을 지었다. 혹시나 했더니 역시나였다. 은진경은 벌써부터 보란 듯이 출근해 있었다.

"오셨습니까?"

어제와 별로 달라 보이지 않는 단정한 회색 정장을 입은 진경이 공손히 고개를 숙이며 인사를 했다. 평소보다 유난히 청결한 사무실에선 진하고 향기로운 커피 향기가 가득했다.

"네, 좋은 아침이네요."

아침이라기보다는 첫새벽에 가까운 시간이었지만 지후는 어쨌든 아침 인사를 건넸다. 어젯밤 헤어진 지 채 여덟 시간이 지나지 않아서인지, 덤덤한 그녀의 얼굴도 꽤나 친근하게 느껴졌다. 어젯밤 진경과 함께하며 느낀 것은 그녀가 꽤 괜찮은 대화 상대라는 점이었다. 사실 대화의 80% 이상은 지후가 이끌어갔고 진경은 짧은 대답을 상대를 해주는 것에 불과했지만, 그녀에게는 상대의 말을 경청해주는 재주가 있었다.

지금껏 지후가 경험한 대다수의 여자들은 대화 내내 자신이 얼마나 매력적이고 지적이고 재치 있는지를 어필하기에 바빠서 정작 대화 그 자체는 재미가 없을 때가 대부분이었다. 하지만 은진경에겐 그런 게 없었다. 자신을 꾸미거나 주장하는 대신 그저 담담히 지후의 말을 들어주었다. 어색하고 무거운 침묵이 아니라, 깊은 산속의 호숫가에서 만나는 듯한 고요함이 느껴지는 여자였다. 만난 지 만 하루밖에 지나지 않았음에도 불구하고, 오랫동안 함께해온 것 같은 익숙하고 친근한 느낌이 들었다. 마치 무늬 없는 흰 면 티셔츠 같은 여자랄까⋯⋯. 눈에 띄지 않는 평범한 느낌이지만, 그래서 어느 곳이라도 무난히 어울리는 일상복 같은 그런 여자.

하지만 책상 앞에 앉은 지후는 은진경에 대한 자신의 평가를 대폭 수정할 수밖에 없었다. 일상복 같은 여자? 훗, 말도 안 되는 소리였다. 책상 한쪽에 가지런히 놓인 서류 파일들의 제목을 읽으며, 지후는 헛웃음을 지을 수밖에 없었다. 그곳에는 지후가 찾아보려고 마음먹었거나, 있으면 좋겠다고 생각했거나, 미처 생각하지 못했지만 있으면 정말 좋을 것 같은 자료들이 빼곡하게 들어차 있었다. 마치 지후의 머릿속에라도 들어갔다 나온 것처럼, 진경은 지후가 원하는 자료들만을 골라서 준비해왔던 것이다.

어제 하루 종일 인형처럼 앉아 있던 진경이었지만 결코 진짜 인형은 아니었다는 것을, 지후는 깨달았다. 하루 동안 지후의 일거수일투족을 관찰하며 그의 업무와 취향을 놀라울 정도로 파악한 진경에게, 지후는 진심으로 감탄했다. 한 회장이 자신에게 붙여준 것이 단순한 비서가 아닐지도 모르겠다고, 지후는 문득 생각했다. 얌전한 고양이처럼 조용히 앉아 있지만, 그녀의 정체는 고양이보다는 호랑이에 어울리는 여자일지도 몰랐다.

파일 목록들을 살펴보던 지후는 진경 쪽을 흘낏 바라보았다. 자신의 반응이 궁금할 법도 한데, 진경은 덤덤한 얼굴로 그저 자리에 조용히 앉아 있었다.

"커피 향 좋네요. 한잔할까요?"

"말씀하신 아랍식 커피를 한번 끓여보았는데, 입에 맞으실지 모르겠습니다."

지후는 다시 한 번 놀랐다. 물과 커피가루를 함께 넣고 세 번을 끓여주어야 하는 아랍식 커피인 알 카와는 결코 쉽게 끓일 수 있는 것이 아니었기 때문이었다. 진경이 말린 대추야자와 함께 꽤 그럴듯해 보이는 커피를 담아 오는 걸 보고, 지후는 진심으로 놀랄 수밖에 없었다.

"알 카와를 끓일 줄 알아요?"

"잘은 모릅니다. 어제 인터넷에서 유투브로 배웠습니다."

지후는 웃었다. 눈앞의 여자가 너무나 깜찍해서였다. 분명히 하루 종일 인형처럼 꼼짝 않고 앉아 있는 것만 본 것 같은데, 보이지 않는 곳에서 여러 가지 일들을 하고 있었나 보다. 어깨너머로 본 것만으로 업무를 파악해내는 것은 물론, 한국에서 구하기 결코 쉽지 않은 대추야자를 주문하고 커피 끓이는 법까지 공부해온 걸 보면, 결코 보통내기가 아닌 것만은 분명했다.

지후는 진한 나무색을 띤 뜨거운 커피를 한 모금 머금었다. 대충 흉내만 냈을 거라고 생각했는데, 의외로 카다몸까지 넣은 꽤 그럴듯한 커피였다. 옅은 생강 향이 나는 커피는 따뜻하고 향기로웠다. 그다지 좋은 성격이라고 말할 수 없는 지후였지만, 오늘 아침만은 꽤나 온화한 기분이 되었다. 어찌 보면 주제넘게도 생각될 수 있는 진경의 행동들이 꽤나 귀엽고 기특하게 느껴질 만큼.

"이리 와서 커피 한잔해요. 아직 근무시간 전이니까."

지후는 커피 잔을 들고 접대용 테이블로 자리를 옮겼다. 그리고 진경이 자신의 커피 잔을 들고 와서 맞은편에 앉는 것을 흥미롭게 구경했다. 그저 자리에서 일어나 커피 잔을 들고 소파에 앉는 단순한 동작이었지만, 물이 흐르듯 조용하고 정갈한 움직임이 꽤나 독특한 느낌이었다. 한번 눈이 가니, 이상하게도 눈을 뗄 수가 없는 이상한 여자였다.

"굳이 이 시간에 안 와도 돼요. 앞으론 출근시간 맞춰서 편하게 나와요. 괜히 나 나쁜 상사 만들지 말고."

"괜찮습니다. 원래 아침 일찍 일어나는 편입니다."

"볼수록 은진경 씨랑 나는 비슷한 점이 많네. 나도 아침에 일찍 일어나는 거 좋아해요. 남들보다 먼저 하루를 시작하는 느낌이거든."

물론 진경이 새벽녘에 일어나는 것은 그런 이유 때문이 아니었다. 하지만 '잠이 길어지면 악몽을 꾸거든요.' 하고 사실대로 말하지는 않았다. 자신의 무의식 깊은 곳에 드글거리는 지저분하고 불쾌한 과거의 찌꺼기들 따위를 굳이 타인에게 보여줄 필요는 없었다. 그저 누구의 눈에도 흠 잡힐 일 없는, 단정하고 깔끔한 모습이면 족했다. 착하고 조용하고 단정하고 모범적인, 그래서 누구에게나 칭찬받지만 누구도 쉽게 가까워질 수 없는 아이. 그것이 오랜 시간 진경을 따라다니던 수식어였다.

"이따가……."

통통하게 살이 오른 대추야자를 입에 넣으며 지후가 대수롭지 않은 듯 입을 열었다.

"아침 회의 자료 좀 정리해줘요."

한쪽 볼에만 패는 보조개가 그의 미소를 따라 화사하게 피어났다.

"커피부터 마시고 나서요. 근무시간 시작하면."

커피 잔을 들어 보이며 그가 웃었다. 그제야 진경은 그가 지금 막 비서로서의 첫 번째 임무를 지시했다는 사실을 깨달았다. 놀란 듯 굳어 있던 진경의 입술에도 옅은 미소가 그려졌다. 이제야, 비로소 진경은 지후에 시험을 통과한 것이다.

3장. 누구에게나 비밀은 있다

두 손이 축축하다는 것을 깨달았을 때, 진경은 이것이 꿈이라는 사실을 깨달았다. 그녀의 양손은 뜨겁고 미끈대는 액체들로 흠뻑 젖어 있었다. 코끝이 마비될 정도로 비릿한 철 냄새가 사방에 진동하고 있었다. 그것이 무엇인지 누구보다 잘 알기에, 진경은 어서 빨리 꿈에서 깨고 싶었다. 하지만 언제나 그렇듯 악몽은 쉽사리 끝나지 않았다.

하악하악 헐떡이는 소리가 발치에서 들려왔다. 그르렁거리며 목구멍에서 숨이 끊어지기 직전의 소리도 났다. 이젠 좀 그만하세요, 엄마……. 진경은 그렇게 말하고 싶었다. 10년이 넘도록 매일 밤마다 찾아왔다면, 이제는 그만둘 때도 되긴 했다. 하지만 여전히 오늘 밤도 그녀의 엄마는 피 묻은 손으로 진경의 발목을 잡고 있었다. 제발 좀 도와달라는 간절한 눈빛은 절반쯤 피에 물들어 있었다. 진경이 아무것도 해줄 수 없다는 것을 알면서도, 그녀의 엄마는 항상 진경을 그런 눈으로 바라보곤 했다. 하지만 진경에게는 더 이상 아플 심장도 남아 있지 않았다.

비록 이 사달을 일으킨 주범이긴 하지만, 그래도 진경은 아버지라도 이 자리에 있었으면 하고 바랐다. 하복부를 붉은 피로 물들인 채 바닥을 기고 있는 엄마를 감당하기엔, 7살의 진경은 너무 어렸다. 바닥을 흥건히 적시고 있는 붉고 뜨거운 피의 기운과 마주하는 것만으로도, 어린 진경은 모든 기력을 소진한 상태였다. 하지만 그녀를 도와줄 유일한 어른인 아버지는 이미 달아나버린 뒤였다. 그는 자신이 휘두른 칼날에 아내가 쓰러진 것을 확인하자마자, 사시나무 떨듯 부들부들 몸을 떨다 달아나버렸다. 7살 어린 딸에게 모든 뒷감당을 맡겨버린 채.

좀 더 빨리 전화를 했더라면 그녀의 엄마는 살 수 있었을지도 모른다. 하지만 전화기의 버튼을 누르던 피 묻은 손은 마음처럼 빨리 움직여지지가 않았다. 1, 1, 9. 단 3개의 숫자 버튼일 뿐이었는데도, 부들거리는 손가락은 몇 번이고 실수를 했다. 구급차는 유난히 더디게 왔고, 그사이 그녀의 엄마는 부엌의 장판 위에 한바탕 피를 쏟은 채 한참이나 헐떡이다 숨을 거뒀다. 쉬익쉬익, 고장 난 증기기관 같은 소리가 엄마의 폐 속에서 끊임없이 토해져 나왔다. 찐득하게 굳어지는 검붉은 피의 웅덩이 속에서, 진경은 울지도 못한 채 엄마의 죽음을 지켜봐야 했다. 그리고 그 후로도 오랫동안, 진경의 엄마는 매일 밤 악몽으로 그녀를 찾아왔다. 바로 지금처럼.

자신의 발목을 필사적으로 움켜쥐는 피 묻은 손가락들을 느끼며, 진경은 천천히 심호흡을 했다. 이제는 꿈에서 깨어날 시간이었다.

눈을 떴을 때도 여전히 사위는 깜깜했다. 지금이 새벽 4시쯤 되었으리라는 것을, 진경은 경험으로 잘 알고 있었다. 진경은 우선 커피포트에 물부터 올렸다. 지금 그녀에게 간절히 필요한 것은 아직도 악몽의 여운에 젖은 뇌를 깨울 수 있는 진한 카페인이었다. 평소보다 좀 더 진하게 탄 커피를 한 모금 마신 후, 진경은 아직도 밤의 기색이 완연한 창밖을 바라보았다. 그리고 요즘 그녀의 머릿속 대부분을 차지하고 있는 한 남자를 떠올렸다. 그와 함께 일하게 된 지 세 달이 넘어가고 있지만, 한지후는 여전히 풀기 힘든 수수께끼 같은 남자였다.

한지후.

한경건설의 황태자가 될 남자. 아니, 그렇게 될 수 있도록 진경이 도와주어야만 하는 남자. 가까이 다가가기엔 위험한 남자라는 걸 알고 있긴 하지만, 어쩐지 진경은 그 남자에게 자꾸 마음이 쓰였다. 비록 위험한 기색을 풀풀 풍기는 남자였지만, 어딘지 모르게 상처 입은 야생동물 같은 느낌이 나는 남자였다. 피 묻은 제 앞발을 억지로 숨기며, 털을 세워 으르렁거리는 맹수처럼, 진경은 그 남자가 무서우면서도 안쓰러웠다. 한지후의 말이 맞았다. 그는 진경과 많이 닮아 있었다. 상처 입은 사람들끼리만 느낄 수 있는 묘한 동질감을, 그는 가지고 있었다.

'자살했어요, 우리 엄마. 나 7살 때.'

아무렇지도 않은 목소리로 그는 말했다. 어젯밤에 본 TV드라마에 대한 이야기를 하는 것처럼 여상한 목소리였다. 하지만 진경은 알고 있었다. 그런 목소리로 말할 수 있기까지 얼마나 많은 눈물과 한숨과 절규가 필요한지를. 아직도 진경은 엄마를, 그리고 자신의 상처를 입 밖으로 낼 수 없었다. 그런 점에서, 진경은 지후가 부럽고도 대견했다.

'나 은진경 씨 믿어도 돼요?'

그렇게 묻던 지후의 눈빛은 어딘지 모르게 절박해 보였다. 아무도 믿고 의지할 사람이 없는 그 절박한 공포를, 진경은 누구보다 잘 알고 있었다. 한경 회장을 만나기 전까지는 자신도 꼭 그런 눈빛을 하고 있었으리라. 그에게 믿어도 된다고 말했던 진경의 대답은 정말로 진심이었다. 진경은 그에게 믿을 수 있는 조그만 안식처가 되어주고 싶었다. 오래전 한경 회장이 그녀에게 해주었던 것처럼.

한편 그 시각, 지후는 커다란 서류 봉투에서 꺼낸 사진을 조용히 바라보고 있는 중이었다. 흰색의 네모난 프레임 안에는 골목길에 쪼그리고 앉은 진경이 들어 있었다. 헐렁한 검은 티셔츠에 회색 트레이닝 바지, 발가락이 빼꼼히 튀어나온 슬리퍼. 편안한 일상복을 입은 채 웃고 있는 진경은 꼭 처음 보는 여자처럼 낯설었다. 낡은 회색 바지의 무릎에는 빛바랜 갈색 곰이 수놓아져 있었고, 그녀의 발치에는 조그만 아기 길고양이 한 마리가 밥을 먹고 있었다. 쭈쭈쭈 하고 속삭이는 듯한 그녀의 입술은 마치 키스라도 조르는 것처럼 동그랗게 모여 있었다. 지후에게는 단 한 번도 보여준 적 없었던 환한 미소가 그녀의 눈가에 가득 어려 있었다. 좁은 골목길에 고양이와 쪼그리고 앉아 웃고 있는 진경의 모습은 동화의 한 장면만큼이나 비현실적으로 보였다.

'은진경. 28세. 현재 신림동의 아파트에서 혼자 거주 중입니다. 동거인은 없고, 특별한 가족이나 친구도 없는 것으로 보입니다.'

지후는 얼마 전 서류 봉투와 함께 전해 들었던 이야기를 한 번 더 반추해보았다. 진경의 사진을 건넨 남자는 검은 야구 모자를 푹 눌러쓴 중년의 사내였다.

'고아 출신으로 고등학교 졸업 후 고아원을 나와 서울대에 진학했습니다. 17세부터 한경 회장님의 후원을 받았고, 대학 입학 후부터는 한경건설에 아르바이트생으로 입사해서 지금까지 근무 중입니다.'

'부모는?'

'친부가 친모를 살해한 모양입니다. 치정문제로 인한 살인사건이었고, 딸인 은진경이 사건의 유일한 목격자였습니다.'

어쩐지 묘한 기운을 풍기는 여자라고 생각했는데, 확실히 독특한 이력의 소유자이긴 했다. 지후는 사진 속의 여자를 다시 한 번 찬찬히 살펴보았다. 어릴 적 친모의 죽음을 목격한 사람이라고는 믿어지지 않을 만큼 환한 얼굴로, 그녀는 웃고 있었다.

은진경……. 은진경이라…….

지후는 몇 번이나 그녀의 이름을 중얼거렸다. 입 속을 맴도는 그녀의 이름은 생각보다 꽤 예쁜 울림을 가지고 있었다.

오늘도 진경은 6시에 회사로 출근을 했다. 아직 아무도 밟지 않은 새벽의 기운이, 진경은 참 좋았다. 보조등만 켜진 복도를 지나 아직 캄캄한 어둠에 물든 사무실에 불을 밝히고, 깨끗이 빤 손걸레로 밤새 쌓인 먼지들을 걷어내는 일련의 과정들이, 그녀에게는 하루를 시작하는 의식과도 같았다. 모든 것이 깨끗한 모습으로 제 위치를 찾아가 규격에 맞게 정리되고 정돈되는 것을 볼 때마다 그녀의 마음에도 잠시나마 평화가 찾아왔다.

결벽증이라는 비난도 들었고, 쓸데없이 유별나게 산다는 이야기도 많이 들었지만, 그것이 그녀를 살아갈 수 있도록 지켜주는 힘이라는 것을 이해해주는 사람은 많지 않았다. 고아원을 나와 조그마하지만 든든한 자신만의 보금자리를 만든 이후, 진경은 언제나 고요히 시작하는 혼자만의 새벽을 맞이해왔다. 하지만 요즘 그녀의 새벽엔 달라진 점이 하나 있었다. 그것은 이젠 혼자가 아니라 둘이라는 사실이었다.

"좋은 아침."

오늘도 어김없이 그녀의 상사는 7시도 안 된 이른 시간에 출근을 했다. 그나마 요즘은 진경을 배려하는 듯 조금 늦게 출근을 하는 편이었다. 그가 슈트 재킷을 벗고 자리를 정리하는 동안, 진경은 진하게 우려낸 커피 한 잔을 탔다. 한지후가 은진경표 특제 커피라고 부르는 핸드드립 커피였다. 사무실에도 성능 좋은 커피머신이 비치되어 있긴 했지만, 진경도 지후도 직접 손으로 갈아 내린 핸드드립 커피를 더 선호했다. 시간을 들여 한 방울씩 우려낸 거칠지만 온후한 향을 두 사람 모두 좋아했다. 지후의 말대로 두 사람은 은근히 비슷한 취향이 많았다.

하지만 각자 커피 잔에 따끈한 커피 한 잔씩을 받아놓고 나면 딱히 할 일도, 할 말도 없었다. 아직 공식적인 근무 시작 시간인 8시 반은 한참이나 남은 시간이었기에, 공적인 지시를 내리기에도 애매한 시간이었다. 두 사람은 각자 제 몫의 커피 잔을 책상 위에 놓은 채, 각자의 일을 시작했다. 함께 있다고도, 둘이 있다고도 말하기 애매한 광경이었지만, 의외로 두 사람의 아침은 고요한 평형 상태를 유지하고 있었다. 고요한 침묵이 감도는 사무실에는 향긋한 커피 향기만이 감돌고 있었고, 사각거리는 소음은 누군가와 함께 있다는 위안을 주었다. 벌써 며칠째, 두 사람은 이런 기묘한 아침의 공생 관계를 계속하고 있었다.

솔직히 말한다면 진경은 누군가와 함께하는 단체생활에 익숙하지 않았다. 특히나 또래의 여자들 집단과의 기억은 떠올리고 싶지 않은 안 좋은 기억이 대부분이었다. 고아원에서의 생활은 두말할 나위도 없었고, 여중, 여고로 이어지던 학창시절도 마찬가지였다. 그래서 진경은 지금도 여럿이 있는 것보다는 혼자 있는 것이 편했다. 하지만 이 남자와 함께하는 시간은 묘하게 불편하면서도 자연스러웠다. 그는 딱히 진경에게 무언가를 끄집어내려고 노력하지 않았다. 그의 적절한 무관심이, 진경은 꽤나 마음에 들었다. 사람과 함께 있는 것을 불편해하는 진경으로서는 꽤나 의외인 셈이었다.

노골적으로 그녀를 시험하던 첫날 이후, 지후는 보통의 상사들처럼 진경을 대했다. 그리고 직접 겪어본 상사로서의 한지후는 생각했던 것보다 훨씬 더 좋은 상사였다. 짧은 기간 동안 함께 일해본 것만으로도, 진경은 왜 한경 회장이 한정후가 아닌 한지후를 선택했는지를 이해할 수 있게 되었다.

그에게는 빠르고 합리적인 판단을 내릴 수 있는 동물적 감각이 있었다. 결정을 내리기 전까지는 누구보다 심사숙고하지만, 한번 확신이 선 일에 대해서는 불도저처럼 추진할 수 있는 뚝심도 가지고 있었다. 두 사람의 호흡은 그들이 기대했던 것보다 훨씬 더 좋았고, 두 사람이 만들어내는 시너지 효과는 생각 이상으로 훨씬 더 컸다.

물론 한지후의 과도한 뚝심은 원치 않는 갈등들을 만들어내기도 했지만 말이다. 바로 지금처럼.

"한 본부장. 지금 대체 뭐 하자는 거요?"

아직 9시도 되지 않은 이른 시간, 반쯤 벗겨진 이마에 시뻘겋게 열을 올린 채로 찾아온 사람은 한경건설의 감사위원장 정채봉이었다.

"누구 마음대로 감사위원회를 개편해요? 회사가 한 본 마음대로 소꿉놀이라도 하는 덴 줄 알아요?"

벌컥 문을 열고 들어오자마자 삿대질부터 시작하는 정채봉을 보며, 지후는 싱긋 미소를 지었다. 그가 올 것을 미리 알고 있었다는 듯이.

"아침부터 일찍 오셨네요. 커피라도 한 잔 드시겠어요?"

"내가 커피 마시러 여기까지 온 줄 알아요? 아니, 감사위원회의 멤버의 절반 이상을 사외 이사로 바꾼다는 게 말이나 되는 소리요? 회사 팔아먹으려고 작정한 사람도 아니고, 근본도 모르는 사람들한테 회사를 맡긴다는 게 상식적으로 이해가 되냔 말이오?"

"글쎄요. 제 생각에는 재무 경험도 없으신 분들이 회계 감사를 맡고 있는 지금이 더 말이 안 되는 것 같은데요?"

"굳이 찍어 먹어봐야 똥인지 된장인지 아나? 그분들 모두 실무 경험은 없으시지만 이미 사회에서 경력과 연륜을 인정받으신 분들이고……."

지후는 일장 연설로 늘어질 것 같은 그의 말을 단칼에 잘랐다.

"낙, 하, 산. 우리는 보통 그런 분들을 그렇게 부르죠."

가감 없는 그의 말에 채봉의 기세도 주춤할 수밖에 없었다.

"그분들이 과거 정부 요직에서 얼마나 일하셨는지는 관심 없습니다. 감사위원회에 필요한 사람은 투명하고 공정한 경영을 하고 있는지 확인해줄 수 있는 능력 있는 인재입니다. 회사가 친분 있는 사람들 노후대책을 대신 해주는 자선단체는 아니지 않습니까?"

"이 사람이! 젊은 사람이 할 말이 있고 못 할 말이 있지!"

"진실을 말하는 데 나이가 필요하다는 건 처음 듣는 얘기네요. 그럼 좀 더 사실에 입각해서 말해볼까요? 우선 김정식 위원. 전직 청와대 비서관 출신이긴 하지만, 재무 쪽에는 아무런 경력이 없죠. 그런데 지금 우리 회사의 회계 감사를 맡고 있어요. 정 위원장님의 대학 선배라는 사실을 제외한다면, 이분에게 어떤 능력이 있는 걸까요? 정 위원장님의 당숙부이신 윤태식 위원 이야기도 좀 해볼까요? 그저께 강남의 모처에서 윤태식 위원이 우리회사의 하도급 업체 임직원이랑 술을 마셨다더라고요. 그것도 여자까지 끼고 아주 제대로. 개인적인 친분도 하나 없는 그분들이 어떻게 그렇게 친하게 술자리까지 가졌을까요? 아, 정 위원장님은 그 이유를 잘 아시겠군요? 그 자리에 같이 계셨으니 말입니다."

정 위원장의 얼굴이 굳어졌다. 하지만 지후는 두툼하게 늘어진 그의 턱살이 미묘하게 흔들리고 있는 것을 똑똑히 볼 수 있었다. 뜻하지 않은 곳에서 마주친 진실의 무게에, 그는 적잖이 당황하고 있었다.

"오늘은 여기까지만 하시죠. 감사위원회를 뜯어고치는 일은 일개 본부장에 불과한 제가 함부로 결정할 수 있는 사항이 아닙니다. 제가 한 일은 현재의 체제가 불합리하다는 것을 모두에게 알린 것뿐이죠. 물론 제가 알고 있는 모든 사실을 다 말한 것은 아닙니다. 이를테면 정 위원장님의 퇴근 후 사생활 같은 것들 말이죠. 그래도 명색이 우리 회사의 창업공신이신데, 끝마무리가 볼썽사나우면 곤란하시지 않겠습니까?"

빙글빙글 웃고 있는 상냥한 목소리에 담긴 것은 명백한 조롱과 협박이었다. 하지만 정채봉은 자신의 상황이 불리하다는 것을 알고 있었다. 새파랗게 젊은 놈이 건방지게 기어오르는 것이 미치도록 화가 나긴 했지만, 지금 싸워봐야 얻는 것은 아무것도 없었다. 결국 그는 어쩔 수 없이 작전상 후퇴를 선택했다.

"처신 똑바로 해요, 한 본. 지금은 기세등등하게 굴지만 그거 언제까지 갈지는 아무도 모르는 일이야."

여전히 거친 말투이긴 했지만, 기세 좋게 들어올 때와는 달리 창백한 낯빛이라는 게 여실히 느껴지는 얼굴이었다. 노골적인 비웃음을 띤 얼굴로 지후는 자애롭게 웃었다.

"안타깝네요. 저희 은 비서가 커피를 아주 맛있게 끓이는데 드시고 가실 수가 없어서. 정 위원장님도 바쁘신 것 같으니, 그럼 저도 이만 회의 준비를 하러 가도록 하겠습니다."

노골적인 축객령에 정 위원장은 지금이라도 뒷목을 잡고 쓰러질 것처럼 잔뜩 열이 받은 모습이었다. 하지만 그는 씩씩대면서도 고분고분히 사무실을 나섰다. 비리의 증거가 지후의 손에 있다는 것을 안 이상, 지금부터 뒷수습과 꼬리자르기를 하는 것만도 바쁜 시간을 보내야 할 터였다.

어딘지 다급한 기색으로 허둥지둥 나가는 그의 뒷모습을 즐겁게 바라보던 지후는 문 옆 책상에 얌전히 서 있는 진경을 바라보았다.

"효과 좋은데? 저렇게 순순히 물러날 양반이 절대 아닌데 말이야."

"정 위원장님 쪽으로 사람을 좀 더 붙여보겠습니다. 마음이 급해졌을 테니 그쪽에서도 무언가 움직임이 있을 겁니다. 좀 더 명확한 증거를 잡을 수 있는 기회가 될 것 같습니다."

커피를 마시겠냐고 묻는 듯한 담담하고 온후한 목소리로 진경은 대답했다. 하지만 그녀의 말에 담긴 무게는 결코 가볍지도, 따뜻하지도 않았다.

한경 회장이 자신에게 은진경을 보내준 것이 어떤 의미인지 지후가 깨닫게 된 것은 진경에게 정식 비서 업무를 시킨 그다음 날이었다. 여느 때와 같이 새벽 출근 후 자리에 앉은 지후의 눈에 묘한 것이 들어왔다. 어제까지만 해도 본 적이 없었던 두툼한 검은 서류 파일 하나가 그의 책상 위에 올려져 있었던 것이다. 아무런 제목도 쓰여 있지 않은 서류 파일은 아무것도 쓰여 있지 않기에 더 호기심을 자극했다. 그리고 무심코 서류 파일의 표지를 열어본 지후는 다음 순간 반사적으로 진경 쪽을 바라볼 수밖에 없었다.

서류 파일의 첫 페이지는 한경건설의 조직도가 그려져 있었다. 얼핏 보면 회사 홈페이지 메인에 게시해둔 회사조직도와 비슷한 모양새였지만, 결정적으로 다른 점이 하나 있었다. 그것은 개인별 프로필 사진이 첨부되어 있는 조직도 사이사이를 이어주는 푸른색과 붉은 색색의 실선들이었다. 학연, 지연, 가족관계뿐 아니라 호의, 적대, 중립의 관계까지 섬세하게 표현되어 있는 관계선들은 조직도 사이사이를 빼곡하게 메우며 한경건설 전체를 관통하는 보이지 않는 인맥들의 계보를 알려주고 있었다. 심지어 사내불륜이나 뇌물수수와 같은, 어떻게 알았는지 의심스러운 비밀스런 관계들까지 적나라하게 들어 있었다.

지후는 서둘러 서류 파일의 다음 장을 열어보았다. 전체적인 조직도가 그려진 첫 장 이후로는 개인별 프로필이 한 장씩 자리하고 있었다. 이력서와 비슷했지만 그 안에 담긴 내용은 이력서에는 결코 담길 수 없는 것들뿐이었다. 지금껏 담당했던 업무와 그에 대한 평가 같은 공적인 내용부터 이혼이나 주식 실패 같은 개인사까지 빼곡히 적혀 있는 프로필들은 회사의 자료라기보다는 국정원의 데이터베이스를 옮겨놓은 것 같은 느낌이었다.

"이게 뭔가요?"

"업무 파악에 도움이 될 것 같은 같은 자료들만 우선 간추려보았습니다. 보시고 필요하신 게 더 있으시면 말씀해주십시오."

그녀의 대답은 여전히 담담했다. 하지만 지후는 그녀의 대답에 코웃음을 칠 수밖에 없었다. 우선 간추린 것만 이 정도라는 건 그녀에게는 아직도 남아 있는 자료들이 많다는 의미였다. 대체 저 조그만 머리통 속에 뭘 얼마나 더 가지고 있는 건지 짐작조차 되지 않았다. 얌전을 빼고 앉아 있기에 고양이 새끼인 줄 알았더니, 아무래도 살쾡이 새끼를 들인 모양이었다.

"나한테 이런 걸 주는 의미가 뭐죠? 이런 자료 유출된 거 알려지면 은진경 씨나 나나 곤란해질 것 같은데."

여전히 삐딱한 비웃음을 입가에 머금은 채, 지후는 진경을 향해 말했다.

"회장님께서는 항상 회사를 경영하는 것은 사람을 경영하는 것이라고 말씀하셨습니다."

동문서답 같은 대답이었다. 하지만 지후는 그녀가 하는 말이 무슨 뜻인지 어렴풋이 알 것 같았다.

"재밌네요. 이러면 꼭 회장님께서 나한테 회사를 맡기기라도 할 것 같잖아요."

"능력만 증명된다면 불가능한 일도 아니지 않을까요?"

"은진경 씨는 생각보다 낙관주의자네요. 하지만 세상엔 능력이 되도 절대 할 수 없는 일들이 아주 많아요."

"해보지도 않고 결론부터 내리는 것은 어리석은 일이라고 생각합니다."

지후는 진경의 얼굴을 빤히 바라보았다. 눈에 띌 만큼 굉장한 미인은 아니었지만 오목조목한 이목구비는 꽤나 예쁘장한 편이었다. 담담한 표정이 차가운 느낌을 주기도 하지만, 전반적으로는 얌전하고 단정한 규방 규수 느낌의 여자였다. 하지만 그녀가 준 서류 파일을 본 순간, 지후는 한 회장이 자신에게 물려준 것이 무엇인지 어렴풋이 알 것 같았다. 은진경은 지난 8년간 한경 회장의 측근에서 그를 직접 보필해왔던 여자였고, 그녀의 머릿속에는 한 회장이 지금껏 회사를 경영해온 모든 지식과 노하우가 고스란히 기록되어 있었다. 심지어 한 회장이 개인적으로 애용하고 있는 사설 정보 보직까지도 은진경을 통해서 연결되어 있었다.

은진경을 지후에게 보냈다는 것은 한 회장 자신의 두뇌 일부분을 떼어준 것과도 같았다. 그것이 얼마나 대단한 것인지, 지금으로서는 모두 짐작조차 할 수 없을 정도였다.

한 회장은 왜 하필 그녀를 자신에게 보낸 것일까. 지후는 다시 한 번 자신에게 되물어보았다. 하지만 한편으로 생각하면 능구렁이같은 영감의 속내 따위야 무슨 상관인가 싶기도 했다. 그의 의도가 무엇이든 이용할 게 있다면 이용하면 그뿐이었다. 그의 놀음에 꼭두각시처럼 놀아날 만큼, 지후는 어리지도 어리석지도 않았다. 무력하게 당하기만 하던 어린 날의 한지후는 이제 없었다.

진경이 타준 진한 커피를 한 모금 머금은 채로, 지후는 그녀가 준 자료들을 찬찬히 읽어보았다. 읽으면 읽을수록 감탄이 절로 나올 만큼 깔끔하고 상세하게 정리된 자료였다. 경영권 바깥쪽도 모자라 해외에서 오랜 시간을 떠돌던 지후로서는 결코 알아낼 수 없는 미묘한 사내 정치의 구조들이 한눈에 알기 쉽게 정리되어 있다. 한경건설의 구조 전반을 뜯어고치고 싶은 지후에게는 가장 필요한 자료가 아닐 수 없었다.

"여기 빨갛게 체크된 건 무슨 뜻이죠?"

"PM(프로젝트 매니저)제의 도입을 생각하고 계신 것 같아서, 각 프로젝트별로 적임자 후보들을 표시해보았습니다. 단순히 제 의견을 정리한 것이니 참고만 해주십시오."

지후는 다시 한 번 진경을 흘끔 바라보았다. 자료를 꼼꼼히 살피며 프로젝트 매니저로 괜찮을 법한 사람들을 점찍는 중이었는데, 묘하게 그가 고른 사람들마다 붉은 표시가 되어 있어 이상히 여기던 참이었다. 그녀의 안목이 자신과 놀라울 정도로 비슷하다는 사실에, 지후는 기분이 묘해졌다.

그녀가 살쾡이 새끼일지도 모른다는 조금 전의 생각은 아무래도 수정해야 할 것 같았다. 그의 새 비서는 분명 호랑이 새끼, 그 이상인 것이 틀림없었다.

위호부익(爲虎傅翼).

호랑이에 날개를 달아준다는 옛말처럼, 은진경을 가진 한지후는 어제의 한지후가 아니었다. 한지후 특유의 빠른 추진력에 진경의 방대한 정보력이 더해지니, 회사 내에서 지후의 입지는 점차 높아질 수밖에 없었다. 생각했던 것보다 훨씬 더 빠른 속도로, 회사는 한지후 체제로 개편되고 있었다. 하지만 모두가 그 변화를 달가워하는 것만은 아니었다. 모든 빛에는 그림자가 있듯, 그런 지후의 성장세를 우려하고 경계하는 이들 역시 점차 많아지고 있었다.

"대체 이게 무슨 버르장머리 없는 짓이냐? 아래위도 없이 네 멋대로 굴라고 한국으로 부른 줄 알아?"

카랑카랑한 소리를 내며 사무실로 난입한 것은 한경의 안주인 윤여희였다. 아침에 두고 보자는 듯 씩씩대며 나갔던 정채봉이 찾아간 피난처가 아마도 윤여희였던 듯했다. 현재의 지후에게 제일 껄끄러운 상대가 윤여희인 것만은 확실하니, 정채봉의 선택은 가장 현명한 것이었을지도 몰랐다.

"무슨 일이십니까?"

"정 위원장님을 협박했다며? 감사위원회를 사외 이사들로 대체한다는 건 또 무슨 얘기고."

"아직 확정된 사안은 아닙니다. 저는 단지 안건을 제시했을 뿐이고요. 정 위원장님을 협박했다니, 금시초문입니다. 저는 다만 몇 가지 사실만을 말씀드렸을 뿐입니다."

"정 위원장님, 태림에 있을 때부터 회장님 도와서 일했던 분이시다. 네깟 게 천지분간 못하고 함부로 굴 만한 그런 사람 아니야."

"어떤 비리를 저지르더라도 묻어줄 만큼, 그렇게 대단한 분이신가요?"

"업체랑 술 한잔하는 게, 그렇게 용서 못 할 잘못이냐? 지금까지 회사에 세운 공로를 이따위로 무시할 만큼?"

"댐이 무너지는 건 작은 구멍부터 시작됩니다. 어머니가 지금 하시는 건 회사의 병폐를 방치하는……."

순간 짝 하는 파열음이 공기를 갈랐다. 선연한 손자국이 지후의 왼뺨을 벌겋게 물들이고 있었다.

"어머니는 누가 네 어머니냐. 사모님이라고 불러. 몇 번을 말했는데도 못 알아듣는 거냐.”

물론 잊지 않았다. 징글징글할 정도로 똑똑히 기억하고 있었다. 여럿이 있을 때는 ‘어머니’지만, 단둘이 있을 때는 ‘사모님’일 뿐이라는 사실을……

한씨 가문의 저택에 처음 온 그날, 지금부터 네 어머니이니 반드시 깍듯하게 어머니라고 불러야 한다고 한경 회장이 말하는 동안, 그녀는 마치 커다란 바퀴벌레를 보는 듯한 눈으로 어린 지후를 노려보고 있었다. 자신의 존재 자체가 냄새나는 쓰레기라도 된 듯한 그 더러운 기분을, 지후는 지금도 잊지 못하고 있었다. 그것은 낡고 퇴색했음에도 불구하고 여전히 생생한 아픔을 간직한 기억의 한 자락이었다.

‘자, 뭐 하고 있니. 얼른 어머니라고 부르래도.’

‘……어…… 머니.’

‘잘했다. 이제부터 여기가 네 집인 거야. 이분이 오늘부터 네 어머니이시고.’

드라마에 나오는 행복한 가족을 연기하는 듯한 어색한 목소리로, 한경 회장은 어린 지후에게 새로운 가족을 소개했다. 지금 당장이라도 자신을 목 졸라 죽일 것만 같은 윤여희의 이글거리는 눈동자를 온몸으로 받아내며, 어린 지후는 더듬더듬 ‘어머니’란 단어를 입에 올렸다.

물론 그녀가 자신의 어머니가 될 일은 평생 없으리라는 것은 알고 있었다. 그의 유일한 어머니는 그의 눈앞에서 목을 매 죽은 그녀뿐이었다. 수국처럼 여린 빛을 띤 조그마한 여자. 자신을 낳은 대가로 모든 것을 잃었던 그의 친어머니.

'쟨 뭐야? 거지야?'

윤여희의 치맛자락 뒤에 숨어 있던 조그만 남자아이가 커다란 눈을 동글대며 물었다. 뽀얀 분을 바른 듯 희고 예쁜 얼굴을 한 귀공자 같은 아이였다.

'정후야, 인사해. 네 형이야.'

여전히 어색하고 인자한 미소를 얼굴 가득 짓고 있던 한경 회장이 지후를 아이에게 소개했다. 하지만 여희는 어찌할까 쭈뼛대며 눈치를 살피는 아이의 손목을 확 잡아챘다.

'형 아니야. 너한텐 형 같은 거 없어. 정후 네가 한씨 가문의 장남인 거야. 알겠지?'

'네.'

'잊지 마, 정후야. 한씨 가문에 아들은 너밖에 없어.'

'네.'

평소와 다른 어미의 기세에 놀랐는지, 동그란 아이의 눈에는 점점 더 두려움이 깊어졌다. 어미의 치맛자락을 한껏 움켜쥔 채로, 아이는 주억주억 고개를 끄덕였다. 윤여희는 지후와 한 회장을 독한 눈으로 한 번씩 노려본 후, 제 친아들의 조그마한 손목을 붙잡은 채 그렇게 휑하니 자리를 떴다. 그것이 지후와 그의 새어머니 윤여희의 첫 만남이었다.

그 후, 다른 사람들과 함께하는 공적인 자리에선, 비록 떫은 감을 씹은 얼굴이긴 했지만 지후가 어머니라고 부르는 것을 허락하긴 했다. 하지만 단둘이 있는 자리에서 자칫 실수로 어머니라 부르기라도 하면, 여지없이 날 선 따귀가 날아오곤 했다. 성인이 된 지금까지도, 지후는 그녀만 보면 위장 한가운데가 따끔거리는 느낌이 들었다. 오랜 시간 당해온 정신적, 육체적 트라우마와 그녀에 대한 원죄 의식이 그의 몸속 깊은 곳까지 독소처럼 침투해 있었던 것이다.

비록 30살이 되고 누구보다 건장한 성인 남자의 몸을 갖게 되었지만, 여전히 한지후는 윤여희 앞에서 무력했다. 윤여희의 갑작스런 폭력에 조심스레 지켜보던 진경의 얼굴이 하얗게 굳어지는 것을 보면서도, 지후는 남몰래 주먹만 불끈 쥘 뿐 여희에게 함부로 대들지 못했다.

"이러지 마십시오. 회사입니다."

"회사면? 여기가 네 회사라도 되는 거냐? 오호라, 여기가 네 회사니까 이런 식으로 네 맘대로 설치고 다녀도 된다는 게냐?"

회사에서 난동을 부리고 있는 당사자이면서도 여희는 당당했다. 자신이 회사의 주인이란 의식이 뼛속까지 배어 있는 그녀였다. 자신에 대한 확신이 너무나도 넘친 나머지, 부끄러운 것도 미안할 것도 아예 없어져버린 듯했다.

"알겠습니다. 정 위원장님 건은 주의하도록 하겠습니다."

벌겋게 부풀어 오른 볼을 하고서도, 지후는 작전상 후퇴를 선택했다. 미친개에게는 약이 없다는 사실을, 오랜 시간 동안 경험을 통해 알고 있었기 때문이었다. 여기에서 윤여희와 설전을 벌여봐야 피차간에 모양새만 나빠질 게 뻔했다. 뭐라고 논리적인 반박을 해봐야, 히스테리를 부리며 뒤로 넘어가는 윤여희를 이길 수는 없었다. 온전히 그녀를 누를 수 있는 힘을 기를 때까지는 아직 기다려야 했다.

"다시 한 번 경고하는데, 허튼 생각 갖고 있으면 지금이라도 당장 갖다 버려라."

기세등등한 얼굴로 윤여희가 경고했다.

"못 올라갈 나무는 쳐다보지도 말라는 말 알지? 우리 한경건설, 너 같은 아이가 넘볼 만한 회사 아니다. 네 처지를 생각해서 처신 똑바로 하라는 말이야. 내 말 꼭 명심해."

표독스럽게 제 할 말만 쏘아붙인 여희는 북풍한설 같은 기세로 사무실을 나갔다. 쾅 하는 문소리가 신경질적으로 울려 퍼지고, 여진 같은 잔진동이 공기를 흔들었다.

둘만 남은 사무실에는 그야말로 어색한 침묵이 내려앉았다. 베테랑 비서인 진경조차도 이럴 때엔 어떻게 대처해야 할지 잘 감이 잡히지 않았다. 진경은 조심스레 지후의 안색을 살폈다. 지후는 벌게진 뺨을 문지르며 웃고 있었다. 허탈함이 섞인 쓴웃음에는 윤여희에게인지, 자기 자신에게인지 모를 조소가 담겨 있었다.

'하, 시팔……' 하는 조그마한 읊조림이 들려왔다.

"……얼음 좀 갖다 드릴까요?"

진경은 용기를 내어 조심스럽게 말을 걸어보았다.

"괜찮아요."

대답은 상냥했고, 지후는 웃고 있었다. 하지만 그 미소는, 차라리 마음껏 화를 내라고 말하고 싶을 만큼 섬뜩해 보였다. 속 안에서 드글거리는 검은 것들이 화산처럼 터져 나오지 않도록 있는 힘껏 억누르고 있는 듯한 그런 미소였다.

"조금 있으면 회의에 참석하셔야 합니다. 붓기는 빨리 빼시는 게 좋을 것 같습니다."

"은진경 씨, 미안한데 뭐 하나 부탁해도 될까요? 회의 조금만 연기해줘요. 두 시간 정도만."

"……네, 알겠습니다."

지금껏 진경에게 한 번도 이런 유의 부탁을 해본 적이 없는 지후였다. 아무렇지도 않은 태연한 얼굴을 하고 있긴 하지만, 지후 역시 사람이었다. 대낮의 사무실에서 뺨을 맞은 것도 그 모습을 진경에게 보인 것도, 견딜 수 없는 치욕이었을 게다. 진경은 문득 빛바랜 옛날의 기억이 떠올랐다. 악다구니를 쓰는 목소리, 웅성대는 사람들, 억울하게 맞은 뺨을 감싸 안고 길 한가운데서 초라하게 서 있던 어린 시절 자신의 모습……. 그것은 지금의 지후와 너무나도 비슷하게 오버랩 되는 진경의 오래된 기억이었다.

"찬물 한 잔만 갖다 줄래요?"

다행히 지후가 먼저 입을 열었다. 얼른 차가운 물 한 잔을 가져다주자, 지후는 책상 서랍을 열어 작은 약통 하나를 꺼내 하얀 알약 하나를 입 안에 털어 넣었다. 그러고는 조용히 사무실 한편에 마련된 접견실로 들어가서 문을 닫았다.

한동안 굳게 닫힌 문은 열리지 않았다. 진경은 불안한 얼굴로 몇 번이나 닫힌 문을 흘끔거렸다. 자신의 눈앞에서 뺨을 맞는 지후를 본 진경은 그 누구보다도 마음이 좋지 않았다. 지후와 자신이 비슷한 곳이 많다고는 생각했지만 이런 것까지 비슷할 줄은 몰랐던 것이다.

매 맞는 아이……. 어릴 적 진경은 매 맞는 아이였다. 가해자는 그녀의 아버지였다. 회초리로 맞는 것은 차라리 나았다. 술에 취한 아버지는 손에 잡히는 것은 무엇이든 휘두르곤 했다. 밀폐된 방 안에서 술에 취한 아버지와 마주할 때마다, 진경은 세상이 끝날 것처럼 무서웠다. 유일한 보호자인 그녀의 엄마도 큰 도움은 되지 못했다. 그녀 역시 똑같은 폭력의 희생자였기 때문이었다. 자신이 맞는 것과 엄마가 맞는 것을 보는 것. 어떤 것이 더 괴로운 것인지, 어린 날의 진경은 늘 고민하곤 했다. 아버지의 억센 손이 엄마의 머리채를 휘어잡는 것을 보면 죽을 것처럼 마음이 아프면서도 한편으로는 안도하는 자신이 있었다.

아버지가 엄마의 머리채를 끌고 안방 안으로 들어가면, 적어도 그날 밤만큼은 맞지 않고 잘 수 있었다. 하지만 닫힌 문 안에서부터 자지러지는 엄마의 비명이 들려올 때면, 잠시나마 그런 마음을 먹은 자기 자신이 죄스러워서 견딜 수가 없어졌다. 자신이 맞는 것만큼이나, 남이 맞는 것을 보는 것도 고통이라는 것을, 진경은 그때 깨달았다.

단단히 닫힌 접견실의 문을 바라보며, 진경은 심란한 마음을 억누를 수가 없었다. 여희의 성격이 까탈스러운 편이라는 것은 알고 있었지만, 그녀가 이토록 히스테릭한 반응을 보이는 것은 처음 보았다. 무엇보다 세상 무서울 것 없이 강하게만 보이던 지후가 무력하게 맞고 있는 모습은 그녀에게 커다란 충격을 주었다.

비록 서자일지라도 남 부러울 것 없는 재벌가의 도련님일 거라고만 생각했는데, 그 속사정은 그녀의 생각과는 크게 다른 듯했다. 자살한 친모를 떠올리며 그가 짓던 단호한 표정이 떠올랐다. 그 안에 담긴 감정이 얼마만큼의 깊이인지, 진경으로서는 정확히 알 수는 없었다. 하지만 분명한 건, 그녀가 생각하는 이상으로 한지후에게는 깊은 마음의 상처가 있을 것이라는 점이었다.

지후가 들어간 후 침묵을 지키고 있는 닫힌 문 앞에서 진경은 초조한 심경으로 기다렸다. 하지만 그 후의 전개는 진경이 예상한 것과는 크게 달랐다. 30분쯤 지났을 무렵 조용한 노크 소리와 함께 뜻밖의 방문객이 사무실을 찾아왔던 것이다.

문이 열리고 방문객이 사무실 안으로 모습을 드러냈을 때, 침착한 성격의 진경 역시 당황하지 않을 수가 없었다. 문 앞에 나타난 여자는 도무지 이곳과는 어울려 보이지 않는 차림새를 하고 있던 것이다. 몸매가 고스란히 드러나는 검은색의 원피스에 짙은 장밋빛의 붉은 입술……. 일상에서 쉽게 만날 수 없는 상당한 미녀였지만, 아무리 봐도 대낮의 사무실과 어울리는 행색은 아니었다. 문 앞의 여자에게선 짙은 밤의 기운이 풍겨져 나오고 있었다.

"어떻게 오셨습니까?"

여자는 진경을 아래위로 재빠르게 훑어보더니, '레드벨벳에서 왔어요.'라고 조그맣고 새초롬한 목소리로 말했다. 레드벨벳. 그 이름을 어디에서 들었는지, 진경은 너무나도 명확히 기억하고 있었다. 어둠 속에서 빛나던 붉고 푸른 불빛과 장밋빛 입술을 지닌 화려한 여인의 기억을, 진경은 아직도 생생히 기억하고 있었다.

진경은 당황했다. 한낮의 사무실에서 그 이름을 마주칠 것이라고는 상상도 하지 못했기 때문이었다. 하지만 특별한 지시가 없는 한, 방문자를 보고하지 않을 수는 없었다. 그녀가 굳게 닫힌 접견실의 문을 조용히 두드렸다.

"레드벨벳에서 손님이 오셨습니다."

"들여보내요."

문 안에서 들려오는 목소리는 너무나도 짧아서, 그 속에 담겨 있는 감정을 읽어낼 수가 없었다. 진경은 조용히 문을 열었다. 조그맣게 열려진 문틈 사이로, 기다리던 여자가 들어갔다. 그리고 문이 닫혔다.

여자가 들어간 후 꽤 오랜 시간이 흘렀다. 닫힌 문은 여전히 조용했다. 방음 설비가 잘된 그 밀폐된 공간 안에서 어떤 일이 일어나고 있는지, 진경은 도무지 짐작할 수 없었다. 아니, 이미 알고 있는데도 모른 척하는지도 몰랐다. 상당한 시간이 지난 후에야 여자는 다시 조용히 방을 나왔고, 진경에게 삐죽 고개만 숙여 보인 후, 여전히 아름답고 도도한 모습으로 사무실 문을 나섰다. 그러고도 한참의 시간이 지난 후에야, 지후는 모습을 드러냈다.

"회의 시간까지 얼마나 남았죠?"

그렇게 묻는 지후의 모습은 평소와 다름없었다. 하지만 진경은 어쩐지 그를 평소와 똑같은 눈으로 볼 수가 없었다. 그에게서 짙게 풍기는 밤의 기운을, 그녀의 본능은 이미 직감하고 있었다.

"3시로 연기해놓았습니다."

"그 전에 회의 자료 검토할 수 있게 준비 좀 해주세요."

진경은 그가 말한 자료들을 들고 조용히 책상 위에 놓았다. 그러고는 망설이다 결국 말문을 열었다.

"조금 전 그분…… 어떤 분인지 여쭈어봐도 되겠습니까?"

"은진경 씨도 이미 짐작하고 있는 것 같은데요."

진경이 아무 말 없이 말끄러미 바라보고만 있자, 지후는 짧게 한숨을 쉬며 덧붙였다.

"직업여성이에요."

아무렇지도 않은 목소리였다. 하지만 그 속에 담긴 말은 진경의 상식으로는 도무지 이해되지 않는 것이었다.

"제가 생각하는 그 '직업여성'이 맞습니까?"

"네, 은진경 씨가 생각하고 있는 바로 그거예요."

지후의 얼굴은 여전히 뻔뻔할 정도로 평안해 보였다. 도대체 이 어이없는 사실을 어디서부터 바로잡아야 할지 몰라서, 진경은 한참이나 머뭇거렸다. 하지만 이내 단호하게 입을 열었다.

"본부장님."

"네."

"여기가 대체 어디라고 생각하시는 겁니까?"

"신성한 회사겠죠."

"근무시간의 회사에서, 그런…… 직업여성을 부르는 것이 과연 온당하다고 생각하십니까?"

"그리 바람직한 일은 아니겠죠."

바람직하지 않은 정도가 아니었다, 이건. 진경의 상식으로는 도저히 있을 수도, 있어서도 안 될 그런 일이었다.

"본부장님 이건 상식적으로……."

하지만 진경이 본격적으로 훈계를 시작하려 하기도 전에, 지후는 단칼에 그녀의 말을 막았다.

"병이 있어요. 저한테."

갑작스런 그의 말에 진경은 하려던 말을 멈출 수밖에 없었다.

"굳이 말한다면 일종의 정신병이에요."

이어진 지후의 말에 진경은 더더욱 말을 잃었다.

"그렇다고 아주 미친놈은 아니에요. 그냥 일종의…… 충동조절 장애 같은 거예요."

당황한 진경의 얼굴을 바라보며, 지후는 싱긋 웃었다.

"보통 이런 경우는 안와전두엽의 기능이 떨어진 거라고 하더라고요. 가끔 나 자신을 도무지 통제하지 못하게 될 때가 있어요. 뭔가를 다 부숴버려야만 속이 풀릴 것 같은 그런 기분이요. 은진경 씨는 그럴 때 없어요?"

진경은 매일 밤 헤매는 악몽 속을 떠올렸다. 피 묻은 칼, 피 묻은 손, 피 묻은 절규. 어쩌면 진경도 그 칼을 손에 잡고 휘두르고 싶었을지도 모른다. 그러면 이 모든 것이 끝나고 고요한 평안이 찾아올지도 모르니까.

"어릴 때는 뭔가를 부쉈어요. 몰래 방에서 혼자 부쉈죠. 유리병처럼 깨지기 쉬운 것들. 손안에서 바삭바삭 부서지는 게 그렇게 좋더라고요. 그러다가 집 안의 새를 죽였어요. 새장 안에서 기르던 예뻐하던 새였죠. 그때 깨달았어요. 뭔가를 죽이는 건 굉장한 쾌감이 있다는 걸. 그리고 무서워졌죠. 내 안의 뭔가가 제대로 망가져 있다는 걸 깨달았거든요."

뜻하지 않게 쏟아지는 지후의 고백에, 진경은 정신을 차릴 수가 없었다. 판도라의 상자처럼 열려버린 지후의 비밀들은 더 듣고 싶기도 했고, 더 이상 듣고 싶지 않기도 했다. 하지만 지후는 진경의 심경을 아는지 모르는지, 빠른 어조로 자신의 은밀한 비밀들을 토해냈다.

"그때부터 계속 방법을 찾아봤어요. 내가 미친놈이나 범죄자가 되지 않고, 살아남을 수 있는 방법을요. 그래서 마침내 찾아낸 거예요. 합법적인 법의 테두리 안에서 제가 할 수 있는 유일한 일이 하나 있더라고요. 미칠 것 같은 충동을 잠재우면서 아무도 다치거나 해를 입지 않을 수 있는 유일한 방법……."

지후는 진경의 눈을 똑바로 바라보면 웃었다. 한쪽 볼의 보조개가 깊이 패었다. 한쪽만 웃고 있는 듯한 그 모습은 매혹적이면서도 기괴한 느낌이었다.

"그게 바로 섹스예요."

굉장한 비밀을 알려준다는 듯, 은밀하고 나지막한 목소리로 지후는 속삭였다. 붉은 입술이 휘어지며 농밀하게 토해낸 그 짧은 단어에, 진경은 정신이 아득해지는 느낌이 들었다.

4장. 그깟 연애, 한번 해봅시다

　섹스만이 유일한 해법이라고 말하는 남자를 눈앞에 두고, 진경은 쉽게 입을 열지 못한 채 입술만 달싹거렸다. 이 남자가 대체 어디서부터 잘못되었는지, 진경은 도무지 알 수 없었다. 그저 이 남자가, 생각보다 깊은 곳에서부터 뒤틀려 있다는 것만 어렴풋이 짐작할 수 있을 따름이었다.

　그런 건 옳지 않다고, 이래선 안 된다고 말해주어야 했지만, 진경은 차마 그럴 수가 없었다. 세상에는 자기 자신도 어쩔 수 없는 일이란 게 존재한다는 걸, 누구보다 잘 알고 있었기 때문이었다.

　"그렇게 미친놈처럼 보지 말아요. 일상생활이 불가능할 정도로 완전히 맛이 간 놈은 아니니까요. 하지만 은진경 씨도 알다시피, 조금 후면 난 회의에 참석해야 해요. 그리고 거기엔 나를 못 잡아

먹어서 안달이 난 꼰대들이 득시글거리죠. 이런 상태로 회의에 참석하는 것보다는, 어떻게든 해결을 해서 새 마음 새 뜻으로 임하는 편이 더 효율적이지 않겠어요? 그게 어떤 방법이든."

"한국에서…… 매춘은 불법입니다."

그것이 한참 만에야 진경이 찾아낸 대답이었다. 하지만 지후는 태연한 얼굴로 어깨만 으쓱여 보일 뿐이었다.

"그래요, 그것참 안타깝군요. 정말 불합리한 일이에요. 매춘은 인류의 역사와 함께해온 유구한 전통의 직업인데 말이죠."

"성을 사고파는 일은 잘못된 일입니다."

진경은 단호하게 말했다. 하지만 안타깝게도, 한지후는 도덕적 원론이나 일반적 상식이 통하는 부류의 사람이 아니었다.

"최근 독일에서도 매춘이 합법화되었더군요. 성적 자기존중권이 존중된 매춘은 도덕적, 법률적 비난의 대상이 아니라는 뜻이죠. 수요가 있고, 공급이 있고, 그걸 교환할 시장이 형성되고…… 이건 지극히 자연스러운 자본주의적 원리예요. 그 대상이 성적 욕망이라고 해서, 다른 게 아니죠."

"아무리 그렇게 말씀하셔도, 회사에서의 매춘 행위는 묵인할 수 없습니다."

"물론 근무시간에 한 건 잘못이라고 생각해요. 오늘처럼 아주 급한 경우가 아니라면, 가능한 한 앞으로는 퇴근시간 이후에 할 수 있도록 노력해보죠."

하지만 그것은 진경이 원하는 대답과는 한참이나 동떨어진 것이었다. 진경은 짧게 숨을 들이켠 후, 훈계하는 사감 선생님처럼 단단한 목소리로 입을 열었다.

"차라리 연애를 하십시오. 합법적인 방법을 원하신다면, 여자를 사귀시면 되지 않습니까?"

"글쎄요. 그건 일종의 사기 아닌가요? 제가 원하는 건 성욕의 해소이지, 누군가와의 감정적 교류가 아니거든요. 물론 적당히 둘러대면서 사귈 수는 있겠죠. 하지만 거짓말로 사랑을 속삭이면서 몸만 취하는 건 그야말로 부당거래 아닌가요? 차라리 정당한 대가를 지불하고 깔끔하게 섹스만 하는 게 좀 더 양심적인 상거래라고, 전 생각해요."

사랑을 나누는 행위를 '상거래'라 말하는 남자를 향해, 진경은 어떤 설득을 해야 할지 알 수 없었다. 하지만 확실한 건, 그를 이대로 두어서는 안 된다는 사실이었다.

"하지만 지금과 같은 일은 더 이상 용납할 수 없습니다. 해외지사에서는 어떠셨을지 몰라도 여기는 한국이고 본사입니다. 본부장님을 주시하고 있는 사람들이 얼마나 많은지 알고 계시잖습니까? 차라리 그것 말고 다른 방법을 찾아보면 어떻겠습니까? 운동이라거나, 아니면……."

"그럼 은진경 씨가 해줄래요?"

갑작스런 지후의 말에 진경은 그대로 굳어지고 말았다. 지금 자신이 들은 말이 과연 제대로 들은 것인지조차 의심스러웠다. 당황한 진경의 모습을 흥미 가득한 눈으로 지켜보면서, 지후는 몹시도 해맑은 얼굴로 싱긋 웃어 보였다.

"뭐, 진짜로 하자는 건 아니에요. 그냥 적당히 손만 좀 빌려주시면 돼요. 아무래도 혼자 하면 영 기분이 안 나거든요."

진경의 얼굴이 삽시간에 발갛게 달아올랐다. 그가 한 말이 무슨 의미인지, 이제야 제대로 이해했기 때문이었다. 한지후는 지금 방금 자신에게 유사 성행위를 제의한 것이었다. 붉어지다 못해 하얗게 질려가는 진경의 얼굴을 보며, 지후는 아하하, 유쾌하게 웃음을 터뜨렸다.

"와우, 은진경 씨도 얼굴이 빨개질 때가 있긴 하군요. 생각했던 것보다 훨씬 더 귀여운데요?"

하지만 진경은 지금 이 상황이 전혀 귀엽지도 우습지도 않았다. 너무나 화가 난 나머지 목소리마저 파들파들 떨려올 지경이었다.

"지금 하신 말씀은 명백한 성희롱입니다."

날카로운 진경의 태도에 지후 역시 머쓱한 표정이 되었다.

"미안해요. 악의는 없었어요. 그냥 답답해서 해본 소리였어요. 나도 나름대로는 여러 가지로 애를 써봤거든요. 약도 먹어봤고, 상담도 해봤고, 격투기도 배워봤고, 아예 질릴 만큼 섹스도 해봤어요. 하지만 아무리 해도 방법이 없더라고요. 어쩌면 은진경 씨라면 방법이 있지 않을까 생각했었나 봐요. 은진경 씨는 내가 본 사람 중에 가장 이성적인 사람이니까."

'나랑은 달리⋯⋯.' 하는 뒷말은 지후의 입술 속에서 나지막이 스러져갔다. 이성적인 사람이라⋯⋯ 역시나 한지후는 진경에 대해 전혀 모르고 있는 듯했다. 은진경은 결코 이성적인 사람이 아니었다. 가만히 있으면 미쳐버릴 것 같은 수많은 감정들을 억지로 잠재우기 위해, 필사적으로 이성적인 척하고 있을 뿐이었다. 손에 닿는 모든 것들을 부숴버리고, 있는 힘껏 악을 쓰고 뒹굴며 난장을 부리고 싶은 마음이, 진경이라고 왜 없겠는가? 그간의 슬프고 억울하고 서러운 것들을 다 표현하려면 아무리 발버둥을 쳐봐도 모자랄 터였다.

"어쨌든 은진경 씨 말대로 가능한 자제하고 조심하도록 할게요. 하지만 완전히 그만두겠다고는 약속할 수 없어요. 은진경 씨는 이해하지 못하겠지만, 이게 내가 미치지 않고 살 수 있는 유일한 방법이거든요."

지후와의 논쟁은 여기서 일단락이 지어졌다. 하지만 지후도, 진경도 이것이 미봉책에 불과한 결론일 뿐이라는 것을 잘 알고 있었다. 여전히 한지후에게는 아직 터지지 않은 폭탄의 뇌관이 그대로 남아 있었다. 그리고 그것이 터지는 날은 진경이 예상한 것보다 훨씬 더 일찍 찾아왔다. 그 일이 있은 후 고작 일주일도 지나지 않아서였다.

"여러분도 아시다시피, 우리 한경건설은 수주사업이 중심으로 운영되고 있습니다. 짧게는 3년에서 길게는 10년까지도 이어지는 수주사업의 특성상, 체계화된 시스템이 구축되지 못하면 업무의 진행은 물론 정확한 수익 상황마저도 파악이 불가능하게 됩니다. 그렇기 때문에 지금과 같이 분업화된 업무체계가 아닌 PM제, 즉 프로젝트 매니저 제도를 도입하여 하나의 프로젝트를 일원화시켜 관리할 수 있는 시스템을 구축해야 한다고 생각합니다."

한경 회장을 포함한 핵심 임원진들이 포진한 회의였지만, 그들

앞에서 발표하는 지후의 말투는 거침이 없었다. 진경의 화려한 파워포인트 실력으로 깔끔하게 정리되어 있는 자료는 명쾌하면서도 자세했고, 당당한 모습으로 발표하는 지후의 프레젠테이션은 시원시원한 설득력을 지니고 있었다.

"하지만…… 한 본부장의 말대로 수년씩이나 걸리는 프로젝트를 한 사람이 관리하게 된다면 부작용도 만만치 않을 것 같은데 말입니다. 프로젝트 매니저가 능력 있고 양심적인 사람이라면 플러스 효과가 있겠지만, 무능하거나 부패한 사람이라면 오히려 마이너스가 되지 않겠습니까?"

이사 한 명이 손을 들고 반박의견을 내자, 지후는 자신 있는 목소리로 부연 설명을 덧붙였다.

"그래서 제가 주장하고 싶은 것은 감사위원회의 전반적인 개선입니다. 프로젝트 매니저의 업무 성과를 투명하게 평가하기 위해서는 감사위원회의 크로스체크가 반드시 필요합니다. 하지만 현재의 감사위원회로서는 명백한 한계가 있습니다. 나누어드린 자료 중 '경영실태 파악 및 투명성 재고 방안'의 5페이지를 봐주시면, 현재 전체 감사위원의 60% 이상이 비전문직으로 구성되어 있다는 사실을 잘 아실 수가 있을 겁니다. 회사의 사규에 나온 감사위원회 임원의 자격요건을 보면 '행정, 경영, 경제, 법률, 화계, 건설 기타 관련 분야에 대한 전문적 지식과 경험이 있는 자 중 1개 이상에 상당하는 자격 또는 능력이 인정되는 자'라고 쓰여 있습니다만, 현재 감사위원들의 프로필을 아무리 살펴보아도 과연 어떤 기준으로 뽑았는지 의심스러운 분들이 한두 분이 아니더군요. 자료에 첨부된 지난 3년간의 감사평가표만 살펴보아도, 감사위원회의 업무 성과나 효율성이 현재 받고 있는 월급에 비해서 턱없이 부족하다는 것을 금세 확인하실 수 있을 겁니다. 따라서 지금부터는 부적격 감사위원을 선별하여 능력이 검증된 사외 이사로 대체하고, 부실감사로 인한 책임여부와 개별 감사위원의 도덕적 투명도 여부를 면밀히 검증해야만 합니다."

지후는 정채봉 감사위원장 쪽을 똑바로 바라보며 도전적으로 말했다. 하지만 응당 똥 씹은 표정으로 앉아 있어야 할 정 위원장의 표정은 의외로 평화롭고 당당하기만 했다. 모든 사람의 시선이 자신에게 쏠린 것을 알고 있는 듯, 그는 싱긋 여유로운 미소까지 지어 보였다.

"도덕적 투명도라……. 말은 좋지만 그걸 한 본부장이 말할 처지는 아니라고 생각되는데 말이오."

누가 들어도 명백한 비아냥거림이었다.

"얼마 전 우리 감사위원회로 아주 재미있는 제보 하나가 들어왔더군요."

잔뜩 거들먹거리는 태도도, 정 위원장은 책상 위에 놓여 있던 서류봉투에서 커다랗게 인화된 사진 한 장을 꺼냈다. 그리고 사진을 본 지후의 얼굴은 삽시간에 굳어질 수밖에 없었다. 사진에 찍혀 있는 검은 원피스의 여자는 분명 레드벨벳의 그녀였기 때문이었다.

"이거 참, 굉장한 미인 아닙니까? 얼마 전 이 미모의 여자분이 한지후 본부장님을 찾아왔다고 하더군요. 그런데 여기 계신 여러

분들도 느끼셨겠지만……. 아무리 봐도 업무상 방문을 한 것처럼 보이지는 않는단 말이죠. 그래서 혹시나 싶어서 제보자가 개인적으로 좀 알아봤다고 하더군요. 그리고 놀랍게도…… 이 아가씨가 이런 곳에서 일하고 있다는 걸 알게 되었다고 합니다."

정채봉 위원장의 손에는 또 다른 사진 한 장이 들려 있었다. 그곳에는 레드벨벳의 지하 계단으로 막 들어가려는 여자의 모습이 찍혀 있었다. 붉고 푸른 네온사인이 번쩍이고 있는 가게의 모습은 누가 봐도 평범한 술집의 모습은 아니었다.

"이런 곳에서 일하는 여자가 대낮에 찾아와서 약 한 시간 정도를 머물렀다고 하더군요. 대체 뭘 했는지 개인적으로 몹시 궁금해지지 않습니까? 한 본부장, 왜 사무실에 이런 여자가 찾아온 겁니까? 설마 외상값이라도 받으러 온 것은 아니겠죠?"

회의장 내에 조용한 수런거림이 물결처럼 번져가기 시작했다. 소리 죽여 키득거리는 웃음소리도 곳곳에서 들려왔다. 상석의 한경 회장 역시 착잡한 얼굴로 지후를 바라보고 있었다.

"도덕적 투명도에 대해 먼저 설명해야 할 사람은 한 본부장이 아닙니까?"

상대의 목덜미를 물어뜯는 개처럼 득의양양한 얼굴로 정채봉 위원장이 커다랗게 외쳤다. 연극적으로 핫핫, 웃음 짓는 정 위원장의 얼굴엔 승자의 여유가 가득했다. 반면, 말문이 막힌 지후는 입술만 깨물 뿐이었다. 자신의 뒷조사를 한 것은 불쾌했지만, 자신이 업무 중 불성실한 일을 저지른 것 역시 사실이었기 때문에 뭐라 변명할 수가 없었다. 정채봉의 비리 사실을 먼저 터뜨리지 않은 걸 후회해보았지만, 이미 때늦은 뒤였다. 이제 와서 지금 그걸 터뜨려봐야 서로 물고 뜯으며 진흙탕으로 빠져드는 개싸움밖에는 되지 않았다. 오히려 애써 입수한 정보의 가치만 떨어질 게 뻔했다. 어떻게 하면 좋을지, 지후는 빠르게 머리를 돌렸다.

하지만 점차 흥분이 거세지면서 몸속을 흐르는 아드레날린이 위험할 정도로 점점 높아지는 게 느껴졌다. 쿵쿵 심장이 커다랗게 뛰면서 머릿속이 새하얗게 탈색되고 있었다. 위험신호였다. 여기서 조금만 더 계속되면, 지후 자신조차도 자신의 행동을 컨트롤하지 못하는 사태가 벌어질 수도 있었다. 지후는 테이블 위에 올려져 있던 유리잔을 조용히 손에 쥐었다. 그러고는 유리잔을 테이블 아래로 슬며시 가져가서, 손안의 유리잔을 힘껏 움켜쥐었다.

빠삭.

유리잔이 깨어지는 소리는 다행히도 생각보다 작았다. 하지만 깨어진 유리조각들이 살에 파고들며, 뜨끈한 피가 배어나오는 게 명료하게 느껴졌다. 정신이 번쩍 들 만큼 따끔한 통증이 손바닥 위에서 느껴졌다. 손안에서 유리잔이 산산이 부서지는 경쾌한 느낌과 피부를 자극하는 짜릿한 아픔, 그리고 희미하게 풍겨오는 비릿한 혈향은 그의 정신을 조금이나마 깨어 있게 만들어주었다. 폭주 기관차처럼 끓어오르던 더운 피의 기운이 눈에 띌 정도로 한풀 꺾였다. 혹시 모를 발작에 대비해서, 지후는 천천히 심호흡을 했다. 우선 임시 처방은 했지만, 여기서 좀 더 진행된다면 앞일은 지후 자신도 장담할 수가 없었다. 하지만 그가 회의실에서 볼썽사나운 발작을 일으키기 전에, 얼음처럼 침착하고 차분한 목소리가 회의

장 안에 울려 퍼졌다.

"그분은 제가 개인적으로 부른 분입니다."

지후의 뒤에서 존재감 없이 얌전히 서 있던 진경의 갑작스런 등 장이었다.

"이번에 수주한 주베일 산업단지 제4공단의 화공플랜트 진행 건으로, 다음 주에 사우디 거래처의 VIP 시찰 건이 예정되어 있습 니다. 공식적인 자리에서 할 만한 이야기는 아니라고 생각되지만, 이런 VIP손님들을 접대하다 보면 이런 은밀한 종류의 서비스를 요구하시는 분이 간혹 있을 때가 있습니다. 그래서 혹시 모를 만일 의 사태에 대비해서 적당한 업체를 물색하는 과정이었습니다. 못 미더우시다면 해당 업체 측에서 받은 접대 비용 예상 견적서를 보 여드리겠습니다."

룸살롱과 견적서라니, 이렇게 어울리지 않는 조합도 찾기 힘들 터였다. 하지만 은진경이 하는 말이라면 어쩐지 수긍이 가기도 했 다. 은진경이라면, 눈 하나 깜짝하지 않고 룸살롱 아가씨들의 개인 별 포트폴리오를 작성해 오는 것도 가능할 만한 그런 여자였으니 까.

'해당업체', '예상견적서' 등의 사무적인 용어를 쓰며 차분하게 설명하는 그녀의 목소리는 유흥업소가 주는 끈적하고 은밀한 느 낌마저도 건조하고 사무적인 분위기로 희석시키는 힘이 있었다.

"은 비서가 한 말이 맞나?"

조용히 침묵을 지키고 있던 한 회장이 입을 열었다.

"네, 그렇습니다."

조금 찔리긴 했지만, 어쨌든 지후는 적당히 고개를 끄덕여 보였다.

"은 비서, 이번에는 의욕이 과했어. 보는 눈도 있고 하니, 앞으로 꼭 필요한 경우에는 전화나 팩스로 해결하도록."

"네, 생각이 짧았습니다. 시정하도록 하겠습니다."

자신이 한 잘못도 아니었지만, 진경은 깍듯이 고개 숙여 사과했다. 정작 잘못을 저지른 장본인인 지후로서는 꽤나 뜨끔한 광경이 아닐 수 없었다. 그런 지후와 진경의 모습을 미묘한 눈빛으로 바라보던 한경 회장은 정채봉 위원장을 향해 입을 열었다.

"그리고 정 위원장."

여전히 못마땅한 표정의 정채봉이 마지못해 '네.' 하고 대답했다.

"사람 뒷조사도 아니고, 뭐 그런 걸 찍고 다녀요?"

"아니, 제가 찍은 게 아니라, 그냥 제보가 들어와서……."

"확실하지 않은 건 이렇게 터뜨리고 볼 게 아니라, 우선 나한테 보고부터 해요. 정 위원장도 보면 사람이 가벼운 데가 있어. 젊었을 땐 안 그랬는데 말이야."

웃으며 농담처럼 하는 말이었지만, 은근한 타박이 담겨 있었다. 한 회장의 면전이니 차마 성질을 내지도 못한 채, 정채봉은 붉으락푸르락거리는 얼굴로 고개만 숙이고 있었다.

"그럼 감사위원회 건은 주주총회에 정식 안건으로 올리는 걸로 하고, 프로젝트매니저인지 뭔지는 한 본부장이 시험 삼아 한 번 추진해보도록 하지. 한 본부장이 말한 그 문제에 대해서는 나도 공감하고 있던 바야. 꼭 감사위원회만 찍어서 하는 얘기가 아니라, 전반적으로 회사에 월급 도둑이 너무 많아. 누구든 자기가 맡은 일은 끝까지 책임감 있게 해결할 수 있도록 시스템을 한번 짜보자구. 한 번에 다 뜯어고치는 건 힘들 테니, 우선 주요 프로젝트 몇 개만 시험 삼아 운영해보고, 문제점이 있으면 그때 시정하는 걸로 해."

한 회장의 말이 지후에 대한 노골적인 지원 사격이란 걸, 회의실에 참석한 대다수가 느낄 수 있었다. 소리 없는 눈빛들이 재빠르게 서로를 오갔다. 그들의 머릿속에선 제각기 다른 계산기가 빠르게 가동되고 있을 터였다. 특히나 한정후 라인과 한지후 라인에서 고민하고 있던 이들의 마음속에선, 지후에 대한 가산점이 수직적으로 올라가고 있는 중이었다. 회의실에 참석한 수많은 사람들 각자의 마음속에 각기 다른 의혹과 확신을 남긴 채, 그렇게 회의는 끝이 났다.

"진짜로 있긴 해요?"

사무실로 돌아와 두 사람만 남게 되자, 지후는 허탈한 듯 웃으며 질문을 꺼냈다.

"뭐 말씀입니까?"

"아까 말했던 견적서요."

"네, 진짜로 있습니다."

태연하게 대답하는 진경의 말에, 이번엔 지후도 진심으로 놀라고 말았다. 진경이 임기응변으로 대충 둘러댔을 거라고만 생각했지, 진짜로 룸살롱의 견적서 따위가 진짜로 존재할 줄은 몰랐기 때문이었다.

"정말이요? 아니, 어떻게 그런 걸 가지고 있어요?"

"혹시라도 이런 일이 있을 때에 대비해서, 레드벨벳 사장님께 사정을 설명드리고 받아 왔습니다."

"마리한테요?"

"네."

어이가 없다는 얼굴로, 지후는 '허, 참.' 하고 헛웃음을 지었다. 레드벨벳으로 데려간 첫날, 룸살롱이란 걸 알고 바짝 얼어 있던 진경이었는데, 제 발로 거길 다시 찾아가서 견적서까지 내놓으라고 했다니 도무지 상상이 가지 않았다. 이 재미난 사실을 자기만 혼자 알고 있던 마리에게도 배신감이 들 정도였다.

"은진경 씨 정말로 대단한 사람이네요."

지후의 말은 진심이었다. 알면 알수록 재미있는 여자였다. 은진경은.

"저한테 감탄하기에 앞서서, 그런 일이 얼마나 위험한지부터 깨달으셨으면 좋겠습니다. 보셨다시피 본부장님의 일거수일투족을 주목하고 있는 사람들이 많습니다. 이번엔 다행히 운 좋게 넘어갈 수 있었지만, 앞으로는 어떻게 될지 모릅니다."

"좋아요, 앞으로 은진경 씨 말은 좀 더 잘 듣도록 하죠."

오랜만에 착한 어린애처럼 고분고분한 말투로, 지후가 고개를 끄덕였다. 그러고는 뭔가 퍼뜩 생각이라도 난 것처럼 말을 꺼냈다.

"참, 그전에 나 수건 좀 가져다줄래요?"

지후는 '안녕'이라도 하듯 해맑은 얼굴로 피 묻은 손바닥을 들어 보였다. 조금 전 유리잔을 깬 후, 지후 본인조차도 잊고 있던 바로 그 오른손이었다.

"손을 좀 다쳐서요."

하지만 지후는 원하던 수건을 받지 못했다. 지후의 손바닥을 흥건히 적신 붉은 핏자국을 보자마자 진경이 눈을 가리며 휘청거렸기 때문이었다. 만일 지후가 급하게 그녀의 허리를 붙잡지 않았더라면, 그대로 쓰러지면서 옆에 있던 책상 모서리에 크게 박을 뻔한 상황이었다.

"은진경 씨, 왜 그래요?"

진경의 얼굴은 백지장처럼 새하앴다. 조금 전 수십 명의 사람들 앞에서 깜찍할 정도로 태연하게 거짓말을 하던 여자와 동일인물이라고는 생각할 수 없을 정도로 연약하고 가녀린 모습이었다. 진경의 이런 모습을 처음 본 지후는 크게 당황했다.

"왜 그래요, 어디 아파요?"

"……피."

"네?"

"피에 대한…… 약간의 트라우마가 있습니다."

지후의 품에 안겨 쌕쌕 숨을 몰아쉬며, 진경은 작은 소리로 대답했다. 꼭 감겨진 그녀의 눈꺼풀은 여전히 파르르 떨리고 있었다.

'친부가 친모를 살해한 모양입니다. 치정 문제로 인한 살인사건

이었고, 딸인 은진경이 사건의 유일한 목격자였습니다.'

지후의 머릿속에 예전에 들었던 진경의 과거 이야기가 떠올랐다. 아마도 진경 안에 깊은 곳에도 자신과 똑같은 깊은 생채기가 자리 잡고 있었나 보다. 지후는 어쩐지 기뻤다. 그녀 역시 자신과 똑같은 종류의 사람이라는 것이, 몹시도 마음에 들었다.

지후는 자신의 가슴에 기댄 채 천천히 심호흡을 하는 진경의 얼굴을 가만히 바라보았다. 조그마한 새를 손바닥에 쥐었을 때처럼, 통통 조그맣게 뛰는 맥박이 가슴께를 간질이고 있었다.

"심한 건 아니니, 잠시만 쉬면 괜찮아집니다."

여전히 눈을 감은 채 진경이 변명하듯 말했다. 하지만 새하얗게 탈색된 그녀의 얼굴은 결코 괜찮은 상태라고 볼 수 없었다. 지후는 진경을 품에 안은 채 그녀의 등을 천천히 토닥여주었다. 외간 사내의 품에 안겨 있음에도 불구하고, 진경은 말 잘 듣는 어린아이처럼 얌전하게 지후의 손길을 따라 조심스레 심호흡을 하고 있었다. 바늘로 찔러도 피 한 방울 날 것 같지 않던 여자가 얌전히 자신의 품에 안겨 있는 모습이, 지후는 어쩐지 신기하게 느껴졌다.

품 안의 여자는 생각했던 것보다 훨씬 더 조그마했고, 따뜻했다. 차갑고 냉정해 보이는 인상과는 달리, 어린애처럼 높은 체온을 가지고 있다는 게 특히나 신기했다. 혹시나 열이 나는 건 아닌가 싶어서, 지후는 손바닥으로 그녀의 이마를 짚어보았다. 하지만 다음 순간 지후는 무심코 저지른 자신의 실수를 크게 후회하고 말았다.

자신의 오른손이 이미 피에 젖어 있다는 걸 까맣게 잊고 있었던 것이다. 덕분에 창백한 진경의 얼굴에는 반쯤 굳은 검붉은 핏자국이 손가락 모양을 따라 벌겋게 찍히고 말았다.

"이런, 아직 눈 뜨지 말아봐요."

지후는 그나마 피가 덜 묻은 엄지손가락으로 진경의 얼굴에 묻는 핏자국을 닦아보았다. 하지만 이미 찐득하게 굳어져 있던 피들은 도리어 넓게 퍼지기만 할 뿐 쉽게 지워지지 않았다. 이대로 진경이 눈을 뜬다면 곧바로 2차 발작이라도 일으킬 터였다.

"잠깐만 그대로 있어요."

지후는 품에 안긴 그녀의 동그란 이마를 향해 천천히 입술을 내렸다. 그러고는 혀를 내밀어 그녀의 보드라운 피부를 덧칠하고 있는 피를 조심스레 핥았다. 짭짤한 피 맛이 혀끝에서 느껴졌다. 쇠 냄새를 닮은 피비린내와 진경의 피부에서 나는 청량한 향기가 더해져, 몹시도 오묘한 느낌이 났다. 조금도 흥분할 상황이 아님에도 불구하고, 지후는 저도 모르게 흥분했다. 은진경과 섞여진 피의 맛은 그가 상상하던 이상으로 짜릿하고 황홀한 느낌이 났다.

어느새 조심스럽게 진경의 이마를 탐하는 지후의 입술과 혓바닥들은 처음의 순결한 의도를 잊어가고 있었다. 만일 아래쪽에서 들려온 싸늘한 목소리가 없었더라면, 한순간 지후의 이성이 그대로 날아가버렸을지도 몰랐다.

"지금 뭐 하시는 겁니까?"

평소와 같은 사무적인 어투였지만, 그 속에 담긴 것은 명백한 짜증이었다. 깜짝 놀란 지후는 머쓱한 얼굴로 그녀를 품에서 떼어놓았다. 잠시 비틀거리긴 했지만, 진경은 곧 자신의 두 발로 꼿꼿하게 서서 흐트러진 머리카락을 정돈했다.

"아, 미안해요. 얼굴에 피가 묻어서……."

"직장 내 성희롱은 안 된다고 분명히 말씀드렸을 텐데요."

더듬거리며 변명을 늘어놓는 지후의 말을 단칼에 자른 진경은 아직은 불안한 걸음으로 자신의 책상으로 비틀대며 가더니 서랍 속에 있던 작은 상자 하나를 꺼내 왔다.

"이리 오십시오. 우선 응급처치부터 해드리겠습니다."

자신의 상태도 썩 좋지 않아 보이는데도 진경은 지후의 상처부터 챙겼다. 비록 약한 모습을 보이긴 했지만, 그래도 진경은 뼛속까지 프로페셔널한 비서였던 것이다.

"피 무서워한다고 하지 않았어요?"

"미리 마음의 준비만 하면 괜찮습니다."

진경은 침착한 태도로 지후를 소파에 앉힌 후, 피 묻은 그의 오른손을 끌고 가서 소독약을 발랐다. 생각보다 꽤 많이 다친 것인지, 얼굴이 저절로 찌푸려질 정도로 따끔함이 몰려들었다. 지후는 저도 모르게 미간을 찌푸렸다. 하지만 사실 행색으로만 본다면, 지후보다는 진경 쪽이 훨씬 더 심각한 병자 같은 몰골이었다.

"정말 괜찮아요?"

"네, 괜찮습니다."

다친 것은 지후고 치료하는 것은 진경인데, 어째 두 사람의 대사는 반대였다. 마음의 준비만 하면 괜찮다던 진경의 말은 아무래도 거짓말인 듯했다. 간신히 혈색을 되찾았던 진경의 얼굴은 또다시 백지장처럼 창백해져 있었고, 지금이라도 토할 것 같은 불편한 얼굴을 하고 있었다. 하지만 그녀는 아무렇지도 않은 척 지후의 벌어진 상처 위에 소독약을 바르는 데에만 열중해 있었다.

미묘한 표정으로 일그러진 진경의 얼굴이, 지후에겐 이상할 정도로 귀엽게 느껴졌다. 쓴 약을 삼킨 어린애 같기도 하고, 심통이 난 고양이 같기도 했다. 분명 안 괜찮은 게 뻔한데도 억지로 평정을 가장하고 있는 살짝 찌푸려진 얼굴은 묘하게 사내의 쾌감을 자극하는 무언가와 연결되어 있었다.

지후의 무의식 깊은 곳에 자리 잡고 있는 가학적인 욕망을 건드려서인지, 아니면 고통과 쾌락의 중간 지점 어딘가를 헤매고 있는 섹스 중의 표정과 미묘하게 닮았기 때문인지, 그것은 분명하지 않았다.

하지만 확실한 건, 아까부터 지후는 계속해서 흥분하고 있다는 점이었다. 아까 맛본 짭짤한 피의 맛이 여전히 입 안을 비릿하게 감도는 가운데, 속옷 안에 잘 갈무리되어 있던 사내의 분신이 때와 장소도 분별하지 못한 채 부스스 깨어나려 하고 있었다. '아아, 이러면 안 되는데.' 하고 지후는 생각했다. 하지만 자신의 자제심이 점점 위험할 정도로 빠르게 사라지고 있다는 것을, 지후는 분명히 느낄 수 있었다.

"어쩌다 이러신 겁니까?"

무뚝뚝한 목소리로 진경이 물었다.

"유리잔을 깼어요."

"일부러 말입니까?"

"네. 안 그러면 그 자리에서 난동을 부릴 것 같았거든요."

"혹시……. 이 상처들도…… 다 그런 이유로 생긴 겁니까?"

귀공자처럼 해사하고 아름다운 얼굴과는 달리, 지후의 손에는 오래된 상처들이 몇 겹씩 덧입혀져 있었다. 그의 손 위에 새겨진 크고 작은 상흔들 위에 붉은 소독약을 덧칠하며, 진경은 침울한 목소리로 물었다.

"뭐, 대부분은요. 몇 개는 아니에요. 자살 시도의 흔적도 섞여 있거든요. 아, 그런 눈으로 보지 말아요. 철없던 어린 시절의 치기 같은 거니까. 뭐, 지금은 그냥…… 잘 살아남아 있다는 인생의 훈장 같은 거죠."

별일 아니라는 듯이 지후는 핫핫, 웃었지만, 묵묵히 소독약을 바르고 있는 진경의 표정은 어둡기만 했다. 무표정한 얼굴로 핀셋을 든 손만 움직이고 있는 듯했지만, 흔들리는 그녀의 눈동자에는 수많은 상념들이 오가고 있었다. 비록 당사자인 지후는 고개 숙인 그녀의 눈빛을 읽어낼 수 없었지만.

"그 정도로…… 참기가 어려운 겁니까?"

"어릴 때는요. 그래도 이제는 많이 나아졌어요. 그때 말했잖아요. 나 그렇게까지 미친놈은 아니라고."

농담이라도 하듯 지후는 싱긋 웃었지만, 진경은 대답하지 않았다. 그저 오랜 세월에 걸쳐 새겨진 수많은 상처들이 나이테처럼 남아 있는 지후의 커다란 손을 붙잡은 채로, 묵묵히 소독약만 바르고 있을 뿐이었다.

"파상풍의 위험이 있으니, 지금 바로 병원에 다녀오십시오."

"병원까지 갈 정도는……."

"지금. 바로. 다녀오십시오."

이 정도는 병원 신세 따위 필요 없다고 말하려던 지후는 무서울 정도로 강경한 진경의 말에 조용히 꼬리를 내리고 말았다. 오늘 하루 동안 진경의 여러 가지 면을 새롭게 발견하게 된 지후였다.

감정이 없는 로봇이나 인형 같은 여자라고만 생각했는데, 은근히 다혈질적인 면도 있다는 게 웃기고 귀여웠다. 저 무덤덤한 표정 밑에 어떤 것이 더 감추어져 있는 걸지, 도무지 짐작조차 할 수 없다는 게 특히나 흥미진진했다. 진경은 아주 오랜만에, 지후의 관심을 불러일으키는 생명체였다.

지후는 반쯤 숙여져 잘 보이지 않는 진경의 얼굴을 흥미롭게 관찰했다. 뭔가 곤란한 말을 꺼내고 싶기라도 한 듯, 진경은 몇 번이나 입술만 달싹이는 중이었다.

"그리고……. 앞으로 정말 힘들 때……. 진짜로 참을 수 없을 것 같은 때가 오면……."

마침내 고개를 푹 숙인 진경의 입에서 나지막한 목소리가 흘러나왔다. 언제나 또렷하게 말하는 진경의 목소리라고는 생각할 수 없을 만큼, 조그맣고 가라앉은 목소리였다.

"한 번은 도와드리도록 하겠습니다."

이것 참 귀엽구나, 하고 그 순간 지후는 생각했다. 고개를 푹 숙인 채 진지하게 말하는 진경은 뜻하지 않은 데서 남자를 환장하게 만드는 귀여움을 가지고 있었다. 사내에게 보여주기 위한 귀여움이 아니라, 자신은 자각조차 하지 못한 채로 자연스레 뿜어내고 있다는 점에서, 천연기념물에 버금가는 진귀한 귀여움이었다.

"뭘 어떻게 도와줄 건데요?"

그녀가 무슨 말을 하는지 뻔히 알면서도, 지후는 짓궂게 되물어 보았다. 상냥하게 속삭이는 그의 목소리엔 숨길 수 없는 즐거움이 한껏 배어 있었다.

"……필요하면 빌려달라고 말씀하셨잖습니까?"

"뭘 빌려줄 건데요?"

"그냥…… 손이면 된다고 하셔서."

진경의 목소리가 조금 더 줄어들었다. 그녀의 상식이 감당하기 엔 너무나 부끄러운 단어들이었던 것이다. 하지만 당황한 진경과 는 반대로 지후의 얼굴에는 미소가 점점 더 짙어지고 있었다.

"진심이에요? 정말로 나 도와주려는 거예요?"

"오해는 하지 마십시오. 그 이상은 절대 안 됩니다. 다만……. 만 일의 경우 정말 도저히 안 되겠다 싶을 때가 오면……."

"지금이에요."

지후는 자신 없게 어물거리는 진경의 말을 단칼에 잘랐다.

"네?"

"지금이라고요. 도저히 안 되겠다 싶은 만일의 경우."

동그래진 눈으로 진경이 고개를 홱 들었다. 거짓말 말라는 불신 의 눈빛이 그녀의 커다란 눈동자를 가득 메우고 있었다.

"아까부터 간신히 참고 있었거든요. 나 지금 굉장히 흥분해 있 어요."

진경의 얼굴이 새하얗게 굳어졌다. 그런 진경을 바라보며 지후는 다시 한 번 싱긋 웃었다.

"정 안 되면 그냥 유리컵이라도 한 번 더 깰까요?"

빙글거리는 지후의 얼굴을 본 진경의 얼굴에 왈칵 붉은 물이 들었다. 하지만 그것은 부끄러움이라기보다는 분노에 가까운 감정이었다. 애써 고민해서 내린 자신의 용기가 질 낮은 농담으로 희롱당한 느낌이었기 때문이었다.

"됐습니다. 이 제안은 없던 걸로 하죠."

북풍한설처럼 차가운 기운을 내뿜으며, 진경은 자리에서 벌떡 일어섰다. 하지만 그 순간, 지후의 커다란 손이 그녀의 손목을 움켜잡았다. 아직 소독약도 채 마르지 않은, 상처 입은 손이었다. 강렬한 소독약의 향기와 함께 축축한 물기와 뜨거운 열기가 그녀의 손목을 강하게 감싸 안았다.

지후는 동그란 눈으로 자신을 바라보는 진경과 가만히 눈을 맞췄다. 빈틈이라고는 조금도 없는 단정한 모습 사이로 새어 나오는 숨길 수 없는 순수함이 몹시도 마음에 들었다. 그녀는 지금까지 지후가 만난 여자들과는 확연히 다른 종류의 생물체임에 틀림없었다.

이 여자라면……. 이 여자라면 괜찮지 않을까.

순간 지후는 난생처음으로, 세상에서 가장 위험한 도박을 결심했다.

"그럼 우리 이렇게 해요."

지후는 진경을 향해 부드럽게 눈을 맞추며 웃었다. 한쪽 뺨에 옴폭 볼우물이 파이는, 아찔할 만큼 아름다운 미소였다.

"나랑 사귀어요, 은진경 씨."

이건 꿈인가, 라고 진경은 생각했다. 아무래도 이것은 또 다른 형태의 악몽인 것이 틀림없었다. 한지후에게 손목을 잡힌 채 사귀 어달라는 프로즈를 받는 이 말도 안 되는 일이 현실에서 일어날 리가 없었다. 아직도 붉은 피가 가져온 패닉 상태에서 온전히 벗어 나지 못한 뇌세포들을 열심히 움직이며, 진경은 대체 이게 무슨 상 황인지 파악하기 위해 애썼다. 하지만 눈앞의 남자가 대체 무슨 말 을 하고 있는 건지, 진경은 도무지 알 수가 없었다.

"……네?"

결국 진경이 내뱉은 것은 어딘지 얼빠진 듯한 맹한 되물음뿐이 었다. 하지만 이런 모습조차, 지후에게는 귀엽게만 보일 뿐이었다. 맹한 은진경이라니, 이거야말로 인증샷이라도 찍어서 길이길이 남겨놓을 만한 굉장한 장면이 아닌가.

"사귀자고요, 나랑."

"……본부장님이랑요? ……지금 농담하시는 겁니까?"

드디어 약간의 이성이 돌아온 진경이 평소와 같은 차가운 어투 로 쏘아붙였다. 하지만 지후는 조금도 물러설 기미가 없었다.

"농담 아닌데요, 지금 난 아주 지극히 이성적이고 현실적인 제 안을 하고 있는 겁니다."

어디 한번 말해보라는 듯 진경이 의심스런 눈으로 바라보자, 지 후는 프리젠테이션을 할 때와 같은 시원시원하고 설득력 있는 목 소리로 자신의 주장을 거침없이 피력하기 시작했다.

"은진경 씨가 그랬잖습니까? 차라리 연애를 하라고. 생각해보니 지금 상황에서 가장 합리적인 해결 방안이 그거인 것 같아요. 그래서 지금부터 연애를 좀 해보려고 합니다. 은진경 씨랑."

진경은 너무나 당황한 나머지, 반박할 말조차 떠오르지 않았다. 매춘을 할 바에야 차라리 합법적으로 연애를 하는 게 더 낫다고 말했던 거지, 같이 힘을 모아 연애라도 해보자는 소린 아니었다. 이 엄청난 논리적 비약을 어디서부터 지적해야 할지 알 수 없어, 진경은 입만 뻐끔거리고 서 있을 뿐이었다.

"하지만…… 우린 서로 아직 잘 알지도 못하는데……."

"이거 섭섭한데요? 난 이미 은진경 씨한테 제 가장 큰 약점까지 알려줬는데. 주치의한테 말고는 은진경 씨한테 처음 얘기한 거예요."

"본부장님은 절 좋아하지도 않으시지 않습니까?"

"아닌데요. 난 은진경 씨한테 아주아주 관심이 많은데……. 은진경 씨는 자신의 매력에 대해 잘 모르고 있나 봐요."

"그래도 이건 좀……."

"지금 남자 친구 있어요?"

"그건 아니지만……."

"그럼 됐어요."

'되긴 뭐가 됐다는 거냐!' 하는 뜨악한 얼굴로 진경이 자신을 바라보고 있다는 걸 아는지 모르는지, 지후는 청산유수같이 제 할 말만 늘어놓았다.

"결혼하잔 것도 아니고 사랑하잔 것도 아니에요. 그냥 연애나

128

좀 하자구요. 어차피 연애한답시고 서로 간에 질척거리는 건, 저도 딱 질색이에요. 각자 서로 쿨하게 적당히 사귑시다. 적당히 재밌고, 적당히 신 나게."

그제야 진경은 제정신이 좀 돌아왔다. 이 남자가 말하는 '연애'라는 것이 어떤 것인지 대략 짐작이 갔기 때문이었다. 섹스를 '상거래'라고 말하는 남자에겐, 연애 역시 일종의 계약 관계일 뿐이었다. 이 남자가 연애를 결심한 건, 금전적 대가가 오가던 지금까지의 매매 계약을 적당히 상호 합의하에 맺는 협정 계약으로 전환하겠다는 뜻이었다. 한지후가 연애 대상으로 자신을 선택한 것은 자신을 사랑해서가 아니라, 사랑하지 않아도 되는 존재이기 때문이란 걸, 진경은 어렴풋이 깨달을 수 있었다.

사랑이란 이름으로 질척거리지 않고 그가 원하는 대로 적당히 쿨하게 어울려줄 수 있는 여자. 한지후에게 은진경은 딱 그런 정도의 여자였다.

"어때요, 괜찮지 않아요, 내 제안?"

"본부장님, 죄송합니다만, 아무리 생각해도 이건 좀 아닌 것 같습니다."

"뭐, 어때요. 연애 좀 하자는 건데. 연애하면 다 결혼해야 하는 조선시대도 아니잖아요. 성인 남녀가 연애 좀 하는 게 뭐가 문젠가요?"

물론 많은 문제가 있었다. 하지만 물살이 센 여울목의 소용돌이에 휩쓸린 것처럼, 진경은 조금씩 한지후에게 말려들고 있는 중이었다. 지후의 손목에 겹겹이 그어졌던 절망의 상처들이, 그의 깊은 곳에 새겨진 아픔들이, 차마 그를 냉정히 뿌리칠 수 없도록 그녀를 붙들고 있었다. 한껏 위악을 부리고 있는 한지후의 내면에 그녀와 같은 주파수로 공명하는 상처가 숨겨져 있다는 것을, 진경은 분명히 느낄 수 있었다. 그래서 진경은 곧바로 고개를 흔들 수 없었다.

"설마 사내 연애는 금지라는 규정 같은 게 있는 건가요?"

진경의 망설임을 본능적으로 포착한 지후는 먹이의 목덜미를 물고 늘어지는 포식자처럼 집요하게 그녀를 몰아갔다.

"아니, 그런 건 아니지만……."

"그럼 됐네요. 그럼 그냥 한번 해봐요, 우리."

이미 확정이라도 난 것처럼, 지후는 밝은 얼굴로 생긋 웃었다.

돌이켜 생각해보면, 그때의 진경에겐 거절할 수 있는 순간이 참으로 많았다. 평소처럼 똑 부러지게 자신의 의사를 말하며 단호히 거절했다면, 지후 역시 제멋대로 일을 진행하지는 않았을 것이다. 하지만 진경은 얼음마법에라도 걸린 것처럼 멍하니 서서 그의 기세에 휩쓸려들기만 했다. 자신의 마음속 깊이 '그렇게 하고 싶은 마음'이 존재했기 때문이었다는 걸, 진경은 먼 훗날 수많은 후회를 거듭하면서 깨달을 수 있었다.

그리고…… 한지후로 인해 수많은 눈물과 불면의 밤을 보내게 될 것임을 뻔히 알면서도, 그때의 그 순간으로 돌아간다면 똑같은 결정을 내릴 수밖에 없을 것이라는 점도.

어정쩡한 진경의 침묵이 승낙이라 생각했는지, 지후는 밝은 얼굴로 진경의 손을 맞잡으며 악수를 했다.

"앞으로 잘해봅시다, 은진경 씨."

성인 남녀 두 명이 마주 보고 악수를 나누고 있는 그 모습은 연애의 시작이라기보다는 MOU계약 체결식에나 어울릴 법한 광경이었다. 아직도 소독약 냄새가 풍풍 풍기는 지후의 커다란 손에 붙잡힌 채, 정신없이 흔들리면서, 진경은 점점 정신이 아득해져오는 것을 느꼈다. '대체 지금 이게 뭐 하는 짓이란 말인가⋯⋯.'라고 진경은 멍하니 생각했다. 하지만 그것은 현실이라기보다는 TV 속 장면이나 꿈속의 한 장면처럼 아득하고 멀게만 느껴질 뿐이었다. 심지어 연애 드라마도 아니고, 코미디에나 어울릴 법한 조악하고 우스꽝스러운 장면이었다.

진경은 문득 울고 싶었다. 언제나 온후한 회색빛으로 완벽하게 정돈되어 있던 그녀의 평화로운 일상은 시뻘건 핏빛으로 채색된 이 남자의 무단침입 덕분에 엉망으로 깨어져버리고 말았다. 하지만 산산조각이 난 자신의 현실을 어떻게 수습해야 할지, 진경은 감조차 잡을 수가 없었다.

"자, 그럼 이제 본격적으로 연애도 시작하게 됐으니⋯⋯."

몹시도 행복하고 만족스런 표정을 한 채, 지후가 활짝 웃었다.

"나 손 좀 잠깐 빌려줘요."

그가 지우개라도 빌려달라는 듯한 평온한 어투로 말했다.

"나 지금 아주 급하거든요. 은진경 씨 때문에."

하지만 진경의 귀에 속삭인 마지막 말은 몹시도 농밀하고 질척이는 빛깔을 띠고 있었다. 그제야 진경은 그가 지금 원하는 것이 무엇인지 깨달을 수 있었다. 그는 지금 그녀에게, 연인의 첫 번째 임무를 요구하고 있었다. 섹스, 혹은 그와 유사한 어떤 것.

　여전히 꿈과 현실의 경계에서 헤매고 있던 진경의 멍한 얼굴에 그제야 이성이 돌아왔다. 동시에 그녀의 얼굴은 백지장보다도 새하얀색으로 탈색되고 말았다.

　"어서요, 지금 당장."

　잔뜩 흥분한 지후의 속삭임이, 진경의 귓가에 뜨겁게 울려 퍼졌다. 하지만 진경의 귀에 그것은 왜옹왜옹, 울리는 위험신호의 사이렌처럼 들려올 뿐이었다.

5장. 연애, 그 강렬함에 대하여

어쩌다 일이 여기까지 오게 된 건지, 진경은 도무지 알 수가 없었다. 하지만 정신을 차려보니, 지후의 손에 이끌려 사무실 한편에 마련된 접견실로 끌려 들어온 이후였다. 딸깍, 하고 문이 잠기는 소리를 듣고 나서야, 진경은 몹시 일이 잘못되었음을 깨달았다.

"저, 본부장님. 이건⋯⋯."

진경은 평소답지 않은 당황한 목소리로 더듬거리며 지후를 제지해보려고 했지만, 안타깝게도 지후보다 한발 늦고 말았다.

"은진경 씨 말이 맞았어요."

"네?"

"연애를 해보라는 말이요. 생각했던 것보다 훨씬 좋은데요, 연애라는 거."

아니 대체 이 요상한 시추에이션의 어디를 연애라고 생각하는
건데! 라고 진경은 항변하고 싶었다. 하지만 보조개를 예쁘게 지으
며 행복하게 웃고 있는 지후의 얼굴을 보고 있노라니, 준비했던 말
들이 차마 입 밖으로 나오지 않았다.

"은진경 씨한테만 고백하는 건데……."

지후는 진경의 귀 가까이에 속삭였다.

"나 사실, 연애는 처음이에요."

묵직한 사내의 코롱 향기과 함께 뜨거운 기운이 귓가에 훅 끼쳐
왔다. 귓가부터 목덜미까지, 솜털이란 솜털은 죄다 오소소 일어나
는 기분이었다. 진경은 저도 모르게 바르르 떨며 목을 움츠렸다.

"연애란 건 어떤 느낌이에요?"

속삭이듯 지후가 물었다.

"가르쳐줘요, 은진경 씨가."

지후의 속삭임이 조금 더 농밀해졌다. 하지만 진경은 대답해줄
수 없었다. 연애가 처음인 건 진경도 마찬가지였으니까. 뭘 알아야
대답을 하든 설명을 하든 할 텐데, 진경 역시 연애에 대해서는 일
자무식이었다. 하긴 진경이 연애에 좀 더 면역력이 있는 여자였다
면, 이 괴상한 상황이 상식적인 연애와는 크게 동떨어져 있다는 사
실을 깨닫고 지후의 행동을 곧바로 저지했겠지. 하지만 진경은 남
자라는 생물과 이런 묘한 분위기를 공유해본 경험 자체가 처음이
었다. 그래서 난생처음 겪어보는 이 기묘한 상황에 대한 적절한 대
책 수립은커녕 멘탈붕괴급의 대혼란만 겪고 있는 중이었다.

닿을 듯 가까운 곳에서 지후의 눈동자가 웃고 있었다. 평소의

지후와는 전혀 다른 눈빛이었다. 장난꾸러기 소년 같기도 했고, 위험한 짐승 같기도 했다. 분명한 것은 지금 이 순간의 한지후에게는 벗어나기 힘든 묘한 마력이 있다는 점이었다. 상사로서 만나는 한지후와, 남자로서 만나는 한지후에게는 이승과 저승을 가르는 삼도천의 경계만큼이나 커다란 격차가 있었다. 날것 그대로의, 거칠면서도 싱싱한 수컷 그대로의 모습으로, 한지후는 은진경 앞에 서 있었다. 이 세상에 오직 진경만이 존재한다는 듯, 진경만을 애타게 갈구하며 흥분하는 사내의 눈빛. 그것은 단언컨대 진경이 지금껏 단 한 번도 느껴보지 못한 것이었다.

그래서였을까. 진경은 지후의 커다란 손바닥이 자신의 손을 이끌어 어딘가로 끌고 가고 있다는 것조차 인식하지 못했다. 손바닥 한가득 뜨끈하고 두툼한 무언가가 와 닿은 이후에야, 그녀는 버쩍 정신이 들었다. 반사적으로 눈을 내려 자신의 손에 잡힌 그 무언가의 정체를 확인한 진경의 눈동자가 쏟아질 듯 커다래졌다. 그곳에는 꿈에도 상상하지 못했던 엄청난 것이, 마치 거대한 검은 기둥처럼 불쑥 솟아올라 있었던 것이다.

"이, 이게 지금 뭐 하는……!"

"그럼 잘 부탁해요, 은진경 씨."

흥분으로 빛나는 지후의 눈동자가 따뜻하게 웃었다. 평소에는 단 한 번도 본 적이 없는 달콤함이 그의 눈동자 위를 일렁이고 있었다. 어쩐지 그것을 보는 것만으로도, 머릿속의 어딘가가 아득하게 화이트 아웃되는 느낌이 들었다. 하지만 별처럼 예쁜 눈동자와는 달리, 아래쪽의 물건은 조금도 예쁘거나 귀엽지 않았다.

굳이 분류하자면, 몹시도 흉측한 축에 든다고 할 수 있었다. 진경은 그야말로 대패닉의 상태에 빠졌다. 아니, 아무 대책도 없이 '이것'을 덥석 쥐여주고선 다짜고짜 잘 부탁한다면 어쩌란 말인가.

진경은 밭은 숨을 들이켜며, 현재의 상황에 대해 재빠르게 정리해보았다. 지후가 부탁한 것이 앞으로의 연애 전반에 대한 제반 사항인지, 혹은 지금 손안에 쥐어진 이 '괴물체'에 대한 적절한 수습인지는 명확치 않았다. 하지만 '한지후와의 연애 전반에 대한 향후 대책마련'을 장기 플랜이라고 보았을 때, 손안의 '이것'은 지금 진경에게 주어진 긴급한 당면 과제라 할 수 있었다. '긴급성'과 '중요도'에 따라 처리할 일의 순서를 결정하는 진경의 업무처리 매뉴얼에 따르면, 이것은 '긴급하고 중대하며 조속히 처리해야 할 A등급의 업무'에 속한다고 할 수 있었다.

아니, 아니다. 다시 생각해보니 이건 상사의 사적인 업무지시인 셈이니까 '긴급하지만 중요하지는 않은 B등급의 업무'일지도 몰랐다. 그렇다면 이 일은 어떤 우선순위에 따라 처리하는 것이 좋단 말인가!

그야말로 쓸데없는 고민 중인 진경의 머릿속은 혼란 그 자체였다. 매뉴얼에 따라 체계적으로 움직이는 진경의 완벽한 일상에서, 단 한 번도 맞닥뜨린 적 없는 위급 상황이 발생한 것이었다. 그야말로 비상 상황이었다. 뜨겁고 묵직한 사내의 살덩이를 손에 잡은 채, 진경은 전산오류가 난 컴퓨터처럼 그대로 멈춰져 있었다.

"해본 적 있죠?"

지후의 물음은 조금의 의혹조차 없는 확신을 깔고 있었다. 28살이나 먹고서도 남자의 성기를 쥐어보지 못한 여자란 이 세상에 존재할 수 없다는, 철석같은 믿음을 가지고 있는 듯한 눈빛이었다.

　당황해서 어물거리느라, 진경은 미처 '아니요.'라고 대답하지 못했다. 하지만 지후가 진경의 손을 감싸고 있던 자신의 손을 치우고 기대에 가득한 반짝이는 눈빛으로 바라보자, 진경은 자신의 미흡한 대처에 대해 통탄하며 후회했다. 진경이 자신의 성기에 굉장한 무언가를 해줄 것이라는 기대와 신뢰의 눈빛이 지후의 반짝이는 눈동자에서 강렬하게 쏘아져 들어오고 있었다. 하지만 진경이 그에게 해줄 수 있는 것은 아무것도 없었다. 그저 굳어진 손으로 어정쩡하게 성기를 붙잡고 있는 것만이 진경이 지금 할 수 있는 전부였다.

　"천천히 문질러줘요, 아래에서 위로. 쓰다듬듯이."

　귓가에서 지후의 목소리가 나지막이 지시했다. 그것은 참으로 다행스러운 일이었다. 내려진 지시를 따르는 것은 그나마 진경이 잘하는 일이었으니까.

　진경의 손이 서툴게나마 조금씩 움직이기 시작했다. 데일 것처럼 뜨거운 기둥의 아랫면을 따라 쓰다듬듯 훑어 올려주자, 지후의 몸이 움찔 떨렸다. 간지럽다는 듯, 지후는 목을 움츠리며 웃었다. 쿡쿡거리며 낮게 웃는 지후의 웃음소리는 그녀가 상상했던 것보다 훨씬 더 매력적인 것이었다. 자신의 손길에 웃고 있는 지후를 보자, 진경은 조금 묘한 기분이 들었다.

　"잘하는데요. 이렇게, 흥분되는 거, 정말 오랜만이에요."

　생판 초짜가 손으로 한 번 훑어주었을 뿐인데, 지후는 몹시도 기뻐했다. 중간중간 신음으로 분절된 그의 목소리는 만족스러움으로 가득 차 있었다. 대체 뭐가 잘했다는 건지 알 수 없었지만, 어쨌든 칭찬은 고래도 춤추게 하는 법이랬다. 지금까지 지후를 도와서 여러 가지 업무를 해왔던 진경이었지만, 이렇게 순도 높은 만족의 표정을 보는 것은 처음이었다. 지후의 아낌없는 칭찬에, 진경은 조금 고무되었다.

"아랫부분을 쓰다듬어줄래요? 손가락으로 가볍게…… 피아노 치는 것처럼 천천히……. 아, 그래요. 그거예요. 그렇게…… 계속…… 아니, 멈추지 말고……."

피아노라고는 학원 근처에도 가본 적이 없는 진경이었지만, 진경은 그의 말대로 꾸물꾸물 손가락을 움직였다. 곱슬곱슬한 털이 나기 시작한 두툼한 기둥의 뿌리 부분을 손가락으로 두드리듯 쓸어주는 것만으로도, 지후는 지그시 눈까지 감으며 만족해했다.

"……좀 더 아래……. 아니, 좀 더 아래. 그대로 손을 내려봐요."

지후의 명령을 따라 엉거주춤 조금 더 손을 내리자, 손가락 끝에 지금까지와는 다른 물컹하고 보드라운 무언가가 느껴졌다. 잘 단련된 근육처럼 단단히 서 있는 성기와는 달리, 깜짝 놀랄 만큼 보드라운 촉감을 간직하고 있는 동글동글한 고환은 몹시도 신기한 느낌이었다. 모든 것이 단단할 것 같은 이 남자에게 이렇게 부드러운 부분이 숨겨져 있었다는 사실에, 진경은 조금 놀랐다.

"그대로 부드럽게 문질러줘요. 원을 그리는 것처럼 동그랗게…… 하아……. 좋아요. 잘하고 있어요. 좀 더 힘을 줘서, 손가락 끝으로……."

속삭임의 마지막은 숨을 들이켜는 것 같은 신음이었다. 고개를 위로 젖힌 채, 지후는 사무실 문에 몸을 기댔다. 더 이상은 자신의 두 다리로 버티지 못하겠다는 듯이. 그러고는 마치 의지할 수 있는 유일한 버팀목이라도 되는 것처럼 진경의 양어깨를 강하게 붙잡았다. 살을 파고드는 단단한 10개의 손가락들은 진경을 그 자리에 못 박아두기라도 할 것처럼 그녀를 강하게 속박했다. 더 이상 진경이 도망칠 곳은 아무 데도 없었다. 그저 손바닥에 가득 찬 사내의 고환을 문지르면서, 쉭쉭대는 증기기관차처럼 거친 신음을 뿜어내는 사내의 모습을 지켜보는 것밖에는 아무것도 할 수 있는 일이 없었다.

하지만 그녀가 그저 사내에게 속박된 무력한 존재인 것만은 아니었다. 지금 이 순간의 진경은, 한 손가락만으로도 한지후라는 남자의 모든 것을 움직일 수 있는 위대한 권능자이기도 했다.

진경의 조그만 손놀림에 따라, 지후는 고개를 젖히며 신음을 내뱉기도 하고, 입술을 깨물며 몸을 뒤틀기도 하고, 나무 문에 자신의 머리를 짓누르며 상처 입은 어린 짐승처럼 끙끙거리기도 했다. 서로가 서로를 속박하며 또한 속박당하는 기묘한 느낌은 분명 쾌감과 닮은 그 무언가였다. 마치 마법에라도 걸린 것처럼, 진경은 이 괴상한 상황 속으로 빠져 들어가고 있었다.

"하아, 못 참겠어. 빨리 해줘요. 빨리."

다급한 목소리로, 지후가 도움을 청해왔다. 하지만 손바닥으로 어설프게 성기를 문지르는 것 정도가 성적 스킬의 최대 한계치인 진경으로서는 뭘 빨리 해줘야 하는 건지 도무지 알 수가 없었다.

하지만 진경을 바라보는 지후의 눈빛과, 벌어진 입술 사이로 새어 나오는 신음 소리는 점점 더 뜨겁게 달아오르고 있었다. 눈앞에서 괴로운 듯 몸을 뒤트는 남자를 앞에 둔 채, 진경은 잠시 패닉에 빠졌다. 지후의 목을 짤짤 흔들며 '나보고 어쩌라고!' 하고 소리라도 치고 싶은 심정이었다.

결국 머뭇거리는 진경을 참지 못한 지후는 거칠게 그녀의 남은 왼손을 낚아채서, 터질 듯 부풀어 있는 자신의 페니스에 가져다 댔다. 어정쩡하기 짝이 없는 몸짓으로, 진경은 지후의 성기를 양손으로 감싸 쥐었다. 진경이 움직일 생각은 않고 어설프게 성기를 감싸 쥐고만 있자, 지후는 그야말로 미칠 것 같은 얼굴이 되었다.

"일부러 이러는 거예요?"

마침내 지후가 강경히 따져 물었다.

"네?"

진경은 당황했다.

"내가 졌으니까 얼른 해줘요."

항복이라도 하듯 지후는 한숨을 폭 내쉬었다. 하지만 진경으로 서는 '내가 뭘?'이라고 묻고 싶은 심정일 뿐이었다. 아무래도 지후와 자신 사이에 무언가 커뮤니케이션의 오류가 있는 것 같다는 느낌이 어렴풋이 들었다.

"은진경 씨, 진짜 생각했던 것보다 훨씬 더 대단하네요……."

'굉장해요.'라는 마지막 말은 너무나 작아서 잘 들리지 않았다. 그게 대체 무슨 말이냐고 물어보고 싶었지만, 안타깝게도 진경에 게는 그럴 만한 여유가 없었다. 지후가 갑자기 자신의 손을 감싸

쥔 채로, 자신의 성기를 세차게 문지르기 시작했기 때문이었다. 정말이지 미친 듯한 속도였다. 진경은 깜짝 놀라 지후를 바라보았다. 쉴 새 없이 움직이는 손바닥 위로 후끈한 마찰열이 느껴졌다. 이러다 성기의 피부가 남아나기나 할까 싶을 정도로, 지후는 사정없이 문질러댔다. 허락도 받지 않은 남의 손바닥을 멋대로 사용해서.

롤러코스터라도 타는 것 같은 아찔한 흔들림이 진경의 온몸을 사정없이 흔들어댔다. 그 흔들림에 혼을 쏙 빼앗긴 채 몸을 맡기고 있는 동안, 지후의 리듬은 따라가기 버거울 정도로 빨라졌다. 마침내 이건 좀 심한 게 아닌가 싶을 정도로 속도를 높여가던 어느 한 순간, 갑자기 지후가 손을 놓았다. 그러고는 다급하게 팔을 뻗어 여전히 얼떨떨한 상태의 진경을 강하게 끌어안았다. 대체 이게 무슨 상황인지 진경이 파악하기도 전에, 지후의 입술이 진경의 입술 위로 강하게 내려앉았다. 순식간에 뜨겁고 축축하고 물컹한 사내의 혓바닥이 진경의 입 안을 가득 메웠다.

'으악, 대체 이게 뭐야!'라고 진경은 소리치고 싶었다. 결벽증이 좀 있는 그녀는 다른 사람과 음식을 같이 먹는 일을 정말 싫어했다. 고아원에서도 자신의 급식판에 담긴 음식만 깨작깨작 먹을 뿐 떼로 몰려들어 너 나 할 것 없이 숟가락을 집어넣고 함께 먹는 음식에는 손도 대지 않았었다. 같이 먹는 찌개 음식도 질색할뿐더러, 남이 입을 댄 컵조차도 치를 떨던 진경이었다. 그런데 난데없이 타인의 혓바닥이 입 안에 한가득 쳐들어왔으니, 진경으로서는 아닌 밤중에 홍두깨보다도 더 당황스런 횡액이 아닐 수 없었다.

읍, 읍, 하고 꽉 막힌 소리를 내며, 진경은 지후의 어깨를 밀어내려 했다. 하지만 지후의 입장에서는 진경이 자신의 가슴을 감싸 안는 듯한 행위였고, 수줍지만 명확한 예스의 대답이라 읽힐 수밖에 없는 제스처였다. 만족스런 신음이 그의 목구멍을 타고 그르렁거리며 울려 퍼졌다. 덕분에 진경의 입 안을 차지한 지후의 혓바닥은 점점 더 힘과 용기를 얻어 날뛰는 중이었다. 진경의 목구멍 가까이의 여린 살까지 깊숙이 핥는가 하면, 입천장을 쭈욱 훑어 내리고 어금니 안쪽의 보드라운 점막까지 골고루 탐색했다. 지금껏 연마해온 지후의 화려한 키스 스킬이 총출동되어, 모든 여자들이 꿈꿀 만한 섹스판타지로 완성되어가고 있었다.

설마하니 진경의 머릿속에서 에일리언이 등장하는 공포영화가 자동 재생되고 있는 중일 것이라고는, 지후는 꿈에도 상상하지 못했다. 밤 생활과 관련한 전반적인 제반 사항에 대해서, 지후는 몹시도 자신감이 넘쳐 있었기 때문이었다. 당연히 자신이 대한민국 남자의 상위 1%에 해당하는 현란한 밤기술의 소유자라는 것을, 지후는 믿어 의심치 않고 있었다.

하지만 안타깝게도, 진경은 이미 대패닉 상태였다. 입 안을 제멋대로 헤집어놓고 다니는 지후의 혓바닥만으로도 이미 정신을 놓을 만큼 당황스러웠는데, 갑자기 잡고 있던 지후의 성기가 저절로 요란스럽게 요동을 시작하더니 뜨끈한 점액질의 무언가를 뿜어냈기 때문이었다. 으악, 하고 비명이라도 지르고 싶었지만 혓바닥은 이미 지후에게 사로잡힌 상태였고, 양어깨 역시 지후의 손아귀에 단단히 붙들려 있었다.

세차게 물이 뿜어져 나오는 고무 호수처럼 손안의 성기는 이리저리 날뛰며 뜨거운 액체를 찍찍 쏘아댔고, 지후는 바르르 몸을 떨며 마지막 키스에 스퍼트를 가하고 있었다. 카타르시스의 중심에서 이미 안드로메다의 어딘가를 헤매고 있는 지후의 영혼이 당황함에 떨고 있는 진경의 상태 따위를 알아줄 리 만무했다. 덕분에 진경은 흰자위가 터져 나올 듯이 눈만 커다랗게 뜬 채로, 난생처음 사내의 절정을 함께할 수밖에 없었다. 마침내 지후의 몸을 관통하던 경련이 잦아들고, 성기가 조용히 풀이 죽고, 격렬한 키스가 밭은 한숨으로 바뀔 때까지, 진경은 그저 얼음처럼 뻣뻣이 굳어진 채 서 있을 뿐이었다.

"좋았어요?"

놀랍게도 지후의 첫마디는 감탄문이 아니라 의문문이었다. 아니, 대체 이 행위의 어디에 진경이 좋아할 만한 무언가가 있었다는 건지, 진경은 황당하기만 했다. 심지어 그다음 단계로 지후의 커다란 손이 자신의 치마를 들치고 쑥 들어오려 하자, 그야말로 혼비백산할 수밖에 없었다.

"이리 와요."

"시, 싫어요."

"왜요?"

진심으로 궁금하다는 듯, 지후가 물었다.

"아, 안 할래요. 됐어요."

진경은 지후에게 붙잡힌 치마 밑단을 필사적으로 사수하며 격렬하게 도리질 쳤다.

"나만 하면 불공평하잖아요. 나도 해줄게요."

진경에게 친절을 베풀어주고야 말겠다는 의욕으로 가득 찬 상
냥한 얼굴로, 지후가 생긋 웃었다. 하지만 진경에게는 그야말로 불
필요한 친절일 뿐이었다. 진경으로서는 그가 지금 해주겠다는 것
이 대체 무엇인지 감조차 잡히지 않았다. 다만 그것이 무엇이든지
진경이 상상하는 그 이상으로 무서운 것이 될 것이라는 것만 어렴
풋이 짐작될 뿐이었다. 새하얗게 질린 얼굴로 진경은 도리도리 세
차게 고개를 저었다. 무언가를 깨달은 듯 지후의 얼굴이 삽시간에
어두워졌다.

"……별로였어요, 나?"

자책 어린 그의 얼굴은 몹시도 실망스러워 보였다. 그래서 진경
은 얼떨결에 '아니, 그, 그런 건 아닌데…….' 하고 대답해버리고 말
았다.

"다음번엔 좀 더 잘해볼게요."

지후는 의욕 가득한 얼굴로 고개를 끄덕여 보였지만, 진경에게
는 조금도 반갑지 않은 결심이었다. 다음번 따위는 전혀 필요치 않
았다. 절대! 네버!

하지만 지후는 그런 진경의 속사정을 아는지 모르는지 책상 위
의 티슈를 한 장 뽑아서 자신의 성기를 슥슥 닦은 후, 속옷 안으로
얌전히 갈무리해 넣었다. 자신의 정액으로 축축이 젖은 진경의 손
같은 건 눈에 들어오지 않는 듯했다.

"진경 씨 덕분에 아주 즐거웠어요. 그럼 우리 힘내서 남은 오후
근무도 열심히 해볼까요?"

상큼한 얼굴로 지후가 싱긋 웃었다. 이런 상황에서 듣게 되리라고는 생각해본 적 없던 황당한 대사가 아닐 수 없었다. 진경이 얼빠진 표정으로 자신의 얼굴만 빤히 바라보고 있는 걸 깨달은 지후는 고개를 갸웃거렸다.

"왜요? 여기 계속 있을 거예요?"

"아, 아니요."

진경은 그제야 조금 정신을 차리고 고개를 붕붕 흔들었다.

"그럼 정리하고 천천히 나와요. 난 회의 전에 자료들 한 번 더 읽어볼게요."

"아, 네……."

"아, 그리고 이거 고마워요."

지후는 소독약이 발려진 자신의 오른손을 들어 보였다. 하지만 기껏 소독약을 발라놓은 오른손은 조금 전의 무리한 행위로 인해 또다시 상처가 벌어서 벌겋게 피가 배어 있었다.

"은진경 씨 말대로 이따가 병원은 한번 들러볼게요. 대신 회의는 끝난 다음에."

회의실에서 쌓였던 스트레스 따위는 한 점 찌꺼기도 없이 홀가분하게 날려버린 듯한 개운한 얼굴로, 지후는 환하게 웃었다. 그러고는 진경을 향해 윙크를 한 번 날리고 저 혼자 쿨하게 접견실을 나가버렸다. 여전히 현실로 제대로 돌아오지 못한 채, 석상처럼 굳어져 있는 진경만 홀로 남겨놓은 채.

영혼이 빠진 듯한 멍한 얼굴로 한동안 그 자리에 서 있던 진경은 심호흡을 한 번 하고는 천천히 자신의 두 손을 내려다보았다. 그러곤 '오, 마이, 갓'이라고 외치고 싶은 심정이 되고 말았다. 아니나 다를까, 그녀의 두 손은 엉망진창이었다. 조금 전 뜨뜻하게 쏟아졌던 지후의 액체들은 이미 허옇고 꾸덕하게 말라 있었고, 오른손의 손등은 지후의 손바닥에서 묻어 나온 소독약과 핏자국들로 난장판이 되어 있었다. 심지어 그녀의 깔끔한 회색 정장에도 정체불명의 액체가 점점이 튀어 있었다.

정액과 피와 소독약이 어우러진 비릿하고 찝찔하면서도 화학적인 묘한 냄새가 코를 찔렀다. 문득 자신의 입 안에서 꿈틀대던 혓바닥의 촉감이 떠올랐다. 미끈거리는 큰 뱀을 삼킨 것 같던 괴상망측한 그 느낌이 떠오르자, 울컥 헛구역질이 올라왔다. 진경은 뛰쳐나가듯 접견실 문을 박차고 나갔다.

언제나 조용하고 고요한 몸가짐을 유지하려고 애쓰던 진경으로서는 참으로 오랜만에 해보는 전력질주였다. 진경은 그대로 자신의 책상으로 달려가 서랍을 열고 양치질 세트를 꺼낸 뒤 사무실 한구석에 마련된 간이 탕비실로 내달렸다. 식음료를 취급하는 탕비실에서의 양치질이라니. 평소의 진경이라면 상상도 하지 못할 일이었지만, 이런 몰골로 복도를 지나 화장실까지 가는 건 도저히 무리였다. 그 후 한참 동안, 탕비실 안에는 미친 듯한 기세의 양치질과 가글 소리만이 끝없이 울려 퍼졌다.

"뭐 했어요, 지금까지?"

지금 이 상황에서 화를 내야 할 사람은 아무래도 진경인 것 같은데, 정작 탕비실에서 나온 그녀를 맞이한 건 지후의 뾰족한 목소리였다.

"양치질을 좀……."

"아직 점심시간도 안 지났는데 왜요?"

따져 묻는 지후의 목소리는 분명 화가 나 있었다.

"아, 그건……."

"내가 더러워요?"

다짜고짜 지후가 딱 잘라 물었다. 그제야 진경은 덜컥했다.

"아, 아니요. 그런 건 아닌데……."

"아닌데, 뭐요?"

역시 싸움에는 선제공격이 중요한 법이었다. 지후에게 조금 전의 상황에 대해 조목조목 따져 물은 후, 다시는 이런 일이 없도록 단단하게 주의를 주려던 진경의 계획은, 뽀로통히 삐쳐서는 먼저 따지고 드는 지후에게 한발 밀리고 말았다.

"우리 사귀기로 했잖아요. 잊었어요?"

"그, 그건 그렇지만……."

"은진경 씨는 원래 남자 친구랑 키스할 때마다 양치질해요?"

남자 친구가 없었으니, 키스할 일도 당연히 없었다. 하지만 이제 와서 자신은 스물여덟 해 동안 그 흔한 고백조차 받아본 적 없는 순결무구한 -그리고 성적매력 또한 몹시 부족한- 모태솔로라고 소리 높여 주장하기도 뭣했다. 결국 진경은 '아, 아니, 그건 아닌데…….' 하고 소심히 얼버무릴 수밖에 없었다.

"키스를 별로 안 좋아합니다."

"나도 원래 별로 안 좋아해요."

간신히 고심 끝에 짜낸 진경의 대답은 단호한 지후의 한마디로 단칼에 막혀버리고 말았다. 진경은 어처구니가 없었다. 키스를 별로 안 좋아하다니……. 조금 전 진경을 집어삼키기라도 할 듯 물고 빨고 핥던 사람이 할 말은 결코 아니지 않은가.

"원래 입술엔 키스 안 해요."

지후가 딱 잘라 말했다. 놀랍게도 그의 말은 진실이었다. 물론 다른 부위의 키스까지 포함된 결론은 아니었지만, 적어도 입술에 하는 키스를 싫어한다는 것만은 사실이었다. 지후가 지금껏 관계한 여자들은 돈을 주고 고용된 프로 여성들이었기에, 지후는 봉사를 한다기보다는 봉사를 받는 입장에서 섹스를 해왔었다. 다른 부위의 키스야 성애의 일환으로 즐기면서 할 수 있었지만, 입술에 하는 키스만큼은 어쩐지 꺼림칙한 느낌이라 별로 즐기지 않았던 것이다.

"은진경 씨가 첫 키스나 다름없어요."

지후는 당당하게 주장했다. 사실 지후도 멋모르던 고등학교 시절, 연애소설에서 그토록 찬양하는 키스란 것이 도대체 어떤 것인지 궁금한 마음에 키스를 해본 적이 있긴 했다. 어울려 다니던 몇몇 놈들과 어울려 거하게 벌였던 섹스 파티에서였다. 약간의 환각제에 취해 침대 헤드에 비스듬히 기대어 있었던 지후는 그날따라 유난히 기분이 좋은 상태였기에, 커다란 가슴을 가진 금발의 창녀가 미소를 지으며 자신의 허벅지 위로 올라와 키스를 하는 것을 딱히 제지하지 않았다.

하지만 능란한 그녀의 입술과 혀가 열렬히 키스를 퍼붓는데도 불구하고, 귓가에서 종소리가 들리는 엄청난 기적 따위는 일어나지 않았다. 상큼한 레몬 맛도, 달콤한 솜사탕 맛도 나지 않았다. 지후의 첫 키스는 싸구려 위스키와 미끈대는 립스틱의 맛이었다. 어렸을 때부터 유별날 정도로 미식가였던 지후에게, 그것은 다시 떠올리기도 싫을 만큼 역겹고 끔찍한 경험이었다.

그 후, 지후는 섹스 도중 상대가 입술을 들이밀 때마다 정중히 거절해왔다. 이런 쪽에 전문가들인 프로 여성들이 자신의 몸을 써서 열정적으로 해주는 서비스들을 편안히 만끽하는 쪽이 그가 섹스를 즐기는 방법이었기에, 굳이 키스가 섹스의 필수 조건일 필요도 없었다. 오늘처럼 정식 섹스도 아닌 가벼운 핸드잡, 그것도 어설프기 짝이 없는 아마추어의 단순한 행위에 저 혼자 흥분해서 상대의 입술에 먼저 키스를 퍼부은 경험은 맹세코 지후의 인생에선 단 한 번도 없었다. 그러니 –적어도 한지후의 기준에서는– 첫 키스란 게 맞았다.

하지만 이런 복잡한 속사정을 알 리도 없고, 알고 싶지도 않은 진경은, 첫 키스라는 지후의 황당한 주장에 미간을 찌푸릴 수밖에 없었다. 거짓말도 작작 해야지, 어디서 씨알도 먹히지 않는 쌩 거짓말을 하고 있느냐는 듯한 얼굴이었다.

하긴 바로 얼마 전만 해도 레드벨벳에서 무려 출장 영업을 온 아가씨와 접견실에서 거사를 치른 적이 있던 지후였다. 이제 와서 순박한 총각 흉내를 내봐야 이미 늦었다.

"내가 말했잖아요. 나한테 섹스는 일종의 상거래라고. 거기에 키스는 마이너스 옵션사항이었어요. 다시 한 번 분명히 말해두지만, 내 생애 최초의 연애를 지금 은진경 씨랑 하고 있는 거예요. 그러니까 연인과의 첫 키스도 은진경 씨가 처음이 맞아요."

뭔가 억지가 섞인 것도 같지만, 또 나름 설득력 있는 것 같기도 한 주장이었다. 아무튼 당사자가 하늘을 우러러봐도 한 점 부끄러움이 없다는 태도로 강경하게 주장하며 나오자, 진경도 조금 물러설 수밖에 없었다. 문제는 난데없는 첫 키스 논쟁 덕분에, 조금 전의 무례하고 매너 없는 행위에 대한 항의를 할 기회를 놓치고 말았다는 점이었다.

"다음부터 그러면 안 돼요."

유치원생에게 훈화하는 선생님 같은 얼굴로, 지후가 단단히 주의를 주었다.

"그건 연인한테 굉장히 실례되는 행동이에요."

조금 전 자기 몸만 싹 닦고 혼자 내뺐던 주제에 말은 잘했다. 하지만 아직 정신이 없는 상황인 진경은 미처 그 생각까지는 떠올리지 못하고 있었다. 그저 지후의 입장에서는 그럴 수도 있겠다는 생각에, 머뭇머뭇 고개만 끄덕이는 중이었다.

"대신 은진경 씨가 좀 더 만족할 수 있도록, 나도 열심히 노력할게요."

뭔가 이상한 쪽으로 결론이 나고 말았다. 하지만 진지한 얼굴로 다짐 중인 지후의 면전에 대고 그딴 거 필요 없으니 다음부턴 절대 하지 말라고는 차마 말할 수가 없었다. 어쨌든 '첫 키스'라거나 '첫 연애'라거나 '첫 번째 연인' 따위의 로맨틱한 단어들은 사람의 이성을 마비시키는 힘을 가지고 있었던 것이다.

돌이켜 생각해본다면 그때의 자신은 무언가에 살짝 홀린 것과 비슷한 상태였다며 훗날 진경은 두고두고 후회했지만, 이미 한참이나 때늦은 뒤였다.

오후 근무 내내 진경은 제대로 일에 집중할 수가 없었다. 시도 때도 없이 아까의 일이 머릿속에서 리플레이되는 바람에, 도통 정신을 차릴 수가 없었기 때문이었다. 아예 책상 옆에는 물수건과 차가운 물이 가득 담긴 텀블러를 비치해놓았다. 그때의 느낌이 되살아날 때마다, 지후 몰래 손을 닦고 입을 헹궈내는 중이었다. 하지만 무엇을 해보아도, 그 강렬한 기억들을 지워낼 수는 없었다. 그때의 기억이 떠오를 때마다, 진경은 부르르 몸을 떨며 괴로워했다. 아마도 그때의 자신은 잠시 미쳤던 것임에 틀림없었다.

하지만 이런 진경과는 달리, 지후는 그 어느 때보다도 기분이 좋아 보였다. 평소보다도 더 매끈하고 뽀얀 얼굴로, 평소보다도 훨씬 빠른 속도로 일을 처리해 나가는 중이었다. 연기했던 회의도 걱정과 달리 무난하게 잘 끝났다. 심지어 화사한 표정의 지후 덕분에 평소보다도 더 화기애애한 분위기였다.

"그럼 진경 씨 말대로, 병원에 잠깐 다녀올게요."

어느 정도 급한 일은 마무리해놓았는지, 지후가 서류 파일을 덮으며 자리에서 일어섰다.

"네. 다녀오십시오."

진경 역시 공손히 머리를 숙여 인사를 했다. 공은 공이고 사는 사이니만큼, 본부장으로서의 한지후는 존중해주어야 하니까 말이다. 하지만 안타깝게도, 그의 상사는 공사의 구분이 그다지 명확하지 못했다.

"가기 전에 키스해줄래요?"

"네?"

"굿바이 키스는 연인들의 기본 사항 아닌가요?"

너무나 당연한 사실이라는 듯, 지후는 뻔뻔스레 주장했다. 진경은 혼란에 빠졌다.

그런가? 연인들은 헤어질 때마다 키스를 하는 건가? 하지만 정식 퇴근도 아니고 잠시 개인 용무로 인한 외출을 하는 지금 이 상황이 딱히 굿바이 키스가 필요한 상황은 아니지 않을까? 만일 이러한 일시적 분리 상태마다 굿바이 키스를 해야 하는 것이라면, 일일 굿바이 키스의 총량은 필요 이상으로 과다하게 도출될 위험이 있었다. 상식적으로 굿바이 키스란 하루의 마감에만 통용되는 것이 합당한 것이 아닐까. 연인 관계에서 굿바이 키스가 필요할 정도의 상호 분리 상황이란 과연 어디까지의 범위를 뜻하는 것이란 말인가.

진경의 머릿속이 쓸데없이 바쁘게 돌아가는 사이, 지후는 성큼성큼 진경을 향해 걸어왔다. 그러고는 진경의 턱을 양손으로 붙잡고, 그녀의 이마 위에 입술을 다정하게 눌렀다.

"다녀올게요."

입술을 뗀 지후가 웃으며 속삭였다. 그러고는 얼음처럼 굳어 있는 진경을 홀로 남겨놓은 채, 그대로 성큼성큼 걸어서 사무실 문밖으로 퇴장해버리고 말았다.

지후가 나가고 문이 닫힌 뒤에도 한참 동안이나, 진경은 그 자리에 가만히 서 있었다. 그러고는 조심스레 자신의 이마를 손으로 만져보았다. 델 것처럼 뜨겁다고 생각했는데, 뜻밖에도 이마는 평소와 똑같이 뜨뜻미지근할 뿐이었다. 지후의 입술이 이마에 와 닿는 순간 시간과 공간이 멈춰버린 듯한 강렬한 느낌을 받았음에도 불구하고, 눈에 보이는 것들은 평소와 같았다. 은진경은 여전히 은진경일 뿐이었다.

진경은 몹시도 혼란스러워졌다. 역시나 이건 꿈이 아닐까, 하고 진경은 멍하게 생각했다. 만일 이것이 꿈이라면 어디서부터가 꿈인 걸까. 한지후가 다정하게 웃으며 이마에 키스를 해준 것? 아니면 둘만의 밀실에서 뜨거운 접촉을 나눈 것? 한지후가 사귀자고 말한 것? 한지후의 손바닥이 피로 물든 것? 회의장에서 도촬 사진으로 공격받은 것? 아니면…… 오렌지빛으로 물든 가을의 끝자락에서 한지후를 만난 것?

진경은 머리를 감싸 쥐었다. 모든 것이 혼란했다. 지금 필요한 것은 진하게 탄 뜨거운 커피와 그녀의 뇌세포들을 활성화시켜줄 다량의 카페인이었다. 진경은 비틀거리며 일어나 커피포트의 전원 버튼을 눌렀다.

진경은 꿈을 꾸고 있었다.

이게 왜 꿈인 게 확실하냐면, 그녀의 손에 맞닿아 있는 지후의 성기가 비현실적으로 커다랬기 때문이었다. 그것은 유격훈련에 쓰이는 목봉만큼이나 크고 두꺼웠다. 양 손바닥을 쫙 펴서 감싸 쥐는데도 한참이나 남을 만큼 컸다. 울퉁불퉁한 혈관이 튀어나와 있는 그것은 몹시도 후끈한 열기를 내뿜고 있었다. 진경은 양손으로 그것을 열심히 문지르고 있는 중이었다.

"속도가 느립니다. 그것도 제대로 못합니까? 좀 더 빨리! 속도 높여서! 더 빨리!"

어디선가 쩌렁쩌렁한 지후의 목소리가 들려왔다. 이마에 송골 송골 땀이 밸 정도로, 진경은 열심히 그것을 문질렀다. 쿵쿵 심장이 뛰는 소리와 헉헉 습기 찬 신음 소리가 동굴처럼 사방을 진동하고 있었다.

"더 이상은 못 하겠어요. 힘들어요."

진경은 애원했다. 하지만 지후의 목소리는 가차 없었다.

"얼마 안 남았습니다. 마지막까지 최선을 다해서 속도 늦추지 않습니다. 빨리! 더 빨리!"

유격대의 호랑이 조교처럼 지후의 목소리가 진경을 다그쳤다. 진경은 반쯤 울면서 눈앞의 기둥을 힘껏 문질러댔다. 그리고 더 이상은 도저히 못 해먹겠다고 생각될 무렵, 마침내 손안의 기둥이 거대한 폭발을 맞이했다. 굉음과 함께 흰 액체가 화산처럼 튀어 올랐다. 진경은 바닥에 주저앉은 채 사방을 가득 채운 흰 포말의 난무를 멍하니 바라보았다. 갑작스런 고요가 사방을 감쌌다. 그리고 이마 위에서 부드러운 감촉이 느껴졌다.

"아주 잘했어요."

진경의 얼굴을 양손으로 다정하게 감싸 안은 채, 지후가 눈앞에서 웃고 있었다. 따뜻한 웃음을 담은 그 눈동자는 오래된 나무를 닮은 듯한 짙은 갈색이었다. 지후의 갈색 눈동자가 시야를 한가득 메운다고 생각했을 때, 진경은 번쩍 눈을 떴다.

개꿈이었다.

벌떡 일어난 진경이 가장 먼저 한 일은 자신의 이마를 손으로 만져보는 것이었다. 너무도 생생한 입술의 감촉이 지금도 피부 위에 화인처럼 찍혀 있는 것만 같았다. 하지만 여전히 이마 위엔 아무것도 남아 있지 않았다. 진경은 양손을 펼쳐 보았다. 깨끗했다. 뜨겁지도, 정액이 묻어 있지도 않았다. 뒤이어 머리를 감싸 쥐었다. 한지후란 남자마저 처음부터 꿈이었던 게 아닐까 싶을 만큼, 진경은 혼란스러웠다.

진경은 허탈한 얼굴로 휴대폰을 들어 시간을 확인해보았다. 어쩐지 주변이 유난히 밝다 싶더니, 벌써 6시 5분 전이었다. 엄마가 돌아가신 이후로 이렇게 늦은 시간까지 잠을 잔 건 처음이었다. 생각해보니 오늘의 엄마의 꿈도 꾸지 않았다. 대신 그보다 더 괴상한 악몽을 꿨을 뿐이지. 진경은 지끈거리는 관자놀이를 한참 동안이나 문지르면서 이 요상한 꿈을 꾸게 한 자신의 무의식에 대해 잠시 자책의 시간을 가져보았다. 하지만 출근시간이 빠듯한 관계로 더 이상은 미적댈 수 없었다. 시리얼을 먹고 화장을 하고 옷걸이에 가득한 회색 정장들 중 마음에 드는 옷을 입은 후 마지막으로 거울을 보았을 때, 진경은 자신의 얼굴이 어딘가 변한 것 같다는 느낌을 받았다. 언제나와 똑같은 자신의 얼굴이었음에도 불구하고,

어제 아침의 은진경과 오늘 아침의 은진경은 어딘지 다른 사람이 된 것 같은 느낌이었다.

버스를 타고 이제는 부쩍 차가워진 가을바람을 쐬면서, 진경은 다시 한 번 찬찬히 머릿속을 정리해보았다. 한지후가 자신에게 연애를 제의하고, 그 후 둘이 함께 이러저러한 입에 담지 못할 일들을 벌였던 일련의 사건들은 분명 꿈이 아닌 현실이었다. 사건의 추이를 가능한 객관적으로 되새기며 여러 가지 가능성들을 검토해본 결과, 진경은 어제의 일들이 한지후의 일시적 충동에 의한 일종의 해프닝이라고 결론지었다. 어제 그가 고백한 것처럼 한지후에게는 경미한 충동장애 증상이 있는 것임에 틀림없었다. 어젯밤 늦게까지 충동장애에 대한 자료들을 검토한 진경은 충동조절장애, 즉 'Impulse Control Disorders Not Elsewhere Classified'라는 것이 강한 충동으로 인한 긴장이 과도하게 고조되었을 때 이를 해소하기 위해 표출되는 일종의 심리 증상이라는 사실을 알게 되었다. 인터넷의 백과사전에는 충동장애가 생물학적, 사회적, 심리적 요인의 상호작용으로 발현될 수 있으며, 뇌의 변연계, 테스토스테론, 측두엽 간질, 두부 외상의 경력이 충동적 행동과 관련이 있을 수도 있다고 적혀 있었다.

어쨌든 한지후는 그날 과도하게 강한 스트레스를 직면하고 이를 해소하기 위한 심리적 안정 기제를 찾고 있던 도중, 마침 옆에 있던 진경을 보고 연애라는 잘못된 결론을 도출하였으며, 이는 시간이 지남에 따라 자연스럽게 소실될 수 있는 일시적 현상일 뿐이라고, 진경은 마침내 결론을 내렸다. 오늘 출근을 하면 진지하게 지후에게 현 상황을 설명하고, 성급한 관계 형성에 대한 재검토의 시간을 가진 뒤, 상호 협의하에 불합리한 연인 관계를 청산하는 것으로 사태를 일단락 지어야 할 것 같았다. 아마도 지후 역시 어제의 행동에 대해 후회하고 있을 테니, 그렇게 큰 문제는 없을지도 몰랐다. 하지만 지후가 관계 청산에 적극적으로 협력하지 않을 경우가 발생할 수도 있으므로, 직장 내 성희롱 예방교육 자료도 한부 출력해두기로 했다. 어쨌든 다시 한 번 어제와 같은 일이 발생하도록 방관할 수는 없었다. 마침내 사무실의 문 앞에 선 진경은 단단히 마음을 먹은 후 문을 열었다.

역시나 지후는 이미 출근해 있었다. '전략기획본부장'이라고 쓰인 커다란 나무 책상에, 깍지 낀 손으로 턱을 괸 채 심각한 얼굴로 앉아 있었다. 막 시작된 아침의 햇빛이 그의 등 뒤에서 마치 후광처럼 비쳐오고 있었다. 약간 고개를 숙이고 있는 지후의 표정은 역광에 가려져 어둡게만 보였다.

진경이 들어오는 소리를 들었는지, 지후가 번득 고개를 들었다. 진경은 꼴깍 침을 삼켰다. '좋은 아침입니다.'라고 아무렇지도 않은 듯 인사를 할지, 아니면 '드릴 말씀이 있습니다.' 하고 초장부터 세게 나가야 할지, 잠시 고민했다. 하지만 안타깝게도 이번에도 진경에게는 선택의 여지가 주어지지 않았다. 의자가 요동칠 정도로 세차게 자리에서 일어난 지후가 성큼성큼 큰 걸음으로 걸어 진경에게 다가왔기 때문이었다. 마치 화가 난 사람처럼 거센 기세에, 진경은 본능적으로 움츠러들 수밖에 없었다. 흥분해서 다가오는 성인 남자란, 진경에게 일종의 트라우마와 같았다. 지후가 눈앞으로 다가왔을 때, 진경은 몸을 돌려 한껏 움츠렸다. '맞는다'라는 생각이 본능적으로 먼저 들었기 때문이었다. 술에 취해 몽둥이를 휘두르던 아버지의 그림자가 겹쳐졌다.

하지만 한지후는 그녀의 아버지가 아니었다. 한지후가 그녀에게 한 것은 그녀의 아버지와는 전혀 다른 무언가였다.

6장. 첫 키스가 남자에게 미치는 영향

　그녀를 괴롭히던 오랜 악몽의 한 장면처럼, 한지후가 손을 들어 그녀를 후려치는 일 따위는 일어나지 않았다. 지후가 한 일은 단지 그녀의 턱과 목이 이어진 경계선을 두 손으로 움켜쥐고 키스를 퍼부은 것뿐이었다. 예상치 못한 지후의 행동에, 진경은 놀란 눈만 휘둥그레진 채 고스란히 그의 키스를 받아내야만 했다.

　다시 한 번 진경의 순결한 입술은 난폭한 침입자에 의해 점령당했다. 어딘가 화가 난 듯한 거친 기세로, 지후는 진경의 입 속을 강하게 탐했다. 깜짝 놀라 떨고 있는 진경의 작은 혓바닥을 찌르듯 강렬하게 꾹꾹 누르고, 한 바퀴 감싸 안아 빨아 당겼다. 진경의 인생에서 두 번째로 찾아온 키스는 첫 번째보다 좀 더 강렬하고 아팠다. 세찬 기세로 빨아 당겨진 혀뿌리 부근이 얼얼하게 느껴질 정도였다.

어느덧 턱을 감싸고 있던 손은 진경의 목뒤까지 이동해 있었다. 한 손은 목뒤를 강하게 당기고, 나머지 한 손은 허리를 단단히 감싸 쥐고 있으니, 그야말로 진경은 옴짝달싹 못하는 처지가 되었다. 등이 젖혀져 위태로울 정도로 몸이 뒤집히자, 진경은 바동대며 지후의 팔을 붙잡았다. 오직 허리를 받친 지후의 단단한 팔만이 그녀를 나동그라지지 않게 지탱해주고 있을 뿐이었다.

지후는 점점 깊숙이 파고들어왔고, 진경의 허리는 점점 위태롭게 더 뒤로 휘었다. 지후의 팔을 잡고 있는 진경의 손가락에도 점점 더 힘이 들어갔다. 평소와 전혀 다른 방향으로 뒤집혀버린 시야는 놀이기구를 탄 것만큼이나 불안하고 무서웠다. 하지만 온몸의 신경이 오싹 일어설 만큼 짜릿하기도 했다.

해일처럼 몰아치는 지후의 거친 기세와 중심 잡기도 위태로운 자세 덕분에, 타인의 혓바닥이 몸 안에 들어와 있음에도 불구하고 더럽다거나 이상하다는 생각을 할 겨를조차 없었다. 거꾸로 반쯤 접힌 몸은 어느 것이 하늘이고 어느 것이 땅인지 분간하지 못할 정도로 뒤집혀 있었고, 혀와 입 안을 사정없이 헤집어대는 기묘한 감각은 아픈 건지 좋은 건지도 구분이 되지 않았다. 마침내 폭풍 같은 키스가 끝나고 지후가 입술을 떼었을 때, 진경은 그야말로 놀란 토끼 같은 얼굴을 하고 있었다. 대체 이게 무슨 상황인지, 여전히 그녀는 감을 잡을 수가 없었다.

"당신 대체 뭐야?"

으르렁거리듯 지후가 나지막이 속삭였다.

진경의 놀란 얼굴에 당황함이 더해졌다. 이 남자가 지금 자신에게 뭘 묻고 있는지 알 수가 없어서였다. '은진경입니다.'라고 해야 할지, '본부장님의 비서인데요.'라고 대답해야 할지 진경은 잠시 고민했다.

"대체 나한테 무슨 짓을 한 거야?"

지후가 또다시 으르렁거렸다. 무슨 짓을 한 건 100% 한지후인데, 대체 이게 무슨 말인지 진경은 이해되지 않았다. 도대체 자신이 무슨 일을 했단 말인가. 아무리 생각해봐도 자신은 그저 한지후라는 천재지변을 맞닥뜨린 선량한 피해자였을 뿐이었다. 대체 무슨 말을 하고 있는 거냐는 듯, 그녀는 두 눈만 깜빡이고 있었다. 영락없이 놀란 토끼 같은 얼굴이었다.

그런 진경은 내려다보던 지후는 답답하다는 듯 한숨을 내쉬고는 '하, 진짜 미쳐버리겠네.'라고 중얼거렸다.

진경과 뜻하지 않게 갑작스런 연애를 시작한 그날 밤, 지후는 잠을 이루지 못했다. 눈을 감을 때마다 계속 떠오르는 은진경의 잔상 때문이었다. 자신의 은밀한 곳에 조심스레 와 닿던 가느다란 손가락들이, 동그랗게 커져 있던 새카만 눈동자가, 어린아이처럼 뽀얀 목덜미에서 풍겨오던 청명한 향기가, 얼음처럼 차갑던 평소의 모습과는 너무나도 달랐던 은진경의 모든 것들이, 아무리 애를 써도 지워지지가 않았다. 단단하고 차가운 나무 문에 등을 기댄 채 소름이 끼칠 정도의 쾌감에 몸부림치던 기억이라든지, 진경의 입술을 빨며 있는 힘껏 사정하던 절정의 기억 같은 강렬한 감각들의 잔해가 마르지 않는 샘처럼 끊임없이 떠올랐다.

결국 지후는 벌떡 몸을 일으키고 말았다. 아무래도 오늘 밤은 제대로 잠을 자기 글러버린 것 같았다. 침대의 조명등을 켜고 물한 잔을 마시던 지후는 벽 한쪽 구석으로 시선을 돌렸다.

"저것 때문인가."

조용히 혼잣말을 하며 지후는 픽 웃었다. 한경의 조직도와 프로젝트 준비 자료들, 새롭게 구상 중인 아이디어들이 잔뜩 붙어 있는 대형 스케줄 보드 한구석에, 전혀 어울리지 않는 조그만 사진 한 장이 덩그러니 붙어 있었다. 낡은 회색 바지와 무릎 위의 조그만 갈색 곰, 부드럽게 휘어져 웃고 있는 눈, 그리고 키스라도 하는 것처럼 동그랗게 모여 있는 조그맣고 붉은 입술……. 문득 하반신에 불쑥 욕망이 치달았다. 낮에 느꼈던 입술의 감촉이 선명하게 떠오른 탓이다. 과육처럼 탱글거리던 입술의 촉감이, 이상할 정도로 달콤하던 그녀의 맛이, 당황함에 굳어지던 그녀의 작은 몸이, 동시다발적으로 환영처럼 떠올랐다. 갑자기 참을 수 없을 만큼의 욕망이 해일처럼 일었다.

지후는 오른손을 파자마 안으로 넣었다. 그러고는 잔뜩 부풀어 일어선 성기를 잡고 천천히 문질렀다. 진경의 붉은 입술이 자신의 성기를 물고 있는 상상을 하며, 지후는 자위를 했다. 성기를 감싸던 그녀의 손길을 떠올리며 분출할 곳 없는 성욕들을 조금이나마 풀어보려 했다. 하지만 은진경의 손길을 흉내 내기엔, 그의 손은 너무 크고 단단했다. 참으로 오랜만에 하는 자위였음에도 불구하고, 도무지 흥이 나지 않았다. 쓸데없이 까다로운 취향을 지닌 그의 페니스는 이런 걸론 안 된다며 단호히 NO를 외치고 있었다. 제

손으로 하는 가짜 쾌감 따위엔 절대로 만족할 수 없다는 강경한 주장이었다. 어렵사리 민숭민숭한 사정을 겨우 마친 후 티슈로 잔여물들을 처리하며, 지후는 쓴웃음을 지었다. 자신이 대체 왜 이러는지 스스로도 도무지 이해할 수가 없었다.

지후는 협탁 위에 올려져 있던 갈색의 서류 봉투를 열었다. 그곳에는 지난번보다 조금 더 늘어난 진경의 자료가 빼곡히 들어 있었다. 여러 각도에서 찍힌 진경의 사진들을 한 장씩, 한 장씩 천천히 넘겨보던 지후는 마침내 낡아서 색이 바랜 신문 한 장을 손에 들었다.

<가정폭력이 부른 참사. 40대 가장의 아내 살인.>

사회면을 꽤 큼직하게 장식하고 있는 기사에는 노란 폴리스 라인이 둘러져 있는 낡은 집의 입구가 커다랗게 찍혀 있었다. 시커멓게 그늘이 진 집의 안쪽은 마치 지옥의 입구처럼 불길해 보였다. 어린 시절 지후가 엄마와 둘이 살던 집만큼이나 어둡고 침침했다. 사진을 바라보는 지후의 눈길은 점점 더 묘한 빛깔을 띠고 있었다. 살인 현장의 사진 아래에는 경찰의 손에 이끌려 걷고 있는 조그만 여자아이의 사진도 있었다. 아이의 얼굴은 모자이크로 가려져 있었지만 지후는 알 수 있었다. 그녀가 바로 진경이란 것을.

"당신은 어땠어?"

지후는 나지막한 목소리로 속삭였다. 엄마의 죽음을 눈앞에서 보는 것이 어떤 기분인지, 지후는 누구보다 잘 알고 있었다. 그렇다면 진경은 어땠을까? 진경도 자신만큼이나 아프고 힘들었을까? 상처의 흔적이라고는 조금도 느껴지지 않는 말갛고 단정한 진경의 모습을 떠올리며 지후는 오늘 낮의 일들을 다시 한 번 반추해 보았다.

은진경과의 연애라……. 이것 참 의외의 상황이 아닐 수 없었다. 지후를 아는 사람들이라면 모두들 새빨간 거짓말이라고 생각할 만한 얘기였다. 말도 안 되는 거짓말이 아니면, 한지후가 드디어 미쳤다고 생각하겠지. 그가 진경에게 뜬금없이 연애를 건 것은 지후 자신에게도 참으로 미스터리한 일이었다. 갑작스런 재채기처럼 느닷없이, 진경의 얼굴을 보는 순간 저도 모르게 그 말이 튀어나가버리고 말았다. 차마 이성적인 생각을 해볼 여유조차 없었다. 아마도 그때의 자신은 무언가에 홀린 게 아니었을까, 라고 지후는 생각했다.

하지만 진경의 말처럼, 연애는 현재의 상황에서 선택할 수 있는 가장 합리적이고 유용한 해결 방법이긴 했다. 여기는 한국이었고, 그의 몰락을 학수고대하는 수많은 이들이 도사리고 있는 곳이었다. 비교적 자유로운 해외지사에서는 어느 정도 통용 가능할 일들조차, 이곳 본사에서는 절대불가의 금기사항이었다. 이런 상황에서 합법적인 법과 상식의 테두리 안에서 성욕을 해결할 수 있는 유일한 방법이 바로 연애였다.

하지만 연애를 한다고 해서 사랑까지 하고 싶은 것은 아니었다. 어차피 사랑이란 종족의 번식을 위해 생태계가 마련한 알량한 호르몬의 장난질에 불과할 뿐이었다. 남자와 여자가 만나 각자 테스토스테론과 에스트로겐을 내뿜으며 구애를 하고, 과다 분비된 도파민 덕분에 사랑의 황홀경을 잠시 누리다가 호르몬의 유효기간이 끝나는 3개월에서 18개월 사이에 지리멸렬한 종말을 맞이하기 마련이었다. 그 후엔 사랑 대신 정으로 대충 붙어 살거나, 서로 간에 더러운 꼴을 보여주며 끝을 내거나 둘 중 하나일 뿐이었다.

사랑의 비참한 말로가 무엇인지 가장 잘 보여준 것이 바로 지후의 모친이었고. 그까짓 허망한 사랑놀이 따위에 쓸데없이 자신의 모든 것을 쏟아부었던 그녀는 결국 사랑이 떠난 남은 시간을 고통에 몸부림치다가 가장 비극적인 형태로 종말을 맞았다. 아니, 스스로 목을 매어 이승을 떠난 다음에야, 비로소 그 지긋지긋한 사랑에서 해방되었다. 지후는 절대로 그렇게 되고 싶지 않았다. 사랑이란 미명하에 자기 자신을 좀먹어가는 것은 절대 사양이었다. 남자와 여자 사이에 필요한 것이 적당한 성적 욕망의 충족뿐이라면, 깔끔하게 그것만 거래하면 될 일이었다. 그래서 지금껏 지후는 사랑을 하는 대신 정당한 대가를 주고 타인과의 섹스를 샀다. 자본주의 사회의 금전이란, 사랑이라는 부실 채권보다 훨씬 더 확실하고 강력한 대가라고, 지후는 믿고 있었다.

그런데 그런 지후가 그간의 신념을 깨고 연애란 것을 하게 된 것이다. 어쩐지 은진경에게는 믿음이 갔다. 은진경이라면, 사랑처럼 하잘것없는 감정에 휘둘리지 않을 것이란 믿음. 그래서 한지후라는 남자 따위에게 절대로 망가지지 않는 강한 여자일 거라는 그런 믿음…… 그러니까 그녀라면, 서로 간에 안전이 보장된 연애를 할 수 있을 것 같았다. 서로가 서로를 갉아먹지 않고 적당한 거리를 둔 채 적당히 쿨한 연애. 심지어 같은 직장이니 따로 시간을 내어 만날 필요도 없다는 장점까지 있었다. 그야말로 최적의 연애 조건이라 할 수 있었다.

하지만 연애를 시작한 지 만 하루가 채 지나지 않은 지금, 지후는 과연 자신의 결정이 그저 합리적 의사 결정 과정에 따른 결론이었을까, 라는 의문이 들었다. 과연 자신은 단지 이성적 판단에 의해서만 진경을 택한 것일까. 지후의 무의식 깊은 곳에서부터 No라는 대답이 돌아왔다. 진경에게 갑작스런 연애를 건 것은 이성적인 판단 따위가 아니었다. 그는 단지 '그러고 싶었을 뿐'이었다. 창백하게 질린 얼굴을 하고서도 피 묻은 지후의 손을 정성스레 붙잡고 끙끙 애를 쓰고 있는 모습을 보는 순간, 갑자기 저 여자가 갖고 싶었다. 단단한 껍질 속에 숨겨진 '진짜 은진경'이 미칠 듯이 탐났다. 다른 사람에게는 보여주고 싶지 않았다. 그것은 한지후 혼자만이 알고 있는 비밀이어야 했다. 그녀가 얼마나 다양한 표정과 뜻밖의 귀여움을 가지고 있는지는 오직 한지후 한 사람에게만 허락된 것이어야 했다.

정말이지 어이없는 상황이라고 생각하며, 지후는 털썩 침대에 누워 팔베개를 했다. 대충 급한 대로 쌓여 있던 정액을 뽑아냈음에도 불구하고, 여전히 성욕은 가라앉지 않았다. 목마를 때 마신 탄산음료처럼 도리어 갈증만 더 깊어졌을 뿐이었다. 성기에 와 닿던 가느다란 손가락의 감촉이 자꾸만 떠올랐다.

수줍게 다가와 천천히 움직이던 섬세하면서도 미묘한 움직임……. 그것은 지금까지 만났던 그 어떤 여자와도 다른 신선한 자극이었다. 서툰 듯하면서도 능란한 그녀의 손길은 닿는 곳마다 전기라도 일으키는 듯 짜릿했다. 있는 대로 달궈놓은 다음에 놀리기라도 하듯 가만히 손을 멈추고 자신을 바라보던 진경의 표정은 그야말로 사진으로 찍어서 간직이라도 하고 싶을 만큼 매혹적인 것이었다. 어서 계속해서 다음을 해달라며 애걸까지 하던 한지후의 모습을 누군가에게 들키지 않은 것이 천만다행이었다. 그 순간만큼은, 도도한 밤의 황제 한지후의 자존심 따위는 내팽개친 채 진경에게 매달렸다. 그 순간만큼은, 숨 쉬는 것보다 더 은진경이 급했다. 그토록 흥분한 것도, 그토록 절실한 것도, 참으로 오랜만에 느끼는 신선한 경험이었다. 아마도 은진경은 사내의 애간장을 녹이는 법을 제대로 알고 있는 듯했다. 이토록 능란한 조련 능력이라니, 정말이지 보통이 아니었다. 그토록 얌전한 얼굴을 하고 있지만, 의외로 밤의 은진경은 또 다른 얼굴을 하고 있는지도 몰랐다. 차갑고 담담한 표정을 걷어내면, 상상조차 하지 못할 뜨거운 은진경이 숨어 있을지도 몰랐다.

여기까지 생각이 미쳤을 때, 지후는 벌떡 일어나서 '젠장'이라고 외치고 말았다. 은진경이 다른 새끼의 좆을 손에 붙잡고 해사하게 웃고 있는 모습이 떠올랐기 때문이었다. 갑자기 뱃속이 부글거리는 느낌이 들었다. 애써 봉인해놓았던 시커먼 분노들이 순식간에 비등점까지 끓어오르고 있었다. 이것이 위험징후임을, 지후는 경험적으로 알고 있었다.

결국 그는 짜증을 내며 일어나 침대 협탁 서랍을 열었다. 그러고는 신경안정제 한 알을 꺼내어 물도 없이 입 안으로 털어 넣었다. 명상센터에서 배운 대로 심호흡을 깊게 하며 부정적인 감정들을 흘려보내려고 애를 써보았지만 한번 시작된 망상은 꼬리에 꼬리를 물며 점점 더 커져만 갔다.

덕분에 지후의 머릿속은 진경의 과거에 존재했던 모든 남자들에 대해서 분노로 들끓기 시작했다. 어두운 골목길 어귀에서 진경에게 키스를 했을 누군가가, 장미꽃이라도 갖다 바치며 사랑을 속삭였을 누군가가, 진경의 몸 위에서 헐떡거렸을 그 누군가가 미칠 듯이 증오스러웠다.

심지어 자신은 은진경의 웃는 얼굴을 단 한 번도 본 적이 없었다. 심지어 사진 속의 조그만 길고양이조차 진경의 환한 미소를 받고 있는데, 정작 지후에 지어준 것은 딱딱하기 짝이 없는 업무적인 표정이 대부분이었다. 자신이 알지 못하는 다정한 얼굴로 과거의 어떤 놈팡이 자식에게 해사하게 웃어주고 있을 진경을 생각하니, 그야말로 미칠 것 같은 심정이 되었다. 아니, 자신은 이미 미쳐 있는 것임에 틀림없었다. 그렇지 않다면 이럴 수 없었다. 자신이 생각해봐도, 이런 망상으로 괴로워한다는 것 자체가 이미 미쳐 있다는 명확한 증거였다. 지후는 고통스럽게 인정할 수밖에 없었다. 이것은 질투와도 닮은 감정이었다.

"미치겠군."

나지막이 중얼거리며, 지후는 베개에 얼굴을 파묻었다. 그러곤 머릿속을 차지한 망상들을 휘이휘이 쫓아 보냈다.

하지만 그날 밤이 새도록, 지후는 잠을 이룰 수가 없었다. 밤을 꼴딱 새우고 새카만 새벽녘에 회사로 이른 출근을 한 지후는 책상에 석상처럼 가만히 앉은 채 진경을 기다렸다. 그리고 마침내 문을 열고 들어선 진경의 모습을 보는 순간 온 신경이 발딱 일어서는 것을 느꼈다. 온몸의 세포들이 입을 모아 그녀를 원한다고 외쳐대는 것만 같았다.

결국 그는 그녀를 품에 안은 채 미친놈 같은 키스를 퍼부을 수밖에 없었다. 그녀를 품에 안고 익숙한 체취를 들이마시자, 비로소 숨통이 트이는 기분이었다.

하지만 키스가 끝나고 진경과 눈이 마주쳤을 때, 동그랗게 뜬 눈으로 자신을 올려다보는 토끼 같은 표정의 그녀를 보는 순간, 지후는 또다시 해일 같은 욕망이 뱃속 깊은 곳에서부터 치밀어 오르는 것을 느꼈다. 먹어도, 먹어도 배가 고픈 아귀처럼, 눈앞에 있는데도 불구하고 여전히 이 여자가 그립고 고팠다. 결국 그는 저도 모르게 중얼거릴 수밖에 없었다.

"하, 진짜 미쳐버리겠네."

하지만 이런 속사정을 알 길 없는 진경에게, 아침부터 덮쳐오는 지후의 존재는 그야말로 아닌 밤중의 날벼락 같은 일이 아닐 수 없었다. 단순한 모닝 키스라기에 이건 너무 과하다는 것을 연애무식자인 진경조차도 느낄 수 있을 정도였으니까. 하지만 키스를 끝낸 지후가 맨 처음 던진 말은, 갑작스런 키스보다도 더 당혹스런 것이었다.

"웃어봐요."

명령은 짧고 단호했다. 하지만 진경은 그 짧은 네 음절의 문장이 무엇을 의미하는지 도무지 해석되지 않았다.

"네?"

"웃어보라고요."

"지, 지금요?"

"직장예절교육 시간에 안 배웠어요? 미소는 매너 있는 직장생활의 기본이라는 거."

직장생활의 매너를 운운하고 싶으면 우선 안고 있는 이 팔부터 치워야 하지 않겠느냐고, 진경은 말하고 싶었다. 아직도 진경의 몸은 지후의 팔에 의지한 채 반쯤 뒤로 꺾여 있는 상태였고, 진경의 손은 지후의 팔뚝을 필사적으로 움켜쥐고 있는 상태였다. 키스에 정신이 없던 아까는 잘 몰랐지만, 얇은 드레스 셔츠 아래로 느껴지는 탄탄하고 뜨거운 남자의 이두근을 깨닫자 뒤늦은 민망함이 몰려들었다.

"우선 이것부터 좀……."

"아직 내 부탁은 들어주지 않았어요. 얼른 웃어봐요."

결국 진경은 억지로 입꼬리를 들어 올렸다. 하지만 자신이 얼마나 웃긴 표정일지 보지 않아도 짐작될 만큼 어색하기 짝이 없는 움직임이었다. 역시나 지후의 마음에도 그다지 흡족하지 않은 듯했다.

"됐어요. 그냥 점심에 시간이나 좀 내요."

"네?"

"밥이나 같이 먹어요."

"하지만 전 도시락을……."

지후의 인상에 단박에 구겨졌다.

"그놈의 도시락은 당장 갖다 버리도록 해요. 앞으로 점심은 나랑 같이 먹을 테니까."

지후는 진경이 -비록 얼떨떨한 표정이긴 했지만- 얌전히 고개를 끄덕이는 것을 확인하고 나서야, 비로소 안고 있던 팔을 풀어주었다. 그리고 황급히 옷매무시를 정리하는 진경을 바라보며 몹시 아쉬운 눈빛으로 입맛을 다셨다. 밤새도록 욕망을 참아왔던 바지 속의 한지후 주니어는 지금 당장 뭔가를 하고 싶어 애가 달은 눈치였지만 지후는 꾹 참았다.

오늘 그가 하고 싶은 건 사무실 구석에서 짧게 끝내는 약식 섹스가 아니었다. 오늘 밤 잘 차린 만찬처럼 은진경을 침대 위에 펼쳐놓은 채, 밤새도록 느긋하게 그녀를 즐길 예정이었다. 한 점의 아쉬움도 남지 않도록 철저하게 욕망을 풀어놓지 않는다면, 또다시 불면의 밤이 되풀이될지도 모를 일이었다. 그러니 나중의 화끈한 밤을 위해서라도 지금은 이쯤에서 멈추는 편이 좋았다.

"참, 색은 무슨 색을 좋아해요?"

"파란색입니다."

"잘됐네요. 나도 파란색 좋아하는데."

뚱딴지같은 질문만 던져놓은 채, 지후는 싱긋 환하게 웃었다.

"자, 그럼 오늘 하루도 잘 부탁해요, 은진경 씨."

또다시 지후의 입술이 진경의 이마 위에 보드랍게 내려앉았다. 그것은 어젯밤 꿈과 겹쳐지는, 몹시도 기묘한 느낌의 감각이었다.

진경이 밤새 준비해온 모든 멘트들을 하얗게 잊어버린 채 멍하니
서 있는 사이, 지후는 그 어느 때보다 즐거운 모습으로 자기 자리
로 돌아가 버리고 말았다.

진경은 밤새 준비한 멘트를 꺼내기 위해 몇 번이나 지후의 눈치
를 살폈다. 하지만 가는 날이 장날이라고, 그날따라 사무실은 눈코
뜰 새 없이 바빴다. 각 부문별 프로젝트 매니저를 선정하기 위한
담당자 미팅이 30분 간격으로 잡혀 있었기에, 지후도 진경도 업무
적 이야기 이외의 사담을 할 수 있을 만한 시간적 여유가 거의 없
었던 것이다.

하지만 진경이 초조한 얼굴로 지후의 눈치를 살피는 동안, 지후
는 다른 일에 마음이 팔려 있었다. 물론 그것은 단순한 업무상의
일만은 아니었다.

'저 자식이……'

지후는 짜증스러운 눈길로 눈앞의 사내를 노려보았다. 그의 맞
은편에는 앉아 있는 것은 경영개선실의 김종호 실장이었다. 아무
런 배경 없이도 젊은 나이에 실장 직함을 꿰찰 만큼 유능한 인재
인 데다가 허우대도 멀끔하여 사내 여직원들에서 꽤 인기가 높은
남자였다. 하지만 지후는 그가 진경의 뒤를 따라 접견실로 들어오
던 그 순간부터 이 남자가 마음에 들지 않았다. 접견실의 문이 열
리던 그 순간, 지후는 보았던 것이다. 남자의 눈이 유난히 아래쪽
을 향하고 있다는 사실을. 검은 스커트를 입은 진경의 엉덩이께를
노골적으로 향하고 있던 사내의 시선에는 남자들끼리만 알아볼
수 있는 음험한 수컷의 기운이 스며 있었다.

진경이 차를 가지고 들어왔을 때, 지후는 자신이 본 것이 착각이 아님을 분명히 알 수 있었다. 진경이 찻잔을 내려놓는 그 짧은 순간, 남자의 눈은 벌어진 블라우스 사이를 정확히 향해 있었다. 진경의 새하얀 목덜미와 턱 선을 따라서 사내의 시선이 훑듯이 옮겨가는 것을 본 순간, 지후는 눈앞의 찻잔을 사내의 얼굴에 던져버리고 싶은 격렬한 충동을 느꼈다. '감사합니다. 차 잘 마시겠습니다.' 하고 잔뜩 폼을 잡은 묵직한 저음으로 인사하는 김종호를 향해 진경이 옅은 미소를 지어주자, 지후는 남몰래 주먹을 불끈 쥐었다.

　"비서님이 정말 미인이시네요."

　눈치 없는 사내는 싸늘한 지후의 기운도 모른 채 실실 웃음을 짓고 있었다. 지후는 그의 얼굴에 주먹을 꽂아 넣고 싶은 욕망을 필사적으로 억누르며 싸늘한 눈빛으로 그를 바라보았다.

　"사실은 회사 내에서도 이런저런 소문이 많았습니다. 회장실 비서가 왜 본부장실로 발령이 났을지 그 이유에 대해서 말입니다. 그런데 이렇게 본부장님을 뵈니 그 이유를 알 것 같습니다. 이렇게 젊고 유능하신 본부장님이라면 회장님께서도 회사를 믿고 맡기실 수……."

　"잘 베껴 오셨네요."

　"네?"

　회사의 차기 실권자가 될지도 모를 신임 본부장에게 본격적으로 아부를 해보려던 남자는 싸늘한 지후의 말에 그만 말을 멈출 수밖에 없었다.

"재작년 제주도에서 열렸던 해외건설포럼의 세미나 자료에서 발췌하셨군요. 독일 기업의 경영개선 우수사례였었던 것 같은데, 맞나요?"

김종호 실장의 얼굴이 새하얘졌다.

"벤치마킹이라…… 물론 좋죠. 하지만 타 기업의 모범 사례를 똑같이 모방하는 것만이라면, 결국 아류가 될 수밖에 없습니다. 우리 회사만의 차별점이 없다면 우리 회사만의 강점도 없다는 뜻이죠. 김 실장님이라면 고작 남의 보고서를 베껴 오는 것보다는 훨씬 더 능력 있는 분이라고 생각하는데……. 제가 잘못 본 걸까요?"

휘몰아치는 지후의 지적에 남자의 얼굴이 해쓱해졌다. 지후는 여전히 생글생글 미소 짓는 얼굴로 그의 심장에 연거푸 비수를 꽂아 넣었다.

"이 보고서는 못 본 것으로 하겠습니다. 다음번 보고서는 좀 더 독창적인 것이었으면 좋겠네요. 이런 재미없는 카피본이 아니라."

지후의 기다란 손가락에서 보고서가 툭 하고 떨어졌다. 실수를 가장한 명백한 고의였다.

"참, 다음에는 굳이 본부장실로 올 필요 없습니다. 보고서는 메일로 보내주세요."

지후는 웃는 얼굴로 덧붙였다. 하지만 그의 눈동자는 결코 웃고 있지 않았다.

김종호 실장이 비틀거리며 접견실을 나서자, 책상에 앉아 있던 진경이 자리에서 일어섰다. 하지만 방문객을 배웅하려는 그 평범한 행동조차 지후의 눈에는 못마땅하게만 보였다.

"은 비서, 잠깐 나 좀 봐요."

지후의 부름에 진경은 문밖으로 나가는 김종호 실장을 내버려 둔 채 접견실로 들어왔다.

"무슨 일이십니까?"

지후는 팔짱을 낀 채 책상에 기대어 서 있었다. 진경을 바라보는 그의 눈빛은 몹시도 묘한 빛을 띠고 있었다.

"저 지금 굉장히 기분이 언짢아요."

"네?"

밑도 끝도 없는 지후의 불평에 진경은 진심으로 당황했다.

"아무래도 은진경 씨 때문인 것 같아요."

"네?"

"지금 내가 하고 있는 게, 아무래도 질투 같거든요."

"네?"

이어지는 지후의 말에, 진경의 '네?' 소리는 점점 더 커져갈 수밖에 없었다. 갑자기 불러내서 이 무슨 뚱딴지같은 소리란 말인가. 하지만 지후는 그런 진경은 아랑곳하지 않고, 심각한 얼굴로 팔짱을 낀 채 그녀에게 따져 물었다.

"은진경 씨 왜 딴 남자한테 그렇게 예쁘게 웃어줘요?"

"네? 웃어준 적 없는……."

"내가 봤어요."

어디서 오리발이냐는 듯, 지후는 단호한 목소리로 진경의 말을 잘랐다.

"지금 보니까 옷도 너무 선정적인 것 같아요. 몸매가 이렇게 드러나다니, 너무 야한 거 아니에요?"

평범한 회색 블라우스에 무릎까지 내려오는 검정 스커트를 입고 있던 진경은 몹시도 당황했다. 자신이 섹시하다는 것은 일평생 생각도 해보지 못한 일이었기 때문이었다.

"앞으로는 손님 와도 일일이 차 내올 필요도 없어요. 지금이 조선시대도 아니고, 만날 때마다 차 마시는 거 번거로워요. 그냥 은진경 씨는 내 커피나 타줘요."

"……네, 알겠습니다."

말도 안 되는 지후의 트집에, 진경은 그냥 순순히 '네.' 하고 대답해주었다. 말이 통하지 않으니 이길 자신도 없다는 체념의 마음일지도 몰랐다. 하지만 이어지는 지후의 말은 진경조차도 당황할 수밖에 없는 것이었다.

"아 참, 그리고 가기 전에 키스 좀 해줘요."

"네?"

"은진경 씨 때문에 기분이 안 좋아진 거니까, 은진경 씨가 원상복귀 시켜줘야죠."

진경이 미처 대답할 사이도 없이 지후가 성큼성큼 다가왔다. 당황한 그녀가 놀라는 사이, 지후의 입술이 부드럽게 내려앉았다. 쪽 하는 마찰음이 젖은 입술 사이를 진동하며 자그맣게 울렸다.

"오늘은 이걸로 봐줄게요. 다음부터 그러면 안 돼요."

제멋대로 결론을 지으며, 지후는 찡긋 눈웃음을 지어 보였다. 하지만 갑작스레 일어난 일련의 사태에 아직도 명확한 이해를 하지 못한 진경은 당황한 얼굴로 눈만 깜빡거리며 서 있을 뿐이었다. 그저 손님에게 차를 대접했을 뿐인데, 도무지 이해할 수 없는 요상한 결말이 나고 말았다. 하지만 진경이 당황하긴 아직 일렀다. 지후가 마음속으로 세우고 있는 오늘 밤에 대한 계획은 지금보다도 훨씬 더 놀라운 것이었으니 말이다.

마침내 점심시간이 되자, 지후는 기다렸다는 듯이 진경을 이끌고 자신의 노란 람보르기니로 이끌었다. 이미 지후의 제멋대로 페이스에 익숙해진 진경은 별다른 저항 없이 그가 이끄는 대로 람보르기니에 올랐다. 계속되는 업무와 이해할 수 없는 지후의 기행에 한껏 지치고 배도 고팠던지라, 반항을 할 수 있는 여력이 없었다는 표현이 맞는 것일지도 몰랐다. 그녀를 태운 람보르기니가 도착한 곳은 '일 벨로'라는 이름의 고급 레스토랑이었다. 지후는 메뉴판을 흘끔 바라본 지후는 진경의 의사를 묻지도 않은 채 '밀라노 코스로 둘.' 하고 짧게 말했다.

"스테이크 취향은 어떻게 돼요? 레어? 아님 웰던?"

"죄송합니다만 전 다른 메뉴로 하겠습니다. 고기를 못 먹어서요."

"채식주의자?"

"채식주의자까진 아니지만, 육식을 별로 즐기지 않습니다."

"아쉽네. 힘내라고 고기 좀 먹이고 싶었는데."

오늘 밤을 정열적으로 불태울 예정이었던 지후는 아쉽다는 표정을 지어 보였다. 저렇게 빼빼 마른 몸으로는 하룻밤 내내 지후를 감당하기엔 힘이 들 수도 있었다. 고기가 아니면 장어를 먹여볼까

하고 고민 중인 지후의 마음과는 달리, 진경은 평범한 연어요리를 선택했다. 하지만 식사가 시작되자, 지후는 진경이 고기를 먹지 못하는 것이 단순히 식성의 문제가 아님을 깨달을 수 있었다.

"은진경 씨, 어디 불편해요?"

"아닙니다. 괜찮습니다."

하지만 고개를 가로젓는 진경의 얼굴은 어딘지 창백해 보였다. 어제 보았던 어떤 장면과 오버랩 되는 모습이었다.

"혹시 이거 때문에 그래요?"

지후는 자신이 먹던 스테이크 조각을 들어 보였다. 레어로 익혀진 송아지고기에선 벌겋게 핏물이 배어 있었다. 그걸 본 진경의 얼굴이 좀 더 핼쑥해졌다. 지후는 곧바로 손을 들어 담당 서버를 불렀다.

"여기, 고기 좀 다시 익혀줘요. 웰던으로, 바싹."

"혹시 저 때문이라면 괜찮습니다."

"그런 거 있으면 얘기해요. 바보처럼 꾹 참지 말고."

"……네."

진경은 고개를 숙인 채, 연어 조각을 입에 넣었다. 식사 자리에서 진경의 치명적인 약점을 눈치챈 사람은 지후가 처음이었다. 아버지가 휘두른 칼에 찔린 채 붉은 피 웅덩이 속에 누워 있던 엄마의 모습을 본 이후로, 진경은 고기를 먹지 못했다. 누군가의 손에 의해 살해되었을 동물의 잔상이 먼저 떠올라서였다. 하지만 고기를, 정확히는 피가 밴 생고기를 무서워하는 진경에게 벌건 삼겹살로 가득한 회식 자리가 얼마나 고통스러운 것인지 알아봐준 사람은 지금껏 아무도 없었다.

무례하고 제멋대로인 것 같으면서도 이상한 곳에서 친절한 이 남자에게, 진경은 뜻하지 않은 카운터펀치를 맞은 듯한 기분이었다.

"이유…… 물어봐도 돼요?"

다시 익혀 올 스테이크를 기다리는 동안 붉은 와인을 한 모금 마시며 지후가 물었다. '오늘 날씨 어때요?'라고 묻는 것 같은 대수롭지 않은 어투였지만, 그 안에 진경에 대한 배려가 담겨 있음을 느낄 수 있었다.

"어릴 때, 사고를 목격했습니다."

"……어머니?"

"……네."

"진짜 이상한 데까지 나랑 닮았네, 은진경 씨는."

그가 어딘지 씁쓸한 미소를 지으며 말했다.

"나도 그렇거든요."

"……!"

"나도 그 자리에 있었어요. 우리 엄마 돌아가실 때."

무거운 침묵이 두 사람 사이에 내려앉았다. 하지만 말없는 침묵 속에서도, 들리지 않은 수많은 대화가 두 사람 사이를 오가고 있었다. 과거의 '그날' 이후, 조금쯤 망가진 채로 살아오고 있던 두 사람이었다. 그것이 얼마나 힘들고 고통스러운 일인지 누구보다 잘 알기에, 두 사람은 말없이 서로를 위로하고 있었다. 지금껏 잘 살아왔다고. 죽지 않고 잘 버텨왔다고.

"앞으로 그런 건 쌓아두지 말아요. 병 돼요."

"네."

"아, 내가 이런 말할 처지는 아닌가. 난 너무 못 쌓아둬서 병 났잖아요."

지후가 싱긋 웃었다. 하긴 진경의 결벽증과 지후의 충동장애는 같은 병의 다른 이름일지도 몰랐다. 지후 깊은 곳에도 자신과 같은 상흔이 새겨져 있다고 생각하니, 어쩐지 친근한 마음이 들었다. 무섭고 괴상한 남자라고만 치부하고 있었는데, 이 남자에게도 이렇게 자랄 수밖에 없었던 속사정이 있었나 보다.

"앞으론 바로 말해요. 좋은 건 좋다, 싫은 건 싫다."

무뚝뚝하게 툭 던지는 것 같은데도 이상하게 다정하고 상냥한 목소리였다. 별것 아닌 말이었음에도 불구하고, 어쩐지 진경에게는 큰 위로가 되었다. 진경은 조그만 목소리로 '네, 그렇게 하겠습니다.' 하고 대답했다.

"암튼 대답은 잘해. 은진경 씨 은근히 고집 되게 센 거 알아요? 겉으로는 되게 얌전한 거 같은데, 알고 보면 완전 고집쟁이야."

어쩐지 무안해서 진경은 애꿎은 연어 스테이크만 얼른 입에 집어넣었다.

"어? 웃었다!"

지후의 말에 진경은 그제서야 자신의 입꼬리가 저도 모르게 올라와 있다는 것을 깨달았다.

"드디어 보게 되네요, 은진경 씨 웃는 거."

당황한 진경이 얼른 표정을 가다듬자, 지후가 피식 웃었다.

"앞으론 자주 웃어요. 웃으니까 훨씬 예뻐요."

뭐라고 대답해야 할지 몰라 진경은 고개만 푹 숙였다. 고개를 들면 자신을 바라보고 있는 지후의 눈빛과 마주칠 것 같아서 차마 그렇게 할 수가 없었다. 아마도 진경의 무의식은 이미 깨닫고 있었는지도 모른다. 지금 이 순간 한지후와 눈이 마주친다면, 다시는 돌이킬 수 없을지도 모른다는 것을. 하지만 아무리 애를 써 봐도, 이미 비정상적인 박동을 시작해버린 심장마저 막을 수는 없었다. 쿵, 쿵 하고, 쓸데없이 커다랗게, 그녀의 심장이 뛰고 있었다.

어색해진 분위기에서 진경을 구원해준 것은 레스토랑으로 찾아온 뜻밖의 손님이었다. 디저트까지 갖춰진 풀코스가 끝나고 향긋한 커피 한 잔이 나왔을 때쯤, 검은 정장을 차려입은 여자 하나가 두 사람이 앉은 테이블을 찾아왔던 것이다. '말씀하신 제품들입니다.'라고 운을 뗀 여자는 들고 온 큼직한 검은 비로드 상자를 열었고, 거기에는 뜻밖의 광경이 펼쳐져 있었다. 푸른빛을 띤 각종 보석 반지들이 찬란한 빛을 내뿜으며 화려한 위용을 뽐내고 있었던 것이다.

"이, 이게?"

"골라봐요. 파란색도 종류가 많아서 이것저것 다 갖고 와보라고 했어요."

푸른 바다빛을 닮은 사파이어부터 토파즈와 아쿠아마린, 라피스라즐리와 베니토아이트, 청옥까지. 진하고 옅은 다양한 색감을 지닌 푸른 보석들이 진경을 향해 내밀어졌다. 진경은 크게 당황했다. 재벌가의 비서로 지내며 각종 보석 선물을 고를 일이 많았던 진경이었지만, 자신을 위한 보석을 고르게 되는 날이 오리라고는 상상도 하지 못했던 것이다.

"이런 거…… 받을 이유 없습니다."

"커플링이에요."

"네?"

"이왕 하는 연애니까 제대로 해보고 싶어서요."

"그래도 이건……."

"은진경 씨는 나랑 장난으로 연애하려던 거였어요?"

"그런 건 아니지만……."

"그럼 얼른 골라요. 점심시간도 거의 끝나가는데."

손목시계를 들여다보며 재촉하는 지후의 기세에 떠밀려, 진경은 개중 가장 수수하고 무난하며 값싸 보이는 것을 손가락으로 가리켰다.

"이 제품은 백금으로 세팅한 아쿠아마린 반지입니다. 아쿠아마린은 3월의 탄생석으로 용감함과 총명을 상징하는 보석입니다."

흰 장갑을 낀 손으로 조심스럽게 반지를 꺼내 보이며, 보석을 가져온 직원이 친절한 설명을 덧붙였다.

"은진경 씨랑 비슷하네요. 총명하고 용감하고."

"아쿠아마린은 물의 힘을 지닌 보석이라 영원한 젊음과 행복을 상징하기도 합니다. 특히나 밤에 빛을 받으면 반짝거리는 특성이 있어서 '밤의 여왕'이라는 별명도 가지고 있습니다."

이어지는 직원의 부가 설명에, 이번엔 지후가 기습 공격을 받을 차례였다. 어젯밤부터 내내 오늘 밤의 '거사'를 계획하고 기대하고 있던 지후에게 '밤의 여왕'이란 너무나도 자극적이고 섹슈얼한 단어였던 것이다. 맨몸에 푸른 보석만을 걸친 채 침대 위에 누워 있는 은진경의 이미지가 순식간에 그의 머릿속에 떠올랐다. 밤의 여왕 은진경이라니, 이것 참 군침 도는 이야기가 아닐 수 없었다.

"좋아요, 그걸로 마무리 세팅해서 갖다줘요. 뒤에다가 내 이니셜도 좀 새겨주고."

"그럼 남자용 반지에는 여자분 이니셜을 새겨드릴까요?"

"아니요, 내 건 됐어요. 반지는 귀찮아서 잘 안 껴요."

이번에는 진경과 점원 쪽이 뜨악했다. 이 남자는 아마도 커플링의 정의에 대해서 잘 모르고 있는 것임에 틀림없었다. 하지만 제멋대로 일방적인 반쪽짜리 커플링을 결정해버린 지후는 어딘가 초조한 표정으로 급하게 벌떡 일어나는 중이었다.

"자, 얼른 갑시다. 오늘 칼퇴근 하려면 지금부터 서둘러야겠어요."

야근이 일상이면서 왜 오늘따라 유난스럽게 칼퇴근을 주장하는지 도무지 이해할 수 없었지만, 어쨌든 진경은 지후를 따라 사무실로 급히 귀환할 수밖에 없었다. 퇴근 후 자신에게 닥칠 일이 무엇인지 꿈에도 짐작하지 못한 채.

7장. 연애와 라면의 상관관계

"뭐 하고 있어요? 퇴근시간인데."

아직 채 6시도 되기 전이건만 지후는 재킷까지 모두 챙겨 입은 완벽한 퇴근 차림으로 진경을 재촉했다. 즐거운 얼굴로 상기된 그의 모습은 분명 평소보다 훨씬 더 들떠 보였다.

"무슨 특별한 일 있으십니까?"

진경의 질문에, 지후는 무척이나 당황스러운 말을 들은 것처럼 어이없는 얼굴을 해 보였다.

"지금 그걸 몰라서 물어요?"

혹시라도 잊어버린 업무가 있나 싶어서 진경이 머릿속으로 스케줄표를 점검하는 동안, 지후는 몹시도 천연덕스러운 어투로 당당하게 말했다.

"데이트요."

"네?"

"이왕에 사귀기로 한 거, 진짜로 제대로 해봐야죠. 안 그래요?"

당황한 얼굴의 진경을 향해, 지후는 찡긋 웃으며 정중하게 손을 내밀었다.

"자, 갑시다. 데이트하러."

진경이 머뭇거리고 있자, 지후는 덥석 진경의 손목을 잡았다. 그러고는 씩씩한 발걸음으로 그녀를 끌고 사무실 밖으로 나섰다. 지후에게 이끌려 임원 전용 엘리베이터를 탔을 때에도, 진경의 손목은 지후의 커다란 손에 꼭 붙들려 있었다. 지후가 그녀의 손목을 놓은 것은 12층에서 엘리베이터의 문이 열리며 한 회장이 비서실장을 대동한 채 불쑥 나타난 그때였다. 갑자기 나타난 뜻밖의 훼방꾼 덕분에 두 사람은 화들짝 놀라 난처한 얼굴로 엘리베이터 벽을 바라보는 중이었다.

"퇴근들 하나?"

어딘지 어색한 모습으로 인사를 하는 두 사람을 보며 한 회장은 의미심장한 얼굴로 빙긋 웃었다. 진경은 잘못한 일이라도 걸린 사람처럼 당황한 얼굴로 꾸벅 고개를 숙여 보였다.

"이 녀석, 시키는 대로 말은 잘 듣더냐?"

엘리베이터 문을 바라본 채로, 한 회장은 진경을 향해 짐짓 태연한 목소리로 말을 걸었다.

"예."

"네가 보기엔 어떠냐, 쓸 만은 하지?"

한 회장의 등 뒤에서 지후의 눈이 진경을 향했다.

"예, 생각보다 훨씬 더 훌륭하십니다."

지후의 입술이 피식 웃는 것을 보며, 진경은 조용히 대답했다.

"그럼 됐다. 네 눈에 괜찮으면 영 말짜는 아닌가 보구나."

1층을 알리는 차임벨이 땡 하고 울리고 엘리베이터의 문이 열리
자, 한 회장은 거침없이 걸음을 옮겼다.

"그럼 열심히, 잘들 해봐라."

누구에게인지 알 수 없는 응원의 한마디만 불쑥 남긴 채, 한 회
장은 그렇게 두 사람을 떠나갔다. 엘리베이터 문이 다시 닫히고 지
하주차장을 향해 내려가기 시작하자, 지후는 다시 진경의 손을 덥
석 잡았다.

"그 말 진심이에요?"

"어떤 말 말씀이십니까?"

"내가 생각보다 훌륭하다는 거."

"어느 정도는 진심입니다."

"어느 정도나 진심인 건데요?"

"이런 점 빼고는 대체로 훌륭한 직장 상사라고 생각합니다."

진경은 지후에게 붙잡힌 손목을 들어 보이며 말했다. 지후는 진
경의 새초롬한 얼굴을 보고는 껄껄 웃었다.

"이건 직장 상사로서가 아니라, 남자 친구로서 하는 겁니다."

"솔직히 말씀드린다면, 저는 아직 고려 중입니다."

"설마 이제 와서 사귀는 걸 재고해보겠다, 그런 말은 아니죠?"

"안타깝지만 그런 말이 맞습니다. 주변의 이목도 있으니 사내에

서 이런 행위는 자제해주시면 좋겠습니다."

하지만 진경의 직장 상사는 청개구리 같은 성질머리를 가진 것이 틀림없었다. 그 말이 끝나자마자 진경의 입술에 쪽 하고 입을 맞췄으니 말이다.

"그럼 이런 건 어때요?"

갑작스런 입술 공격에 당황한 진경은 주변을 황급히 바라보았다. 그러곤 엘리베이터의 CCTV를 발견하곤 사색이 되었다.

"안 됩니다. 앞으로 한 번만 더 이러시면 지금까지의 이야기는 전면 백지화하겠습니다."

진경은 단호하게 쏘아붙인 후, 엘리베이터의 문을 빠르게 나섰다. 지후는 그런 진경의 뒤에서 싱글싱글 웃으며 따라오고 있었다. 잔뜩 성이 난 채 총총거리며 걸어가는 진경의 뒷모습이 예상보다 훨씬 더 귀엽다고 생각하면서.

결국 그날 저녁, 진경은 지후에게 손목이 붙잡힌 채 남산으로 향하는 산책길을 끌려가는 신세가 되고 말았다. 한국인의 데이트라면 역시나 남산타워라는 지후의 요상한 지론에 따라, 두 사람은 남산 북측 순환로 아래에 차를 세우고 왕벚나무와 은행나무가 줄지어 서 있는 고즈넉한 산길을 나란히 걷고 있는 중이었다.

산에는 가을이 한창이었다. 노란 가로등이 비추는 곳마다 샛노란 은행잎이 황금처럼 노랗게 빛나고 있었다. 뾰족하던 진경의 마음조차 조금씩 넉넉해질 만큼 아름답고 풍요로운 광경이었다. 그저 손을 잡고 걷고 있을 뿐인데도, 어쩐지 이 남자와 조금 더 특별한 관계가 된 듯한 묘한 느낌이 들었다. 한지후의 손은 생각보다 훨씬 더 커다랗고 따뜻했으며, 가을밤의 남산은 기대했던 것보다 훨씬 더 아름다웠다. 이 남자와의 연애가 그리 나쁜 것만은 아닐지도 모르겠다고, 진경은 문득 생각했다.

"왜 하필 남산타워입니까?"

"드라마에서 봤어요. 어릴 때."

"뜻밖인데요. 드라마 좋아하세요?"

"한국 방송을 항상 틀어놓고 있었거든요. 혹시라도 한국말을 잊어버릴까 봐."

"그럼 어릴 땐 계속 미국에서 사신 건가요?"

"네, 엄마 돌아가실 때까지 쭉. 그리고 고등학교부터 다시 미국에서 다녔으니까 한국에서 있었던 때가 별로 없었죠. 은진경 씨는 어땠어요, 어릴 때?"

"그냥 조용한 아이였어요. 말없이 공부만 하는."

"난 굉장히 말썽꾸러기였는데."

"그럴 것 같았어요."

지금도 이미 충분히 말썽쟁이라고 생각하며, 진경은 쓴웃음을 지었다.

"그래도 나 되게 예뻤어요, 어릴 땐."

"그럴 것 같았어요."

"지금 그거 칭찬이죠? 나 되게 잘생겼다는, 그런 얘기죠?"

결국 진경은 푸홋 웃을 수밖에 없었다. 그러고는 보일 듯 말 듯 고개를 끄덕였다. 그가 굉장한 미남인 것만은 부인할 수 없는 사실이었으니까. 진경은 어렸을 때의 그가 궁금해졌다. 지금도 이렇게 예쁜 걸 보면, 어릴 땐 아마 깜짝 놀랄 만큼 귀여웠겠지. 머릿속에서 꼬마 한지후를 상상하고 있는 진경의 얼굴은 평소보다 훨씬 더 부드러운 표정을 짓고 있었다. 그런 진경의 옆모습을 훔쳐보며 지후 역시 싱긋 웃고 있다는 것도 깨닫지 못한 채.

"나중에 어릴 때 사진 보여줘요. 은진경 씨 어릴 때 되게 귀여웠을 것 같은데."

지후의 말에 진경은 땅에 떨어진 노란 은행잎을 발끝으로 톡톡 차며 자그맣게 대답했다.

"없어요, 사진."

뜻밖의 어두운 대답에 지후는 가만히 진경의 옆모습을 바라보았다. 노란 가로등 불빛 아래의 진경은 평소보다 조금 더 따뜻한 색을 띠고 있었다.

"……어릴 때 쭉 고아원에 있었거든요. 고아원에서 찍은 사진은 몇 장 있는데, 그 전의 사진들은 없어요."

지후는 진경의 손을 잡은 채, 가만히 그녀를 바라보았다. 그의 방 한쪽 벽 귀퉁이에 자리 잡고 있는 조그만 사진이 떠올랐다. 곰돌이가 그려진 낡은 회색 바지를 입고 웃고 있는 진경의 사진. 두 눈이 반달처럼 휘어지는 그 눈웃음이 어릴 때는 어떤 모습이었을지, 별안간 무척이나 궁금해졌다. 그리고 그때의 모습이 이제는 어디에도 남아 있지 않다는 사실이, 무척이나 서글퍼졌다.

"내가 줄까요?"

뜻밖의 질문이었다. 그것이 무슨 의미인지 진경이 고민하는 사이, 지후는 안주머니에서 자신의 지갑을 꺼냈다. 그러고는 지갑에 끼워져 있던 낡은 사진을 꺼내 진경에게 불쑥 내밀었다.

"가져요."

사진 속에는 서른 후반쯤의 호리호리한 미녀와 인형처럼 귀여운 꼬마아이가 서로를 꼭 끌어안은 채 환하게 웃고 있었다. 지후가 7살 때 자살했다는 그의 생모라는 걸, 진경은 직감적으로 알 수 있었다. 그리고 이 사진이 그에게는 무척이나 소중한 추억이라는 것도.

"……저 주시는 거예요?"

"네."

"본부장님한테도 소중한 사진 아닌가요?"

"그래도 전 집에 몇 장 더 있어요."

지후는 빙긋 웃었다. 상식적으로는 참 우스운 이야기였다. 사라지고 없는 건 진경의 사진인데, 지후의 어렸을 때 사진이 과연 무슨 의미가 있단 말인가. 하지만 진경은 그가 내민 사진의 의미를 어쩐지 이해할 수 있을 것 같았다. 그가 지금 건넨 것이 자신을 향한 따뜻한 위로라는 것을.

진경은 가만히 손안의 사진을 바라보았다. 진경의 예상은 맞았다. 어릴 때의 지후는 정말이지 아기 천사처럼 예뻤다. 티 없이 맑은 얼굴로 웃고 있는 꼬마 지후를 보며, 진경은 불현듯 눈물이 날 것 같다고 생각했다.

"……감사합니다."

진경은 꾸벅 고개를 숙였다. 가슴 아래에서 무언가 울컥 치미는 듯한 기분이 들었다. 하지만 감동은 그리 오래가지 못했다.

"그럼 은진경 씨는 보답으로 나한테 뭐 해줄래요?"

지후가 내민 사진이 물물교환이었을 거라고는 꿈에도 생각하지 못했던 진경은, 깜짝 놀란 얼굴로 눈만 동그랗게 깜빡였다.

"우리, 라면 먹고 갈래요?"

"네?"

"나 그거 먹고 싶어요. 은진경 씨네 집에서 끓인 라면."

지후의 눈이 짓궂게 빛나고 있었다. 모처럼 몽글몽글 피어오르던 감동이 파사삭 깨지는 것을 느끼며, 진경은 그 자리에서 버석버석 굳어지고 있었다.

"집 좋네요. 꼭 은진경 씨 같아요."

소파에 앉은 지후가 즐거운 목소리로 재잘댔다. 인테리어도 뭣도 없이 그저 휑하기만 한 그녀의 거실은 진경과 많이 닮긴 했다. 결벽스러울 만큼 깔끔하게 정리된 그녀의 집은 가정집이라기보다는 명상원이나 사찰처럼 고요한 느낌이었다.

"잠시만 기다리세요. 금방 다 됩니다."

늦은 저녁, 때아닌 라면을 끓이게 된 진경이 부엌에서 다급하게 소리쳤다. 뜻밖에 직장 상사의 가정방문을 받게 된 그녀는 지금 안절부절 불안한 상태였다. 게다가 그 직장 상사란 작자가 언제라도 늑대로 변신 가능한 '자칭 남자 친구'였다. 진경은 몇 번이나 거실을 흘끔거리며 지후의 동태를 살폈다. 다행히도 지금까지는 얌전히 식탁에 앉아 있지만, 한지후는 언제 어디로 튈지 모르는 시한폭

탄 같은 존재였다.

하지만 막상 계란까지 깨뜨려 넣은 따끈한 라면을 호로록거리며 식탁에 마주 앉게 되자, 날카롭게 날이 서 있던 진경의 긴장도 조금씩 풀어졌다. 지후는 생각보다 점잖고 유쾌했으며, 라면은 따뜻하고 맛있었다. 라면을 싹싹 비워낸 후 후식으로 설탕을 넉넉히 탄 달콤한 커피까지 한 잔 마시자 긴장은커녕 노곤한 피로감까지 몰려왔다. 그러니까 한지후를 옆에 앉힌 후 잠이 든 건 진경의 탓만은 아니라는 얘기다.

전형적인 아침형 인간인 진경은 10시가 되기 전에 늘 잠자리에 들었고, 오늘은 유난히 업무량도 많았으며, 남산 길을 두 시간도 넘게 하염없이 걸어 다닌 날이었다. 그러니까 진경이 꼬박꼬박 졸다가 지후의 어깨에 기대어서 잠이 든 건, 커피를 마시면서 틀어놓았던 저녁 뉴스를 조금 더 보다가 집에 가겠다고 우긴 지후에게 가장 큰 잘못이 있었다.

묵직해진 진경의 고개가 이리저리 갸웃거리다가 지후의 어깨에 콩 하고 부딪쳤을 때, 지후는 쿡쿡거리며 낮은 소리로 웃었다. 그러고는 까딱거리는 그녀의 고개를 붙잡아다 자신의 어깨 위에 편하게 기대어주었다. 잠이 든 진경의 얼굴은 어린아이처럼 말갛고 순했다. 한 점의 흐트러짐도 없는 은진경 비서의 모습은 온전히 사라지고, 깊게 잠이 든 조그만 여자만이 남아 있었다. 축 늘어진 목덜미는 희고 가느다랬으며, 놀랄 만큼 매혹적인 향을 뿜어내고 있었다. 지후는 진경의 잠든 얼굴을 가만히 바라보다가, 문득 쓴웃음을 지었다. 어릴 적 읽었던 알퐁스 도데의 소설 '별'이 문득 떠올라서였다. 어릴 때는 미처 몰랐지만, 어른이 된 지금은 알 수 있었다. 그날 밤 잠든 스테파니 아가씨를 눈앞에 둔 양치기 소년이 남자로서 얼마나 큰 희생과 인내를 보여주었는지 말이다.

지금 지후 역시 그날 밤의 양치기와 똑같은 선택의 기로에 서 있었다. 하지만 밤새 아가씨에게 어깨를 내어준 채 그저 바라만 보던 양치기 소년보다 지후는 훨씬 더 어른이었고, 훨씬 더 강렬한 성욕을 지니고 있었다. 여기서 조금만 더 있다가는 순수하고 아름다운 사랑이야기 대신 질펀한 19금 에로소설을 쓰게 될 것 같은 예감에, 지후는 조심스럽게 자리에서 일어섰다.

"이번만 봐주는 거예요."

지후는 진경의 동그란 이마를 손가락으로 톡톡 두들겼다. 진경의 미간이 찌푸려지며 살짝 벌어진 붉은 입술에서 우웅 하는 조그만 신음이 새어 나왔다. 그와 동시에 지후의 하반신에서도 불쑥 신호가 왔다. 의리고 예의고 다 때려치우고 지금 당장 질펀하게 일을 벌여보자는 하반신의 메시지가 강렬하게 느껴졌다.

하지만 지후는 자신의 재킷을 벗어 진경의 어깨에 덮어준 후, 얄따란 셔츠 한 장 차림으로 그녀의 집을 나섰다. 차가워진 가을바람이 쌀쌀하게 옷깃을 파고들었지만, 어쩐지 그다지 춥지만은 않았다. 그녀의 아파트를 나서기 전 지후는 한 번 더 뒤를 돌아보았고, 불 꺼진 그녀의 창문을 바라보며, 다시 한 번 웃었다.

"어제는 감사했습니다."

다음 날 지후가 출근하자마자, 진경은 곱게 개켜진 재킷을 내밀며 꾸벅 고개를 숙였다. 난처한 기색이 역력한 그녀의 얼굴을 보며, 지후는 피식 웃었다.

"미안하단 얘기는 안 해요?"

"네?"

"남자 친구를 앞에 두고 먼저 자는 건 많이 미안한 일이에요."

"아…… 네. 죄송합니다. 시정하겠습니다."

지극히 비서다운 그녀의 대답에 지후의 웃음이 조금 더 짙어졌다.

"은진경 씨."

"네."

"여자 친구 집에 라면 먹으러 가는 게 어떤 의미인지, 잘 모르죠?"

진경의 눈동자가 동그래지는 것을 보며, 지후는 싱긋 웃었다.

"됐어요. 몰라도 괜찮아요. 내가 오늘 가르쳐줄 거니까."

진경의 눈동자가 조금 더 동그래졌다. 그 모습이 꼭 토끼 같다고 생각하면서 지후는 쿡쿡 웃었다.

"오늘 우리 집에……."

지후의 다갈색 눈동자가 묘한 빛으로 반짝였다.

"라면 먹으러 올래요?"

진경의 당황한 눈동자를 바라보며, 지후는 확신했다. 이 여자는 라면과 연애의 상관관계에 대해 전혀 모르는 것임에 틀림없다고.

라면과 연애의 상관관계에 대해, 진경은 하루 종일 곰곰이 생각해보았다. 하지만 인터넷 포털 사이트에 '라면, 연애, 남자 친구, 연

194

인' 등의 검색어로 열심히 검색을 해보아도, 뾰족한 정답을 발견해 낼 수는 없었다. 대신 그녀가 찾은 건 '연애와 라면의 공통점'이라는 인터넷 게시글이었다. 업무 이외의 인터넷 서핑은 절대 하지 않는 진경이었지만, 오늘만큼은 진지한 얼굴로 모니터에 코를 박은 채 열심히 탐독 중이었다.

라면을 끓일 때 기다려야 하는 최소한의 시간은 지켜야 한다. (연애에는 인내가 필요하다)

진경은 이 말에 몹시도 공감했다. 지금 한지후와 하고 있는 건 3분이 되기도 전에 뚜껑을 열어버린 컵라면 같은 연애였다. 도무지 먹을 수 없을 만큼 설익은 그 무엇.

라면 그릇을 들고 가다 엎어버리면 화상을 입을 수도 있다. (연애가 잘못되면 큰 탈이 생길 수 있다. 조심해라.)

진경은 자신도 모르게 고개를 주억거렸다. 역시나 한지후와의 연애엔 주의가 필요했다. 라면 국물에 데는 것도, 연애에 데는 것도 절대 사양이었다. 정말로 연애는 라면과 같은 것일지도 몰랐다. 짜고 달고 자극적인, 맛있지만 몸에는 나쁜 것. 배는 부르지만 결코 몸에 필요한 영양은 주지 못하는 맛있는 불량식품.

평소라면 쳐다도 보지 않았을 인터넷 게시글을 진지하게 읽으며 진경이 한지후와의 관계에 대해 고민하고 또 고민하는 동안, 마

침내 퇴근시간이 돌아왔다. 한지후와 함께 라면을 먹으러 떠나야
할, 바로 그 시간이었다.

"뭐 해요. 안 타고?"

진경은 난처한 얼굴로 샛노란 람보르기니 앞에 서 있었다. 분명
얼마 전에도 이와 비슷한 일을 겪었던 듯한 기시감이 들어서, 진경
은 머뭇거리고 있는 중이었다. 어쩐지 예감이 좋지 않았다. 단순히
라면을 끓여주고 싶은 사람이라고 보기에는, 너무나도 즐거운 얼
굴로 지후가 웃고 있었기 때문이었다.

"아닙니다. 저는 괜찮습니다."

"내가 안 괜찮아요."

지후는 진경의 사양을 단호하게 거절했다.

"정말로 본부장님 댁에 가는 겁니까?"

"네. 말했잖아요, 우리 집에 라면 먹으러 오라고."

"진짜로 라면만 먹으러 가는 겁니까?"

"글쎄요, 아마 라면'도' 먹게 되겠죠."

묘한 곳에 악센트를 두는 그의 말에, 진경은 의심스런 눈빛으로
그를 바라보았다. 하지만 어서 타라고 성화를 부리는 그의 재촉에
못 이겨, 찜찜한 마음을 안은 채 그의 샛노란 람보르기니에 올라탔
다. 한참 동안이나 달려간 그의 람보르기니가 도착한 곳은 시내의
한복판에 위치한 고급 빌라였다. 지문인식으로 문을 연 후, 지후는
마치 무대를 소개하는 마술사처럼 우아한 몸짓으로 진경을 집 안
으로 안내했다.

"그럼 들어와요. 여자 친구를 집에 초대한 건 처음이라서 좀 떨리네요."

떨림이라고는 눈곱만큼도 느껴지지 않는 태연한 어조로 지후가 말했다. 지금이라도 돌아가야 할지 망설이던 진경은 용기를 내어 조심스럽게 한 발씩 내디뎠다. 비록 호랑이 굴에 제 발로 찾아 들어가는 토끼의 심정이긴 했지만 말이다.

그가 안내한 복층의 빌라는 상당히 고급스럽기는 했지만, 삼청동에 위치한 한 회장의 본가에 비하면 많이 소박한 편이라고 할 수 있었다. 어릴 때는 지후도 본가에서 살았다고 정후에게 전해 듣긴 했지만, 철이 든 이후부터는 외국유학을 핑계로 해외에 유배 아닌 유배를 떠나야 했던 지후였다. 지금도 본가가 아닌 이곳 단독 빌라에서 혼자서 살고 있는 듯했다.

"술은 뭘로 할래요? 웬만한 칵테일은 다 만들 수 있으니까 주문만 해요."

"괜찮습니다. 찬물 있으면 한 잔만 주십시오."

라면을 끓여주겠다더니 처음부터 자연스럽게 술부터 권하는 지후에 모습에, 진경은 바짝 긴장할 수밖에 없었다. 하지만 지후의 마실 것을 일일이 챙겨줘야 하는 회사와는 달리 지후가 직접 가져다주는 물을 마시게 되다니, 몹시 기분이 묘했다. 입장을 바꿔서 상사에게 찬물 심부름을 시켜보는 건 꽤나 괜찮은 기분인 것만은 틀림없었다.

밝은 크림색과 짙은 흑갈색 원목의 투톤으로 깔끔하게 꾸며진 지후의 공간은 결벽스러운 진경의 취향에도 매우 잘 맞았기 때문에, 진경은 조금 여유로워진 마음으로 지후의 집을 두리번두리번 구경 중이었다. 잠시 후 부엌으로 갔던 지후가 자신이 마실 위스키와 함께 진경이 주문한 찬물을 들고 나타났다. 그새 목이 많이 말랐는지, 얼음을 띄운 깨끗한 생수는 생명수처럼 시원하고 달았다. 하지만 진경은 이어지는 지후의 말에 쿨럭, 마시던 물을 내뿜을 뻔하고 말았다.

"샤워부터 할래요?"

"네?"

하마터면 사레가 들릴 뻔한 진경은 쿨럭쿨럭 잔기침을 하면서 경악 어린 눈으로 지후를 바라보았다.

"소파랑 침대 중에 어디가 더 좋아요? 난 개인적으로 침대에 한 표."

지후의 말에 진경은 오싹 소름이 돋았다. 자신이 진짜로 호랑이 굴에 제 발로 찾아왔음을, 진경은 온몸으로 깨달았다.

"저, 본부장님. 저는 이럴 생각으로 온 것이 아닙니다."

"그럼 무슨 생각으로 왔는데요? 남자 혼자 사는 집에?"

굳어진 진경의 얼굴을 부드럽게 쓰다듬으며, 지후가 속삭였다.

"이런 의미예요. 남자 친구의 집에 라면을 먹으러 오는 건."

지후의 목소리는 더할 나위 없이 달콤했다. 하지만 같잖은 거짓말에 속았다는 생각에 부아가 난 진경은 곧바로 얼굴을 굳혔다.

"저는 이런 의도로 온 게 아니었습니다. 서로 의견이 맞지 않았다는 것이 확인되었으니, 저는 이만 가보도록 하겠습니다. 물 잘 마셨습니다."

진경은 탁 소리가 날 만큼 세차게 물잔을 내려놓은 후 단호한 태도로 가방을 챙겨 들었다. 하지만 한 걸음도 채 가기 전에, 지후의 팔에 가로막히고 말았다.

"왜 싫은데요?"

부드러운 목소리로 지후가 물었다.

"연인이 되기로 한 성인 남녀가 같이 하룻밤을 보내는 게, 왜 싫어해야 할 일이죠?"

화가 난 진경이 도무지 이해되지 않는다는 듯한 천진한 목소리였다.

"어쨌든 오늘은 싫습니다."

"생리 중이에요?"

"……!"

조금도 정제되지 않은 지후의 어휘 선택에, 진경의 얼굴이 굳어졌다. 이쯤 되니 이 남자의 머리엔 기본상식이란 게 탑재되어 있긴 한지 의문스러워질 정도였다.

"그게 아니면 섹스에 무슨 다른 준비가 필요하다는 거죠?"

지후의 표정은 여전히 뻔뻔스러울 정도로 태연했다. 자신이 여성에게 몹시 실례되는 질문을 했다는 일말의 죄책감도 찾아보기 어려운 얼굴이었다. 하긴 숙녀의 면전에 대고 '섹스'를 운운하는 걸 보면, 한지후의 상식 체계란 진경의 그것과는 몹시도 다른 것임에 틀림없었다. 어려서부터 외국을 떠돌며 글로벌한 섹스마인드를 갖고 있는 한지후와, 유교문화권의 한국에서도 상당히 보수적인 편에 속하는 진경은 화성과 금성만큼이나 멀리 떨어진 존재일 수밖에 없었다.

이 대책 없는 남자에게 어떤 식으로 설득을 해야 할지 진경이 잠시 망설이는 사이, 지후의 커다란 손이 진경의 어깨 위로 부드럽게 내려앉았다. 조명 아래, 별처럼 빛나는 지후의 눈동자가 유혹적으로 진경을 향했다.

"다시 한 번 생각해봐요. 난 단지 기분 좋은 하룻밤을 같이하자고 말하고 있을 뿐이에요. 은진경 씨도 즐겁고, 나도 행복하고…… 누구도 손해 보지 않는 윈윈 게임이죠. 은진경 씨는 오늘 밤 세상에서 가장 행복한 여자가 될 수 있을 거예요. 내가 그렇게 만들어줄게요."

지후의 목소리는 조금씩 낮아지고 있었다. 악마의 속삭임처럼 유혹적인 목소리에, 진경은 잠시 머뭇거렸다.

"은진경 씨는 아무것도 하지 않아도 돼요. 그냥 나한테 맡기기만 해요. 다 내가 알아서 해줄게요."

지후의 손가락이 진경의 이마에 와 닿았다. 작은 솜털처럼 보스스 일어서 있는 잔머리와 창백할 정도로 새하얀 이마가 만나는 경계선을, 지후의 엄지손가락이 부드럽게 쓸어 올렸다. 그 부드러운 손놀림은 위험하지도, 음험하지도 않은 느낌이었다. 아가를 쓰다듬는 엄마의 손길처럼 따스하고 부드러웠다. 엄마가 돌아가신 후 아주 오랫동안, 아무도 진경을 이런 식으로 쓰다듬어준 적은 없었다. 슬퍼도, 아파도, 외로워도, 힘들어도, 진경은 언제나 혼자였다. 진경을 안아주고 도닥여주면서 괜찮다고 위로해준 사람은 아무도 없었다. 부드럽게 쓰다듬어주는 지후의 손길은 오랫동안 얼어붙어 있던 진경의 심장 어딘가까지 함께 매만져주는 느낌이 들었고,

그래서 진경은 지후를 차마 매정하게 뿌리칠 수가 없었다.

"아픈 것도 아니고, 무서운 것도 아니에요. 나쁜 건 더더욱 아니죠. 그저 남자와 여자가 기분 좋은 하룻밤을 같이 보내는 일일 뿐이에요. 우린 미성년자도 아니고, 불륜도 아니잖아요. 그런데 뭐가 문제죠?"

이마를 쓰다듬던 지후의 손가락들은 관자놀이와 귀밑머리를 지나 귓불까지 와 있었다. 조그맣고 말랑거리는 부드러운 살점을 두 손가락으로 천천히 어루만지며, 지후가 귓가에 속삭였다. 그것은 마치 최면 같았다. 자신도 모르게 그가 하는 모든 명령을 따르게 되는 괴상한 마법. 진경은 얼음마법에 걸려버린 공주처럼 그 자리에 가만히 서 있었다. 귓불을 주무르는 지후의 손길이, 그리고 진경에게 못 박혀 있는 그의 눈동자가, 점점 더 농밀해지고 있었다.

한 번도 유심히 본 적 없던 귓불이라는 기관이 얼마나 부드럽고 섬세하며 민감한지, 진경은 스물여덟 해 만에 처음으로 깨달았다. 그 흔한 귀걸이조차 하지 않는 진경에게 귀는 그저 소리를 듣는 청각기관일 뿐이었다. 하지만 지후의 손이 와 닿자, 마치 마법처럼 전혀 다른 기관으로 변하고 있었다. 두 장의 부드러운 표피와 그 사이를 촘촘히 메운 말캉거리는 연한 살들이 지후의 손길을 따라 이리저리 움직였다. 예민한 피부에서 느껴지는 생소한 감각들은 소름이 오싹 돋을 만큼 이상한 감각이었다. 이것이 바로 '쾌감'이라는 것을 진경은 본능적으로 깨달았다.

"가지 말아요. 나랑 같이 있어요."

진경의 눈동자 속으로 아예 빠져들어가 버리기라도 할 듯이, 지후가 열렬한 눈빛으로 바라보고 있었다. 오래된 나무 빛깔을 닮은 그의 눈동자는 꿈에서 본 것 같은 짙은 다갈색을 띠고 있었다.

"그래줄 거죠?"

지후가 부드럽게 속삭였다.

"대답해줘요. 얼른."

진경의 눈동자가 갈등으로 흔들리고 있다는 것을 눈치챈 지후는 그녀의 이마를 부드럽게 쓰다듬었다. 부드러운 손가락이 잔머리카락이 보송보송 올라온 이마의 경계선을 따라 천천히 움직였다. 그것은…… 정말로 마법 같았다. 진경은 멍하니 그의 눈동자를 바라보면서 얼어붙은 듯 가만히 서 있을 수밖에 없었다. 그의 입꼬리가 휘어지며 볼 한가운데에 볼우물이 옴폭 파이던 그 순간, 그의 입술이 예고도 없이 내려앉았다.

진경은 질끈 눈을 감았다. 이래서는 안 된다며 사내의 어깨를 세차게 밀어내는 대신, 눈을 감고 윙윙 울리는 이성의 사이렌 소리를 애써 모른 체했다. 자신의 입술 위에 사내의 입술이 와 닿고, 벌어진 양 입술 사이로 부드럽게 타인의 혓바닥이 침입해오는데도, 진경은 막지 않았다. 대신 천천히 심호흡을 하며 떨리는 심장을 타이른 다음, 손을 들어 지후의 팔을 붙잡았다. 대체 지금 자신이 뭘 하고 있는지, 진경 자신도 알 수가 없었다.

하지만 한지후라는 마법에 반쯤 취한 그녀의 뇌세포들은 '그래서 뭐가 어떤데?' 하고 뻔뻔하게 주장하고 있었다. 한지후의 말대로 자신은 이미 성인이었다. 그깟 섹스쯤 뭐 어떻단 말인가. 지구상의 수많은 사람들이 이미 하고 있는 일인데. 스물여덟 해가 먹도록 남자 한번 안아보지 못한 자신이 어쩌면 너무나도 뒤처진 건지도 몰랐다.

진경은 자신에게 솔직해지기로 했다. 라면을 먹으러 오라는 지후의 말을 들은 그 순간, 자신은 과연 이런 사태를 예상하지 못했던 걸까? 정말로 한지후가 계란과 파를 넣어 잘 끓인 라면 한 그릇만 대접해주기를 바랐던 걸까? 진경은 질끈 눈을 감았다. 그래, 눈 딱 감고 한번 해보자. 모두가 하고 있지만 자신은 단 한 번도 해보지 못한, 그놈의 섹스란 것을. 이 모든 것이 제멋대로 이끄는 한지후 탓이라고 변명하면서, 진경은 거센 조류처럼 흘러가는 흐름에 그대로 몸을 맡겼다.

예전에도 한 번 느껴본 적 있던 두툼하고 탄탄한 사내의 근육들이 손안 가득 꽉 차게 느껴졌다. 자신과는 다른 강건한 육체는 무섭기도 했지만, 한편으론 든든한 느낌이기도 했다. 지후의 혀가 자연스럽게 자신의 입 안을 탐험하는 동안, 진경은 용기를 내서 손가락 끝으로 지후의 팔을 쓰다듬어보았다. 얇은 옷감 아래로 느껴지는 타인의 맨살은 단단하면서도 부드러웠다. 그리고 따뜻했다. 손가락 아래서 느껴지는 생경한 감각에, 진경은 저도 모르게 숨을 들이켰다. 진경의 입 안에서 지후가 웃는 것이 느껴졌다. 낮은 웃음소리와 함께 작은 진동이 입 안을 천천히 퍼져 나갔다. 그것은 이상할 정도로 따뜻한 느낌이었다.

진경은 용기를 내어 자신도 조금 혀를 움직여보았다. 자신의 혀를 휘감고 있는 따뜻하고 미끈한 타인의 혓바닥을, 마치 아이스크림이라도 맛보는 것처럼 낼름 핥아보았다. 생각보다 이상한 맛은 아니었다. 딱히 맛이랄 것도 없는 밍밍한 맛이었지만, 뜨겁고 미끈한 감각이 생각보다 나쁘지 않은 것도 같았다. 진경은 한 번 더 지후의 혀를 핥아보았다. 그리고 입 안을 진동하던 지후의 웃음이 신음을 닮은 애달픈 소리로 변하는 것을, 신기한 기분으로 관찰했다.

하지만 그 순간, 조심스레 쓰다듬고 있던 지후의 팔이 갑자기 사라졌다. 그리고 뒤이어 진경의 몸이 번쩍 들렸다. 조금 전까지 진경이 쓰다듬고 있던 지후의 팔은 그녀의 무릎 안쪽을 단단히 받치고 있었다. 깜짝 놀란 진경은 반사적으로 지후의 어깨를 단단히 움켜쥐었다.

"그럼 오늘 밤 잘 부탁해요, 은진경 씨."

머리 위에서 한지후가 웃고 있었다. 꿈처럼 아름답고, 매혹적인 미소였다. 하지만 그것이 행복의 단꿈인지, 아니면 악몽의 시작인지, 지금의 진경으로서는 알 수가 없었다.

스물여덟 해 만에 처음으로, 진경은 남자의 품에 안겨서 나무계단을 올랐다. 복층구조인 지후의 집 한편에는 2층으로 올라가는 우아한 형태의 나무계단이 나선형으로 이어져 있었는데, 지금 진경은 일명 '공주님 안기'의 자세로 지후의 품에 안겨 그 계단을 오르는 중이었다. 겉모습만 본다면, 어린 시절 그림책에서나 보았던 공주님과 왕자님의 마지막 엔딩장면 같은 느낌이었다. '그리고 그들은 오래오래 행복하게 잘 살았습니다.'라는 내레이션으로 마무리되는 행복하고 낭만적인 러브스토리의 결말.

진경은 오늘 밤, 그녀에게 한 번도 허락된 적 없는 동화책 그 뒤의 이야기를 경험하게 될 예정이었다. 하지만 이미 어른이 된 진경은 알고 있었다. '오래오래 행복하게 잘 산다'는 것이 기적만큼이나 이루어지기 힘든 희망이라는 것을.

마침내 침실의 문이 열렸다. 커다란 침대 위로 펼쳐진 검은 실크 시트 위로, 진경은 부드럽게 내려앉았다. 이제부터 시작이라는 생각에, 진경의 심장은 미칠 듯이 쿵쾅대고 있었다. 언제 어디에서 무엇이 튀어나올지 모르는 유령의 집 복도에 서 있는 듯한 오싹한 기분이 들었다.

진경은 마른침을 꼴깍 삼키며 조심스레 지후를 올려다보았다. 그는 침대 위에서 오들거리는 진경을 여유롭게 내려다보며 유유히 넥타이를 풀고 있는 중이었다. 넥타이를 벗어 던진 지후가 와이셔츠 단추를 하나씩 풀기 시작하자, 진경은 눈도 깜짝이지 못한 채 홀린 듯 그의 와이셔츠 사이를 바라볼 수밖에 없었다. 크레바스처럼 깊이 벌어지며 은밀한 속살이 드러나는 광경은 어쩐지 장엄하고 신비한 느낌마저 들었다. 아무것도 걸치지 않은 남자의 나신을 TV나 사진이 아닌 실물로 눈앞에서 본 것은 처음이었다.

처음으로 본 남자의 나신은…… 아름다웠다. 고대 그리스에서 왜 인간의 육체를 그토록 찬미했는지 조금은 이해할 수 있을 것 같았다. 탄탄하게 솟아오른 대흉근에서 섬세하게 짜여진 복근으로 이어지는 근육의 조직들은 여체와는 다른 종류의 아름다움이 있었다. 강인함과 부드러움이 동시에 느껴지는 아름다운 몸이었다. 대리석처럼 희고 매끈한 저 몸을 만져보면 어떤 느낌이 들지, 진경은 문득 궁금해졌다. 조각처럼 차갑고 단단할 것 같기도 하고,

푸딩처럼 보드라울 것 같기도 했다. 하지만 한동안 눈을 떼지 못하고 눈앞의 광경을 바라보던 진경은 이내 얼굴을 붉히며 고개를 돌리고 말았다. 싱긋 웃는 지후와 눈이 마주쳐버리고 말았기 때문이었다.

"벗겨줄까요?"

뜻밖의 질문에 진경은 몹시 당황했다. 펄쩍 뛸 듯 놀란 나머지 '아니요, 제가 하겠습니다!'라는 대답이 반사적으로 튀어나올 만큼. 하지만 그 말이 입 밖으로 튀어나온 직후, 진경은 곧바로 후회했다. 어서 해보라는 듯이 찡긋 눈짓을 하면서, 지후가 흥미진진한 눈으로 바라보기 시작했던 것이다. 차라리 그냥 벗겨달라고 하는 게 덜 부끄러웠을까 하고 뒤늦은 고민을 해보았지만, 지후의 손가락이 자신의 가슴께에서 움찔거리며 하나씩 단추를 풀고 있을 것을 생각하니 차라리 제 손으로 하는 게 더 나을 것 같았다. 진경은 최대한 몸을 돌린 채, 꾸물꾸물 블라우스 단추를 풀어 나갔다. 직장 상사와 침대 위에서 사이좋게 옷을 벗고 있는 상황이라니, 대체 이게 무슨 짓인가 싶은 회의감이 몰려들었다. 하지만 부들거리는 손가락으로 간신히 3개쯤 단추를 풀었을 때, 귓가에서 뜨거운 속삭임이 들려왔다.

"아직이에요?"

축축한 숨결에 목뒤의 솜털이 바싹 일어섰다. 깜짝 놀란 진경은 흡, 하고 숨을 들이켜며 그대로 굳어졌다. 등 뒤에서부터 두툼하고 커다란 손이 쑥 튀어나와, 남아 있는 진경의 블라우스 단추들을 거침없이 풀어 내리기 시작했던 것이다. 진경이 바싹 움츠러 있는 동안, 블라우스 깃 사이로 새하얗게 드러난 그녀의 목덜미 위로 뜨거운 입술이 내려앉았다. 뜨거운 혀가 민달팽이처럼 미끈거리며, 천천히 그녀의 어깨를 지나갔다. 미끈한 점액질이 혀의 궤적을 따라 제 몸에 발라지는 감촉이 생생하게 느껴졌다. 진경은 어깨를 조금 더 움츠렸다. 뒤돌아보지 않았는데도 알 수 있었다. 등 뒤의 사내가 온전한 맨몸이라는 것을.

어느덧 블라우스는 제멋대로 헤벌어진 채, 어깨 아래까지 흘러내려 있었다. 더운 입술이 어깨를 타고 등으로 흘렀다. 난생처음 느껴보는 감각에 온몸의 신경세포들이 바짝 일어서고 있었다. 참아보려 했는데도 신음을 닮은 묘한 소리가 진경의 입술에서 새어 나왔다.

"민감하네요. 좋아요."

등 뒤의 입술이 웃고 있었다. 진경은 블라우스 끝자락만 꾸욱 눌러 쥔 채, 등 뒤에서 일어나고 있는 일들에 대해 생각하지 않으려 애썼다. 하지만 단단한 이가 브래지어 끝자락을 잡아당기는 느낌이 든다고 생각한 순간, 몸을 옥죄던 속옷이 한순간 느슨해지며 커다란 두 손이 그녀의 양 가슴을 덥석 덮쳐왔다. 갈고리처럼 죄어드는 10개의 손가락 사이로, 진경의 새하얀 가슴이 이리저리 이지러졌다. 아픔인지 쾌감인지 모를 강렬한 감각이 가슴에서부터 신경줄을 타고 전신으로 뻗어 나갔다. 아픈 짐승처럼 잔뜩 웅크린 채, 진경은 신음했다.

"소리 더 내봐요. 흥분되니까."

귓가에서 지후의 뜨거운 목소리가 속삭였다. 하지만 진경은 있는 힘껏 입술을 깨물며 터져 나오는 신음을 삼켰다.

"고집쟁이."

귓가의 목소리가 부드럽게 힐난했다. 하지만 진경은 더 이상 그에게 자신의 신음 소리를 들려주고 싶지 않았다. 그것은 자신이 듣기에도 낯 뜨거울 만큼 축축하고 에로틱한 소리였다. 자신의 몸에서 그런 소리가 새어 나온다는 사실이, 진경은 믿어지지가 않았다.

적국을 점령한 야만인처럼 제멋대로 남의 젖가슴을 유린하는 주제에, 등 뒤에 와 닿는 입술은 정중하기만 했다. 무례를 용서해 달라는 듯 부드럽고 예의 바르게, 지후의 입술이 몇 번이고 키스를 남겼다. 뜨거운 입술이 도장처럼 찍힐 때마다, 진경의 몸은 파르르 떨렸다.

"향수 뭐 써요?"

진경의 목덜미에서 뜨거운 숨을 들이쉬며, 지후가 속살거렸다.

"굉장히 좋은 향기가 나요."

냄새에 민감한 진경은 향수 따윈 쓰지 않았다. 불면을 해소하기 위해 궁여지책으로 밤마다 하고 있는 아로마 마사지 정도가 전부였다. 하지만 이런 구구절절한 상황을 설명해줄 만큼 진경의 처지는 여유롭지 못했다. 실컷 가슴을 농락하던 손가락들이 마침내 둥근 언덕의 정상까지 점령해버렸던 것이다. 발딱 솟아올라 발갛게 성을 내고 있는 그녀의 붉은 유실들은 2개 모두 점령자의 손가락에 약탈되었다. 양쪽의 젖꼭지가 제멋대로 잡아당겨지고 비벼지고 짓눌려지는 비상상황에, 진경은 그저 잔뜩 몸을 웅크린 채 끙끙, 신음만 토해낼 뿐이었다. 마음껏 허리를 젖히고 비명 같은 신음을 내지르고 싶은 본능적인 충동을 애써 억누르며, 그녀는 온몸을 뒤틀었다.

"참지 않아도 괜찮아요. 편안하게…… 그냥 즐겨요."

자장가처럼 나른하게 귓가에 속삭이는 지후의 음성에, 진경은 몸의 긴장을 풀어보려 애썼다. 자신을 침대 위로 눕히는 지후의 손길에 얌전히 몸을 맡긴 채 진경은 몇 번이고 심호흡을 하는 중이었다. 하지만 용기를 내어 살짝 실눈을 떠본 진경은, 벌거벗은 지후의 하반신과 눈이 마주치고는 소스라치게 놀라 얼른 눈을 감았다. 지난번 사무실에서 직접 만져본 적이 있는지라 크기나 모양은 대충 알고 있다고 생각했는데, 직접 눈으로 보는 것의 충격은 상상 이상이었다. 조금 전 그리스 조각 어쩌구 하던 낭만적인 감상은 흔적도 없이 날아가버리고 말았다. 시커멓고 흉물스런 모습으로 기세 좋게 서 있는 커다란 '그것'은 '첫날밤'이라는 낭만적인 감상에 젖어 있던 진경을 순식간에 현실로 돌아오게 만들었다. 지금 저 남자는 '저것'을 자신의 몸에 넣으려 하고 있는 거였다. 그 사실을 깨달은 순간, 오싹 소름이 돋았다.

"아, 저기요, 본부장님. 저 생각해봤는데, 이건 좀 아닌 것 같습니다. 역시 너무 성급한 결정이었던 것 같……."

입에서 나오는 대로 변명을 주워섬기며 재빨리 일어나 탈출을 시도하려던 진경은 양어깨를 강하게 붙들린 채 침대 시트 사이로 세차게 파묻혔다.

"그래서? 지금 이대로 내빼시겠다?"

지후는 웃고 있었다. 하지만 차라리 웃지 않는 편이 나을 뻔했다. 흥분에 취한 두 눈을 번득이며 웃고 있는 모습은 로맨스영화가 아니라 공포영화에 좀 더 어울리는 광경이었다.

"사람을 이렇게 만들어놓고?"

바짝 일어선 자신의 기둥을 손가락으로 쓸어 올리며, 지후가 조금 더 다정하게 웃었다.

"그럼 안 되죠. 인간적으로."

진경의 온몸이 굳어졌다. 그녀의 몸을 뒤덮고 있는 남자의 검은 그림자는 진경의 오래된 악몽과 닮아 있었다. 진경은 두 손으로 눈을 가린 채 몸을 움츠렸다. 사내의 거친 손길이 자신의 치마와 팬티스타킹을 제멋대로 벗기고 있는데도, 진경은 두 손으로 눈을 가린 채 어둠 속에 숨어서 웅크리고 있었다. 무서웠다. 눈을 뜨면 벌어질 악몽 같은 일들이.

8장. 첫날밤의 날카로운 추억

커다란 사내의 손이 발목에 느껴진다 생각하는 순간, 양다리가 커다랗게 벌어졌다. 속옷 한 장 없는 무방비의 상태로, 진경은 지후의 눈앞에 그대로 진설되었다. 잘 차려놓은 잔칫상처럼 먹음직스럽게.

꿀꺽. 눈앞의 사내가 군침을 삼키는 소리가 들려왔다.

"예쁘네……."

진경의 다리 사이에 펼쳐진 장관을 바라보며, 지후는 진심으로 감탄한 듯 말했다.

"정말 예뻐요, 지금까지 본 것 중에서 진경 씨가 제일 예쁜 것 같아요. 정말 마음에 들어."

얼굴이 예쁘단 소리는 종종 들어봤어도 거기가 예쁘단 소린 처음이었다. 하지만 조금도 고맙지 않은 칭찬이었다. 그런 데 따위 안 예뻐도 되니까 얼른 다리나 좀 풀어줬음 좋겠다. 진경은 그저 어떻게 하면 이 위기에서 벗어날 수 있을지만 고민 중이었다. 하지만 진경의 희망과는 다르게, 탈출의 길은 점점 더 멀어지고만 있었다. 갑자기 다가온 지후의 입술이 다리 사이에 살포시 숨어 있던 진경의 꽃잎을 덥석 물어버리고 말았던 것이다.

지금껏 참아온 진경의 비명이 마침내 한꺼번에 터져 나왔다. 눈을 가리고 있던 진경의 양손도 다리 사이에 달라붙은 머리통을 떼어내느라 난리법석이 났다. 하지만 그런 그녀의 격렬한 반응은 사내에게 흥겨움만 더해줄 뿐이었다. 그렇잖아도 예쁜 신음 소리를 꽁꽁 숨긴 채 참고만 있던 진경의 반응이 섭섭하던 참이었다. 온몸을 뒤틀며 격한 신음을 내뿜는 싱싱한 모습은, 지후에겐 그야말로 입맛이 솟구치는 상황이 아닐 수 없었다. 놀랄 정도로 고운 빛을 띠고 있는 그곳도 예쁘고, 혀에 감기는 감촉도, 시큼하면서도 달달한 은진경의 맛도 마음에 꼭 들었다. 그가 미슐랭의 가이드였다면, 은진경의 뽀얀 맨살 위에 별 도장을 온몸 가득 꽝꽝 찍어주었을 것이다. 정말이지 은진경은 상상 이상이었다. 정말 최고였다.

지후는 진경의 양다리를 있는 대로 펼쳐놓은 채 한참 동안이나 기쁜 마음으로 감상하다가, 마침내 그녀의 중심에 자신의 물건을 정조준 했다. 마침내 기다려왔던 메인코스가 시작되는 순간이었다. 하지만 두근두근 기대에 찬 마음으로 자신의 기둥을 한 번에 박아 넣은 지후는 무언가 많이 잘못되었음을 깨닫고 말았다.

"당신······!"

그의 몸이 진경을 관통한 순간, 그녀의 몸이 크게 요동쳤다. 미처 억누르지 못한 날카로운 비명 소리가 높게 울려 퍼졌다. 하지만 무엇보다도 그의 몸이 먼저 알았다. 그녀의 몸이 순백의 처녀지였다는 것을. 허락받지 못한 침입자를 온몸으로 거부하는 그녀의 통로는 그의 상상과는 크게 달랐다. 좁아도, 너무 좁았다. 아니, 처음부터 아예 막혀 있던 길 같았다.

지후는 깜짝 놀라서 얼굴을 잔뜩 가리고 있는 그녀의 양손을 떼어 보았다. 그러고는 흠칫 놀랐다. 그녀의 작은 얼굴은 이미 눈물로 엉망이 되어 있었다. 젠장, 하고 지후는 탄식했다. 여자의 우는 얼굴은 정말이지 보고 싶지 않았는데……. 우는 여자는 이제 더 이상 사양이었다. 어린 시절 질리게 보았던 엄마의 우는 얼굴로도 이미 충분했다.

"괜찮아요?"

지후는 얼른 진경을 안아 들었다. 하지만 지후가 일으켜 안는 바람에 몸속에 들어찬 커다란 기둥이 아주 꽉꽉 더 깊숙이 박혀 들고 말았기 때문에, 진경의 울음은 점점 더 커져만 갔다. 어릴 때도 잘 울지 않던 독한 진경이었는데, 지금은 훌쩍훌쩍 소리가 나도록 커다랗게 울고 있었다. 아픈 것보다도 우는 게 더 분하고 창피한 진경이었다. 이 모든 사태의 원흉인 남자가, 진경은 정말로 밉고 싫었다.

"안 한다고…… 했잖아요."

어린애처럼 훌쩍훌쩍 울면서 진경이 소리쳤다. 아프고 서럽고 분하고 슬펐다.

"미안해요, 정말 미안."

지후는 진경을 끌어안은 채, 울음으로 들썩이는 그녀의 등을 가만히 토닥여주었다.

"처음이었어요?"

여전히 훌쩍이면서 진경은 고개를 끄덕였다.

"왜 미리 말 안 했어요?"

말할 틈도 주지 않은 주제에 말은 잘했다. 진경은 심통 난 어린애처럼 퉁퉁 부은 얼굴로 지후를 흘겨보았다. 하지만 발갛게 부은 눈으로 훌쩍이며 자신을 노려보는 진경의 모습에 지후는 그만 웃음이 터져버리고 말았다. 미안한 건 미안한 건데, 그래도 귀여운 건 귀여운 거였다.

"미안. 지금부턴 안 아프게 할게요."

곧 죽어도 안 하겠단 말은 하지 않는 지후였다. 이미 몸속에 말뚝만 한 이물질을 집어넣은 상태인 진경으로서는 이보다 믿기 힘든 거짓말은 없었다. 이미 아파 죽을 지경인데, 지금부터 안 아플 거라며 속살거리는 지후의 말에 믿음이 갈 리 만무했다. 미안하다면서도 뺄 생각은 절대 안 하는 지후가 그저 얄미울 뿐이었다.

"여기까지만 하면 안 됩니까?"

"안 돼요. 그럼 내가 죽어요."

심통이 난 진경의 요청에, 지후는 단호하게 고개를 내저었다. 정작 죽을 것 같은 사람은 진경 자신인데, 별것도 아닌 일에 엄살을 부리는 지후가 참으로 못마땅한 진경이었다. 하지만 지후의 기세가 너무나도 강경한 나머지, 진경은 한발 물러서기로 했다.

"그럼…… 안 아프게 잘 좀 해보세요."

지후는 피식 웃었다. 천하의 한지후가 밤일 못한다고 타박을 받는 날이 올 줄이야 그 누가 상상이나 했겠느냐 말이다. 진지한 얼굴로 자신을 타박하는 진경의 입술에 쪽, 하고 가볍게 입을 맞춘 지후는 빙그레 미소를 지었다.

"그럼 안 아플 수 있게, 은진경 씨도 협조 좀 해요."

안 아플 수 있다는 말에 혹했는지, 조금 망설이던 진경은 조그맣게 고개를 끄덕였다.

"우선 여기 힘부터 좀 빼고."

자신의 몸 양쪽으로 걸쳐진 진경의 허벅지를 부드럽게 문지르며, 지후가 속삭였다. 하지만 나름 힘을 빼보겠다고 꼼지락거리는 통에, 가뜩이나 좁은 통로가 움찔거리며 점점 더 좁아지고 있었다. 지후의 입술에서 뜨거운 신음이 절로 새어 나왔다. 이거야말로 누구에게도 하소연할 수 없는 고문 같은 상황이 아닐 수 없었다. 지금이라도 그대로 눕혀놓고 제멋대로 박아 넣고 싶어서 애가 타는데, 속절없이 참을 수밖에 없는 안타까운 상황이었다.

"그렇게 꼼지락대지 말고! 진짜 나 죽는 꼴 보고 싶어서 그러는 거예요?"

여직도 눈물이 그렁한 눈으로, 진경은 불만스레 지후를 노려보았다. 지금 당장 죽을 것 같은 사람은 다름 아닌 자신이란 걸 어필하고 싶은가 보다. 지후는 진경의 팔을 들어 자신의 목을 감싸게 했다.

"그대로 힘을 빼고 나한테 기대요. 그리고 그냥 가만히 느껴봐요. 그럼 훨씬 더 아프지 않을 거예요."

뭘 느끼라는 건지는 알 수 없었지만, 아프지 않을 수 있다는 말에 진경은 순순히 지후의 목에 팔을 감았다. 하지만 여전히 아랫도리는 큼지막한 꼬챙이로 쑤셔대는 것처럼 화끈거리고 아프기만 했다. 아무리 봐도 한지후에게 제대로 속은 느낌이었다. 하지만 지후의 손이 천천히 엉덩이를 주무르기 시작하자, 그가 느끼라고 말했던 감각이 무엇을 뜻하는지 조금은 알 수 있을 것도 같았다.

지후의 손에 의해 진경의 희고 풍만한 엉덩이가 이리저리 이지러지는 동안, 사내의 기둥을 품고 있는 그녀의 좁은 통로 역시 조금씩 움직이고 있었다. 몸 안쪽에서부터 깊은 호흡을 하듯 그녀의 내밀한 근육들이 천천히 수축과 이완을 반복하면서, 예민하게 곤두선 붉은 점막의 표피세포들이 몸 안의 침입자를 천천히 어루만지고 있었다. 지후는 고개를 들어 뜨거운 신음을 내뿜었다. 마치 살아 있는 생명체처럼 자신의 성기를 감싸고 꿈틀대는 뜨거운 살덩이들이 끝없이 그의 몸을 옥죄고 있었다. 미칠 듯한 쾌감이 그의 온몸에 작렬했다. 지후는 입술을 앙다물며 죽을 것같이 밀려드는 새하얀 쾌감과 사투를 벌였다. 아프지 않게 하겠다는 그녀와의 약속을 지키기 위해서였다. 그사이 투명하고 뜨거운 점액질이 그녀의 내부 어딘가에서부터 조금씩 새어 나오고 있었다. 그가 바라던 대로, 그녀의 내부는 점점 더 뜨겁게 젖어가고 있었다.

"움직여봐요. 천천히."

어딘가 아픈 사람처럼 힘겹게 헐떡이면서, 지후가 조그맣게 속삭였다. 하지만 진경은 금세 울상이 됐다. 겨우 이제야 아픔에 조금 익숙해졌는데, 벌써부터 움직이란 건 무리한 부탁이었다. 도저히 못하겠다며 도리질을 쳤더니, 지후는 한숨을 푹 내쉬고는 양손으로 진경의 골반을 꽉 붙잡은 채 그녀의 몸을 천천히 움직이기 시작했다.

"하, 하지 마요. 아파! 아파!"

"거짓말."

"진짜 아파요."

"아까만큼은 안 아프잖아요."

맷돌을 돌리듯 천천히 진경의 허리를 움직이며, 지후가 싱긋 웃었다. 근심걱정 없이 태연하기만 한 지후의 목소리가 한 대 때려주고 싶을 만큼 얄밉긴 했지만, 지후의 말대로 진짜 그다지 아프지 않았다. 온몸을 지후에게 온전히 기댄 채, 촘촘히 결합한 서로의 생식기에만 미세한 움직임이 전해지는 상황이었다. 여전히 몸의 중심이 뻐근하고 답답하긴 했지만, 천천히 몸속 깊은 곳을 휘젓고 있는 이물질이 더 이상은 아프지만은 않았다. 오히려 속살과 맞닿는 깊은 부위에 뜨끈하게 열이 오르며 간지러움을 닮은 묘한 감각이 스멀스멀 올라오고 있었다.

"이상한…… 느낌이에요."

"원래 좀 이상한 거 맞아요."

"그만하면 안 돼요?"

"그만하면 나 죽는다고 했죠?"

"죽을 정도는 아닌 것 같은데요?"

"말대꾸하는 걸 보니 살 만한가 보네."

지후가 싱긋 웃더니 허리를 한 번 세게 튕겼다. 가뜩이나 성이 잔뜩 나 있던 그의 성기가 몸의 중앙을 세차게 찌르자, 진경은 기겁을 하며 지후의 목에 아등바등 매달렸다. 진경의 허리를 안아주며 지후가 하하 웃자, 아름드리나무처럼 커다란 그의 몸통이 웃음의 진동을 따라 함께 울렸다.

"천천히 할 테니까, 아파도 좀 참아봐요."

그것을 기점으로 지후의 몸이 천천히 움직이기 시작했다. 맑은 날의 파도처럼 아래위로 조그맣게 흔들리는 부드러운 움직임이었다. 안 아프게 한다더니 새빨간 거짓말이었냐며 화를 내고 싶었지만, 우선은 그의 몸에 매달리는 게 먼저였다. 지후의 목을 양손으로 꼭 끌어안은 채, 진경은 너울처럼 파도치는 아랫도리의 움직임을 견뎌내보았다. 여전히 낯설고 이상한 감각이긴 했지만, 참아보니 참을 만한 것 같기도 했다.

진경이 꽤 잘 버티고 있다고 생각했는지, 지후는 진경의 허벅지 위쪽을 꽉 눌러 쥐며 점점 더 속도를 높여갔다. 지후의 손에 의해 단단히 고정된 덕분에 몸 안을 찔러오는 움직임이 좀 더 깊고 세게 느껴졌다. 찔러오는 성기와 똑같은 박자로, 진경의 입술에서도 뜨거운 신음 소리가 새어 나왔다. 진경은 아랫입술을 꽈악 깨물며 신음을 참아보려 애썼지만, 마음처럼 쉽지가 않았다. 지후의 기둥과 마찰되는 은밀한 부위가 점점 더 뜨거워지며 무어라 말할 수 없는 감각들이 느껴지고 있었다. 아픔이라는 이름만으로는 결코 설명할 수 없는, 기묘한 감각이었다. 지그시 눈을 감은 채 고개를 젖힌 지후의 입술에서도 뜨거운 신음과 한숨이 계속해서 새어 나오고 있었다.

부드러운 침대의 탄성을 따라 지후의 몸은 점점 더 세게 흔들리고 있었고, 어느 순간 진경 역시 그의 박자를 따라 몸을 흔들고 있었다. 어린 시절에 타본 적 있던 트램펄린을 타고 있는 듯한 기분이 문득 들었다. 어릴 적 진경이 살던 동네 어귀에는 '방방'이라 불리던 트램펄린 가게가 있었다. 엄마가 살아 계시던 그 시절, 진경은 엄마의 손을 붙잡고 방방을 타러 가자고 조르곤 했다. 다리가 꺼져버릴 듯 푸욱 가라앉았다가 푸른 하늘 높이 떠오르던 어린 날의 행복한 장면이 문득 떠올랐다.

어른이 되어버린 진경은 이제 침대 위 사내의 몸 위에서 뛰고 있었지만, 하늘을 날 것 같은 그 기묘한 기분만은 비슷한 것도 같았다. 다리가 풀리고 정신이 어찔해지는 기이한 부유감이 진경의 온몸을 사로잡았다. 어느덧 흔들림은 점점 더 빨라지고 몸 안을 찍어 올리는 사내의 움직임도 점점 더 격렬해졌지만, 진경은 이제 아픔 따위 느끼지 못했다. 온몸에 땀이 배어나고 뜨거운 신음이 쉴 새 없이 터져 나오는데도 미처 깨닫지 못했다. 휘이휘이 꿈속을 헤매는 듯한 몽롱한 쾌감 속에서, 진경은 뛰고 또 뛰었다. 높이높이 올라서 하늘 끝에라도 닿을 듯이.

하지만 진경은 결국 하늘 끝까지 닿지 못했다. 지후가 그녀의 온몸을 와락 끌어안은 채로 깊은 키스를 퍼부었기 때문이다. 그의 혀가 격렬하게 입 안을 파고드는 동안 지후의 몸에서 터져 나온 뜨거운 액체가 진경의 몸속 깊은 곳을 향해 쏟아져 들어왔다. 아래와 위에서 전해오는 강렬한 감각의 파동에, 진경의 두뇌는 하얗게 탈색되고 있었다. 아무것도 느껴지지도, 생각나지도 않았다. 아니, 너무 많은 감각과 생각들이 한꺼번에 쏟아져 들어와 도무지 정신을 차릴 수가 없었다. 모든 것이 썰물처럼 빠져나가는 동안에도, 진경은 지후의 몸에 기댄 채 멍하니 앉아 있었다. 조금 전까지 자신에게 일어난 일들을, 진경은 도무지 믿을 수가 없었다.

"미안. 너무 흥분해서 콘돔 끼는 거 잊어버렸어요."

지후의 말에 진경은 멍한 눈으로 그를 바라보았다. 그가 무슨 말을 하고 있는지도 지금의 진경에게는 잘 와 닿지 않았다.

"마지막으로 생리한 거 언제예요?"

"이, 일주일 전쯤……."

"그럼 괜찮을 것 같네요. 혹시 모르니까 사후 피임약이라도 처방해줄까요?"

진경은 고개를 저었다. 낭만이라고는 눈곱만큼도 없는 지후의 말에, 순식간에 차가운 현실로 내동댕이쳐진 기분이 들었다. 조금 전 자신이 무슨 짓을 저질렀는지, 진경은 섬뜩할 정도로 명확히 깨달았다. 그녀는 조금 전 자신의 상사와 섹스를 했다. 절대로 있어서는 안 될 일이었다.

"이, 이제 가보겠습니다."

진경은 주섬주섬 몸을 움직여보려고 애썼다. 하지만 아직도 그녀의 몸 안에는 여전히 큼직하고 두툼한 위용을 자랑하는 사내의 물건이 그대로 들어 있었다. 지금 당장이라도 이곳에서 사라져버리고 싶었던 진경은 그야말로 울고 싶은 심정이 되었다.

"저, 이거부터 좀 빼주시면……."

"자고 간다고 약속하면."

"네?"

"지금 빼면 곧바로 도망갈 거잖아요. 안 그래요?"

정곡을 찔린 진경은 움찔했다.

"어, 정말인가 보네? 오늘이 우리 둘 첫날밤인데, 그냥 이대로 집에 가려고 했던 거예요?"

당연히 집으로 가려고 했던 진경은 놀라서 지후를 바라보았다. 그러면 안 되는 거였냐는 듯한 당황한 얼굴이었다.

"안 되겠네, 은진경 씨. 이리 와봐요."

지후는 여전히 몸의 일부분을 진경의 몸 안에 담은 채, 그대로 몸을 눕혔다. 지후의 몸을 침대 삼아 눕게 된 진경은 불편함에 몸을 꼼지락거렸다. 하지만 지후는 그녀의 불편함 따위는 아랑곳하지 않은 채, 갓난아기를 재우는 것처럼 토닥토닥 그녀의 등을 두드렸다.

"우선은 좀 자요. 힘들었잖아요."

쓸데없이 상냥한 목소리로 지후가 속삭였다.

"괘, 괜찮습니다."

"쉬이, 조용…… 얼른 자요. 한잠 자고 일어나서, 힘내서 다시 해요."

진경의 얼굴이 새파랗게 질렸다. 이 밤의 악몽은 아직 끝나지 않은 것이다. 진경은 퍼뜩 몸을 일으켜 달아나려 했지만, 역시나 지후 쪽이 더 빨랐다. '어허!' 하고 짐짓 엄한 목소리로 으름장을 놓은 지후는 그녀를 꼭 붙들어 안고는 얼른 자라며 자장자장 등을 두드렸다. 진경은 그야말로 울고 싶었다. 당신 같으면 이런 상황에서 잘 수 있겠느냐고 멱살이라도 붙들고 싶은 심정이었다. 하지만 놀랍게도, 그 불편하고 괴상한 상황에서도 진경은 놀라울 정도로 빨리 잠이 들었다. 난생처음 겪었던 첫 경험의 피로는 생각했던 것보다 훨씬 더 강력했던 것이다. 등을 다독이는 부드러운 손짓을 자장가 삼아, 진경은 자신도 모르게 기절하듯 잠의 세계로 빠져들고 말았다.

진경은 꿈을 꾸고 있었다. 커다란 뱀의 꿈이었다. 고운 노란빛과 흰빛이 섞인 예쁘고도 징그러운 뱀이 너울너울 움직이고 있었다. 나무둥치보다 두툼한 뱀의 몸통은 진경의 몸을 몇 바퀴나 휘감고 있었고, 잔뜩 치켜든 뾰족한 뱀의 대가리는 진경을 가만히 내려다보고 있었다. 비단구렁이구나, 라고 진경은 생각했다. 뱀에 대해 잘 알지는 못하지만 황금빛을 닮은 노란 빛깔이 비단처럼 고왔다. 날카롭게 세로로 찢어진 무시무시한 눈동자를 생각했는데, 의외로 노란 구렁이는 동그란 눈동자를 갖고 있었다. 새카맣고 동그란 눈은 예상외로 강아지처럼 귀여운 구석이 있었다. 구슬처럼 새카만 눈동자를 도록도록 움직이며, 구렁이는 유순한 눈빛으로 진경을 바라보고 있었다. 어딘지 낯익은 느낌의 눈동자였다.

구렁이 꿈은 태몽이라던데, 하고 진경은 무심코 생각했다. 어디선가 읽었던 해몽서의 한 구절이었다. 남자가 황금 구렁이의 꿈을 꾸면 부귀공명을 얻고, 여자가 구렁이 꿈을 꾸면 임신을 한다는 내

용에, 뱀 꿈 주제에 남녀 차별이 너무 심한 것 아니냐며 웃었던 기억이 났다.

"하지 마, 아파."

뱀에게 칭칭 감긴 몸을 뒤틀며 진경은 불평했다.

"아파?"

노란빛의 머리를 갸웃거리며 천진한 목소리로 뱀이 물었다. 생각보다 듣기 좋은 저음의 목소리였다. 몸을 감싼 뱀의 몸통이 조금 느슨해졌다.

"지금은 어때? 괜찮아?"

또다시 뱀이 물었다. 마음이 녹아내릴 만큼 다정한 목소리였다. 하지만 조금 정신을 차린 진경은 진짜로 불편한 부분은 따로 있다는 사실을 깨닫고 경악에 빠졌다. 벌어진 다리 사이로 무언가 커다란 것이 천천히 몸속을 출입하고 있었던 것이다. 좁디좁은 자신의 몸속 통로를 비집으며, 둥글고 두툼한 무언가가 꾸역꾸역 몸 안으로 파고들고 있었다. 징그럽고 아픈데, 이상하게도 기분이 좋았다. 자신의 몸 안으로 들어온 것이 뱀의 일부분이라는 사실을 본능적으로 깨달은 진경은 비명을 지르며 잠에서 깨어났다.

"왜 그래? 아직도 아파?"

머리 위에서 들려오는 목소리에, 진경은 아직도 꿈과 현실의 경계에서 혼란스러워하고 있었다. 하지만 이마를 쓸어오는 따뜻한 손길에 더 이상 꿈이 아님을 깨달았다. 적어도 뱀에게 손이 달리진 않았을 테니 말이다. 간신히 눈을 떠보았으나, 주위는 앞도 제대로 보이지 않을 정도로 캄캄한 어둠 속이었다. 하지만 자신의 몸을 덮고 있는 사내의 실루엣만큼은 뚜렷하게 느낄 수 있었다.

"지, 지금 몇 시……?"

잔뜩 갈라진 목소리로 진경이 물었다.

"지금 그게 중요해?"

어둠 속에서 들려오는 지후의 목소리는 웃고 있었다. 그제야 진
경은 꿈과 현실의 공통점을 발견할 수 있었다. 그것은 다리 사이를
비집고 자신의 몸속으로 들어오고 있는 무언가였다.

"지, 지금 뭐 하는……!"

"섹스."

지후의 대답은 간명했다. 하지만 안타깝게도, 그것은 진경이 납
득하기 힘든 대답이었다. 아닌 밤중에 홍두깨라더니, 지금의 상황
이 딱 그 짝이었다. 사위도 분간하기 힘든 어둠 속에서 홍두깨만큼
이나 길쭉하고 굵다란 것이 몸속에 들어박히는 상황이니, 그야말
로 문자 그대로 '아닌 밤중에 홍두깨'와 같은 상황이 아닐 수 없었
다.

"놔주세요. 갈래요."

"암튼 집에 가는 거 꽤 좋아해, 은진경. 집에 뭐 좋은 거라도 숨
겨놨나?"

심통이라도 났다는 듯이 지후의 목소리가 불만스럽게 고시랑거
렸다.

"나랑 더 놀다 가."

몸속에 틀어박힌 지후의 분신이 쿵쿵 장난스럽게 요분질 쳤다.

"그럴 거지? 응?"

하지만 진경은 대답하지 않았다. 아니, 대답하지 못했다. 폭력처럼 갑자기 시작된 쾌감에 고개를 비틀며 신음하는 중이었기 때문이었다. 이미 남자를 알게 된 몸은 이전보다 훨씬 더 빨리 쾌감에 익숙해졌다. 아랫도리를 흠뻑 적실 만큼 흥건한 액체가 그녀의 몸 여기저기에서 뿜어져 나왔다. 훨씬 더 부드럽고 매끄럽고 질척거리며, 그녀의 몸은 사내의 물건을 능숙하게 받아냈다.

"싫, 싫어요."

"진짜?"

진경은 세차게 도리질 쳤다. 좋다는 것인지, 싫다는 것인지 알 수 없는 몸짓이었지만, 지후는 우선 몸을 멈췄다. 다행히도 한지후는 싫다는 여자와 억지로 할 만큼 빌어먹을 개자식은 아니었다.

"진짜 싫어?"

고개를 갸웃거리며 지후가 물었다. 진경은 잠시 머뭇거렸다.

"좋아하는 것 같은데?"

지후의 손가락이 빡빡하게 맞물린 접합부 사이를 더듬었다. 사내의 둥근 기둥을 머금고 한껏 벌어진 그녀의 입구를, 지후의 기다란 손가락이 둥글게 쓰다듬었다.

"이렇게나 잔뜩 젖었는데……."

어딘가 아쉬운 목소리로 그가 중얼거렸다. 지후의 손가락은 팽팽하게 부풀어 평소보다 훨씬 더 커진 채, 좌우로 힘껏 벌어져 있는 진경의 꽃잎을 부드럽게 쓰다듬고 있었다. 만져지는 진경도 뚜렷이 느낄 수 있었다. 그곳이 얼마나 흠뻑 젖어 미끈거리고 있는지.

손가락에 와 닿는 여린 살점을 꾸욱 짓눌러 빙글빙글 돌리며, 지후는 은밀한 목소리로 속살거렸다.

　"진짜로 그만할까? 응? 이대로 멈춰?"

　고개를 젖히며 진경은 신음했다. 사내의 살 기둥으로 온몸을 꽉 채운 채 가장 민감한 부위가 만져지는 감각은 상상 이상으로 폭력적이었다. 전신의 신경을 가닥가닥 끊어내는 것처럼 강렬한 자극이 온몸을 오갔다. 가만히 있으려고 해도, 자꾸만 몸이 뒤로 휘었다. 발뒤꿈치로 침대시트를 몇 번이고 밀어젖히며, 진경은 꿈틀거렸다.

　"대답해봐. 어떻게 해줄까?"

　싱긋 웃으며 지후가 속삭였다.

　"응? 대답해. 은진경."

　그 순간 진경은 허리를 뒤로 휘며 몸을 경련했다. 델 것처럼 뜨거운 액체가 그녀의 몸 안에서부터 울컥 뿜어져 나왔다. 지후의 입술이 싱긋 웃었다. 승리자처럼 오만한 미소였다.

　"계속해줄까? 응?"

　진경은 고개를 끄덕였다. 저도 모르게 열렬히 고개가 움직였다. 하지만 그것만으로는 이 오만한 독재자를 만족시키지 못했다. 순식간에 지후의 모든 움직임이 멈췄다.

　"대답해. 계속해줘?"

　흔적도 없이 사라져버린 쾌감에, 진경의 온몸이 갈급함을 호소하고 있었다. 원했다. 진심으로. 지금보다 더 큰 쾌감을. 진경의 입술이 조그맣게 달싹였다.

"······네."

"안 들려. 크게 대답해."

"네."

홀려버린 사람처럼 진경은 다시 한 번 대답했다.

"계속해줄까? 응?"

"네. 계속······ 해줘요."

지후가 다시 한 번 해사하게 웃었다. 그의 볼에 팬 조그만 볼우물을, 진경은 어둠 속에서도 느낄 수 있었다.

마침내 지후의 몸이 움직이기 시작했다. 지금껏 진경이 한 번도 경험해보지 못한 강하고 세찬 움직임이었다. 진경은 지후의 목을 있는 힘껏 붙잡은 채로 비명을 질렀다. 그렇게라도 하지 않으면 어디론가 떠내려가 난파되어버릴 것 같았다. 폭풍처럼 세찬 움직임이 진경의 온몸을 뒤덮었다. 해일 같은 새하얀 쾌감이 그녀의 모든 것을 잠식하고 있었다.

지후는 잠을 자고 있었다. 아주 오랜만에 찾아온, 죽음처럼 달콤한 잠이었다. 하지만 행복한 기분으로 잠을 자고 있던 지후는 어느 순간 낯익은 복도를 걷고 있는 자신을 발견할 수 있었다. '이런 젠장.' 하고, 지후는 투덜거렸다. 이것이 늘 꾸는 악몽의 초입부라는 것을 너무나도 잘 알고 있었기 때문이었다. 하얀 페인트가 칠해진 긴 복도를 지후는 걸어가고 있었다. 꿈속의 지후는 아주 어렸다. 조그만 맨발을 부지런히 내디디며, 지후는 복도를 따라 계속 걸었다.

'멈춰!' 하고, 지후는 꿈속의 자신을 향해 소리쳤다. 하지만 꿈속의 어린 지후에겐 들리지 않는 듯했다. 복도를 걷는 조그마한 발은 조금도 멈추어지지 않았다. 잠시 후면 눈앞에 펼쳐지게 될 비극을 까맣게 모른 채 걷고 또 걸었다. 자박자박. 작은 발이 내딛는 발소리가 텅 빈 복도에 울려 퍼졌다. 복도의 모퉁이를 돌면 하얀 문이 하나 나올 테고, 그 문을 열면 악몽의 시작이 된 '그 장면'이 펼쳐져 있을 터였다. 꿈속에서 수만 번이나 보아왔던 그 장면이었다. 멈추고 싶었지만 그럴 수 없었다. 꿈속의 지후는 너무나도 무력했다.

마침내 복도가 끝나고 모퉁이를 돌아 새하얗게 칠한 나무 문 하나가 나타났다. 엄마의 침실이었다. 이젠 그만두라고 아무리 애원해보아도 꿈은 끝나지 않았다. 삐걱, 묵직한 마찰음과 함께 문이 열렸다. 그리고 공중에서 대롱거리는 한 쌍의 작은 발이 눈앞에 나타났다.

하지만 그녀는 지후의 엄마가 아니었다. 퉁퉁 부은 시퍼런 얼굴로 기다란 혀를 빼문, 그의 친모가 아니었다. 놀랍게도 그녀는…… 은진경이었다. 새파랗게 질린 얼굴로 기괴하게 꺾인 목을 밧줄로 감싼, 은진경이었다.

지후는 소스라치게 놀라 뒷걸음질 쳤다. 대롱대롱 천장에 매달린 채로 진경이 퍼뜩 눈을 떴다. 원망으로 물든 그녀의 눈동자는 핏빛을 닮은 붉은빛이었다.

세차게 도리질을 치며, 지후는 벌떡 침대에서 몸을 일으켰다. 희뿌연 새벽빛이 주변에 가득했다. 지후는 황급히 손을 뻗어 옆자리를 더듬거렸다. 침대는 비어 있었다. 처음부터 은진경의 존재가 없었던 것처럼, 새하얀 시트는 싸늘하게 식어 있었다. 불길한 예감에 지후는 벌떡 자리에서 일어났다. 벌거벗은 모습 그대로, 지후는 맨발로 침실에서 뛰쳐나왔다.

진경은 거실의 발코니에 서 있었다. 어제 입고 있던 검은 블라우스에 회색 스커트를 입은 채로, 활짝 열린 창문 위로 위태롭게 몸을 내민 채 서 있었다. 희끄무레한 새벽의 어둠에 그녀의 작은 몸은 반쯤 삼켜져 있었다.

떨어진다.

그것이 순간적으로 지후가 느낀 깨달음이었다. 진경은 지금 창밖으로 뛰어내리려고 하는 중이었다. 순간 등골에 찬물을 쏟아부은 것처럼 섬뜩한 감각이 온몸을 내달렸다. 지후는 쏘아 올린 공처럼 그녀를 향해 재빠르게 뛰어갔다. 그러고는 허겁지겁 숨 가쁘게 그녀의 몸을 품에 안았다. 따뜻했다. 그녀는 아직도 살아 있는 자의 따뜻한 온기를 지니고 있었다. 꽉 안긴 품속에서 조그맣게 콩콩 심장이 뛰는 소리가 들려왔다.

"그 정도로 싫었어? 이럴 만큼?"

안도의 순간이 지나자 미칠 듯한 분노가 솟아올랐다. 지후는 진경의 어깨를 양손으로 붙잡은 채 거세게 흔들었다. 하지만 그저 발코니에 기대어 바람을 쐬고 있었을 뿐인 진경에겐 그야말로 당황스러운 반응일 뿐이었다.

"왜, 왜 그러세요?"

"지금 뭐 하고 있었어?"

거친 지후의 기세에 진경은 잔뜩 움츠러들었다. 늘 제멋대로이긴 했지만 부하 직원에 대한 예의만큼은 깍듯하게 지켜주던 지후였다. 이런 식의 거친 모습에 진경은 크게 당황할 수밖에 없었다.

"그, 그냥 바람을 좀……."

떨리는 진경의 대답에 지후는 후, 하고 크게 한숨을 내뱉었다. 그러고는 진경을 부스러져라 부둥켜안고 목덜미에 입술을 비비댔다.

"다시는 그러지 마."

"네?"

"내 허락 없이 다시는 이러지 마."

"아니, 그냥, 좀 답답해서 바람을……."

"어디 갈 땐 꼭 나한테 말하고 가. 알았어?"

아무것도 모르는 진경이 보기에도, 오늘 새벽의 지후는 정상적인 모습은 아니었다. 어딘지 모르게 불안하고 위험해 보였다. 진경은 잠시 머뭇거리다가 용기를 내서 손을 뻗었다. 그러고는 자신을 안고 있는 그의 벗은 등을 부드럽게 토닥여주었다. 바짝 긴장해서 팽팽하게 곤두서 있던 그의 근육이 부드럽게 풀어지는 것이 손끝에서 느껴졌다.

"……괜찮으세요?"

지후가 진경을 품에 가만히 안은 채 고개를 끄덕였다.

"물이라도 한 잔 갖다 드릴까요?"

진경의 어깨 위에서 도리도리 고개를 흔드는 지후의 움직임이 느껴졌다. 아주 오랫동안, 지후는 그렇게 가만히 서 있었다.

"미친놈 같죠, 나……."

한참 만에야 잔뜩 가라앉은 낮은 목소리로 지후가 입을 열었다.

"아니요."

"미친놈 맞아요, 나……. 아무리 생각해도 정상은 아니죠."

지후의 목소리는 여전히 낮았다. 한마디 한마디 고통스럽게 갈라진 듯한 그런 목소리였다.

"그렇지 않습니다."

"아니요, 은진경 씨가 잘 모르고 있는 거예요."

지후의 목소리는 단호했다. 조금 전과는 어딘가 다른 목소리라는 것을 진경은 직감했다. 건조하게 울리는 그의 목소리는 차가운 살얼음이 한 겹 덧입혀진 것 같은, 꼭 그런 목소리였다. 지후는 진경의 어깨를 양손으로 붙잡은 채 천천히 몸을 뗐다. 아직은 차가운 가을의 새벽바람이 두 사람의 사이를 가르며 서늘하게 파고들었다.

지후는 진경을 가만히 바라보고 있었다. 푸르스름한 새벽빛에 비친 그의 눈빛은 몹시도 아프고 서글퍼 보였다. 잔뜩 겁에 질린 것처럼 보이기도 했다. 세상에서 가장 아름답고 무서운 것을 보는 것처럼, 지후는 진경을 바라보고 있었다.

"왜 그래요? 어디 아프세요?"

진경은 조심스러운 손길로 그의 팔에 손을 댔다. 하지만 그 순간, 전기에라도 감전된 사람처럼 퍼드득 놀라며, 지후는 진경에게서 몸을 피했다. 순식간에 일어난 지후의 반응에 진경도, 지후 자신도 모두 놀랐다. 놀라고 당황한 눈으로 두 사람은 서로를 바라보았다.

"미안하지만……."

나지막이 가라앉은 목소리로 지후가 중얼거렸다. 목구멍 밖으로 겨우 토해내는 듯한 그의 목소리는 가닥가닥 갈라지듯 잔뜩 쉬어 있었다.

"아무래도 내가 잘못 생각했던 것 같네요."

처음 만났을 때 같은, 정중한 목소리였다. 어딘지 연극적으로 들리는, 상냥하게 꾸며진 목소리.

"이렇게 갑자기 연애라니, 내가 성급했어요. 정말 미안하지만, 그 제안은 없던 걸로 하고 싶습니다."

진경의 눈이 커다래졌다. 지금 자신이 귀로 들은 말을 도무지 믿을 수가 없었다. 물론 그녀의 가방 속에는 아직도 '직장 내 성희롱 예방을 위한 교육 자료'가 가지런히 자리 잡고 있었고 얼마 전까지만 해도 어떻게 하면 한지후와의 연애를 없던 일로 돌릴 수 있을지에 대해서 고민을 하며 출근을 했던 진경이었지만, 그 얘기를 오늘 아침 한지후의 입으로 직접 듣게 되리라고는 상상조차 하지 못했다.

"보상을 원한다면 얼마든지 해드리겠습니다. 위자료가 필요하다면 액수를……."

순간 짝, 소리와 함께 지후의 고개가 한쪽으로 돌아갔다. 순식간에 한쪽 뺨이 손자국 모양을 따라 벌겋게 부어오를 만큼 강력한 한 방이었다.

"됐습니다. 저도 즐거웠으니, 이걸로 끝내죠."

차갑고 도도한 얼굴로 진경이 말했다. 그녀의 얼굴 역시 싸늘하게 식어 있었다.

"그럼 그사이에 있었던 불미스러운 일들은 없었던 일로 해주시면 감사하겠습니다."

멍하니 굳어진 지후를 등 뒤에 둔 채, 진경은 또박또박 걸어 나왔다. 허리를 꼿꼿이 세우고 한 걸음 한 걸음 단정히 걸어서, 거실 한편에 놓인 자신의 핸드백을 들고는 그대로 퇴장해버렸다. 벌거벗은 채 한쪽 뺨을 감싸고 발코니에 혼자 서 있는 한지후를 등 뒤에 남겨놓은 채.

개새끼……. 나쁜 자식…….

인적 드문 이른 새벽의 거리를 혼자 걸으며, 진경은 난생처음으로 욕이란 것을 해보았다. 뭔가 엄청 나쁘고 독한 말을 있는 대로 퍼부어주고 싶었지만, 평소에 욕이라곤 한마디도 하지 않는 진경의 머릿속에 떠오르는 최대한의 나쁜 말이라곤 저 정도가 고작이었다.

허리를 꼿꼿이 편 채 누구보다 도도한 걸음걸이로 또박또박 걷고 있었지만, 진경의 눈에는 줄줄 눈물이 흐르고 있었다. 자신이 울고 있다는 사실이, 진경은 다른 무엇보다 분했다. 밤새 혹사당한 다리 사이는 걷기도 힘들 정도로 욱신거리며 쑤셔댔고 잔뜩 두들겨 맞은 사람처럼 삭신이 뻐근하게 아파왔지만, 그런 것 따위는 조금도 문제 되지 않았다. 지금껏 무슨 일을 겪어도 울지 않고 버텨

내던 은진경이, 고작 한지후 따위의 남자 때문에 길거리를 울면서 길거리를 걷고 있다는 사실이 너무나도 분하고 화가 났다.

생각해보면 등신은 진경 자신이었다. 한지후가 개새끼란 건, 누가 봐도 알 수 있는 사실이었다. 한지후가 잘난 놈이란 것도 사실이었지만, 여자한테 함부로 하는 개차반이라는 사실 역시 부인할 수 없는 사실이었다. 심지어 본인 스스로도 그 사실을 숨길 생각이 전혀 없어 보였다. 처음부터 지금까지, 한지후는 초지일관 한결같이 독버섯 같은 남자였다. 사람을 홀릴 만큼 예쁜 빛을 뿜어내고는 있지만, 자신의 달콤함은 지독한 독이라는 사실 또한 분명히 경고하는 친절한 독버섯. 그러니 잘못한 것은 개새끼 주제에 쓸데없이 매력만 넘치는 한지후가 아니라, 달콤한 말 몇 마디에 홀랑 넘어가 스스로 독을 집어삼킨 진경 자신이었다.

연애나 한번 하자고 소꿉장난 같은 수작질을 걸어올 때부터, 이것이 말도 안 되는 질 나쁜 농담이란 걸 진경의 본능은 이미 알고 있었다. 한지후와의 연애라니, 이것이 가당키나 한 일이란 말인가. 가진 것 없는 고아 출신의 비서와 한경의 차기 황태자라는 신분 차이를 무시한다 하더라도, 남부러울 것 없이 잘난 남자 한지후와 멋대가리 없이 뻣뻣하기만 한 은진경은 도저히 어울릴려야 어울릴 수가 없는 조합이었다. 하지만 한지후의 달콤한 말이 모두 다 거짓말이라는 것을 알면서도, 만에 하나 그 말이 사실이지 않을까 믿고 싶어 하는 어리석은 은진경 또한 그녀 안에 있었다. 커다랗고 따뜻한 손이 부드럽게 머리를 쓸어줄 때마다, 달콤한 입술이 귓가에서 간지럽게 속살거릴 때마다, 고운 보조개를 지으며 햇살처럼 환하게 웃어줄 때마다, 난생처음 마주하는 기분 좋은 따사로움을 조금 더 누리고픈 욕심이 들었다. 그 모든 것들이 진짜가 아니라는 것을 누구보다 잘 알고 있으면서도, 혹시나 기대하는 헛된 마음이 들었다.

진경의 손을 잡아주고, 다정하게 머리를 쓸어주고, 그녀를 향해 예쁘게 웃어주던 지후를…… 진경은 도저히 거부할 수가 없었다. 어린 시절의 추억이 없는 그녀를 위해 자신의 추억이 담긴 사진을 선뜻 내어주던 지후를, 피를 무서워하는 자신을 위해 조그만 것 하나까지도 배려해주는 지후를, 자신과 같은 아픔을 품고서 힘겹고도 씩씩하게 살아가는 지후를, 진경은 사랑하지 않을 수가 없었다.

밤새도록 몸을 섞고 눈을 뜬 오늘 새벽 아침, 그 무엇보다 소중하다는 자신의 몸을 단단히 끌어안고 있는 남자의 품에서 눈을 뜨면서, 진경은 혹시나 이런 것이 사랑이 아닐까, 잠깐 동안 생각했었다. 태초의 모습으로 발가벗은 채 꼭 끌어안고 서로의 체온을 나누고 있는 이 상황이, 진경에겐 어쩐지 뭉클할 정도로 감동적인 느낌이었다. 여태껏 살아왔던 차갑고 외로운 인생이 앞으로는 조금쯤 달라질 것 같다는 희망도 조심스레 생겼다. 심장 아래쪽이 간질거리는 듯한 이 달콤한 설렘이야말로 어쩌면 사랑이란 이름의 비밀스러운 감정인 걸지도 모른다며 수줍게 두근대던 오늘 새벽의 어리석은 은진경을, 진경은 울면서 저주했다. 아직도 알량한 사랑 따위를 기대하는 은진경이야말로 세상에 둘도 없는 멍청이였다.

사랑 그깟 게 대체 뭐란 말인가. 심지어 진경의 친부도 엄마를 사랑했었다. 시퍼런 식칼로 찔러 죽일 만큼 진심으로, 온 마음을 다해 사랑했었다. 매일같이 사랑을 의심하며 때리고, 욕하고, 저주하다가 마침내는 상대방을 죽여 없애고 나서야, 진경의 친부는 마침내 그 진절머리 나는 사랑을 끝낼 수 있었다. 그놈의 미친 사랑 덕분에, 진경의 엄마는 살해당했고 아빠는 살인자가 되었으며, 진경은 하루아침에 고아가 되었다. 그 비참한 결말을 두 눈으로 똑바로 봤으면서도, 진경은 또다시 사랑에 희망을 거는 어리석음을 범할 뻔했다. 소름 끼치도록 멍청하게도.

그런 의미에서 한지후가 둘도 없는 개새끼라는 건 아주 다행스러운 일이었다. 진경이 더 이상 어리석어지지 않도록, 초반부터 깔끔하게 잘라주었으니 말이다. 하긴 한지후가 무슨 잘못이 있겠는가. 그의 말마따나 미성년자도 아니고 불륜도 아닌 성인남녀가 서로 합의하에 섹스를 했을 뿐인데. 심지어 처음으로 해봤던 섹스는 아주 좋았다. 처음에야 몸속에 괴상한 게 들어오니 아프고 이상했지만, 계속하다 보니 조금씩 그 맛을 알 것 같았다. 한바탕 질펀하게 밤을 보낸 새벽녘 즈음에는 머리카락이 쭈뼛 서고 눈앞이 새카매질 만큼 오싹오싹하게 좋았다. 사람들이 왜 그리 입을 모아 섹스, 섹스 노래를 해대는지 조금은 이해할 수 있을 것도 같았다. 어차피 일평생 처녀로 살다 죽을 것도 아닌데, 첫 경험을 그 방면의 전문가와 아주 제대로 즐겼으니 이것 참 잘된 일 아닌가. 그러니 아무것도 문제 될 건 없었다. 이렇게 울면서 슬퍼할 일 따윈, 처음부터 조금도 없는 거였다.

진경은 고장 난 수도꼭지처럼 줄줄 흐르는 눈물을 힘껏 닦았다.

비록 눈물이 흘러 엉망이 되어 있긴 했지만, 잔뜩 오른 독기로 부릅뜬 눈은 그 어느 때보다 명료했다.

울지 마, 은진경. 고작 이깟 것에 울지 마.

진경은 자신을 향해 단호하게 명령했다. 은진경은 하룻밤의 섹스 따위로 무너질 만큼 나약한 여자가 아니었다. 반드시 아니어야만 했다. 그러니 버스 정류장에 도착하기 전까지만, 딱 그때까지만 울기로, 진경은 입술을 깨물며 다짐했다.

9장. 사랑 대신 계약

지후는 담배를 피우고 있었다. 건강을 생각해서 어렵게 끊었던 담배였는데, 지금은 담배라도 피우지 않으면 죽을 것만 같았다. 한국에서 불법만 아니라면 대마라도 구해서 피우고 싶은 심정이었다. 죽을 만큼 독한 무언가를 몸속으로 집어넣어 이 고통스러운 감각들을 마비시키고 싶었다. 맨정신으로는 너무나 견디기가 어려웠다. 이럴 때 술이라도 실컷 마실 수 있다면 얼마나 좋을까, 하고 지후는 생각했다. 하지만 충동장애를 앓고 있는 지후는 맨정신일 때도 이미 시한폭탄 같은 상태였다. 여기다가 술까지 들이붓는다면 어떻게 폭주할지 지후 스스로도 알 수 없었다. 그래서 술 대신 담배를 몸속에 쏟아부으며 이를 악물고 버텨내는 중이었다.

니코틴으로 가득한 독한 연기가 폐 속 깊이 들어오고, 잔뜩 곤두선 뇌세포들이 회색 연기에 잠시 나른해지는 잠시의 위안을, 지후는 벌써 3시간째 반복하고 있었다. 그가 앉아 있는 소파를 제외한 주변은 이미 태풍이라도 몰아친 듯, 난장판이었다. 여기저기 깨지고 부서진 잔해들이 을씨년스럽게 나뒹굴고 있었다. 진경이 떠난 후 이미 한바탕의 폭주를 끝냈지만, 그래도 지후의 주변에선 계속해서 진경의 잔상이 환영처럼 떠돌고 있었다. 자신의 목을 감싸던 진경의 가느다란 팔이, 귓가에서 할딱거리던 어린 짐승 같은 숨소리가, 몸을 조이던 뜨거운 속살의 감촉이, 눈물에 젖어 떨고 있던 커다란 눈동자가, 지워도 지워도 생생하게 지후의 뇌리 속에 되살아났다. 무엇보다…… 마지막으로 보았던 진경의 상처 입은 눈동자가 그의 영혼을 숨 막히게 옥죄어오고 있었다.

병신 새끼…….

두 손 사이로 절망스럽게 얼굴을 파묻으며, 지후는 자신을 향해 욕설을 퍼부었다. 천하에 나쁜 개새끼라고 욕을 먹어도 쌌다. 순결하고 선량한 여자의 처녀를 훔쳐간 주제에, 저 혼자 지레 겁을 먹고 내빼버린 자신은 욕도 아까울 정도의 개새끼였다. 하지만 정말로 자신도 어쩔 수 없는 불가항력의 상황이었노라고, 지후는 자신을 향해 조그맣게 변명했다. 자신은 너무나도 안일했었다. 그리고 너무나도 자만했었다. 진경과의 소꿉놀이 같은 연애가 너무나도 재미있고 즐거워서, 자신이 얼마나 위험할 만큼 흠뻑 빠져들고 있는지 알지 못했다. 적당히 데리고 놀던 다른 여자들을 대할 때처럼, 진경과도 그렇게 즐겁고 쿨한 관계를 유지할 수 있을 줄만 알았다. 지후는 자신이 아직도 연애라는 이름의 유희를 즐기고 있다고 착각하고 있었다. 적어도 오늘 아침이 오기 전까진. 그녀와 몸을 섞은 뒤에야, 그리고 그녀가 없는 빈 시트를 발견한 뒤에야, 지후는 지금 자신이 얼마나 위험한 상태에 빠져 있는지를 깨달을 수 있었다.

발코니의 창문 너머 푸른빛이 도는 새벽하늘 속에 서 있는 진경의 뒷모습을 발견했을 때, 지후는 그야말로 심장이 내려앉는 것만 같았다. 지금 당장이라도 그녀가 끝없이 펼쳐진 하늘을 향해 몸을 내던질 것만 같았다. 무서웠다. 어린 날의 어느 가을, 허공에 대롱대롱 매달려 있던 엄마의 두 다리를 마주하던 그날 아침만큼이나 무서웠다. 미친놈처럼 달려가 그녀의 몸을 품에 안고 조그맣게 뛰는 심장의 박동을 몸으로 확인하며 안도하던 그 순간, 지후는 문득 깨달았다. 자신이 이 여자를 사랑하고 있다는 것을.

그것은 '연애' 따위의 가볍고 귀여운 종류의 것이 절대 아니었다. 심장을 움켜쥐고 짓눌러 터뜨리는 것 같은 이 지독한 덫의 이름은 분명 사랑이었다. 사방이 날카로운 칼날로 만들어진 단단한 올무처럼, 사랑은 이미 지후의 발목을 물어뜯고 있었다. 순간 지후는 온몸의 피가 한 번에 빠져나갈 것 같은 공포를 느꼈다. 품속에 들어찬 작은 몸과 가는 어깨가 이 세상의 그 무엇보다 더 무서웠다. 사랑을 얕보던 예전에는 결코 몰랐던 공포였다.

사랑 따위에 절대로 굴복하지 않겠다고 큰소리를 치면서 사랑에 고통스러워하는 모든 이들을 비웃던 지후였다. 그러나 놀랍게도, 자신의 안에도 엄마와 똑같은 미친 사랑의 본능이 시꺼멓게 드글대며 끓고 있음을 지후는 비로소 깨달았다. 은진경을 볼 때마다 이따금씩 불쑥불쑥 튀어나오던 이상한 감정과 욕망들의 실체가 오늘에야 한꺼번에 실체를 드러낸 것이었다. 그것은 지후 자신도 놀랄 만큼 지독하게 비틀어진 감정의 소용돌이였다. 그저 잠시 마주친 것만으로도 모골이 송연하여 뒷걸음질 칠 수밖에 없는, 두려운 그 무엇이었다.

자신의 사랑으로 인해 희생되기에 은진경은 너무나도 선량하고 아름다운 여자였다. 돈으로 산 여자들과 되는 대로 방탕하게 살아온 자신과는 달리, 정결하고 아름다운 처녀로 살아오던 진경이었다. 자신과 함께 바닥을 구르는 대신, 저 높고 깨끗한 곳에서 지금처럼 아름답고 고고하게 피어 있어야 했다. 하지만…… 진경을 위해서도 자신을 위해서도, 가장 옳은 선택을 했다고 생각하는데도 마지막으로 보았던 진경의 눈동자가 도무지 잊혀지지가 않았다. 스산한 바람 같던 텅 빈 눈동자가 너무나도 아파 보여서, 지후는 도무지 견딜 수가 없었다.

지후는 다시 한 번 담배를 깊숙이 빨아들였다. 지독한 회색빛 담배 연기가 영혼 깊이 들어찬 은진경의 존재를 지워주기를 소망하면서. 하지만 그의 앞에는 갈색 곰이 수놓아진 회색 트레이닝 복을 입은 조그만 여자의 사진이 놓여 있었다. 모서리가 이미 둥그스름하게 닳아버린 작은 사진은 그녀의 자취를 지우는 것이 생각보다 쉽지 않으리라는 것을 경고하고 있는 듯했다.

지후가 레드벨벳을 찾은 것은 아직 한낮의 기운이 채 가시기 전인 5시 즈음이었다. 토요일 오후라 평소보다 좀 더 이른 출근을 한

웨이터 하나가 어두운 얼굴로 문에 기대어 서 있던 지후를 발견하고 마리에게 급히 연락을 넣은 것이니, 사실은 그보다 훨씬 일찍 도착했을지도 몰랐다. 어쨌든 몹시도 심상치 않은 모습으로 지후가 가게를 찾아왔다는 소식에, 마리는 부랴부랴 이른 출근을 서둘렀다.

"왜 그래, 한지후? 무슨 일 있어?"

마리가 도착했을 때, 지후가 혼자 앉아 있는 룸은 이미 너구리 굴 수준으로 흰 연기가 자욱했다. 무슨 일 날 것 같아 무섭다며 웨이터 녀석들이 징징대기에 무슨 일인가 했는데, 확실히 오늘의 한지후는 어딘가 많이 이상하긴 했다. 그저 가만히 앉아 있을 뿐인데도, 베일 것 같은 날카로운 기운이 사방으로 뻗치고 있었다. 원래부터도 어딘가 한 군데가 망가진 듯한 놈이었지만, 오늘은 아주 만신창이가 되어서 굴러온 느낌이었다.

"여자 하나만 넣어줘."

땅굴이라도 파고 들어갈 것 같은 어두운 목소리로 지후가 중얼거렸다.

"뭐?"

"미칠 것 같아서 그래. 그냥 누구라도 한 명만 좀 붙여줘."

"왜 그러는 건데?"

"이유는 묻지 말고."

"혹시 비서님 때문에 그래?"

지후의 몸이 순간 멈칫했다.

"왜? 혹시 비서님이랑 자기라도 했어?"

한동안 멈춰 있던 지후가 애서 태연한 듯 담배를 한 모금 길게 빨아들였다.

"어머, 진짠가 보네."

흰 연기를 내뿜으며 지후가 피식 웃었다.

"티 나?"

"응, 자기 얼굴에 엄청 크게 쓰여 있어."

"뭐라고 쓰여 있는데?"

"비서님한테 차였다고."

"어떻게 안 거야?"

"지난번에 보니까 딱 그렇던데, 뭐. 자기가 비서님 엄청 좋아하는 것 같던데, 아니야?"

헛헛 쓴웃음을 지으며, 그제야 지후는 마리를 제대로 바라보았다. 벌겋게 핏발 선 눈에 거뭇하게 자라 있는 수염까지 숭숭한 초췌한 모습을 보고는 마리의 눈이 동그래졌다. 언제나 공작새처럼 화려하고 깔끔하게 꾸미고 다니는 남자가 구겨진 신문지처럼 초췌하게 앉아 있는 모습은 안쓰럽고도 우스꽝스러웠다.

"진짜 심각한가 보네. 한지후가 이렇게까지 망가져서 오다니. 진짜로 비서님한테 차인 거야?"

"반은 맞고 반은 틀렸어. 내가 찼거든."

"호강에 받쳐서 요강 차는 소리 하고 있네. 자기가 비서님을 왜 차? 비서님 정도면 감지덕지지."

"그래서 찼어. 너무 감지덕지라."

지후가 하는 말이 무슨 뜻인지 대충은 이해할 수 있을 것도 같아서, 마리는 지후 옆에 털썩 주저앉아 그의 손에서 담배를 뺏어 들었다. 그러고는 담배를 한 모금 깊숙이 빨아들인 후 지후의 얼굴을 향해 후우, 하고 흰 연기를 내뿜었다. 어서 정신 좀 차려보라는 듯이. 하지만 지후는 여전히 미동조차 없었다. 침울한 석상 같은 표정으로 가만히 앉아만 있을 뿐이었다.

"자기 정도면 일등 신랑감이야. 자신감을 가져."

"고맙지만 됐어. 나는 내가 제일 잘 알아."

"한지후는 그게 문제야. 쓸데없이 고집만 부리는 거. 복잡하게 생각하지 말고 그냥 맘 가는 대로 살아."

지후는 피식 웃었다. 충동조절장애라는, 맘 가는 대로 살아서 문제 되는 병을 앓고 있는 지후로서는 마리의 조언이 그야말로 웃기는 소리였기 때문이었다. 자신의 몸과 마음을 자신이 통제하지 못하고 무의식의 욕망에만 휘둘리는 것이 얼마나 더러운 기분인지, 마리는 아마도 죽을 때까지 알지 못할 것이다.

"암튼 오늘은 아무것도 묻지 말고 여자나 한 명 붙여줘. 안 그럼 미칠 것 같아서 찾아온 거니까."

"괜찮겠어? 나 우리 애들한테 함부로 구는 남자는 절대 안 받는 거 알지? 그게 한지후라고 해도 마찬가지야."

"걱정하지 마. 함부로 안 해."

어릴 때의 트라우마 덕분에 여자에게는 함부로 할 수 없는 방어기제가 무의식 깊이 장착되어 있는 지후였지만, 이런 속사정까지는 알 리 없는 마리였다. 오늘따라 위험하기 짝이 없어 보이는 그를 아래위로 몇 번이나 훑어보던 마리는 결국 어쩔 수 없다는 듯 고개를 끄덕였다.

"정말 아무나 괜찮아?"

"응."

"그럼 지금 좀 빨리 나올 수 있는 애들 있는지 알아볼게. 빨라도 30분은 걸릴 것 같은데, 참을 수 있겠어?"

지후는 말없이 고개를 끄덕였다.

지후의 방으로 여자가 도착한 것은 20분이 조금 넘어서였다. 잘생기고 매너 좋은 지후는 룸 아가씨들에게 단연 인기 1순위였다. 다만 같은 아가씨를 두 번 부르는 걸 극도로 싫어하기 때문에 스테디하게 지목받기는 힘들었지만, 기다리면 자신에게도 공평히 기회가 올 수 있다는 희망을 주는 존재이기도 했다. 지후가 급히 여자를 찾는다는 소식에 운 좋게 가게 근처에 있던 아가씨가 콜을 받고는 희희낙락 가게로 날아온 참이었다.

"안녕하세요, 유나예요. 부르셨다고 해서……."

희뿌연 담배 연기 속에서 지후는 가만히 앉아 있었다. 심상찮은 룸 안의 분위기에 룸살롱의 프로 접대부인 유나도 조금 위축될 수밖에 없었다.

"……여기서 할 거예요, 오빠? 지금 벗을까요?"

하지만 대답은 없었다. 여자가 급하다고 해서 부랴부랴 온 건데, 정작 투명인간처럼 취급하는 무성의함에 유나는 조금 화가 났다. 하지만 어두운 얼굴로 앉아 있는 지후의 잘생긴 얼굴엔 오늘따라 유난히 고혹적인 아름다움이 감돌고 있었고, 그것은 유나의 사소한 화 정도는 충분히 사그라뜨릴 수 있을 만큼의 강력한 위력을 지니고 있었다. 유나는 생글생글 미소를 띠며 최대한 유혹적으로 원피스를 벗었다. 조그만 검은 속옷들만 남긴 채 고스란히 드러난 그녀의 몸은 누가 봐도 군침을 삼킬 만큼 희고 탐스러웠다.

"오빠, 이리 와봐요. 기분 좋게 해드릴게요."

지후의 옆에 딱 붙어 앉은 유나는 테이블 아래로 손을 뻗어 두툼한 존재감을 자랑하고 있는 지후의 아랫도리를 손에 쥐었다. 한 손이 모자랄 만큼 가득 들어차는 튼실한 감촉에 유나의 몸 깊은 곳도 덩달아 바짝 긴장했다. 저도 모르게 꿀꺽 군침이 돌았다. 하지만 다음 순간, 지후는 벌떡 자리에서 일어섰다. 옆에 앉아 있던 유나의 몸이 벌렁 뒤로 나뒹굴 만큼 세찬 기세였다.

"됐습니다."

그것이 한지후의 마지막 말이었다. 대체 뭐가 됐냐고 따져 묻기도 전에, 지후는 차가운 기운을 내뿜으며 성큼성큼 룸을 나가버리고 말았다. 검은 속옷만을 입고 소파에 나동그라진 유나만이 황당한 얼굴로 반쯤 열린 문을 바라보고 있을 뿐이었다. 로비에 앉아 있던 마리가 소리쳐 지후를 불렀지만, 지후는 무엇에라도 쫓기는 것처럼 휘적휘적 급한 걸음으로 레드벨벳을 떠나갔다.

토요일과 일요일, 이틀 동안 지후는 30개쯤의 컵을 깨고, 스무 번쯤의 자위를 했다. 덕분에 거실 한편에 예쁘게 꾸며놓았던 칵테일 바는 전쟁통의 폐허처럼 변해버렸다. 칵테일 바 주변의 벽 역시 세차게 집어 던진 와인 잔 덕분에 여러 겹의 붉은 자국이 볼썽사납게 물들어 있었다. 은진경이 떠오를 때마다 미친 듯이 물건을 깨고 발작을 하고 자위를 하며, 지후는 진경을 잊기 위해 몸부림쳤다. 하지만 그 모든 시도는 결국 실패로 돌아가 버리고 말았다. 은진경은 오직 은진경으로만 잊을 수 있다는 것을, 지후는 이틀 동안 뼈저리게 깨닫고 말았다.

언제나 거리낌 없이 여자를 사고, 여자를 안았던 지후였지만, 이젠 여자의 지독한 향수 냄새를 맡는 순간 욕지기부터 났다. 극심한 알레르기처럼, 은진경이 아닌 여자에게는 온몸에서부터 거부 반응이 몰려들었다. 어쩌면 한지후는 이제 은진경밖에 안을 수 없는 몸이 되어버린 건지도 몰랐다. 은진경의 눈에서 눈물을 흘리게 한 죄로 천벌을 받았는지도 모르겠다고, 지후는 씁쓸히 생각했다.

주말은 지독히도 길었다. 예전엔 주말 동안 이틀씩이나 은진경을 보지 않고도 어떻게 살았는가 싶을 정도로 시간이 안 갔다. 거의 뜬눈으로 밤을 새운 일요일 밤이 지나고 마침내 월요일 아침이 왔을 때, 지후는 눈물이 날 정도로 반갑고도 무서웠다. 또다시 진경을 만나야 한다는 사실이 기쁘고도 두려웠다. 평소보다 더 이른 새벽 시간, 지후는 제의를 준비하는 제사장처럼 경건하게 몸단장을 마친 후, 떨리는 마음으로 출근을 했다. 혹시라도 진경이 나타나지 않을까 봐 두려웠는데, 다행스럽게도 어두운 복도의 끝에는 노란 불빛이 확연히 켜져 있었다. 굳게 닫힌 문 앞에서 크게 심호흡을 한 후, 지후는 사무실 안으로 성큼성큼 걸어 들어갔다.

은진경은 그곳에 있었다. 평소와 다름없이 말끔한 회색의 정장을 입은 진경은 지후를 보자 자리에서 일어나 공손히 고개를 숙여 보였다. 진경의 모습을 본 그 순간, 지후는 누군가가 주먹으로 있는 힘껏 심장에 어퍼컷을 먹인 듯한 기분이 들었다. 이틀 동안 수만 번의 환영으로만 만났던 진경이었다. 그런데 이렇게 실물을 다시 보게 되니, 가슴 한쪽이 저릿해질 만큼 찡하고 먹먹했다.

"오셨습니까?"

진경은 금요일 아침과 조금도 달라진 점이 없었다. 여전히 담담하고 무심한 얼굴이었다. 가을날의 호수처럼 잔잔하기만 그녀의 얼굴에는 지후에 대한 미움도, 원망도, 애정도, 그 어느 것도 찾아볼 수가 없었다.

"커피 드시겠습니까?"

평소와 똑같은 어조로, 진경이 평소와 똑같은 질문을 던졌다. 하지만 지후는 절대로 평소처럼 대답할 수 없었다. 어떻게 말을 꺼내야 할지 한참이나 고민하던 지후는 더듬더듬 간신히 입을 열었다.

"은진경 씨, 할 말이 있는데…… 그러니까…… 그날 아침은……"

하지만 흘끔 진경의 눈치를 보던 지후가 마주한 것은 뜨겁지도, 차갑지도 않은, 그저 무심하고 미지근할 뿐인 진경의 시선이었다.

"……미안했어요."

조심스럽게 지후가 사과를 건넸지만, 진경은 그다지 반응이 없었다.

"괜찮습니다."

버튼을 누르면 반응이 튀어나오는 인형만큼이나 무미건조한 대답이었다. 그리고 이것은 지후가 조금도 예상하지 못한 반응이었다. 화를 내든 기뻐하든, 무언가 이보다는 열정적인 반응을 기대했던 것이다.

"그러니까 내 말은……."

"죄송합니다만, 그날 일은 그날 결론을 지은 걸로 알고 있습니다. 더 이상 그 일에 대해서는 언급하고 싶지 않습니다."

진경의 대답은 담담했지만 단호했다. 시퍼런 장검으로 베어내는 것처럼, 서늘하게 선을 긋는 그녀의 모습에 지후는 멈칫 머뭇거릴 수밖에 없었다. 조금쯤 열렸던 진경의 마음이 완전히 꽉꽉 닫혀버렸다는 걸, 지후는 직감했다. 찬물을 들이부은 것처럼, 서늘한 기운이 등골을 타고 흘렀다.

"커피 드시겠습니까?"

진경이 다시 한 번 물었다. 정중한 질문의 형태를 띠고 있었지만, 그 안에 담긴 의도는 분명했다. 이제 그만 입 닥치라고, 진경은 지후에게 말하고 있는 것이었다. 지후는 입술을 깨물었다. 하지만 닫혀버린 진경의 문을 열 수 있는 마법의 열쇠 따윈, 그에게 없었다.

"은진경 씨도…… 같이 한잔하죠?"

"이미 마셨습니다."

진경이 그어놓은 선은 너무도 명확하고 확실했다. 평소에도 담담한 표정의 진경이었지만, 지후는 무표정에도 분명한 온도 차가 있다는 사실을 절실히 깨달았다. 지금껏 진경이 자신을 얼마나 온화하고 따뜻하게 대해주고 있었는지를, 지후는 오늘 아침에야 비로소 알게 되었다. 서늘하게 식어버린 진경의 표정에서는 한지후라는 인간에 대한 일말의 감정조차 남아 있지 않았다. 자신의 존재가 그녀의 안에서 온전히 소멸되어버렸을지도 모른다는 두려움에, 지후는 오싹 소름이 돋았다.

사랑이란 것은 아주 웃겼다. 이제까지 아무렇지도 않던 모든 사소한 것들이, 사랑이란 자각을 시작하자마자 전혀 다른 무언가로 바뀌어 있었다. 모니터를 바라보는 단정한 옆모습이, 눈가를 소복하게 덮고 있는 속눈썹들이, 틀어 올린 머리카락 아래로 뻗어 내린 뽀얀 목덜미가, 키보드를 두드리는 가느다란 손가락들이, 모두 다 견딜 수 없이 강렬한 자극으로 다가왔다. 은진경을 구성하는 모든 것들이 치명적인 매력으로 중무장되어 있었다. 진경의 선택이 옳은 거라고, 너 자신 역시 원하던 바로 그것 아니었냐고, 이성이 아무리 설득하려 했지만, 이미 그의 심장은 사랑이란 몹쓸 병에 완전히 잠식된 뒤였다.

아무리 애를 써도 정신을 차리면 진경에게 눈동자가 향해 있었다. 보면 볼수록 너무나도 예쁘고 탐났다. 가지면 안 되는 여자라고 생각하니 더욱더 갖고 싶었다. 단정한 낮의 모습 뒤에 숨겨진 밤의 기억까지 떠오르자, 바싹바싹 목이 마르고 하반신이 제멋대로 움찔거렸다. 저 조그만 몸이 얼마나 뜨겁고 나긋하게 감겨오는지, 저 단아한 얼굴이 얼마나 색정적으로 달아오르는지, 지후의 온몸은 이미 알고 있었다. 온몸이 강력한 자석이나 된 것처럼, 진경은 보이지 않는 무지막지한 힘으로 지후를 끌어당기고 있었다.

결국 지후가 항복을 외친 것은 그 후 30분도 채 되지 않아서였다.

"얘기 좀 해."

진경의 책상 앞에서, 지후는 선전포고라도 하듯 심각하게 입을 열었다. 직장 상사로서의 정중한 존댓말 따위는 이미 멀찌감치 내다버린 짧은 반말이었다. 모니터에 고정되어 있던 진경의 냉담한 눈이 흘끔 지후 쪽을 향했다. 존댓말도 갖다 버리고 반말로 덤비는 한지후의 의도는 명확했다. 계급장을 까고 아주 제대로 붙어보자는 거였다. 본부장과 비서가 아니라 인간 대 인간으로. 사랑 앞에 평등한 남자 대 여자로.

"화난 거 알아. 이해해. 내가 잘못했어."

진경의 책상 위를 양팔로 꽉 짚은 채, 지후는 지금껏 쌓여 있던 말들을 쏟아부었다. 지금껏 가슴속을 짓누르던 응어리 같은 것들이 시원스럽게 터져 나오자, 이제야 좀 살 것 같은 기분이 들었다.

"괜찮습니다. 본부장님께서 사과하실 일 없습니다."

하지만 진경은 그 도발에 응해줄 의사가 없었다. 여전히 그녀는 '비서 은진경'에서 한 발도 움직일 기미가 없었다.

"왜? 왜 화가 안 나는데?"

담담한 진경의 대답에, 지후는 결국 버럭 소리를 지르고 말았다.

"같이 연애하기로 해놓고, 하룻밤 자고 나니 남자 새끼가 맘이 변했어. 근데 왜 화가 안 나? 그 새끼가 당신, 그냥 먹고 버린 거야. 알아? 이래도 진짜 화가 안 나?"

목줄기에 핏줄이 바짝 서도록 지후는 버럭버럭 소리를 질렀다. 마음 같아선 진경의 어깨라도 붙들고 짤랑짤랑 흔들고 싶었다. 하지만 그녀는 가만히 눈을 감은 채, 그가 소리 지르는 것을 듣고만 있었다.

"죄송하지만……."

한참 후에야 진경은 조용히 입을 열었다.

"큰 소리는 삼가주셨으면 좋겠습니다. 어렸을 때 트라우마가 좀 있어서요."

그제야 지후는 진경의 얼굴이 창백하게 질려 있는 것을 깨달았다. 지후의 안색 역시 삽시간에 핼쑥해졌다.

"미, 미안. 감정이 좀 과해졌어. 놀라게 해서 미안. 그러니까 내가 하고 싶은 말은……."

지후는 답답함에 한숨을 내쉬었다. 하고 싶은 말이 너무 많아서, 어떤 말부터 꺼내야 할지 도무지 감이 잡히지 않았다. 자신이 진심으로 원하는 게 무엇인지, 지후 자신조차도 알 수가 없었다. 가뜩이나 차갑기만 하던 진경은 이제 혈색까지 창백해진 채 눈까지 감고 있었다. 그야말로 막다른 골목에 갇힌 듯한 답답함에, 그는 초조하게 입술만 깨물었다.

"물이라도 한 잔 마실래?"

진경의 고개가 미세하게 까딱이자, 지후는 잽싸게 달려가서 차가운 물 한 잔을 냉큼 떠왔다. 다행히도 진경은 지후가 가져온 차가운 물컵을 손에 들고 천천히 물을 마셨다. 고요한 사무실 안에는 꼴깍꼴깍 물을 마시는 조용한 소리만이 울려 퍼지고 있었다. 예민한 야생동물이 물을 마시는 것을 지켜보는 것처럼, 지후는 잔뜩 긴장한 채 그녀의 일거수일투족을 조심스레 바라보았다.

"이제 좀…… 괜찮아?"

"네, 감사합니다."

진경이 가만히 눈을 뜨고 올려다보았을 때, 지후는 그야말로 심장이 쿵 하고 내려앉는 듯한 느낌을 받았다. 단정하게 뻗은 긴 눈매와 새카맣게 자리 잡은 커다랗고 맑은 눈동자가, 심장을 꽉 쥐어짤 만큼 곱고 예뻤다. 은진경이 이렇게 심장에 해로운 생명체였을 줄은, 정말이지 짐작도 하지 못했었다. 부지불식간에 심장에 치명적인 공격을 받은 지후가 잠시 굳어져 있는 사이, 진경이 조용히 입을 열었다.

"지난밤 일은…… 본부장님께서 말씀하셨던 것처럼, 성인 남녀 사이에 충분히 일어날 수 있는 일이었습니다. 물론 공사를 구분하지 못한 것은 잘못이겠지만, 이제라도 바로잡을 수 있어 다행이라고 생각합니다."

과거형이었다. 조금의 미련도 남지 않은 멀고 먼 과거형으로, 진경은 말하고 있었다. 지후는 울컥 화가 났다. 자신은 이렇게 죽을 것 같은데, 자기 혼자만 말끔하게 모든 것을 과거로 정리해버리고 저만치 달아나버리는 진경이 너무나도 원망스러웠다. 정작 이 모든 일을 자초한 것이 자신이라는 것은 알고 있지만, 그래도 이건 너무 심한 게 아닌가 싶어 울컥 서러운 마음이 들었다.

"그래서? 그냥 이대로 끝내겠다고?"

"없던 걸로 하자고 말씀하신 분은 본부장님이셨던 걸로 기억하는데요."

안다. 너무나도 잘 안다. 자신이 얼마나 병신 같은 말을 했는지, 지난 이틀 내내 죽을 만큼 후회했었다. 하지만 이제 와서 다 취소하고 제대로 연애를 해보자고 말하기도 두려웠다. 지금도 이렇게 자신을 주체할 수 없는데, 진짜로 본격적인 사랑이 시작되면 자신은 회생 불가의 속도로 망가져 갈 터였다. 그리고 사랑이 끝나는 시점이 다가올 즈음에는 다시는 돌이킬 수 없을 만큼 부서져 있을 테지. 그도, 그녀도. 지후는 무서웠다. 사랑이, 은진경이, 무엇보다 자기 자신이.

"본부장님은 사랑을 믿으십니까?"

마치 지후의 마음속 깊은 곳이라도 들여다본 것처럼, 진경이 핵심을 찌르는 질문을 던졌다.

"아니."

지후는 솔직히 대답했다.

"저 역시 그렇습니다. 그리고 사랑 없는 연애처럼 무의미한 것도 없다고 생각합니다."

지후는 입술을 깨물었다. 진경의 말은 구구절절 옳았다. 하지만 싫었다. 이렇게 그대로 이 여자를 놓쳐버리는 일은, 하고 싶지 않았다.

"그럼 뭐라도 해."

큰 소리를 내지 말아달라는 진경의 부탁도 잊은 채, 지후는 또 다시 버럭 소리를 질렀다.

"사랑도 싫고 연애도 싫으면, 그거 말고 다른 뭐라도 같이해보자. 그게 뭐든!"

떼를 쓰는 어린애처럼 막무가내인 지후를 진경은 그저 가만히 바라보았다.

"어떤 걸 원하시는 겁니까?"

"나도 모르겠어. 근데 그냥 이대로는 싫어. 이건 정말 아닌 것 같아."

"지금처럼 똑같이 본부장님의 충실한 비서가 되어드리겠습니다."

"아니, 그걸론 부족해."

지후는 단호히 고개를 저었다. 은진경과 하고 싶은 건 본부장과 비서 같은 게 아니었다. 그보다 좀 더 뜨겁고 은밀하고 다정한…….

"계약을 하자."

"네?"

"어차피 난 계속 여자가 필요해. 알지, 내 사정?"

진경의 미간이 찌푸려졌다. 끝까지 듣지 않아도 알 것 같았다. 지금 그가 무슨 말을 하려는 건지.

"싫습니다."

"사랑도 싫고 연애도 싫다며. 그럼 몸이라도 줘."

진경의 얼굴이 본격적으로 구겨졌다. 이 뻔뻔한 남자는 지금 자신이 하는 말이 얼마나 어처구니없는지 알고나 있는 걸까? 돈이라도 맡겨둔 빚쟁이처럼 당당하게 남의 몸을 요구하는 지후의 어이없는 작태에 진경은 할 말을 잃고 말았다.

"싫습니다. 이런 식으로 계속 부당한 요구를 하실 거라면, 본부장님과는 함께 일할 수 없습니다. 정식으로 부서 이동을 요청하겠습니다."

진경은 단호한 몸짓으로 자리에서 일어났다. 지금 그녀가 등으로 돌려 이곳을 나간다면 다시는 돌아오지 않으리라는 것을, 지후는 본능적으로 알아챘다.

"엄마가…… 죽었어."

갑작스럽게 튀어나온 지후의 말에, 진경은 멈칫 굳어졌다.

"자살이었어. 침실의 샹들리에에 목을 매서 죽었어."

뚜껑이 열려버린 판도라의 상자처럼, 한번 열린 비밀은 꾸역꾸역 끝없이 쏟아져 나왔다.

"7살 때였어. 그걸 본 게. 엄마가, 굉장히 끔찍한 모습으로 매달려 있었는데, 그게 잊히지가 않아. 지금까지도."

진경은 가만히 눈앞의 남자를 바라보았다. 지워우고 또 지워도 사라지지 않는 악몽이란 어떤 것인지, 진경은 누구보다 잘 알고 있었다.

"우리 엄마가……. 회장님…… 첩이란 건 알고 있지?"

첩…… 입술을 깨물며 간신히 토해낸 한 음절의 단어는 지후의 피 속을 흐르는 원죄의 이름이었다. 첩, 불륜, 사생아……. 환영받지 못하는 존재로 태어난 아이에게는 날 때부터 죄의 이름이 새겨져 있었다.

"회장님은 모르겠지만, 우리 엄만 확실히 회장님을 사랑했어. 죄인처럼 외국으로 보내져서 어린애 하나 키우면서 혼자 살면서도, 평생 동안 한 사람만 바라보고 살았어. 그러다가 결국 혼자 죽었고……. 그런데 아마 나도 사랑을 하게 되면 그렇게 될 것 같아. 우리 엄마처럼. 아마도…… 사랑에 미쳐버리는 유전자 같은 게 있는 것 같아. 나한테도."

지후는 한참이나 망설이다가 마지막 말을 꺼냈다.

"그러니까 내가 하고 싶은 말은…… 나한테 조금만 시간을 줘. 나한테 아직…… 사랑은 끔찍하고 무서워. 정말이지 지긋지긋해. 그러니까 내가 조금 더 익숙해질 때까지……. 그러니까, 내가, 당신을…… 사랑해도 괜찮을 때까지만, 그때까지만 기다려줘."

진경은 눈조차 깜빡거리지 않은 채, 그림처럼 고요한 얼굴로 지후를 바라보고 있었다. 하지만 그녀의 깊은 곳은 풍랑 이는 바다처럼 세차게 흔들리고 있었다. 지후가 털어놓은 고백은 놀라울 정도로 자신의 비밀스런 어둠과 닮아 있었다. 서로 다른 시간과 공간에서 같은 아픔을 지니고 살아온 누군가가 있다는 사실이, 진경은 다행스럽고도 슬펐다. 진경 혼자만 아팠던 것이 아니라 다행스러웠고, 진경 말고 다른 누군가도 똑같이 아파하고 있었다는 사실이 안쓰럽고 슬펐다.

진경의 머릿속은 혼란스러워졌다. 자신을 다정하게 끌어안고 예쁘게 웃어주던 어젯밤의 한지후와 이젠 그만하자며 차갑게 말하던 오늘 새벽의 한지후가 한꺼번에 떠올랐다. 어느 것이 그의 진심일지, 진경은 아직도 혼란스럽기만 했다.

사랑이 무섭다는, 그래서 지금은 그녀를 함부로 사랑할 수 없다는 이 남자의 거짓말을 어디까지 믿어야 할지, 진경은 알 수가 없었다. 하지만 한 가지만은 확실했다. 지금 그녀가 거절하면, 다시는 한지후의 따뜻한 손을 잡을 수 없다는 잔혹한 사실.

"가끔…… 손만 빌려드리면 되는 겁니까?"

깊숙이 가라앉은 낮은 목소리로, 진경이 입을 열었다. 어쩌면 미친 결정이었는지도 모른다. 지금 당장이라도 뺨을 후려치고 냉정하게 돌아서는 게 맞는 결정일지도 모른다. 하지만 함께 지난 그날 밤 느꼈던 그의 다정한 눈빛을, 따뜻한 손길을, 그녀의 몸은 아직도 기억하고 있었다. 그 모든 것이 전부 다 거짓이고 허상이었을 거라고는 생각하고 싶지 않았다.

그래서 진경은 믿어보기로 했다. 사랑에 익숙할 때까지만 기다려달라는 이 남자의 달콤한 거짓말을.

"너무 많은 건 기대하지 마십시오. 그저…… 지난번처럼 공개석상에서 망신당할 일 정도만 막아드리려는 겁니다."

"진경아!"

푹 숙여져 있던 지후의 고개가 번쩍 들렸다. 지후의 얼굴에는 벅찬 감동이 어려 있었다. 하지만 진경은 단호한 태도로 그에게 못을 박았다.

"회사에서 사적인 호칭은 삼가주십시오. 그리고 우리 회사에서는 직급과 상관없이 상호 존대하는 것을 원칙으로 하고 있습니다."

"알겠습니다. 그럼 제가 한 제안에 합의하시는 거라고 생각해도 되겠습니까?"

더할 나위 없이 정중한 말투와는 어울리지 않는 이글거리는 눈빛으로 지후는 진경을 바라보았다. 그것이 지후가 베푸는 마지막 아량이라는 것을 진경은 깨달았다. 그는 지금 그녀에게 도망칠 수 있는 최후의 기회를 주고 있는 것이었다. 진경은 망설였다. 하지만 이대로 뒤돌아 달아날 수는 없었다. 이왕 발 디딘 이 달콤한 지옥의 끝을 보기 전까지는 절대로 후퇴하지 않을 생각이었다. 진경은 지후를 똑바로 바라보며 그 어느 때보다도 단호한 어조로 입을 열었다.

"저랑 있는 동안 다른 여자는 안 됩니다. 다른 여자가 생겼을 땐 반드시 저에게 미리 통보해주십시오."

당당하게 요구하는 진경의 말에 지후의 입술이 미세하게 움직였다. 그것이 미소라는 걸, 진경은 똑똑히 알 수 있었다.

"좋아요. 대신 쌍방 계약이니까 진경 씨도 나 말고 절대 다른 남자 만나면 안 돼요."

진경이 따로 시키지 않아도, 이미 다른 여자 따윈 가까이하기도 싫어져버린 지후였다. 이참에 진경의 질투심도 확인하고 진경에게 딴 놈들이 꼬이지 못하게 약속도 받아놓을 수 있다니, 그야말로 일석이조라고 생각하며 지후는 냉큼 대답했다.

"알겠습니다. 아, 그리고 이건 계약은 아닙니다."

"그럼 뭐라고 부를까요? 섹스 파트너?"

계약은 아니라며 단호히 고개를 젓는 진경의 말에, 지후가 싱긋 짓궂게 웃으며 대답했다. 섹스 파트너라니. 이 얼마나 스릴 있고 낭만 넘치는 단어란 말인가. 지후의 입가에 즐거운 미소가 담뿍 지어졌다. 하지만 그것은 아메리칸 사고방식의 지후에게나 해당되는 말이었고, 한국식 교육을 받은 진경에게 '섹스 파트너'란 입에 담기도 남우세스러운, 흉측스런 단어일 뿐이었다. 진경의 미간이 곧바로 찌푸려진 것은 당연했다.

"아니요. 본부장님의 사정이 딱해서 제 개인적으로 도와드리는

자. 선. 봉. 사. 활동인 걸로 하죠."

지후의 얼굴이 파사삭 굳어졌다. 하지만 진경은 그런 지후는 쳐다보지도 않은 채, 옆에 있던 서류 파일을 탁탁 쳐서 정리하기 시작했다.

"업무 시간이 얼마 남지 않았습니다. 월요회의 보고 자료도 아직 정리되지 않았을 텐데, 우선 그 업무부터 시작하시는 게 어떻겠습니까?"

여전히 '자원봉사 활동'의 여파에 휩싸여 굳어 있는 지후를 향해, 진경이 본격적인 비서 모드로 말을 걸었다.

"알았어요. 그럼 오늘도 잘 부탁해요, 은진경 씨."

결국 지후는 진경을 향해 싱긋 웃어 보였다. 그 어느 때보다도 매력적인 미소가, 그의 입가에 한가득 머금어졌다. 자원봉사면 어떻고 거지에게 적선하는 것이면 뭐 어떻다는 건가. 어쨌든 그는 진경에게 허락을 얻어냈고, 사랑의 유예기간을 쟁취해냈다. 두 사람의 미래가 어떻게 될지는 아무도 모르지만, 우선은 이걸로 됐다. 오늘은 이 정도의 타협에 만족하는 걸로 지후는 결론을 내렸다. 남들처럼 평범한 사랑을 약속해주지 못하는 자신에게, 이만큼이라도 손 내밀어주는 진경이 그저 감사하고 대견하기만 했다.

"그럼, 지금부터 시작하면 안 될까요. 그…… 봉사활동?"

지후의 은근한 제안에, 진경의 눈꼬리가 샐쭉해졌다. 빌빌대며다 죽어가는 게 안쓰러워서 장단을 맞춰줬더니, 금세 기운을 차리고 기어오르는 모양새가 아주 얄밉기 그지없었다. 텅 빈 새벽길을 혼자 울면서 걸으며 저딴 새끼 절대 믿지도 말고 맘 주지도 말자고 몇 번이나 다짐했었는데, 또다시 저 꼬임에 넘어가서 똑같은 실수를 반복하는 자신이 너무나 한심해서, 진경은 푸욱 한숨을 내쉬었다. 아무리 봐도 한지후는 독버섯이 맞았다. 독이 들었다는 것을 뻔히 아는데도 결국은 손을 뻗게 만드는 곱고 예쁜 독버섯.

"미안, 농담이었어요. 그럼 앞으로 잘 부탁합니다, 은진경 씨."

씨익 웃으며 지후가 손을 내밀었다. 계약 체결을 축하하는 평화와 화합의 악수 세레모니라도 청하는 듯한 모습이었다.

"악수는 됐습니다. 그보다는 회의 자료 검토부터 빨리 시작하시죠?"

"알았어요. 그래도 계약은 성립인 겁니다. 이젠 취소할 수 없다는 거, 알고 있죠?"

"네, 알고 있습니다."

그것은 일종의 휴전협정이었다. 지금 두 사람이 처한 상황은 똑같았다. 사랑에 빠지는 것도, 이대로 상대를 잃어버리는 것도 무서운 진퇴양난의 상황. 결국 사랑도 이별도 택할 수 없었던 두 사람은 계약이라는 이름의 애매모호한 중립관계로 결론을 맺었다. 이 관계의 끝이 사랑의 해피엔딩이 될지, 아니면 파멸의 배드엔딩이 될지는 아무도 알 수 없었다. 하지만 미래의 결말이 어떻게 되든 간에 적어도 지금 당장의 이별만큼은 막을 수 있었기에, 두 사람은 지금의 불안한 결론에 합의할 수밖에 없었다. 봄날의 살얼음보다도 더 위태로운 평화협정 조약이었지만, 그래도 이조차 없이 끝내버리는 것보다는 나았다.

한지후가 아무리 예쁜 독버섯이라도 삼키지만 않으면 되는 것 아닌가, 하고 진경은 어리석고도 성급한 결정을 내린 자신을 합리화했다. 어차피 이대로 끝나는 것은 진경에게도 미련이 남는 일이었으니 적당히 거리를 두고 이런 관계를 맺는 것도 나쁘지 않을 것 같기도 했다. 사랑을 하는 것도, 연애를 하는 것도 아니니, 마음도 주지 말고 기대도 하지 말고 그냥 적당히 주변을 맴도는 예쁜 개새끼로 생각하자고, 진경은 그렇게 결론을 내렸다.

절대로 한지후보다 먼저 사랑에 빠지지 않기.

그것이 진경이 정한 이 게임이 규칙이었다.

그렇게 해서 두 사람은 연인도, 친구도, 섹스 파트너도 아닌 기묘한 관계를 시작하게 되었다. 다음 해 가을이 오기 전까지.

진경은 의자에 앉아 있었다. 하지만 진경의 책상에 딸린 소박한 사무용 의자는 아니었다. 화려한 목각 무늬로 장식된 본부장 책상 앞에 놓인 가죽 의자에, 진경은 앉아 있었다. 아니, 정확히 말하면 의자에 앉아 있는 건 아니었다. 본부장을 위해 마련된 값비싼 가죽 의자에 앉은 지후의 허벅지 위에 앉아 있다는 것이 올바른 표현이었다.

진경은 양다리를 벌린 채 지후의 몸을 타고 있었고, 그녀의 몸 중앙에는 큼지막한 사내의 물건이 단단히 자리 잡고 있었다. 마치 표본실에 박제된 나비처럼, 그녀는 커다란 성기로 몸 한가운데를 꿰뚫린 채 한지후에게 고정되어 있었다. 그녀의 몸이 천천히 들썩일 때마다, 그녀의 몸을 관통한 굵은 기둥이 수풀에 숨은 검은 뱀처럼 간간이 모습을 드러냈다. 체액에 젖어 번들거리는 검은 기둥은 벌써 꽤 오랜 시간이 지났음에도 불구하고 기운을 꺾을 기미를 보이지 않고 있었다.

"본부장님…… 이제 그만……."

하지만 그녀의 고집쟁이 상사는 가쁜 호흡 사이로 간신히 새어 나오는 진경의 부탁을 조금도 들어줄 의향이 없어 보였다. 반쯤 흐트러진 블라우스 사이로 하얗게 드러난 그녀의 목덜미에 코를 박아 넣으며 한참 달아오른 쾌락에만 몰두하고 있을 뿐이었다.

"3시에…… EP지원팀과…… 미팅이 예정되어 있습니다."

힘겹게 이어지는 진경의 부연 설명에도, 지후는 움직임을 멈출 기색이 없었다. 오히려 불만스러운 듯 진경의 목덜미를 한가득 앙, 하고 물어버렸을 뿐이었다. 자신은 지금 은진경 말고는 아무것도 생각할 수가 없는데, 미팅 시간 따위까지 또랑또랑 기억하고 있는 진경의 명민한 뇌세포들이 얄미워서였다. 진경의 보드라운 살 위에 아플 정도로 단단하게 이를 세우며, 지후는 그녀의 몸에서 흘러나오는 작은 신음 소리들을 즐겼다. 목덜미에 날카롭게 이를 박아 넣을 때마다, 진경의 속살이 흠칫 소스라치듯 놀라며 한꺼번에 죄어들었다. 그녀의 몸속에 사로잡힌 지후의 은밀한 곳이 환희에 가득 차 비명을 질러대고 있었다. 도저히 맨정신으로는 버텨낼 수 없을 정도로, 은진경은 뜨겁고 좁았다. 그리고…… 차가웠다. 아무리 뜨겁게 안아보아도, 그녀의 깊은 곳은 언제나 차갑기만 했다. 진경의 그런 점이, 지후는 항상 슬프고도 고마웠다.

"빨리 끝내고 싶으면 협조 좀 하지?"

자신은 조금도 아쉬운 것 없다는 듯이, 지후는 짐짓 태평한 목소리로 말했다. 지금이라도 진경을 책상 위에 눕혀놓고, 있는 힘껏 박아 넣고 싶어 안달이 난 상태라는 것을 감안한다면 꽤나 그럴 법한 연기였다.

여기서 뭘 더 원하느냐는 눈빛으로 진경은 지후를 내려다보았다. 아무것도 모른다는 듯 천진하게 바라보는 얼굴이 몹시도 귀여워서, 지후는 절로 웃음이 나려는 것을 꾹 눌러 참았다.

"아직도 모르겠어? 그렇게 가르쳐줬는데?"

짐짓 엄격한 어조를 가장하며, 지후는 진경의 이마를 손가락으로 톡톡 두드렸다. 1년이 지나도록 여전히 은진경은 수줍고 서툴렀다. 뭐, 그런 점이 그녀의 가장 큰 매력이었지만.

"우선 다리부터 감아."

지후가 귓가에 조그맣게 속삭였다. 소름이 끼치도록 달콤한 목소리였다.

10장. 그들의 두 번째 가을

    사랑과 연애의 그 중간 즈음에서, 기묘한 계약으로 멈춰져버린 두 사람의 관계도 어언 1년의 시간이 지났다. 결론부터 말하면 두 사람은 생각보다는 훨씬 더 잘 지내고 있었다. 적어도 겉보기에 있어서만큼은 완벽할 정도로 평화로웠다. 진경과 함께한 이후부터, '능력은 있지만 위험하고 제멋대로인 인간'이라고 평가받던 지후의 이미지는 눈에 띌 정도로 달라졌다. 예전의 한지후가 잔뜩 털을 세운 채 세상을 향해 공격적으로 이를 드러내던 야생 늑대 같던 모습이었다면, 지금의 한지후는 풍성한 갈기를 휘날리며 자신의 영역을 여유롭게 산책하는 사자와 같은 풍모를 풍겼다.

    그가 주도적으로 실시한 책임 행정 중심의 프로젝트 매니저 제도는 업무의 효율 증대와 함께 사원들의 의욕 증진에 큰 효과를 거뒀다는 평가를 받았고, 사내정치나 사리사욕에 휘둘리지 않고 냉철하게 업무를 처리하는 한지후의 능력은 많은 이들의 지지를 얻었다. 지휘고하를 가리지 않고 유능하고 청렴한 이들을 우대하며, 이들이 제대로 된 기회를 얻을 수 있도록 배려하는 제도적 장치를 마련해야 한다는 지후의 경영철학은 기존 기득권층의 거센 반발을 극복하고 천천히 빛을 발하고 있는 중이었다.

지후를 차기 회장으로 추대해야 한다는 사내의 목소리 역시 점점 더 공공연해지고 있었다. 능력도 검증되지 못한 한정후보다는 비록 서자일지라도 유능함만큼은 확실히 증명된 한지후 쪽이 보다 현명한 선택이 아니겠냐는 주장이었다.

승승장구하는 한지후의 성공 이면에 그의 수행비서 은진경의 지대한 역할이 있다는 것은 사내의 공공연한 비밀이었다. 지난 8년간 한경 회장을 보필하며 보여준 그녀의 능력은 한지후의 옆에서 더욱더 반짝이는 듯 보였다. 하지만 그녀가 어떤 식으로 한지후를 보필하고 있는지, 정확히 아는 사람은 없었다. 그것은 오직 한지후와 은진경, 둘만의 비밀이었으니까.

"우선 다리부터 감아."

단호한 지후의 명령에, 아직도 사무용 정장 구두를 단정하게 신고 있던 진경의 발이 수줍게 움직였다. 하지만 지후는 머뭇거리는 진경의 자세가 영 마음에 들지 않았던지, 그녀의 양 발목을 붙잡아 번쩍 들어 올렸다. 그러고는 진경이 기겁을 하며 자신의 가슴에 달라붙는 것을 흐뭇한 얼굴로 즐겁게 감상했다. 커피색 스타킹에 감싸인 늘씬한 다리가 지후의 허리에 감겨오면서, 그렇지 않아도 단단히 밀착되어 있던 두 사람의 간격이 조금 더 가까워졌다. 진경의 몸속으로 사내의 기둥이 조금 더 깊숙이 틀어박혔다. 지후는 자신의 등 뒤에서 진경의 양 발목을 교차시켰다. 좁아진 다리의 간격만큼 그녀의 통로 역시 덩달아 조여들고 있었다. 지후의 목에서 만족스러운 그르렁거림이 새어 나왔다.

"아, 좋다. 좀 더 꽉 조여봐."

진경이 바들거리며 하반신에 힘을 주는 것이 느껴졌다. 초보처럼 서툰 것 같으면서도 묘하게 노련한 움직임이었다. 하반신을 꽉꽉 조이며 사내를 유혹하는 이 기술이 선천적인 것이라면, 진경은 그야말로 이 분야의 타고난 인재임에 틀림없었다.

"어서 빨리…… 시간이 없습니다. 곧 회의가……."

"알았어, 알았어."

남은 이렇게 미칠 듯이 달아오르게 만들어놓고, 저 혼자 이성의 끈을 단단히 붙잡고 있는 것도 재주라면 재주였다. 지후는 불만스러운 얼굴로 진경의 몸을 단단히 끌어안으며 마지막 스퍼트를 준비했다. 하지만 그 전에 진경의 목덜미에 코를 박으며 은진경의 향기가 폐에 가득 차도록 숨을 들이켜는 것도 잊지 않았다.

진경의 블라우스에선 엷게 섬유유연제 향기가 났다. 지금 하고 있는 짐승 같은 행위와는 어울리지 않는 청량한 향기였다. 진경에게선 항상 이 향기가 나곤 했다. 수백만 원을 호가하는 향수를 쓰는 여자들도 수없이 많이 안아봤지만, 지후는 그녀의 이 싸구려 섬유유연제 향기가 참 좋았다. 그것은 언제나 깨끗하고 청량한 느낌이었다. 지난 1년간 그가 그녀의 몸속을 출입한 횟수가 이미 셀 수 없이 많음에도 불구하고, 그녀에게선 언제나 청량하고 깨끗한 향기가 났다. 지후는 코를 비비며 한껏 숨을 들이켰다. 청량한 섬유유연제 향기 사이로, 달콤하고 풋풋한 진경의 살냄새가 풍겨오고 있었다. 흥분한 암컷의 냄새와 정결한 처녀의 향기가 뒤섞인 그녀만의 체취였다. 그 향기가 너무 좋아서, 지후는 그녀의 목덜미를 한 움큼 입에 넣고 강하게 깨물었다. 귓가에서 진경의 자그마한 비명 소리가 흘러나왔다. 지후는 진경의 목덜미에 코를 파묻은 채 조그만 소리로 키득키득 웃었다. 이렇게 행복해도 괜찮을까, 하고 지후는 문득 생각했다.

자기 혼자만 이렇게 행복해도, 정말로 괜찮은 걸까.

마음 같아선 이대로 2차전까지 느긋하게 돌입하고 싶지만, 그랬다간 진경에게 잔소리를 한 바가지 얻어 들을 게 뻔했다. 진경은 이미 두 번째 경고까지 내린 상태였다. 여기서 좀 더 계속하다간 진경의 불호령이 떨어질 터였다. 지후는 아쉬움을 삼키며, 진경의 허리를 단단히 붙잡았다. 그러고는 마지막의 절정을 향해 빠르게 몸을 움직였다. 묵직한 가죽의자가 덜걱대며 흔들릴 만큼 격렬한 움직임이었다. 몸 안쪽을 세차게 두드리는 거센 자극에, 진경은 숨 가쁜 신음 소리를 참으며 입술을 바싹 깨물었다. 지후의 허벅지를 붙잡은 진경의 손가락들이 갈고리처럼 강하게 박혀 들었다. 자신의 무릎 위에서 몸을 뒤트는 진경의 색정적인 모습에, 그렇지 않아도 바짝 서 있던 지후의 성기는 점점 더 높다랗게 기립했다. 진경의 몸을 뚫어버리기라도 할 기세로, 끝 모른 채 바짝바짝 높이 솟았다.

마침내 마지막 폭발을 눈앞에 두었을 때, 지후는 양손으로 진경의 턱을 꽈악 붙잡은 채 진한 키스를 퍼부었다. 혀도, 성기도, 할 수 있는 모든 것을 진경의 몸 안 깊은 곳에 밀어 넣은 채, 지후는 절정을 맞았다. 온몸이 은진경의 안으로 흠뻑 스며드는 느낌이었다. 이 순간만은 은진경과 한지후라는 두 사람의 구분조차 사라지고 없었다. 한지후는 은진경이었고, 은진경 역시 한지후 그 자체였다. 성기에서 힘차게 뿜어져 나오는 정액처럼, 자신의 모든 것이 그녀의 깊은 곳으로 파고들기를, 그래서 은진경과 떼어낼려야 떼어낼 수 없는 혼연의 일체가 되어버리기를, 지후는 소망했다. 하지만 그것은 이루어질 수 없는 소원이었다.

있는 힘껏 쏘아 올린 지후의 정액은 결국 진경의 몸속으로 들어가지 못했다. 고작해야 콘돔의 얇은 고무막 속에 볼썽사납게 고여 있다가 미지근한 온기가 채 식어버리기도 전에 쓰레기통으로 버려지는 신세가 될 예정이었다. 텅 빈 사무실에서 나누는 무의미한 짧은 섹스처럼. 은진경과 아무런 사이도 될 수 없는 한지후처럼.

조금 더 진경의 몸을 안고 정사의 여운을 즐기고 싶었지만, 진경은 곧바로 몸을 일으켰다. 품 안의 따스한 체온이 사라져버린 자리엔 금세 서늘한 바람만이 스쳐 갔다. 오늘따라 조금 더 섭섭한 마음에 지후는 투정을 부려보았다.

"아직 시간도 여유로운데 뭘 그렇게 서둘러?"

"이번 EP 프로젝트는 새로운 플랫폼의 도입을 시험하는 중요한 작업입니다. 본부장님께서 먼저 문제점과 개선점을 숙지해놓아야 담당자 미팅을 효율적으로 대처하실 수 있으실 겁니다."

"알았어, 알았어. 암튼 은진경. 도무지 쉴 틈을 안 준다니까."

지후가 구시렁거리며 시들어버린 성기에서 콘돔을 벗겨내는 동안, 진경은 서둘러 옷매무시를 정리하고 제자리로 돌아가 버렸다. 뜨거운 신음 소리가 사라진 자리엔 어색한 침묵만이 감돌고 있었다. 지후는 알고 있었다. 언제나 정사를 끝내고 나면 진경이 자신과 눈을 마주치려 하지 않는다는 사실을. 두 사람이 이런 식의 관계를 맺은 지 1년이 다 되어가고 있음에도 불구하고 진경이 아직도 온전히 자신에게 마음을 내어주지 않는다는 사실을 지후는 누구보다 잘 알고 있었다. 그리고 그것이 아직도 사랑 앞에 머뭇거리는 자신의 잘못 때문이라는 것도.

여전히 두 사람은 사랑도 연인도 되지 못한 미묘한 경계선에서 멈춰 있었다. 지후의 신경이 발작 직전까지 날카롭게 서 있던 날, 머뭇머뭇 손을 빌려준 1년 전의 어느 날을 시작으로 두 사람의 육체적인 관계는 급속도로 가까워졌다. 사무실의 한구석에서 조심스레 시작된 두 사람의 행위는 점점 더 대담하고 노골적으로 변해갔고, 영혼까지 녹여낼 듯한 육체의 쾌락은 바닥없는 깊은 수렁처럼 두 사람을 잠식해갔다.

하지만 서로에게 아무런 것도 약속해주지 못한 채 사무실 한구석에서 다급하게 몸만 섞는 이런 관계는 연인이라 부르기엔 한참이나 모자란 것이었다. 굳이 이름을 붙이자면, 아마도 '정부'라는 표현이 더 어울릴 만한 관계였다. 정부……. 몰래 정을 통하는 여자……. 그것은 은진경과 너무도 어울리지 않는 단어였지만, 그 말이외에는 두 사람의 관계를 설명할 만한 표현이 없었다. 어느 것 하나 모자랄 것 없는 여자에게 정부라는 오명을 씌운 지후는, 그래서 진경에게 언제나 죄인일 수밖에 없었다.

하지만 진경은 그런 지후를 원망하지는 않았다. 사랑도, 결혼도, 두 사람이 함께하는 분홍빛 미래도 제시해주지 못하는 지후를 재촉하지도, 다그치지도 않았다. 그에게 온전히 마음을 열지도 않았지만, 그렇다고 해서 그를 뿌리치지도 않았다. 정 다급할 때 손만 잠깐 빌려주면 된다던 처음의 계약과는 달리, 하루가 멀다 하고 그녀의 몸을 탐하는 지후를 한 번도 밀어낸 적이 없었다. 정말로 바보 같은 여자였다. 자신 같은 개새끼를 순순히 받아주는 그녀는 바보처럼 착하고, 천사처럼 사랑스러웠다. 그래서 지후는 그녀를 정부로밖에는 가질 수 없었다. 한지후의 연인이 되기에, 그녀는 너무나 좋은 여자였으니까.

진경이 자신의 자리로 돌아가 버린 후, 지후는 프로젝트 자료를 검토하는 대신 책상의 맨 아래 서랍을 열었다. 그곳에는 검은 비로드로 만들어진 작은 상자 하나가 들어 있었다. 굳이 상자의 뚜껑을 열어보지 않아도, 지후는 그 안에 무엇이 들어 있는지 너무나도 잘 알고 있었다. 그곳에는 백금으로 만들어진 작은 반지가 있었고, 그 한가운데는 맑은 호수빛을 닮은 푸른 보석, 아쿠아마린이 빛나고 있었다. 총명하고 용감한 밤의 여왕…… 은진경을 꼭 닮은 보석이었다.

최고급의 아쿠아마린으로 아름답게 세팅된 반지가 지후의 사무실로 도착한 것은 1년 전, 두 사람 짧은 연애가 깨진 후 서로가 서먹하고 어색한 사이가 되어버린 지 일주일쯤 지났을 때였다. 당연하게도, 진경은 반지를 받지 않았다.

'이런 걸 받을 이유가 없습니다.'

지후가 내민 반지를 향해, 진경은 단호히 고개를 저었다. 연인도 아닌 남자의 이니셜이 새겨진 고가의 반지 따위, 그녀가 가지고 있을 만한 하등의 이유가 없었다.

'그럼 버려도 돼? 어차피 나한테 맞지도 않는데.'

심드렁한 태도를 애써 가장하며, 지후가 무심한 듯 대꾸했다. 일종의 '밀고 당기기' 전략이었지만, 역시나 진경에겐 통하지 않았다. 천만 원 가까이 되는 고가의 반지를 쓰레기통에 버린다고 하는데도, 진경은 얼굴빛 하나 바꾸지 않았던 것이다.

'예, 어차피 본부장님의 소유물이니 마음대로 하셔도 됩니다. 거기 본부장님 이름까지 써 있지 않습니까?'

진경의 말대로 백금 반지의 안쪽 면에는 HJH라는 세 글자가 멋들어진 이탤릭체로 새겨져 있었다. 그제야 지후는 자신의 어리석음을 깨달았다. 진경에게 제 이름 석 자가 새겨진 반지를 끼워주고 싶었을 뿐이었는데, 상황이 이렇게 되고 보니 진경에게 반지를 끼울 수 있는 최소한의 변명거리조차 사라진 셈이었다. 이럴 줄 알았으면 진경의 이니셜이 새겨진 자신의 반지도 맞출 걸 그랬다고 후회했지만, 이미 때는 늦은 후였다. 이래서 다들 커플링은 한 쌍으로 맞추는 것이로구나, 하고 지후는 뒤늦은 깨달음을 얻었다. 물론 소 잃고 외양간 고치는 것만큼이나 무의미한 각성이었지만, 결국 이렇게 해서 지후의 일방적인 독점욕은 그렇게 부메랑처럼 되돌아오고 말았다.

불쌍한 반지는 그 후 1년 동안이나 빛도 보지 못한 채 책상의 맨 아래 서랍에 묻혀 있었다. 오직 지후만이 진경이 그리울 때마다 몇 번이고 반지를 꺼내어 바라볼 뿐이었다. 두 사람의 관계는 이제 돌이킬 수 없이 기괴한 모습으로 바뀌어 있었지만, 서랍 속의 푸른빛의 보석엔 두 사람의 추억이 여전히 투명하고 순수한 모습으로 담겨 있었다. 지후와 진경이 연인이었던 짧은 날들의 기억……. 찬란하던 가을의 아름다운 찰나 동안 지후는 그녀에게 장난스런 연애를 걸었고, 하룻밤을 보냈으며, 그녀의 처녀를 가졌다. 그리고 그 것으로 너무나도 짧았던 그들의 연애는 끝이 나버렸다. 아쿠아마린 반지는 두 사람이 연애를 했었음을 증명하는 단 하나의 증표였다.

그것마저도 없었더라면, 두 사람의 연애는 한낮의 백일몽만큼이나 허무하고 믿기 힘든 사실이었을 것이다. 서랍 속의 푸른 보석을 바라보며, 지후는 때때로 상상을 했다. 자신이 좀 더 평범한 남자였더라면, 진경과 좀 더 평범한 연애를 할 수 있었을까 하는 그런 상상. 푸른 보석이 끼워진 그녀의 작은 손을 마주 잡고 서로 웃어주는 그런 꿈같은 일이 과연 그에게도 가능할 수 있었을까. 만일 그가 조금 더 남들과 같았다면…….

한지후가 모아놓은 '은진경 컬렉션'은 서랍 속의 아쿠아마린 반지가 끝이 아니었다. 특급 애장품인 아쿠아마린 반지만 사무실에 갖다 놓았을 뿐이지, 벽 하나를 빼곡히 메운 다른 컬렉션들은 지후의 집에서 얌전히 그의 귀가를 기다리고 있었다. 1년 전 벽면의 한 귀퉁이를 장식하고 있던 회색 곰돌이 바지를 입은 진경의 사진이 벽면을 가득 메울 만큼 증식하는 데에는 그리 오랜 시간이 걸리지 않았다. 일상복 차림으로 아파트를 나서는 일요일 오후의 진경, 아파트 화단 근처에 사는 길고양이들에게 밥을 주며 예쁘게 웃고 있는 진경, 새벽의 출근 지하철을 기다리고 있는 피곤한 얼굴의 진경, 그리고 낡은 신문 속에서 흐릿한 모자이크 사이로 보이는 어린 시절의 진경……. 지후의 방 벽면 하나 가득, 진경조차 모르는 진경의 모습들로 빈틈없이 들어차 있었다.

대부분 지후가 흥신소를 통해 몰래 찍은 진경의 일상사진들이었다. 벽 한구석엔 오래된 신문 자료들도 날짜별로 차례대로 정리되어 있었다. 그곳엔 수갑을 찬 진경의 친부와 노란색 폴리스라인으로 막혀진 진경의 집, 그리고 모자이크 너머로도 겁먹은 모습이 느껴지는 어린 진경의 모습 등이 담겨 있었다. 가정폭력을 일삼던 남편이 어린 딸의 눈앞에서 자신의 아내를 살해한 사건은 당시에도 꽤 큼직하게 이슈가 되었는지, 꽤 많은 지면을 할애한 기사들이 신문의 사회면을 장식하고 있었다. 이외에도 진경의 고아원 기록과 초등학교, 중학교, 고등학교의 생활기록부, 확대되어 인화된 졸업사진까지, 지후의 컬렉션 안에는 진경도 갖고 있지 못한 자료들이 가득했다. 먹잇감을 노리는 연쇄살인마처럼, 지후는 자신의 방 한쪽에 진경의 자료들을 덕지덕지 붙여두고 있었다. 한밤중에 벽에 붙은 진경의 사진을 바라보며 혼자 히죽대는 지후의 모습은 공포영화에 나와도 어색하지 않을 만큼 그로테스크한 것이었다.

평소에도 자신이 어딘가 망가져 있다는 사실을 알고 있긴 했지만, 은진경을 사랑하기 시작하면서부터 자신이 생각보다 훨씬 더 미친놈이었다는 사실을 새삼 깨닫게 된 지후였다. 역시나 자신의 피 속에는 친모로부터 물려받은 미친 사랑의 광증이 흐르고 있었던 것 같다고, 지후는 쓸쓸히 인정할 수밖에 없었다. 아무리 봐도 정상은 아니었다. 한지후도, 한지후의 사랑도.

'별거 아니야. 그냥 넌 좀 아픈 것뿐이야.'

오래된 지후의 기억 속에서, 다정하게 머리를 쓸어주며 속삭여준 유일한 사람은 그의 주치의였던 버나드였다. 세인트버나드종의 커다란 개만큼이나 덩치가 컸던 그는 잔뜩 털을 세운 채 웅크리고 있던 조그만 이방인 소년을 향해 커다랗고 다정한 손을 흔쾌히 내밀어주었다.

'넌 나쁜 아이가 아니야. 그저 좀 아픈 아이일 뿐이지. 안타깝게도 요 귀여운 머릿속에 아주 조그만 부속품 하나가 부족한 것 같구나. 하지만 걱정 말거라. 설령 그 조그만 것 하나가 없더라도, 네가 멋진 아이란 게 변하는 건 아니란다.'

동급생인 백인 아이 하나를 빈사의 상태가 될 때까지 때린 지후는 스쿨 폴리스에게 현장 연행되어 온 상태였다. 지후의 아버지가 한경 회장만 아니었더라면, 그래서 지후에 대한 소문이 크게 나는 걸 반드시 막아야만 하는 상황이 아니었다면, 지후가 만난 사람은 정신과 의사가 아니라 재판관이었을 것이다. 하지만 정말로 다행스럽게도, 지후는 그곳에서 버나드를 만날 수 있었다. 그는 그때까지 지후가 만났던 어른들 중에, 지후를 욕하거나 손가락질하지 않는 유일한 사람이었다.

충동조절장애.

그것이 버나드가 지후에게 붙여준 이름이었다. 그리고 이 이름 덕분에, 지후는 소년법원 대신 약간의 요양과 심리상담의 처분을 받을 수 있었다.

'원래 참는다는 것은 누구에게나 힘든 법이란다, 인생이란 원래 그래.'

'하지만 제가 남들과 다르다는 건 당신도 잘 알잖아요, 닥터 쇼클리.'

'버니라고 불러도 좋아. 내 친구들은 모두 다 날 그렇게 부른단다.'

'괜찮습니다, 닥터 쇼클리. 전 아직 당신과 친구가 아니니까요.'

당돌한 어린애의 말에도 버나드는 그저 껄껄 웃을 뿐이었다. 동화책에 그려진 빨간 옷의 산타클로스를 닮은 유쾌한 웃음이었다.

'좋아, 곧 나의 친구가 될 꼬마 소년. 예를 들면 이건 이런 종류의 문제란다. 여기 있는 캔디가 먹고 싶을 때, 보통은 여기 전두엽에 살고 있는 요정이 이렇게 말하곤 하지. '오, 정말 맛있게 생긴 캔디군. 그런데 이걸 말없이 먹어도 괜찮을까? 이건 닥터 쇼클리의 것인데?'

뚱뚱하고 덩치가 큰 그가 어린아이처럼 가느다란 목소리를 내며 한 편의 모노드라마를 펼치는 것을, 어린 지후는 가만히 바라보고 있었다.

'하지만 네 전두엽요정은 남들보다 아주 작은 목소리를 가지고 있단다. 안타깝게도 네 귀에 들리기엔 너무 작은 목소리지.'

소리를 내지 않고 입 모양만 벙긋거리며, 버나드는 벙어리 전두엽요정을 흉내 내고 있었다.

'원래 사람이란 여러 가지 욕망들로 들끓고 있는 존재란다. 누군가를 죽도록 때려주고 싶기도 하고, 무언가를 미치도록 갖고 싶어지기도 하지. 누구나 그런 욕망들이 마음속에 있단다. 그러니까 그런 건 아무런 문제도 되지 않아. 모두가 그런 거니까. 다만 그렇게 해서는 안 돼, 라고 말하는 전두엽의 요정 덕분에 대부분의 사람들은 그런 일들을 대부분 참을 수 있는 거란다.'

'닥터 쇼클리의 말대로, 저의 반사회적 행동들이 전두엽의 기능장애로 인한 것이라고 한다면, 저는 어떻게 해야 하는 것인가요?'

'인간에게는 전두엽만 있는 게 아니란다. 각각의 역할을 담당하는 여러 명의 훌륭한 다른 요정들이 있고, 너는 전두엽 요정을 대신해줄 다른 요정들을 좀 더 훈련시키면 되는 거야. 그뿐이란다. 아주 간단하지?'

'어떻게 말인가요?'

'우선 한 가지의 법칙을 정하는 거야. 자기 자신이랑. 음, 예를 들어……. 다른 사람은 절대로 해치지 않기, 같은……. 오, 이런, 우리의 멋진 법칙에 가련한 동물들도 포함시켜주어야겠구나. 그럼 우리는 이런 법칙을 세울 수 있을 거야. 다른 생명은 절대로 해치지 않기.'

검지를 흔들어 보이며, 버나드는 다정하지만 단호한 목소리로 말했다.

'그리고 뭔가를 하고 싶을 때마다 더 신 나고 재미있고 해롭지 않은 다른 걸 해보는 거야. 마음속의 시끄러운 소리들이 지워질 수 있도록 말이지. 예를 들어 휘파람을 분다거나, 종이를 마음껏 찢어본다거나, 기분이 풀릴 때까지 버럭버럭 소리를 질러보는 것도 좋겠지. 다른 생명에게 위해를 가하지 않는다는 첫 번째 원칙만 어기지 않는 선에서, 뭐든 충동을 대체할 수 있는 다른 걸 해보는 거야. 기분이 풀릴 만큼 즐겁고, 유쾌하고, 안전한 어떤 것.'

버나드는 커다란 손으로 다시 한 번 지후의 머리카락을 다정히 쓸어주었다.

'걱정하지 마, 지후. 우린 분명 멋지고 좋은 방법을 찾아낼 수 있을 거야.'

하지만 어른이 된 지금, 지후는 자신이 찾아낸 방법이 과연 버나드가 말한 멋지고 좋은 방법인지에 대해 회의가 들었다. 지금껏 섹스란, 무의식 속에서 시시때때 끓어오르는 갖가지 충동들을 효과적으로 컨트롤할 수 있는, 즐겁고 유쾌하고 안전한 제어장치였다. 그것은 범죄도 아니었고, 누군가를 해치지도 않았으며, 서로에게 쾌락과 만족만을 선사해주는 최고의 해결책이었다. 하지만 진경을 만난 이후, 지후는 막다른 벽 같은 한계에 부딪치고 말았다. 지금껏 보통의 평범한 사람들을 흉내 내며 간신히 살아온 그에게, 사랑이란 너무도 어려운 난관이자 풀기 힘든 숙제였다.

진경은 아직까지 이렇게까지 음습한 지후의 본성을 모르고 있었다. 자신이 스토커처럼 사람을 붙여 진경의 일거수일투족을 감시하고 그녀의 모든 것을 수집하고 있다는 사실을 알면 어떤 표정을 지을지, 지후는 짐작조차 되지 않았다. 자신 안에 드글거리는 시커먼 집착과 소유욕을 알게 된다면, 진경은 뭐라고 말할까. 그녀를 알게 된 1년 동안, 자신이 차근차근 망가져왔다는 사실을 알게 되면, 그녀는 어떤 반응을 보일까.

아마도 진경은 진저리를 칠 것이 틀림없었다. 소름 끼치고 징그럽다고, 그런 건 절대로 사랑이 아니라고 말할 것이다. 오래전, 한 회장이 지후의 친모에게 그랬던 것처럼.

사랑에 익숙해질 때까지, 진경을 사랑해도 괜찮을 때까지 기다려 달라던 지후의 부탁은 이미 유효기간이 지나고 말았다. 1년이 지난 지금도, 지후는 여전히 사랑에 익숙해지지 않았다. 여전히 지후는 사랑이 무서웠다. 자신의 사랑이 깊어지면 깊어질수록 점점 더 무서워졌다. 그에게 사랑은, 마치 끝이 보이지 않는 무저갱과도 같았다.

여전히 진경은 밤마다 악몽을 꾸곤 했다. 하지만 언젠가부터 그녀의 악몽에는 엄마가 등장하지 않았다. 검붉게 말라붙은 피 웅덩이 속을 헤매는 대신, 진경은 밤마다 사라지는 남자의 뒷모습을 바라보아야 했다.

'미안하지만 아무래도 내가 잘못 생각했던 것 같네요.'

꿈속의 한지후는 여전히 멋지고 근사했다. 거만하게 내리깐 눈매조차 고혹적인 아름다움을 뿜어내고 있었다.

'이렇게 갑자기 연애라니, 내가 성급했어요. 정말 미안하지만, 그 제안은 없던 걸로 하고 싶습니다.'

언젠가 들은 적 있었던 말이었다. 꿈속에서 몇 번이나 반복해서 들고 있음에도 불구하고, 그 말을 들을 때마다 그녀의 가슴속에선 찬바람이 불었다.

'가지 마세요.'

1년 전 현실에서의 진경과 달리, 꿈속의 진경은 몹시도 비굴했다. 그의 옷자락을 잡으며, 그녀는 자신을 떠나려는 남자를 향해 사정했다.

'사랑해요.'

울먹이며 소리치는 꿈속의 자신을 보며, 진경은 눈을 가렸다. 그러지 말라고, 그러면 안 된다고 소리치고 싶었다.

'당신을 사랑해요. 이대로 가지 마세요. 나한테 기회를 주세요.'

거지처럼 비굴하게, 꿈속의 진경은 남자에게 매달렸다. 하지만 그녀를 뿌리치는 거센 손길에 비참하게 나동그라질 뿐이었다.

'그게 무슨 소용이죠? 내가 당신을 사랑하지 않는데.'

차가운 남자의 눈빛을 받으며 진경은 울었다. 꿈속의 진경도 울고, 꿈 바깥의 진경도 울었다. 울다가, 울다가 잠이 깼을 땐 베갯잇이 눈물로 흠뻑 젖어 있었다.

그녀가 울면서 악몽에서 깨어났을 때는 아직 사방이 어둠에 잠긴 새벽녘이었다. 5시가 되어가는 시간이었지만 가을의 새벽은 한밤중 같은 암흑일 뿐이었다. 진경은 침대 옆의 스탠드를 켜고 커피머신의 버튼을 눌렀다. 그러고는 아직도 지끈거리는 관자놀이를 둥글게 마사지하며 깊은 한숨을 내쉬었다. 하루하루 시간이 갈수록, 진경은 느끼고 있었다. 이대로는 안 된다는 걸.

한지후를 사랑하지 않으면 되는 일 아니냐며 자만하던 과거의 자신을, 진경은 매일 밤 저주했다. 사랑도 연인도 되어주지 못할 거면서 한지후는 쓸데없이 달콤하고 상냥했다. 가만히만 있어도 빠져들 만큼 매력이 넘치는 남자인데, 그 무섭다는 몸정까지 차곡차곡 쌓였으니 이제는 돌이킬 수 없을 정도였다. 매일매일 시간이 갈수록 점점 더 한지후에게 빠져드는 자신이, 진경은 무서웠다. 언젠가 그가 뒤돌아 떠나기 전에 자신이 먼저 그를 떠나야 한다고, 그래야만 그가 없는 삶을 견뎌낼 수 있을 거라고, 진경은 매일매일 스스로에게 주문처럼 각인시켰다. 하지만 날이 밝아 한지후와 다시 마주치면 또다시 그녀의 결심은 봄날의 눈처럼 녹아내리고 말 터였다. 지난 1년 동안 매일매일 그랬듯이.

진경은 침대 옆의 협탁 서랍을 열었다. 그러고는 뒤집어놓은 조그만 액자 하나를 꺼냈다. 그곳에는 1년 전 지후에게 받은 낡은 사진이 고이 끼워져 있었다. 근심이나 걱정 따위는 한 조각도 없는 것처럼 밝게 웃고 있는 아름다운 아이의 사진을 진경은 한참 동안이나 가만히 바라보았다. 그러고는 은행잎이 노랗게 물든 가을밤의 향기를 떠올렸다. 그날 밤 가로등 아래서 웃고 있던 한지후의 고운 미소가, 아직도 진경에게는 생생하기만 했다.

진경이 한 회장의 부름을 받은 것은 다음 날 오후의 일이었다. 정말로 오랜만에, 진경은 한 회장과 마주 앉아 차를 마셨다. 가을빛을 닮은 노란 국화차가 내뿜은 은은한 향기가 두 사람의 주변을 맴돌고 있었다.

"지후랑은 잘 지내냐?"

가을주의보　281

"네, 잘 지내고 있습니다."

"잘 지낸다는 사람이 얼굴이 왜 그 모양이야? 못되게 괴롭히거나 하지는 않지?"

"네…… 잘해주십니다."

국화차를 한 모금 입에 머금은 채, 진경은 빙긋 웃었다. 오래전의 기억이 떠올라서였다.

'못되게 괴롭히는 놈들은 없지?'

세 달에 한 번씩 고아원에서 만날 때면 한 회장은 꼬박꼬박 그렇게 묻곤 했다. 언니들에게 맞아서 여기저기 생채기가 난 것을 본 이후부터는 늘 같은 질문을 했었다. 혹시라도 한 회장에게 누를 끼칠까 봐 진경은 맞은 상처를 애써 감추면서 늘 환하게 웃었었다.

'네, 잘 지내고 있습니다.'

그것이 언제나와 똑같은 진경의 대답이었다.

"아무튼 은진경이는 쓸데없이 씩씩한 게 흠이야. 힘든 일 있으면 언제든지 말해도 괜찮다. 이제는 그런 소리 좀 해도 좋을 만한 사이가 아니냐."

"정말로 잘 지내고 있습니다. 걱정하지 않으셔도 괜찮습니다."

웃으면서 대답하는 진경을 한 회장은 가만히 바라보았다. 애써 괜찮다고 말하고는 있지만 언젠가부터 눈가의 그늘이 부쩍 눈에 띄는 진경이었다. 10년이 넘도록 그녀를 보아온 한 회장이 그것을 모를 리가 없었다.

'드릴 말씀이 있습니다.'

오래전 자신의 차 앞을 막아서며 당당하게 말하던 당돌한 여자아이를 한 회장은 지금도 잊을 수가 없었다.

'안녕하십니까. 저는 태화 고등학교 1학년 은진경입니다. 회장님께 한 가지 제안드리고 싶은 것이 있어서 이렇게 찾아왔습니다.'

깡마른 몸에 동그란 눈만 반짝이는 작은 소녀는 그렇게 한경 회장의 곁으로 찾아왔다. 진경은 자신을 보고 은인이라고 하지만, 사실 돌이켜보면 그녀를 만난 건 한경 회장 자신에게도 커다란 축복이었다.

'딱 1년만 저에게 투자를 해주십시오.'

'투자라…… 너한테 말이냐?'

'저희 고아원에서는 19세 미만의 청소년에게만 지원을 하고 있습니다. 하지만 저희 고아원 형편상 원생들에게 대학진학까지는 지원해줄 수는 없는 실정입니다. 제가 고등학교를 졸업하고 대학에 입학할 수 있도록 딱 1년간만 지원을 해주신다면, 그 후에는 제가 회장님께 힘이 되어드리겠습니다.'

당돌한 꼬마 계집아이의 말은 묘하게 호기심을 자극하는 구석이 있었다. 대기업 회장인 자신에게 힘이 되어주겠노라며 당당히 말하는 그녀의 배짱이, 한 회장은 몹시도 재미있었다.

'내가 너에게 지원을 해주면, 너는 내게 뭘 해줄 수 있는데?'

한 회장의 대답에 어린 진경은 가방 속에서 서류 파일 하나를 꺼냈다.

'저에 대한 분석 보고서입니다. 읽어보시고 가능성이 보인다고 생각하시면 투자해주십시오. 실망시켜드리지 않겠습니다.'

한 회장은 웃음을 터뜨리지 않을 수 없었다. 꼬마아이에게서 보이는 당찬 기개가 몹시도 마음에 들었다. 머리가 희끗한 중역들조차 자신의 눈치를 보면서 할 말도 제대로 하지 못하는데, 스물도 안 된 꼬마가 이처럼 당당하게 자신의 의사를 피력하는 걸 보니 그야말로 호기심이 제대로 발동했다.

'좋다. 어디 한번 들어나 보자꾸나. 네가 얼마나 대단한 녀석인지 말해보거라.'

그것이 은진경과 한경 회장의 첫 만남이었다. 그리고 그 후 10년이 다 되어가는 지금까지도, 한 회장은 진경을 후원한 것이 인생에서 가장 잘한 일 중의 하나였다고 철석같이 믿고 있었다. 단지 유능한 인재를 일찌감치 스카우트했다는 자부심만은 아니었다. 진경이 한 회장에게 해준 것은 비단 공적인 일들만이 아니었다. 그녀는 늙고 외로워 마음 붙일 데 없는 그에게 하나밖에 없는 딸이고 친구였다. 그런 진경을 지후에게 보내준 것은 한 회장 나름의 은밀한 복안이 있기 때문이었다.

"정후가 돌아온다는구나."

한 모금 마신 찻잔을 천천히 내려놓으며, 한 회장이 입을 열었다.

"네."

진경의 머릿속에 쾌활하게 웃던 정후의 얼굴이 떠올랐다. 진경에게 악수를 청하던 정후의 모습은 그가 독일로 떠나던 3년 전의 기억이었다. 해사한 미소를 지녔던 스물넷의 청년은 이제 스물일곱의 어른이 되었을 것이다. 그가 어떻게 바뀌었을지, 진경도 몹시 궁금하고 기대되었다. 하지만 그의 귀환을 마냥 기뻐할 수만은 없는 것 역시 진경이 처한 솔직한 입장이었다. 한정후는 태생적으로 한지후와 대척점에 설 수밖에 없는 존재였다. 정후가 돌아온다면, 진경은 반드시 둘 중 하나를 선택해야만 할 터였다.

"정후는 거기서 공부를 좀 더 하고 싶어 하는 것 같은데, 제 어미가 하도 성화를 부려서 결국은 들어오게 됐어. 귀국하면 아마도 곧바로 본사로 들여올 모양이다. 왜 그렇게 서둘러서 정후를 귀국시키려는지, 그 이유는 짐작할 수 있겠지?"

"네."

"다행히도 지후는 아주 잘하고 있어. 임원진들 사이에서도 꽤 평판이 좋아. 물론 싫어하는 놈들도 있겠지만, 가시적인 성과들이 있으니 딱히 대놓고 반대는 하기 힘들 거야. 하지만 정후가 돌아오고, 제 어미가 본격적으로 편을 들고 나서면 얘기가 달라질 수도 있지."

"네……."

"얼마 전, 집사람이 미국에 사람을 하나 보냈다고 하더구나."

한 회장은 담담한 얼굴로 국화차 한 모금을 들이켰다.

"지후 주변을 샅샅이 조사한 모양인데, 펜실베니아 대학까지 찾아갔나 봐. 지후는 펜실베니아에 가본 적도 없는데 말이야."

진경은 한 회장의 말에 조용히 귀를 기울였다.

"지후의 예전 주치의가 펜실베니아 심리학과의 석좌 교수로 있다고 한다. 내 말이 무슨 뜻인지 알겠니?"

진경의 얼굴이 삽시간에 어두워졌다. 윤여희가 지금 무엇을 손에 넣었는지 깨달았기 때문이었다.

"지후의 병명이 뭔지는 너도 잘 알고 있을 거라 생각한다. 내가 봤을 때는 이미 정상 생활에 아무 문제가 없는 것 같은데, 주주들도 그렇게 생각해줄지는 잘 모르겠구나. 아무래도 정신 병력이 있다는 건 경영자의 자질에 치명적인 약점이 될 수 있겠지."

"본부장님의 건강상태는 큰 문제 없다고 생각합니다. 지금껏 회사의 경영에 있어서 한 번도 그런 종류의 일로 문제를 일으킨 적은 없으셨습니다."

진경의 몸 바친 희생 덕분에 한지후가 지금껏 안전하게 마음의 평정을 유지하고 있는 것이었지만, 진경은 그런 사실까진 전하지 않았다. 어쨌든 지난 1년간 지후가 아무런 문제 없이 회사를 운영해오고 있는 것만은 틀림없는 사실이었으니까.

"나도 그렇게 생각하고 있다만, 다른 사람들도 모두 그렇게 생각해줄 거라는 보장은 없지. 그래서 말인데…… 지후의 혼사를 좀 서둘렀으면 한다."

"네?"

"지후 녀석이 아무리 저 잘났다고 설쳐도, 아직은 한참 부족해. 이럴 때 든든한 처가가 뒷배가 되면 큰 힘이 될 수 있을 게다. 안정적으로 가정을 꾸리고 평범하게 잘 사는 모습을 보이면 주주들도 신뢰를 가질 수 있을 테고. 마침 윤건케미컬 오 회장한테 장성한 딸이 하나 있는데, 제 애비랑 다르게 아주 예쁘고 참하더라고. 바이올린 전공이라는데 행동거지가 아주 조신해. 요즘 애들 같지 않게. 지후 놈 성질머리가 괄괄하니 그런 얌전한 아가씨가 딱 어울릴 것 같구나. 그래서 혼사를 한번 추진해보려고 하는데, 지후 녀석이 말을 들을까 걱정이다. 그놈이 날 닮아서 고집이 아주 쇠심줄이거든."

진경의 얼굴이 새하얘진 것을 조금도 눈치채지 못했는지 한 회장은 껄껄 너털웃음을 지었다.

"사실은 얼마 전에 녀석한테 은근히 떠본 적이 있거든. 그런데 이놈이 아주 정색을 하더라고. 자기는 결혼 생각이 절대 없다나 뭐라나."

진경은 들고 있던 찻잔을 조용히 내려놓았다. 그렇지 않으면 부들부들 떨리는 손가락들을 들킬 것 같았기 때문이었다.

"그러니 진경이 너랑 나랑 작전을 하나 짜자. 오 회장네하고는 내가 잘 말해서 자리를 마련해볼 테니, 네가 지후를 잘 구슬러서 데리고 오너라. 지후 이놈이 얌전하게 장가를 가야, 나도 맘 편하게 은퇴를 하지. 너도 알지? 남은 시간이 그리 많지 않은 거……."

씁쓸한 얼굴로 미소 짓는 한 회장을 보며, 진경은 말없이 고개만 수그리고 있었다. 진경이 자신의 아들과 질펀하게 붙어먹은 줄도 모르고, 저리 순박한 얼굴로 철석같이 신뢰하고 있는 한 회장을 볼 면목이 없었다. 1년 전 지후를 잘 부탁한다며 간절히 말하던 한 회장의 작은 바람을, 진경은 결국 지켜주지 못했다.

"네, 최선을 다해보겠습니다."

그것이 진경이 할 수 있는 말의 전부였다. 하고 싶은 말은 많았지만, 그 말 이외에는 차마 나오지 않았다. 울컥, 뜬금없는 울음이 튀어나올 것 같아, 진경은 서둘러 국화차 한 모금을 입에 넣었다. 차마 한 회장을 바라볼 수 없어서 진경은 내내 고개만 숙이고 있었다. 그래서 진경은 미처 깨닫지 못했다. 한경 회장이 그런 자신을 몹시도 묘한 눈길로 바라보고 있다는 사실을.

그 후로 며칠 동안 진경을 제대로 잠을 이루지 못했다. 잠을 자려고 누워도 수만 가지의 잡념들만 또렷하게 머릿속을 오갈 뿐, 도무지 잠이 오질 않았다. 몇 날이나 불면의 밤을 보내고 눈 아래에 거무스름한 그늘이 문신처럼 박힌 다음에야 진경이 내린 결론은 '끝'이었다. 어차피 쓸데없는 미련과 어리석은 우유부단함으로 지금까지 끌고 온 관계였다. 지후의 맞선이나 결혼 같은 것은 사실 핑계에 불과했다.

서로가 서로를 좀먹으며 이어온 이 무의미한 관계를 이쯤에선 끝내야 할 때가 됐다는 것은, 진경 역시 오래전부터 깨닫고 있던 사실이었다. 하지만 막상 그와의 끝을 결심하자, 진경의 눈에선 자신도 모르는 커다란 눈물방울이 뚝 하고 흘러내렸다. 미처 두뇌가 의식하기도 전에 심장이 먼저 알아채고 흘리는 눈물이었다.

다시는 한지후 때문에 울지 않기로 했는데…….

닦아도, 닦아도 또다시 흐르는 눈물을 삼키며, 진경은 바보처럼 웃었다. 결국 언젠가는 울게 될 것이란 걸 알면서도 한지후를 놓지 못한 건 자신이었으니, 바보가 맞긴 맞았다. 언젠가는 끝이 날 관계라고, 그러니 절대로 마음을 모두 줘서는 안 된다고, 그사이 몇 번이나 자신을 향해 경고했는데, 그래도 막상 끝이 다가오니 그간의 경고들은 이미 흔적도 없이 사라지고 없었다. 이미 심각할 정도로 깊숙이, 한지후는 은진경 안에 들어와 있었다. 심장 속에 박혀버린 커다란 가시처럼, 빼내고 싶어도 빼낼 수가 없었다.

진경이 이별을 결심한 날은, 지후를 처음 만났을 때와 똑같은 가을의 어느 날이었다. 이른 아침부터 진경은 지후와의 마지막을 하나씩 준비했다. 그동안 하나씩 준비해온 업무 인계 자료들을 정리하며, 자신의 부재에도 한지후가 흔들리지 않을 수 있도록 차근차근 그와의 끝을 쌓아 나갔다.

그리고 마침내 모든 정리가 끝났을 때, 진경은 마지막으로 그와 섹스를 했다. 다시는 보지 못할 그의 성기를 정성스럽게 핥아주고, 소중하게 입 안에, 그리고 몸 안에 그를 담았다. 쾌감에 못이긴 척, 팔을 뻗어 그의 목을 둘러 안았다. 그러고는 있는 힘껏 그의 온몸을 끌어안았다. 지금이 아니라면 다시는 할 수 없다는 것을, 그녀의 몸이 먼저 알고 있었으니까.

11장. 이별하기 좋은 계절

　지후는 다리를 넓게 벌린 채 자신의 다리 사이를 바라보고 있었다. 정확히 말하면 다리 사이에서 자신의 성기를 빨고 있는 여자를 바라보고 있었다. 단정하게 빗어 올린 검은 머리카락을, 동그랗게 솟아 오른 새하얀 이마를, 이마의 경계선을 따라 보송보송 솟아 있는 조그만 솜털들을, 그리고 오물거리며 귀엽게 움직이는 빨간 입술을, 지후는 세상에서 제일 사랑스럽다는 듯이 바라보고 있었다.

　"입에다 해도 돼?"

　매끈하게 빗어 올린 검은 머리카락 아래로 앙증맞게 흘러내린 귀밑머리와 섬세하게 뻗어 내린 고운 턱 선을 다정히 쓰다듬으면서, 지후는 달콤하게 속삭였다. 지금 당장, 그녀의 몸 안에 자신의 정액을 넣고 싶었다. 입 안 가득. 배 속 깊이. 자신의 향과 냄새로 그녀를 온전히 물들이고 싶었다.

"하고 싶어. 허락해줘. 응?"

푹 팬 보조개에 한가득 미소를 지으며, 다시 한 번 그가 말했다. 조금 망설이는 듯싶더니, 진경은 얌전히 고개를 끄덕였다. 평소 구강 사정은 질색하던 진경이었는데, 어쩐지 오늘따라 순순히 허락하는 것이 이상했다. 하지만 하반신을 직격하는 강력한 쾌감 때문에, 지후는 그녀의 상태가 평소와 다르다는 것을 미처 깨닫지 못했다.

평소와는 달리 놀랄 만큼 적극적인 기세로, 진경은 입 안에 한가득 들어차 있는 그의 분신을 세차게 빨아들였다. 점막과 점막이 부딪치며 흡입되는 축축하고 야한 소리가 텅 빈 사무실 위로 커다랗게 울려 퍼지자, 지후는 아무런 생각도 할 수가 없었다. 그저 온몸에 감전이라도 당한 사람처럼 사지를 떨며 억눌린 신음을 삼킬 뿐이었다. 마침내 죽음과도 같은 절정이 찾아오고 폭포수처럼 뿜어져 나온 뜨거운 점액질이 진경의 입 안을 가득 메우자, 그렇지 않아도 뜨겁던 진경의 입 속은 더 이상 견딜 수 없을 만큼 뜨끈하게 달아올랐다. 용광로처럼 뜨거운 진경의 입 안에 자신의 성기를 담은 채로, 지후는 부르르 몸을 떨었다. 온몸의 신경을 타고, 짜릿짜릿 전기가 통하는 듯한 쾌감이 온몸을 훑고 지나갔다. 의자 손잡이를 붙잡고 있던 그의 손가락에는 손마디가 하얗게 변해버릴 정도로 잔뜩 힘이 들어가 있었다.

하지만 그가 진저리를 치며 쾌감을 견뎌내고 있는 그 순간에도, 진경의 입술과 혀는 계속해서 그의 물건을 빨아들이고 있었다. 이미 절정에 이르렀는데도 사정없이 공격해오는 잔인한 쾌감에, 지후의 온몸이 덜덜 떨려왔다. 다리 사이에서는 꿀꺽거리는 소리와 함께 그가 잔뜩 내뿜었던 진득한 액체가 진경의 목 안으로 남김없이 삼켜지고 있었다. 그녀의 목구멍을 타고 흐르는 정액의 궤도를 따라 지후의 온몸과 영혼이 빨려 들어가는 것만 같았다. 그것은 깊고 깊은 블랙홀의 기저처럼 아득하고 새까맸다. 지후는 부들부들 경련하는 고개를 비틀며 신음을 토해냈다. 촌음처럼 짧고, 영겁처럼 긴 엑스터시의 순간이 그의 온몸을 뒤흔들고 있었다.

진경은 지후의 성기를 입 안에서 빼낸 후, 서랍에서 꺼낸 물티슈로 침과 정액으로 번들거리는 그의 물건을 슥슥, 노련하게 닦아주었다. 조금 전까지 남자의 물건을 빨고 있던 사람이라고는 믿을 수 없을 만큼 침착한 얼굴이었다. 여전히 묵직한 존재감을 자랑하는 그의 성기와 덥수룩한 수풀 여기저기에 묻은 산호빛 립스틱의 흔적들까지 깨끗이 지운 진경은 처음처럼 단아한 얼굴로 고개를 들었다.

지금껏 뜨겁게 새겨 넣었던 지후의 흔적이라고는 조금도 남아 있지 않은 모습이었다. 그리고 그런 그녀의 초연함이 지후는 마음에 들지 않았다. 지후는 자신도 모르게 그녀의 팔을 거칠게 잡아 일으켰다. 저 여자에게 지금 필요한 것은 자신의 표식이었다. 이 여자가 내 것이라는 사실을 그녀의 몸속 깊은 곳에 새겨 넣고 싶은 미친 듯한 충동이 일었다.

"지금 해도 될까?"

지후는 진경의 머리를 쓰다듬으며 아쉬움이 가득 담긴 은근한 목소리로 달큰하게 속삭였다. 11시부터 회의가 잡혀 있다며 거부하려는 진경을 간살스럽게 꼬드겨서 자신의 책상 앞으로 이끈 지후는 그녀의 몸을 안아 책상 위에 앉혔다. 그러고는 단정한 회색빛의 치마를 허리까지 걷어 올리고 그녀의 양다리를 크게 벌렸다. 만개한 꽃처럼, 진경은 지후의 눈앞에서 활짝 피어났다.

빅토리아 왕실에나 어울릴 것 같은 커다랗고 아름다운 나무 책상 위에 커피색 스타킹을 신고 다리를 벌린 채 앉아 있는 진경은 마치 여왕 같았다. 아니, 여신 같았다. 회색빛으로 빛나는 늦가을의 하늘을 배경으로 도발적이고 당당한 자태로 앉아 있는 그녀의 모습은 한 폭의 성화를 보는 것만큼이나 신비롭고 아름다웠다. 최면에라도 걸린 것처럼 지후는 천천히 진경에게 다가갔다. 그러고는 그녀의 입술에 진한 키스를 퍼부었다. 턱 아래의 부드럽고 연약한 살을 단단히 움켜쥐고는 탐욕스런 입술로 그녀를 삼켰다. 그녀의 가느다란 목을 감싼 그의 커다란 손은 금방이라도 그녀의 목을 졸라버릴 것처럼 뜨겁고 거칠었다. 하지만 한편으로는 유리인형처럼 섬세하고 연약한 무언가를 손에 쥔 것처럼 초조하고 조심스럽기도 했다.

지금이라도 쥐어짜서 부서뜨리고 싶은 욕망과 혹시라도 망가뜨릴까 봐 두려워하는 걱정스러움이 치열하게 싸우고 있는 듯한 몸짓이었다. 굶주린 짐승 같기도 하고, 몰려드는 해일 같기도 했다.

뜨겁고 습한 동굴 같은 진경의 입 안으로, 지후는 하염없이 빨려들어 갔다. 그녀의 조그마한 분홍빛 혓바닥을 세차게 빨아들이며, 지후는 점점 더 깊숙이 그녀를 탐했다. 그녀의 몸 안으로 온전히 빨려 들어가, 진정한 하나가 되어 살아가는 것. 결코 둘로 나누어지지 않는 완전한 합일. 가끔 지후는 그런 결말을 맞이하고 싶다고 생각했다.

어미젖을 빠는 어린애처럼 그녀의 혓바닥을 한참이나 빨아들이던 그가 장난스럽게 혓바닥을 앞니로 잘근잘근 깨물면서 웃었다. 기분이 좋아졌다는 뜻이었다. 그가 기분이 좋아진 이유는 간단했다. 냉동된 다랑어처럼 얌전하기만 하던 진경이 몸을 꿈질거리며 뜨거운 신음을 내뱉었기 때문이었다. 으흥, 으흥, 으흐흥. 미처 막아내지 못한 쾌락의 신음 소리가 그녀의 목구멍을 타고 그릉그릉 올려왔다. 그다지 큰 소리는 아니었지만, 시들었던 지후의 아랫도리에 또다시 불끈불끈 힘이 들어갈 정도로 자극적인 목소리였다. 그럴수록 점점 더 신이 난 지후의 가지런한 앞니들은 자근자근 좀 더 세차게 그녀의 혓바닥을 씹으며 즐거워하고 있었다. 그리고 그의 단단한 치아가 민감한 혓바닥 위를 강하게 내리누를 때마다, 진경의 몸뚱이는 흠칫흠칫 경련을 일으켰다.

진경의 허벅지를 양손으로 꽉 붙잡아 벌린 채, 지후는 그녀의 다리 사이에 자신의 몸을 박아 넣었다. 억눌린 비명 소리가 그녀의 입술 사이에서 흘러나왔다. 지후는 진경에게 입을 맞추며 부드럽고도 강하게 허리를 움직였다. 책상 위에서 온몸으로 그의 진동을 받아내던 진경은 결국 불안한 듯 손을 내밀어 지후의 목을 꼭 끌어안았다. 세상에서 의지할 사람이라고는 지후 한 사람밖에 없는 것처럼 간절하고 필사적인 몸짓이었다. 지후의 배 속에서 또다시 홧홧하게 불길이 일었다. 어느새 한낮의 사무실은 뜨거운 신음 소리로 질척하게 젖어들고 있었다.

끝없는 에스컬레이터처럼 가쁘게 올라가던 진경의 신음 소리가 점점 더 애달파졌다, 진경은 큰 소리로 신음하는 일은 별로 없었다.

언제나 억눌린 것 같은 숨죽인 신음만 냈다. 얌전한 비서답게 신음도 조용하고 절제되어 있었다. 지후는 그 점이 좋기도 하고 싫기도 했다. 어린 강아지처럼 연약하게 낑낑대는 모습이 사랑스럽기도 했지만, 자지러질 듯 비명을 지르며 자신에게 매달리는 모습이 보고 싶기도 했다. 지후는 코앞에 와 닿은 진경의 뽀얀 목덜미를 강하게 깨물었다. 잇자국이 푹 파일 정도로 거친 행위였다. 덕분에 목구멍 아래에서 끙끙거리기만 하던 진경의 신음이 높은 소리로 튕겨져 올랐다. 하악 하는 높은 신음은 아픔과 쾌락의 중간색을 띠고 있었다.

그제야 지후의 입술이 만족스럽게 휘어졌다. 빳빳하게 다려진 진경의 블라우스 깃을 젖히고 오목하게 패어 있는 자신의 잇자국 위를 다정하게 핥았다. 고통 뒤 찾아온 쾌락에, 진경의 신음 소리가 점점 더 높아졌다. 이미 제 기능을 잃어버린 그녀의 두뇌는 아픔과 쾌감을 더 이상 분간해내지 못했다. 그저 제 목덜미에 와 닿은 뜨거운 기운에 놀라 버둥거리고 있을 뿐이었다. 지후의 목덜미를 그러쥔 그녀의 손끝에 바짝 힘이 들어갔다. 절박하게 엄마 품에 매달린 어린 짐승처럼, 진경은 지후의 목덜미를 꼭 끌어안았다. 귓가에서 들리는 지후의 웃음소리가 점점 더 짙어지고 있었지만, 몸을 뒤틀며 신음하느라 정신이 없는 진경의 귀에는 들리지 않았다.

그리고 그녀가 깨닫지 못하는 사이, 지후는 그녀의 목덜미 위에 작은 키스를 하고 있는 중이었다. 그것은 지금까지 보여주었던 성애의 키스와는 어딘가 다른 입맞춤이었다. 굳이 분류하자면, 정말로 사랑하는 연인들 사이에서나 나눌 법한 그런 종류의 입맞춤이랄까. 두근거리는 흠모와 친애의 감정을 입술에 담아 보내는 보드

랍고 자그마한 입술의 선물이 진경의 여린 속살 위로 사뿐히 내려앉았다. 하지만 쾌락으로 마비된 진경의 촉각세포는 그런 미세한 차이 따위를 구분해낼 수가 없었다. 그저 지후의 목덜미에 매달려 고개를 젖히며 하악 하고 뜨거운 신음을 뱉어낼 뿐이었다.

점점 더 정사의 절정이 가까이 다가오고 있었다. 목을 그러쥔 진경의 손끝에 점점 더 힘이 들어가고 있었다. 진경은 차마 하늘 같은 상사의 살갗에 손톱은 박아 넣지 못하고, 자신의 손바닥만 애처롭고 눌러 쥐고 있었다. 지후는 그런 점이 예쁘고도 짜증스러웠다. 자신을 배려하겠다는 기특한 마음은 예쁘지만, 끝까지 자신이 그어놓은 선 바깥으로는 다가오지 않는 점이 야속했다. 그런 그녀에게 벌이라도 주듯 힘껏 속도를 내어 허리를 움직이며, 지후는 진경의 허리를 강하게 끌어안았다. 그리고 습관처럼 진경의 입술을 찾아 질척하게 혀를 섞었다.

마침내 지후의 심벌이 진경의 몸 안에서 뜨거운 폭발을 맞았다. 지후는 질끈 눈을 감았다. 눈앞이 노란빛과 흰빛으로 어찔어찔 점멸하고 있었다. 아래에서는 정액을 내뿜으면서, 위로는 진경의 혀를 빨았다. 서로가 서로를 향해 뿜어내고 빨아들이며, 감전 같은 전율이 온몸을 관통하는 것을 아찔하게 견뎌내는 중이었다. 서로의 몸을 단단히 이은 채, 두 사람은 그렇게 서로의 절정을 함께했다.

그리고 마침내 길고도 짧았던 정사가 끝났다.

"저, 본부장님……."

진경이 그 말을 한 건, 정사가 끝나고 한풀 열기가 식어버린 직후였다. 책상에서 내려와 평소와 다름없는 단정한 비서로 돌아온 진경은 지후를 향해 난처한 태도로 입을 열었다.

그녀의 첫마디를 듣는 순간, 지후는 알 수 있었다. 그녀가 지금 자신에게 무슨 말을 하려는 것인지. 이성보다도 본능이 먼저 이별을 알아차렸다. 순간 온몸의 피가 싸늘하게 식어 내렸다. 머릿속이 새하얘져서 아무런 생각도 들지 않았다.

"왜?"

미친 것처럼 발악이라도 하고 싶은 마음속의 절규를 꾹꾹 눌러 참으며, 지후는 태연하게 대답했다. 자신이 지을 수 있는 가장 달콤한 미소를 짓고 있었지만, 그것은 당장이라도 부서질 것 같은 조악한 가면일 뿐이었다.

"그만…… 하고 싶습니다."

역시나 슬픈 예감은 틀리지 않았다. 그녀의 입에서 나온 느닷없는 사형선고에, 지후는 눈앞이 아찔해졌다.

"뭘 그만해?"

간신히 토해낸 지후의 대답에, 진경의 어깨가 조금 더 움츠러들었다. 지후와는 눈도 마주치지 않고 애꿎은 책상만 서럽게 바라보며, 진경은 조그맣게 대답했다.

"……이런 관계요."

죽일까.

문득 지후는 생각했다.

죽여버릴까.

그녀가 자신을 떠나려 한다는 것을 깨달은 순간, 그의 마음 깊은 곳 위험한 충동이 속삭였다. 다시는 저 입으로 이별을 말하지 못하게, 다시는 저 다리로 자신을 떠나지 못하게, 영영 죽여버리자고…… 그녀도 죽이고 자신도 죽여서, 이 고통스러운 이별의 순간에서 달아나자고, 달콤하고 위험한 목소리가 속삭였다. 그것은 상상만으로도 감미로운 결말이었다. 두 사람이 함께 죽어 온전히 하나가 되는, 그야말로 완벽한 평화와 고요.

하지만 그렇게 할 수 없다는 것 역시 지후는 잘 알고 있었다. 저 사랑스러운 여자를, 어떻게 자신의 손으로 죽일 수 있단 말인가. 지후는 피가 날 정도로 세차게, 자신의 주먹만 꾸욱 눌러 쥐었다.

"무슨 관계? 직장 상사와 부하 직원의 관계?"

들척거리는 꿀처럼 달콤한 목소리로 그가 물었다. 너무 달아서 진저리가 쳐지는, 그런 목소리였다.

"아니요, 제 말은……"

"그럼 뭘 그만해? 섹스?"

"네, 이제 그만하고 싶습니다. 가능하면 부서도 옮겼으면 합니다."

마치 업무 보고라도 하듯 또박또박한 목소리로, 진경은 말했다. 시퍼런 칼날 같은 그녀의 차가움에, 지후는 울컥 눈물이 날 것처럼 서러워졌다. 정말로 그녀는, 자신을 떠나려는 것이었다. 그것을 깨달은 순간, 정신이 새하얗게 아득해졌다.

정신 차려, 한지후.

지후는 주저앉고 싶은 마음을 애써 다잡으며 자신에게 소리쳤다.

이대로 놓칠 거야?

아니.

그녀 없이 살 수 있어?

아니.

그녀를 사랑하지 않아?

아니, 사랑해. 죽을 것처럼 사랑해!

그럼 그녀를 붙잡아. 어떤 희생을 감수하더라도.

그의 머릿속에서 폭풍 같은 깨달음이 몰아닥쳤다. 그랬다. 자신은 그녀를 사랑하고 있었다. 그리고 그거면 충분했다. 더 이상은 망설일 이유도, 여유도 없었다.

진경을 똑바로 바라보며, 지후는 싱긋 미소를 지었다. 어디로 가야 할지 방향을 찾아낸 자의 여유로운 미소였다.

마침내 한지후에게 이별을 고한 진경은 담담한 눈길로 지후를 바라보았다. 지후는 그 자리에서 가만히 서 있었다. 빙그레 웃던 미소도, 날카롭게 쏘아져오던 눈빛도, 모두 그 자리에서 얼어붙듯 멈춰 있었다. 그가 상처를 받았을지도 모른다고, 진경은 처음으로 생각했다. 무표정한 얼굴로 가만히 서 있을 뿐인데도, 그에게선 어쩐지 새빨간 선혈의 기운이 느껴졌다. 하지만 생각했던 것보다 훨씬 더 빨리, 한지후는 미소를 되찾았다. 비록 입술 한쪽이 작게 경련하듯 떨고 있는 부자연스러운 웃음이었지만 말이다.

"그래. 원한다면 그렇게 해."

마치 연극배우라도 된 것처럼, 지후는 과장스럽게 어깨를 으쓱 들어 올렸다.

"뭐, 싫다면 할 수 없지."

이유를 묻지도, 반대하지도 않았다. 놀라울 정도로 순순히, 지후는 모든 것을 받아들였다. 순간 진경은 명치끝이 쥐어짜는 것처럼 아파왔다. 이 남자에게 자신이 이것밖에 되지 않는다는 사실이, 견디기 힘들 만큼 아팠다. 그럴 거라고 어느 정도 짐작은 하고 있었지만, 진짜로 그렇다는 사실을 알게 되니 생각보다 훨씬 더 고통스러웠다. 진경은 두 주먹을 꽉 움켜쥐었다. 손톱이 손바닥의 여린 살에 박혀버릴 만큼 있는 힘껏 주먹을 쥐었다. 더 이상은 울지 않기로 이미 다짐했다. 여기에서 이대로 울어버릴 수는 없었다. 진경은 있는 힘껏 마음을 다잡으며, 지후를 향해 미소 지었다.

"그동안 감사했습니다."

진경은 공손하게 허리를 굽히며 의미 모를 인사를 건넸다.

"감사할 게 뭐 있나. 1년 동안이나 공짜로 몸 대줬는데 내가 더 감사하지."

비딱한 얼굴로 일그러지듯 웃으며 지후가 말했다. 모욕이 분명한 그의 말에도, 진경은 딱히 반박하지 않았다. 그저 심호흡 같은 작은 숨만 한 번 더 들이쉬었을 뿐이었다.

"업무 인계는 후임자가 정해지는 대로 바로 시작하겠습니다. 그때까지는 업무에 차질이 생기지 않도록 최선을 다하겠습니다."

"뭐, 은 비서 하는 일이야 어련하겠어. 말 안 해도 잘하겠지."

이죽거리는 것이 분명한 어조였다. 눈물이 떨어질 것만 같아, 진경은 황급히 돌아섰다. 하지만 지후의 차가운 목소리가 진경의 뒤를 따랐다.

"이대로 그냥 끝내긴 좀 섭섭한데, 오늘 술이나 같이 한잔해."

진경은 가만히 발걸음을 멈췄다.

"보여줄 것도 있고, 해줄 말도 있고…… 마지막으로 밤은 한번 보내야지. 이대로는 좀 섭섭하잖아."

진경은 뒤를 돌아서 지후를 바라보았다. 그러고는 그의 눈을 가만히 바라보며 단호히 고개를 저었다.

"아니요. 그러고 싶지 않습니다. 저는…… 여기까지만 하겠습니다."

지후의 얼굴이 일그러졌다. 폭발 직전의 위험한 기운이 그에게서 뿜어져 나왔다. 하지만 진경은 그런 그를 두고 뒤를 돌았다. 그리고 그대로 등을 돌린 채 또박또박 걸었다. 허리를 꼿꼿이 펴고 두 눈에 힘을 준 채, 진경은 한 걸음씩 한지후에게서 최대한 멀리 달아났다. 그러지 않으면 바닥없는 늪처럼 자신의 모든 것을 끌어당기는 이 남자에게, 영혼까지 모조리 삼켜져 사라질 것만 같았다.

하지만 진경이 사무실의 문을 열었을 때, 얼음처럼 차가운 지후의 목소리가 등 뒤에서 들려왔다.

"그럼 얘기 좀 해. 지금 당장."

"죄송하지만 지금은 좀 곤란할 것 같습니다."

울 것 같은 목소리를 애써 다잡으며, 진경은 고개를 저었다. 지금은 후들거리는 다리를 억지로 지탱하며 서 있는 것이 고작이었다. 조금 더 전열을 가다듬기 위해, 진경은 작전상 후퇴를 택했다.

"은진경!"

마침내 지후의 목소리가 폭발했다. 하지만 지후는 뒷말을 이을 수 없었다. 예기치 않게 끼어든 제3의 목소리 때문이었다.

"……진경 누나?"

다정하게 울리는 목소리는 듣기 좋은 저음의 미성이었다. 진경은 당황한 얼굴로 소리의 진원지를 바라보았다. 이곳은 회사였다. 이곳에서 그녀를 이런 호칭으로 부를 수 있는 사람은 단 한 명밖에는 없었다.

"한…… 정후?"

놀라움에 커진 진경의 눈동자는 곧바로 사내의 커다란 가슴으로 가려져버리고 말았다. 진경을 품에 안으며, 정후는 다정하게 속삭였다.

"보고 싶었어, 누나."

한정후.

한지후의 이복동생이자 한경그룹의 적장자.

3년 만의 공백을 깨고, 그가 돌아온 것이다.

진경이 정후를 처음 만난 건 그녀가 막 20살이 되던 해였다. 대학교 1학년 새내기이자, 한경그룹 비서실의 아르바이트생이던 진경은 사춘기가 절정에 달한 고등학교 2학년의 정후를 처음 만났다.

'여기 커피 한 잔만.'

어느 날 갑자기 회장실의 문을 벌컥 열고 찾아온 정후는 테이블에 발을 올린 거만한 자세로 진경에게 커피 심부름을 시켰다. 교복에 명찰까지 단 고등학생이 다방 레지처럼 자신을 부리는 모습에 진경은 제대로 부아가 나고 말았다.

'바깥에 자판기 있어.'

싸늘한 진경의 말에 정후는 피식 웃었다. 고등학생이라고 생각하기 힘들 만큼 오만한 미소였다.

'신입이야?'

'그러는 넌?'

'당신 내가 누군지 모르나 본데…….'

'누군지 알 필요 없으니까 발이나 치워. 너 발 올리라고 닦아놓은 테이블 아니야.'

'그래? 그런데 어쩌지? 아무래도 이거 다시 닦아야 할 것 같은데.'

고의가 분명한 태도로 테이블을 꾸욱 눌러 밟으며, 정후는 웃었다. 예쁘장한 생김새와는 달리 버르장머리라곤 쥐뿔도 찾아볼 수 없는 정후의 태도에, 진경은 분개했다.

'야!'

'도련님.'

'뭐?'

'야, 아니고 도련님이라고.'

'도련님이고 자시고, 이것부터 닦아. 머리에 피도 안 마른 어린 놈이 갑질부터 배워서 어쩌자는 거야.'

두 사람 사이에 찌릿, 전류가 흘렀다. 그 순간 한 회장이 사무실로 돌아오지 않았더라면, 아마도 두 사람은 제대로 치고받으며 본격적인 쌈박질을 시작했을지도 모른다.

진경이 이 건방진 꼬마를 다시 만난 건 그로부터 정확히 사흘 뒤의 일이었다. 자신의 아들을 좀 돌봐달라는 한 회장의 부탁을 받게 된 진경은 그곳에서 승리자의 얼굴로 싱긋 웃고 있는 한정후를 다시 만났다.

'당신 서울대생이라면서? 공부 좀 봐줘요. 나.'

그것이 진경을 본 정후의 첫마디였다. 하지만 싱글거리는 정후의 눈빛을 본 진경은 곧바로 알 수 있었다. '어디 한번 맛 좀 봐라.'라고 속살거리는 한정후의 속마음을.

어느덧 멋진 청년이 되어 웃고 있는 정후를 보며, 진경은 오래전 그와의 첫 만남을 떠올렸다. 하지만 그녀의 회상은 그리 오래 지속될 수 없었다. 분노로 가득 찬 커다란 손아귀가 정후의 목덜미를 붙잡아 세차게 벽으로 밀쳐버렸기 때문이었다.

"뭐야, 넌!"

분노로 이글대는 어조로 지후가 으르렁거렸다. 조금 전 이별을 통보받은 데다가 눈앞에서 자신의 여자를 낯선 놈에게 빼앗기기까지 한 남자의 분노는 말릴 수 없을 정도로 거셌다. 진경은 본능적으로 정후의 앞을 막아섰다. 그러고는 절대로 더 이상은 안 된다는 단호한 눈빛으로 지후를 향해 고개를 저어 보였다. 진경의 작은 몸을 사이에 두고, 두 남자의 시선이 불꽃처럼 마주쳤다. 그제야 비로소 두 사람은 눈앞의 상대가 누구인지를 깨달았다.

어린 시절 이후에는 그다지 마주칠 일이 없었던 두 사람이었다. 지후는 어린 나이부터 유배에 가까운 유학길에 올라야 했고, 오랜 시간이 흘러 지후가 한국으로 귀국했을 때는 정후가 독일 유학을 떠난 상태였다. 하지만 멀리 떨어져 살지언정 서로의 존재만큼은 누구보다 강렬하게 느끼며 살아올 수밖에 없는 운명이었다. 형제라는 이름의 적. 그것이 두 사람의 관계였다.

"이유가…… 이거였어?"

무섭게 일렁이는 검은 눈빛으로, 지후가 웃었다. 쓰라린 배신감이 그의 목소리에 깊게 배어 있었다. 진경은 황급히 고개를 저었다. 적어도 이런 오해를 남긴 채 그를 떠나게 되는 것은 원치 않았다.

그때 두 사람의 심상치 않은 분위기를 눈치챈 정후가, 벽에 부딪혀 얼얼한 팔을 문지르며 천천히 입을 열었다.

"급한 이야기 중이었으면 자리 비켜줄까?"

"아니야. 이야기 다 끝났어. 여긴 웬일이야? 귀국했단 말은 들었는데."

위험한 분위기가 더 이어지지 않도록, 진경이 서둘러 말을 이었다. 하지만 지후의 눈빛은 점점 더 싸늘하게 식어갈 뿐이었다.

"누나 보러 왔지. 점심이나 같이할까 하고……."

여전히 지후와 눈을 마주한 채로, 정후가 천천히 말했다.

"어, 그래. 같이 먹자, 점심. 나도 막 나가려던 참이었어."

진경은 정후의 팔을 붙잡은 채 이 자리에서 탈출을 시도했다. 하지만 지후의 목소리가 곧바로 그녀의 뒤에 따라붙었다.

"나도 같이하지."

두 쌍의 어색한 눈초리가 자신을 향하는 것을 보며, 지후는 천천히 어깨를 으쓱여 보였다.

"왜, 안 되나? 나도 점심 함께 먹을 사람이 없어서 말이야."

의미심장한 눈빛으로 지후를 바라보며, 정후는 싱긋 웃었다. 물론 그 미소가 호감만으로 가득 찬 것은 아니었다.

"그렇게 해. 점심 정도 같이 못 먹을 이유가 어디 있겠어. 안 그래, 형?"

정후 역시 태연한 얼굴로 씨익 웃었다. 3년 동안 한정후는 굉장히 많이 변했음에 틀림없었다. 그렇지 않다면 한정후의 입에서 '형'이라는 단어가 튀어나오는 일은 없었을 테니 말이다.

"괜찮지, 진경 누나? 생각보다 두 사람 꽤 친하게 지내는 것 같은데 말이야."

어쩐지 가시가 돋힌 듯한 목소리였다. 진경은 머리가 아파왔다. 한지후 하나만으로도 머리가 깨질 것처럼 복잡한데, 한정후까지 함께 상대하는 것은 지금의 진경에겐 너무 버거웠다. 아무래도 오늘은 날을 잘못 잡은 것 같았다. 당장이라도 한씨 형제들에게서 달아나고 싶었지만, 커다란 덩치의 두 사내들에게 앞뒤를 꽉꽉 막혀버린 지금 진경이 도망칠 곳은 아무 곳에도 없었다. 불안함에 흔들리는 커다란 눈동자로, 진경은 눈앞의 두 남자를 바라보았다.

"놀랐어. 누나가 아버지 비서를 그만뒀다는 얘기 듣고."

"내가 그만둔 건 아니야."

"그게 더 놀랍지. 아버지가 진경 누나를 다른 사람한테 넘겼다는 게. 진경 누나 없으면 아버지 일 못하시는 거 아니었어?"

"아니야, 그런 거……."

입으로는 정후의 질문에 대답을 해주면서도, 진경의 눈동자는 자꾸만 슬금슬금 옆을 향하고 있었다. 옆자리에 앉은 지후가 아까부터 홀짝홀짝 와인을 계속 들이켜고 있는 것이 자꾸만 신경이 쓰였다. 지후와 나란히 앉은 터라 그의 표정을 볼 수 없다는 점이 더욱더 불안했다. 맞은편에 앉은 정후의 표정이 점점 더 묘해지는 것으로 미루어볼 때, 지금 지후의 상태가 예사롭지 않다는 것을 대충은 짐작할 수 있었다. 이런 상황에서 지후의 옆에 나란히 앉는 것만은 피하고 싶었지만, 레스토랑에 들어서자마자 지후는 영역 다툼하는 수컷처럼 날 선 태도로, 정후보다 먼저 진경의 옆자리를 냉큼 차지해버렸다. 그런 지후와 진경을 번갈아 바라보며, 정후가 묘한 표정을 짓는 것을, 진경은 똑똑히 보았다. 그야말로 난처한 상황이었다. 진경은 마치 바늘방석에라도 앉은 것처럼 이 자리가 불편했다. 지금 당장이라도 테이블을 박차고 나가버리고 싶은 것을 꾹꾹 눌러 참으며, 진경은 억지로 미소를 지었다.

"독일은 어땠어? 좋았어?"

"응, 좋았어. 우중충한 게 나랑 딱 잘 맞더라고."

그렇게 말하는 정후의 얼굴은 우울함과는 조금도 인연이 없어 보이는 밝고 유쾌한 표정이었다. 같은 형제임에도 불구하고, 정후에게는 부족함 없이 자라난 도련님처럼 밝고 온화한 기운이 가득했다. 물론 사춘기 시절 고슴도치처럼 날 선 정후의 모습을 알고 있는 진경으로서는, 잘 자라주어 대견하다는 큰누나 같은 마음뿐이었지만 말이다.

"그렇게 우중충해?"

"응, 사람한테 햇빛이 얼마나 중요한 건지 아주 제대로 배우고 왔어. 무슨 나라가 겨울이면 아예 해가 안 떠. 맨날 비 아니면 안개야. 거기 있다 보면 자기도 모르게 저절로 우울해지더라고."

"그럼 힘들지 않아?"

"힘들지. 한번은 봄이 너무 안 와서 막 화가 나더라고. 4월인데도 창밖이 막 우중충한데, 그거 보면서 울 뻔했잖아. 벚꽃 피는 한국의 봄이 너무 보고 싶어서. 근데 되게 웃긴 게…… 그런 날씨 속에 계속 있으니까 저절로 자기를 돌아보게 되더라고. 생각도 많아지고, 한국에선 몰랐던 걸 깨닫게 되기도 하고…… 독일이 괜히 철학자의 나라가 아닌가 봐. 거기 있으면 자기도 모르게 철학자가 된다니까."

"그래? 좋네, 그건."

"응, 좋았어. 생각보다 훨씬 더. 떠나길 잘한 것 같아."

훌쩍 어른이 되어 돌아온 정후를 보며, 진경은 엷은 미소를 지었다. 자신이 여전히 제자리걸음을 걷고 있는 동안, 정후는 놀랍도록 성장해 있었다. 정후에게서 느껴지는 넉넉한 마음과 깊어진 눈빛이, 진경은 대견하고도 부러웠다.

"의외네. 두 사람이 이렇게 친할 줄은 몰랐는데."

어딘지 가라앉은 목소리로, 지후가 불쑥 끼어들었다. 너무나 당연하게도, 그는 몹시 기분이 언짢은 상태였다. 진경에게 일방적인 이별 통보를 당한 사실을 차치한다 하더라도, 정후와 정답게 웃으며 담소를 나누는 진경의 모습만으로도 충분히 배알이 꼴릴 만큼 언짢았다. 지난 1년간 진경에 대해 많은 것을 알게 되었다고 생각했는데, 오늘 보니 그야말로 터무니없는 오산이었다. 저렇게 부드럽고 다정한 목소리로 웃는 진경을, 지후는 지금까지 단 한 번도 본 적이 없었다. 그런 의미에서 진경의 옆자리에 앉은 것은 그야말로 현명한 선택이 아닐 수 없었다. 자신이 아닌 다른 남자를 향해 그토록 다정하게 웃음 짓는 진경의 얼굴을 눈앞에서 보았다면, 도저히 참아낼 수 있을 것 같지가 않았기 때문이었다. 부글거리는 울화통을 애써 눌러 참으며, 지후는 씁쓸한 얼굴로 피처럼 붉은 와인을 한 모금 더 삼켰다.

"내 선생님이야."

와인 잔을 사이에 두고, 지후와 정후의 눈이 마주쳤다. 정후는 느긋한 얼굴로 빙긋 웃어 보였다.

"진경 누나 고등학교 때 내 과외선생님이었어."

지후의 눈썹이 불만스럽게 움찔거렸다. 정후와 진경의 나이 차는 기껏해야 2살이었다. 진경이 서울대 출신의 재원이라는 점을 감안한다 해도, 사제지간이 되기에는 턱없이 적은 나이 차였다.

"내가 졸랐거든. 저 사람한테 아니면 안 배우겠다고. 사실 처음엔 그냥 좀 곯려주려고 그랬던 거였어. 그 당시 내가 만난 사람 중에서 제일 건방진 사람이었거든. 옆에 두고 아주 제대로 괴롭혀주려고 했었지, 처음엔."

"어쭈, 건방진 꼬맹이 주제에 많이 컸다."

진경은 정후를 향해 곱게 눈을 흘겼다. 비슷한 또래의 남자애 주제에 거만하기 짝이 없는 고급 품종의 고양이 같은 태도로 '도련님이라고 불러.'라고 일갈하던 정후의 재수 없던 첫인상이 지금도 생생했다. 이만큼이나 사람을 만들어놓은 것은 단연코 자신의 공로라고, 진경은 자부하고 있었다. 수많은 돈과 인력을 쏟아붓고도 구제하지 못했던 정후의 성적을 눈에 띄게 향상시켜준 사람 역시 진경이었다.

수많은 우여곡절과 투닥거림의 시기를 겪고 난 후에야, 진경은 정후와 친구이자 남매 같은 사제 관계가 될 수 있었다. 어쨌든 진경 덕분에 지후는 서울에 있는 4년제 대학을 갈 수 있었고, 진경은 점심값 걱정 없이 대학을 다닐 수 있었으니, 두 사람 모두에게 이득인 관계임에 틀림없었다. 미운 정이 고운 정보다 더 무섭다고, 그 당시 미친 듯이 서로 싸우고 으르렁대던 두 사람은 이제 오랜 전우만큼이나 돈독한 애정을 서로에게 가지고 있었다.

하지만 두 사람의 흐뭇한 추억여행에 동참할 수 없는 지후로서는 이 자리가 점점 더 불편하고 화가 날 수밖에 없었다. 안타깝게도 지후에겐 대학시절 진경의 사진은 없었다. 한경에 아르바이트 사원으로 입사하면서 제출한 이력서의 사진만이 그 시기 진경을 짐작할 수 있는 유일한 단서일 뿐이었다. 그녀의 고등학교 졸업사진이기도 한 조그마한 증명사진 안에는 새카만 뿔테 안경을 쓴 단정하고 딱딱한 표정의 앳된 소녀가 카메라를 향해 어색하게 웃고 있었다. 갓 20살이 되던 시절, 사진 밖의 그녀가 얼마나 귀엽고 예뻤을지 지후는 알지 못했다. 풋풋한 귀여움이 한창 물이 올랐을 무렵의 그녀를 정후 혼자만 알고 있다는 사실에, 지후는 뱃속이 부글부글 끓을 것 같은 격렬한 질투를 느꼈다. 심지어 가정교사라니! 이거야말로 남자들의 로망이 아니던가.

진경과 한 책상에 다정하게 나란히 붙어 앉아 공부할 수 있는 다정하고 은밀한 관계를 한정후 혼자만 누렸다니, 그야말로 피가 거꾸로 솟을 만큼 부러운 일이 아닐 수 없었다. 지후의 머릿속에는 뿔테 안경을 쓴 귀여운 진경이 조목조목 틀린 문제를 가르치다가 다정하게 정후의 꿀밤을 때려주는 모습이 자동 플레이되고 있었다. 머릿속을 맴도는 환상에 지후는 그야말로 미칠 듯한 기분을 느꼈다. 질투란 사람을 죽음에 이르게 만드는 심각하고 무서운 질병이라는 게 느껴지는 순간이었다. 특히나 지후의 표정이 썩어가고 있다는 것을 뻔히 보면서도 싱긋싱긋 웃으며 진경과 다정한 대화를 계속하는 정후의 존재는 그야말로 가증스럽기 짝이 없어 보였다. 두 사람의 대화에 끼어들지 못한 채 홀로 와인을 홀짝이는 지후의 손길은 자신도 모르는 새 점점 더 빨라지고만 있었다.

"그런데 두 사람도 굉장히 친해 보이네. 음…… 뭔가 좀 수상한데?"

나란히 앉은 지후와 진경을 흘끔거리며, 정후는 의미심장한 미소를 흘리며 입을 열었다. 사실 두 사람의 미묘한 관계는 아무리 눈치 없는 사람도 금세 알아챌 만한 것이긴 했다. 맞은편에서 이글거리는 지후의 눈동자는 아무리 봐도 평범한 직장 상사의 눈빛이 아니었다. 지금이라도 자신의 영역을 침범한 경쟁자의 몸뚱이를 잡아 찢고 싶어 하는 수컷의 눈빛. 지후의 눈동자에서 뿜어 나오는 격렬한 기운은 분명 그런 종류의 것이었다.

"아냐, 그런 거."

"맞아."

대답은 동시에 튀어나왔다. 서로 다른 대답을 말한 지후와 진경은 상대를 원망스럽게 마주 보았다. 왜 그런 대답을 했느냐는 말없는 비난이 두 사람의 사이를 말없이 오갔다.

"뭐야, 둘이 진짜 수상하네?"

"수상한 거 맞아. 내 여자거든."

이번에는 지후가 좀 더 빨랐다. 이 순간을 기다렸다는 듯 승리자의 미소를 싱긋 웃으며, 지후는 당당하게 폭탄선언을 터뜨렸다. 깜짝 놀란 진경이 '본부장님!' 하고 외쳤지만, 이미 쏟아져버린 말을 주워 담을 수는 없었다.

"그런 의미에서 오늘 점심은 여기까지만 해야겠다. 내 여자랑 할 말이 있어서."

당황한 표정의 두 사람을 앞에 둔 채, 지후는 벌떡 자리에서 일어섰다. 그러고는 마치 왈츠라도 신청하는 영국 신사처럼 진경을 향해 한 손을 우아하게 내밀었다.

"가지."

하지만 진경은 단호한 눈빛으로 지후를 올려다보았다.

"아직 식사가 끝나지 않았습니다."

"그래? 그럼 지금 이 자리에서 얘기해도 될까, 지금까지 우리 사이의 일들?"

진경은 입술을 깨물며 지후를 쏘아보았다. 한지후는 지금 협박을 하고 있었다. 진경은 한숨을 한 번 크게 들이쉬고는 자리에서 일어섰다. 하지만 내밀어진 지후의 손을 잡지는 않았다.

"미안, 정후야. 식사는 나중에 하자."

조금 떨떠름한 얼굴이긴 했지만, 정후는 말없이 고개를 끄덕였다. 대충 이해할 수 있다는 표정이었다.

"괜찮겠어?"

아무래도 지후의 기세가 예사롭지 않다고 느꼈는지, 정후가 조심스레 한마디를 건넸다.

"응, 괜찮아. 먼저 가서 미안. 나중에 연락할게. 그리고…… 오늘 일은 못 본 걸로 해줘."

지후의 얼굴이 또다시 일그러졌다. 결국 그는 성큼성큼 다가와 진경의 손목을 강하게 거머쥐었다.

"그럼, 가지."

반항은 절대 허용하지 않는다는 듯한 강경한 어조였다. 정후의 눈앞에서 연행이라도 당하는 듯한 이런 퇴장이 민망하고 화가 났지만, 진경은 얌전히 그의 말을 따랐다. 사람들의 이목이 집중된 이곳에서 큰소리를 내고 싶지는 않았기 때문이었다. 지후는 진경의 손목을 붙잡은 채 성큼성큼 걸어 나간 후 번쩍 손을 들어 택시를 불렀다.

"아까 와인 마셨어. 지금 차 타면 음주운전이야."

멈춰 서는 택시를 바라보며, 지후가 설명했다. 하지만 뜻밖에도, 택시에 탄 지후가 외친 곳은 회사가 있는 삼성동이 아닌 청담동이었다. 그제야 진경은 그가 지금 자신의 빌라로 가려고 한다는 사실을 깨닫고 경악했다.

"오늘은 조퇴야."

"본부장님!"

"당신은 지금 상황에 일이 손에 잡혀? 미안한데 난 그렇게 못 해."

"이건 근무지 무단이탈입니다."

"이게 싫었으면 퇴근 후에 말했어야지. 그럼 헤어지자는 얘기 듣고 아무렇지도 않게 마주 보면서 하하호호, 근무라도 할 수 있을 줄 알았어? 당신 그렇게까지 잔인한 사람이야?"

날카로운 지후의 지적에 진경은 할 말을 찾지 못했다. 입장을 바꾸어 생각해본다면 자신의 행동에도 분명 잘못된 점이 있었다. 지후가 화를 내는 것도 이해할 만했다.

"죄송합니다. 생각이 짧았습니다."

"됐어, 그런 말 듣자고 한 얘기 아니야."

"하지만 제 결정은 변함없습니다."

"이따가 얘기해. 끝을 내더라도, 정식으로 끝내. 이런 식은 싫어."

진경은 고개를 숙인 채 조용히 입을 다물었다. 택시 기사가 백미러 너머로 흘끔흘끔 바라보는 것이 느껴졌다. 지후의 말대로 여기서 할 만한 이야기는 아니라는 걸 깨달은 진경은 조용히 가방에서 전화기를 꺼냈다. 그녀의 철부지 상사가 저지른 사고를 어서 빨리 수습해야 했기 때문이다. 진경이 한참 동안이나 전화통을 붙잡고 지후의 무단조퇴에 대한 변명을 회사의 이곳저곳에 늘어놓는 동안, 지후는 깊은 상념에 잠긴 표정으로 차창만을 바라보고 있었다.

"앉아."

빌라에 도착한 지후는 거실 한편에 마련된 칵테일 바로 진경을 안내했다.

"우선 한잔하지."

"술은 괜찮습니다."

"간단히 칵테일만 한잔할 거야. 그래도 마지막인데 이별주는 해야 하잖아?"

지후는 진경의 말을 흘려 넘기며 능숙한 솜씨로 칵테일을 만들기 시작했다. 벽 한가득 거꾸로 매달린 칵테일 잔들을 배경으로 서 있는 지후의 모습은 꽤나 그럴듯한 바텐더처럼 보였다.

"이거 기억나? 당신이랑 처음 마셨던 칵테일인데."

찰랑이는 연둣빛의 액체를 유리잔에 부으며, 지후는 웃어 보였다. 노란 조명 아래 웃고 있는 지후의 모습은 몹시도 쓸쓸해 보였다. 진경은 가만히 고개를 끄덕였다. 어떻게 잊을 수 있을까. 그와의 강렬했던 첫만남의 기억들을.

퍼스트 앤드 포모사. 그것이 두 사람이 마시는 칵테일의 이름이었다. 대만의 우롱차에서 영감을 받아 만들었다는 독특한 맛의 칵테일은 1년 전 두 사람이 처음으로 함께 마신 술이기도 했다. 레드 벨벳의 밀폐된 공간과 그곳에서 함께 보낸 한지후와의 시간들이 떠올라 진경은 쓸쓸한 기분이 되었다.

전략기획본부장 한지후가 아니라 인간 한지후로, 그를 처음 마주했던 순간이 아마도 그때였을 것이다. 그 후, 1년 동안 있었던 수많은 추억들이 진경의 머릿속을 주마등처럼 스쳐 지나갔다. 슬픈 일도, 속상한 일도 많았지만, 결국은 그 모든 것이 다 추억이 될 터였다. 이제 다시는 이 남자를 이렇게 마주하게 되는 일은 없을 것이다.

진경은 쓸쓸한 마음으로 잔 안에 담긴 연둣빛 액체를 한 모금 마셨다. 우롱차의 맑은 향기 아래로 쓸쓸하고 독한 향이 목구멍을 타고 넘어갔다. 어쩐지 예전의 기억과는 조금 다른 맛이라는 느낌이 들었다.

"보드카를 좀 탔어. 오늘은 조금 취해도 좋을 것 같아서."

진경의 미묘한 표정 변화를 가만히 지켜보고 있던 지후가 싱긋 웃으며 말했다.

"이 정도는 괜찮잖아? 어차피 마지막인데."

웃음기 어린 지후의 목소리 아래로 어쩐지 서늘한 한기가 스쳐 가는 기분이 들었다. 그런 진경을 향해, 지후는 자신의 잔을 내밀었다.

"건배, 우리의 마지막 밤을 위해."

찰랑거리는 연둣빛 술잔 너머 보이는 지후의 웃음은 깨어진 가면처럼 일그러져 있었다.

12장. 너를 가질 수만 있다면

우리의 마지막 밤을 위해.

술잔을 든 지후는 녹아내릴 듯 슬프고도 아름답게 웃고 있었다. 하지만 여기서 밤을 보낼 계획 따위는 전혀 없었던 진경은 달콤하게 속삭이는 그의 건배사에 정신이 번쩍 드는 느낌이었다.

"본부장님, 전 이럴 생각으로 온 게……."

"허락해줘. 마지막 추억 정도는 남길 수 있게."

마지막을 말하는 그의 표정이 너무나도 아파 보여서, 진경은 차마 뒷말을 이을 수가 없었다. 자신과의 이별 앞에서 한지후가 이런 표정을 지으리라고는, 진경은 미처 상상하지 못했다.

"한 번쯤은 진짜 연인같이 당신을 안고 싶었어. 침대에서 제대로, 처음부터 차례차례."

무지개의 끝을 쫓는 소년 같은 얼굴로, 지후는 아련하게 속삭였다.

"그렇게 하게 해줘. 마지막으로 한 번만."

결국 진경은 어쩔 수 없다는 듯 고개를 끄덕일 수밖에 없었다. 지후의 말대로 오늘은 마지막 날이었고, 한 번쯤은 그래도 괜찮은 날이었다. 오늘이 아니면 다시는 그렇게 할 수 없을 테니까.

진경의 승낙에 지후는 부드럽게 미소 지었다. 그러고는 다시 한 번 자신의 잔을 내밀었다. 이번에는 진경도 피하지 않았다. 용감하게 잔을 들어 그의 잔에 조용히 부딪쳤다. 유리잔이 부딪치는 청명한 소리가 자그맣게 울렸다.

"우리의 마지막 밤을 위해."

지후가 다시 한 번 달콤하게 속삭였다. 진경은 두 눈을 질끈 감고 잔에 담긴 연둣빛 액체를 단숨에 삼켰다. 보드카의 쌉쓸한 맛이 그녀의 식도를 뜨겁게 달구며 천천히 퍼져 갔다.

연인처럼 제대로, 처음부터 차례차례. 지후가 한 말의 뜻이 이런 것인 줄, 진경은 미처 짐작조차 하지 못했다. 지후가 그녀를 안내한 곳이 침실이 아니라 욕실이라는 것을 깨닫고, 진경은 당황한 얼굴로 지후를 돌아보았다.

"아까 말했잖아. 처음부터 제대로 하고 싶었다고."

그가 말한 하룻밤이 이렇게까지 풀코스일 줄은 몰랐던 진경은 진심으로 당황했다. 지후와 몸을 섞은 지 1년여가 되어가지만, 대부분이 사무실에서의 페팅이나 짧은 섹스 정도가 끝이었다. 이런 식으로 서로의 몸을 고스란히 내보이며 몸을 씻는 상황 따위는 진경에게 아직 낯설고 어색하기만 했다.

"왜, 부끄러워?"

귓가에서 지후의 목소리가 달콤하게 속살거렸다. 온몸이 녹아내릴 것처럼 달콤하고 끈적이는 목소리였다.

"당신 몸 하나하나 기억해두고 싶어. 처음부터 끝까지, 모두다."

진경을 돌려세워 욕실 벽에 기대게 만든 후, 지후는 끝까지 꼼꼼히 잠겨 있는 진경의 블라우스 맨 윗단추를 천천히 풀었다.

"내가 그 얘기했던가? 당신 정말 예쁘다는 거."

벌어진 블라우스 깃 사이로, 지후의 입술이 뜨겁게 내려앉았다. 진경은 고개를 저었다. 그런 말 같은 거, 한 번도 들은 적 없었다. 마지막이 되어서야 이런 따뜻한 말을 해주는 이 남자가, 진경은 너무너무 원망스러웠다. 지금에 와서야 이러는 건 반칙이었다.

"너무 좋아, 당신 냄새."

브래지어 위로 탐스럽게 솟아오른 가슴의 둔덕에 코를 비비며, 지후는 속삭였다. 뜨거운 단숨이 그가 내뱉는 단어와 단어 사이로 쏟아져 들어왔다. 진경은 커다랗게 숨을 들이켰다. 그녀의 가슴이 조금 더 탐스럽게 부풀어 올랐다. 가슴 위의 부드러운 피부 위에서, 지후가 미소 지었다. 예민하게 곤두선 그녀의 세포들이 그의 미소를 미세하게 감지하고는 일제히 환호성을 질렀다. 진경의 입술 사이로 조그마한 한숨이 새어 나왔다.

그사이에도 그의 양손을 부지런히 진경의 등 뒤에서 단단히 여며진 브래지어 후크를 풀어 내리고 있었다. 퉁, 하는 묵직한 진동과 함께 그녀의 가슴이 쏟아질 듯 튕겨져 나왔다. 지후의 숨소리가 단번에 거칠어졌다. 그녀의 가슴을 천천히 감싸는 그의 두 손이 욕정으로 떨리고 있었다. 소중한 선물처럼 진경의 가슴을 양손으로 잡고는 지후는 오른쪽 가슴을 향해 느릿하게 몸을 숙였다. 오똑하니 서서 떨고 있던 그녀의 젖꼭지가 탐욕스러운 입 속으로 삽시간에 빨려 들어갔다. 으흣, 하고 숨을 들이켜며, 진경의 몸이 바짝 긴장했다. 진경의 젖꼭지를 입에 문 채, 지후는 키득키득 웃었다.

"그거 알아? 당신 이럴 때 진짜로 귀여운 거?"

다른 한쪽의 젖꼭지를 장난스레 잡아당기며, 지후가 귀엣말로 속삭였다. 마치 커다란 비밀이라도 알려주는 것처럼.

오늘의 지후는 꼭 다른 사람 같았다. 지난 1년간 진경이 알아왔던 한지후와는 완전히 다른 사람인 것만 같았다. 진경은 혼란스러워졌다. 왜 이제 와서야 이러는지, 도무지 이해가 가지 않았다. 하지만 둘만 있는 욕실은 따뜻했고, 노란 불빛은 부드럽고 아늑했다. 이상할 정도로 친절하고 다정한 한지후와 있는 이 순간은 꿈결처럼 아름다웠다. 진경은 눈을 감았다. 그리고 자신의 몸 위로 쏟아지는 모든 감각을 예민하게 느꼈다. 이 모든 순간을 될 수 있는 대로 많이, 그리고 자세히 기억하고 싶었다. 언젠가 이 남자가 그리워 못 견딜 것 같은 날이 왔을 때, 지금의 기억을 굽이굽이 펼쳐내어 떠올릴 수 있도록.

하나씩 블라우스의 단추가 벌어지고, 아랫배에서 시작된 진득한 키스가 천천히 은밀한 선을 따라 아래로 내려가는데도, 진경은 눈을 뜨지 않았다. 스커트가 욕실 바닥으로 떨어지고 지후의 손이 발목을 잡아 벌리는데도, 진경은 순순히 그의 손길에 따랐다. 오늘은 마지막이고, 그래도 괜찮은 날이었으니까. 마침내 진경 앞에 무릎을 꿇고 앉은 지후가 조심스럽게 손가락으로 그녀의 꽃잎을 들춰 올렸다. 기다란 손가락들이 얌전히 접힌 그녀의 속살들을 벌리고, 뜨거운 입술이 닿고, 그 사이로 뜨거운 혀가 탐욕스러운 전진을 시작했다. 축축한 젖은 소리가 그녀의 다리 사이에서 수런댔다. 미끈한 혀가 몸 안으로 파고 들어올 때마다 진경의 몸이 파들파들 경련을 일으켰다. 아랫입술을 꽈악 깨문 채, 진경은 고개를 뒤로 젖혔다. 앓는 듯한 신음 소리가 그녀의 목구멍을 타고 끊임없이 울려 퍼지고 있었다. 습기 찬 욕실의 벽을 따라 그녀의 신음 소리가 몇 번이고 반사되며 커다랗게 울렸다.

진경의 다리 사이에서 새어 나온 말간 액체를 몇 번이고 꿀꺽거리며 삼킨 후, 지후는 입맛을 다시며 고개를 들었다. 그러고는 더운 물이 가득 담긴 커다란 욕조로 진경을 이끌었다. 하지만 미처 진경이 욕조로 들어가기도 전에, 지후는 제가 먼저 옷을 벗고는 욕조 안에 길게 드러눕듯이 자리를 잡아버리고 말았다.

"이리 와서 앉아."

그 어느 때보다도 친절한 목소리로, 지후는 진경을 욕조 안으로 초대했다. 하지만 찰랑이는 맑은 물 한가운데 자리 잡은 것은 거대하게 곤두선 채 흔들거리고 있는 사내의 성기였다.

"혼자서도 넣을 수 있지?"

여전히 쓸데없이 상냥한 목소리였다. 본능적으로, 진경은 뒷걸음질 치며 도리질을 했다. 찰랑이는 더운 물 속에서 우뚝 서 있는 그것은 여전히 크고 무서웠다. 하지만 달아나려던 진경은 욕조에서 뻗어 나온 지후의 손아귀에 금세 손목이 붙잡히고 말았다.

"왜 그래? 평소에도 잘했잖아."

진경의 도리질이 조금 더 커졌다. 사무실의 의자 위에서 기승위의 자세로 관계를 가진 적이 꽤 있긴 했지만, 이런 식의 적나라한 방식은 아니었다. 하지만 오늘만큼은 지후 역시 조금도 양보할 기세를 보이지 않았다. 지후는 몸을 일으켜 진경을 욕조로 끌어들이고는 그녀가 자세를 잡을 수 있도록 하나씩 친절하게 도와주었다. 진경으로서는 정말이지 쓸데없는 친절이었다.

"그래, 그렇게 다리 벌리고. 이쪽 손으론 여길 잡고, 잘했어. 그대로 앉아봐."

지후가 코치해준 대로 어정쩡한 자세를 잡으며, 진경은 잔뜩 겁을 먹은 얼굴로 도리도리 고개를 흔들었다.

"물속이라서 안 아파. 그래도 아플 것 같으면 좀 더 핥아줄까?"

진경은 조금 더 크게 고개를 저었다. 지난 1년간 한지후가 조금 더 친절하길 간절히 바랐었는데, 친절해진 한지후는 그 나름대로 문제점이 있었다. 귀가 떨어져 나갈 것 같은 야한 말을 아무렇지도 않게 내뱉는 지후 덕분에, 진경의 양 볼은 딸기보다도 더 붉게 달아올라 있었다.

결국 진경은 안간힘을 쓰며 지후의 성기 위로 몸을 내렸다. 벌어진 다리 사이로 두툼한 말뚝이 박혀드는 느낌이었다. 억지로 열려진 속살 사이로 욕조 안의 뜨거운 물이 스며들어와서, 진경은 진저리를 치며 몸을 떨었다.

"잘하네."

눈꼬리에 눈물까지 맺힌 채 간신히 성기 위로 내려앉은 진경을 향해, 지후는 다정하게 웃어 보였다. 그의 기다란 손가락이 진경의 눈가에 맺혀 있는 은빛 눈물방울을 걷어갔다. 그러고는 혀를 내밀어 손가락 위의 눈물을 핥았다. 그의 눈꼬리가 만족스럽게 휘어지며, 한쪽 볼에 옴폭 볼우물이 패었다. 그의 양손이 뻗어 나와 탐스럽게 늘어진 진경의 가슴을 부드럽게 움켜쥐었다.

"이제 움직여야지."

10개의 손가락 사이로, 진경의 부드러운 가슴이 이리저리 일그러졌다. 마치 한지후의 손안에 놓인 은진경의 운명처럼.

"오늘이 마지막 날이잖아."

나지막이 속삭이는 지후의 미소가 기이한 빛을 띠고 있다는 걸, 진경은 미처 알지 못했다. 가슴을 잡아끄는 지후의 움직임에 따라 천천히 골반을 돌리며, 이리저리 몸속을 자극하는 그의 성기를 느끼느라 지그시 눈을 감고 있었기 때문이었다. 입을 벌려 헐떡헐떡 뜨거운 숨을 내뿜으며, 진경은 지후의 명령에 따라 부지런히 몸을 움직였다. 있는 힘껏 몸을 밀착한 채, 엉덩이로 커다란 원을 그리기도 하고, 무릎을 세워 잔뜩 몸을 조이기도 하고, 말이라도 타는 것처럼 정신없이 몸을 흔들기도 했다. 펑펑 폭죽이 터지듯 몸 안쪽에서부터 쾌감이 폭발했다. 철벅이는 물소리가 자궁 속의 양수처럼 부드럽게 그녀를 감싸고 있었다.

아마도 이건 꿈일지도 몰라······.

두 눈을 꼭 감은 채 지후의 몸 위에서 이리저리 몸을 흔들며, 진경은 문득 생각했다. 정말로 꿈이라도 꾸는 것처럼 온몸이 나른했다. 물속을 떠도는 듯한 기묘한 부유감이 진경의 온몸을 사로잡고 있었다. 점점 온몸에 힘이 빠지고 정신이 물먹은 듯 먹먹해졌다. 지금 자신이 꾸는 꿈이 행복한 단꿈인지, 혹은 무서운 악몽인지 진경은 알 수가 없었다. 그저 정신을 하얗게 탈색시키는 잔인한 쾌감만이 끊임없이 쏟아질 뿐이었다.

진경이 정신을 차렸을 때, 주위는 물속처럼 깊은 어둠에 잠겨 있었다. 자신이 정사 중에 정신을 잃었다는 것을 진경은 깨달을 수 있었다. 퍼뜩 눈을 뜬 진경은 반사적으로 몸을 일으키려 했다. 하지만 무겁게 늘어진 몸은 마음처럼 움직이지 않았다. 쇳덩이라도 달아놓은 것처럼 팔다리가 무거웠다. 진경은 다시 한 번 일어나려고 애를 써보았다. 그러고는 유난히 무거운 팔다리가, 단지 자신의 착각만이 아니란 것을 깨달았다.

그녀의 팔과 다리는 무언가에 의해 단단히 묶여 있었다. 부드러운 천으로 몇 겹이나 덧대어져 있긴 했지만, 최종적으로는 단단하고 얇은 끈이 그녀의 손목과 발목에 감겨 있었다. 두 손은 하나로 모여져 머리 위로 들려 있었고, 양발은 잔뜩 벌어진 채 단단히 고정되어 있었다. 어둠을 머금은 밤공기가 벌거벗은 몸 위를 싸늘하게 스치고 있었다. 자신이 결박되어 있음을 깨달은 진경은 패닉에 빠졌다.

"움직이지 마. 손수건으로 감싸놓긴 했지만 계속 움직이면 아플 거야."

어둠 속에서 지후의 목소리가 들려왔다. 소리가 나는 곳을 향해서, 진경은 눈을 돌렸다. 간신히 어둠에 익숙해져가는 시야 한편에 커다란 사내의 실루엣이 어슴푸레 보였다.

"뭐 하는 거예요, 지금?"

분노에 가득 찬 목소리로 진경은 고함을 질렀다. 하지만 어둠 속에서 들려온 대답은 너무나도 뜻밖의 것이었다.

"감금."

"뭐라고요?"

"감금했다고. 내가, 널."

"풀어요, 이거."

"싫어. 풀면 떠날 거잖아."

고집스런 목소리로 지후는 말했다. 진경은 너무도 어이가 없어서 말을 이을 수가 없었다. 뎅뎅 종이라도 치는 것처럼 머리가 멍멍하고 아파왔다.

"물 좀 줄까?"

가증스러울 정도로 친절한 목소리로 지후가 말했다. 지금 이 상황에 물이 목구멍으로 넘어가겠냐고 화를 내고 싶었지만, 진경은 참았다. 잔뜩 잠긴 목구멍도 갈라질 듯 아팠고, 두통도 점점 심해지고 있었기 때문이었다. 진경이 침묵하는 사이, 지후는 천천히 자리에서 일어나 진경에게로 가까이 다가왔다. 어둠 속에서 점점 더 커다래지는 검은 실루엣을 보며, 진경은 처음으로 이 남자가 무서워졌다.

"처음엔 좀 어지러울지도 몰라. 하지만 몸에 부작용이 있는 건 아니니까 걱정하지 않아도 괜찮아."

솜사탕을 녹인 것처럼 달콤한 목소리였다. 하지만 그 말을 들은 진경은 무엇인가 크게 잘못되어 있음을 깨달았다.

"나한테 무슨 짓을 한 거예요?"

"그냥…… 수면제를 좀 먹였어. 내가 오랫동안 복용 중인 약이니까 안전성은 보장할 수 있어. 부작용도 별로 없고 효과도 최고지. 정 걱정되면 처방전이라도 보여줄까?"

그제야 진경은 보드카 향이 유난히 진하게 나던 연둣빛 칵테일을 떠올렸다. 목구멍을 타고 넘어가던 기묘한 느낌이 이제야 이해되자, 등골을 타고 서늘한 기운이 흘렀다. 어둠 속에서 뻗어 나온 지후의 기다란 손가락이 진경의 뺨을 부드럽게 쓸었다. 진경의 목덜미에 오싹, 소름이 돋았다.

"당장 풀어요. 당신 지금 하는 거, 범죄예요."

"……알아."

"지금이라도 풀어주면 이 일에 대해선 더 이상 문제 삼지 않을게요. 어서 풀어요."

하지만 지후는 대답하지 않았다. 뺨을 쓸던 지후의 손이 천천히 그녀의 턱 선을 타고 목으로 이동하고 있었다. 어느덧 그녀의 얇고 부드러운 목은 커다란 사내의 손아귀에 쥐어져 있었다. 지금이라도 손가락에 힘을 주면 부러져버릴 듯한 연약한 목줄기를 한 손에 쥔 채, 지후는 깊은 상념에 잠긴 사람처럼 가만히 서 있었다.

"이대로 누르면…… 죽겠지?"

부드러운 목소리로 지후가 속삭였다. 부드러운 목뼈를 움켜쥔

5개의 손가락에 슬며시 힘이 들어가갔다. 흐읍, 하고 숨을 참는 가는 소리가 들려오자, 지후는 어둠 속에서 쿡쿡 낮게 웃었다.

"그냥 이대로…… 같이 죽을래?"

진경의 몸이 바짝 굳었다. 이 남자는 지금 정상이 아니었다. 어둠 속에서 들려오는 낮은 웃음소리는 허밍처럼 낮고 부드러웠지만, 오싹 소름이 끼칠 만큼 무섭기도 했다. 지금껏 단 한 번도, 진경은 지후에게서 이런 웃음소리를 들어본 적이 없었다. 목을 감싸고 있던 손이 천천히 가슴으로 움직였다. 그것은 진심으로 즐거워하고 있는 웃음소리였다. 탐스럽게 부풀어 오른 2개의 둔덕 사이의 작은 길을 따라, 지후의 손가락이 느릿하게 움직여갔다.

"겁내지 마. 그런 일은 없을 거야. 내가 당신을 어떻게 죽여. 이렇게 예쁘고…… 사랑스러운데."

천천히 나선을 그리며, 지후의 손가락은 진경의 가슴을 타고 오르고 있었다. 그의 손이 스치는 곳마다 오소소 소름이 돋아났다. 지후가 낮게 웃으며 공포와 추위로 발딱 서 있는 젖꼭지를 부드럽게 문질렀다. 옆으로 쓰러졌다가도 오뚝이처럼 발딱 일어서는 그 모습을 느긋하게 감상하며, 지후는 조그맣게 속삭였다.

"아무래도 나는…… 당신을 사랑하는 것 같아."

진경은 화가 났다. 공포와 불안을 뚫고 선연한 분노가 솟아올랐다. 지난 1년간, 진경은 이 남자의 사랑을 기다려왔다. 그 사실을 오늘에야 분명히 알 수 있었다. 그동안 진경은 수만 번이나 자신을 향해 질문을 했었다. 자신은 도대체 왜 이 의미 없는 관계에 몸을 내어주고 있는 걸까, 하고. 상사의 명령이라 어쩔 수 없이? 지후의 사정이 불쌍해서? 모두 아니었다. 정답은…… 한지후를 사랑하기 때문이었다. 이렇게 뻔하고 명확한 대답을, 지금껏 진경은 모른 척 해오고 있었다. 그것은 명백한 자기기만이었다. 지후에게서 사랑 한다는 말을 듣는 순간, 진경은 비로소 깨달을 수 있었다. 자신이 얼마나 이 말을 듣고 싶어 했는지. 자신이 그를 얼마나 사랑하고 있었는지.

그래서 진경은 화가 났다. 1년간이나 기다리고 기다렸던 그 말을, 이런 상황이 되어서야 꺼내는 이 남자가 미웠다. 이 용기 없고 이기적인 남자가, 이 순간 진경은, 정말로 미웠다.

"풀어요, 이거."

지금까지와는 다른, 낮은 목소리였다. 서릿발 같은 분노가 올올 히 들어찬 그녀의 한마디는 벌거벗은 채 묶여 있는 여자의 입에서 나왔다고는 믿기 어려울 만큼 위엄에 가득 차 있었다.

"당신은 나를 사랑하는 게 아니에요."

어둠 속에서 지후의 실루엣이 멈칫 굳어지는 것이 똑똑히 보였 다. 진경은 그의 그림자를 똑바로 바라보며 말을 이었다.

"이건 사랑이 아니라 욕심이에요."

"……그런가?"

낮게 잠긴 조그만 대답이 주저하듯 돌아왔다.

"당신이 말한 사랑엔 오로지 당신의 감정밖엔 없잖아요. 거기에 내 감정, 내 생각, 내 사랑에 대한 배려가 조금이도 들어 있긴 한 건 가요? 그건 사랑이 아니에요. 그건 그냥 혼자만의 욕심일 뿐이에요."

328

지후는 가만히 서 있었다. 아주 한참 만에야, 그의 입술 사이에서 '미안.'이라는 짧은 단어가 조그만 한숨처럼 새어 나왔다.

"미안하면 당장 풀어요."

"……싫어."

하지만 주저 끝에 나온 것은 거절의 한마디였다.

"미안한데 그건 싫어. 이렇게 내 옆에 있는 당신을 보니까, 내가 진짜로 원하던 게 뭔지 지금에야 알 것 같아. 난 계속 이런 걸 꿈꾸고 있었나 봐. 당신을 온전히 갖게 되는 그런 날……."

"착각하지 말아요. 지금 날 가졌다고 생각하는 거예요?"

"……아니. 하지만 그래도 괜찮아. 적어도 몸은 내 옆에 있을 거니까."

진경은 지후를 노려보았다. 이 남자의 어리석음에, 미칠 듯한 분노가 일어났다.

"나는……."

한 글자씩 씹어뱉듯, 진경은 천천히 입을 열었다.

"당신을, 사랑했어요."

지후의 몸이 한순간 굳어졌다.

"하지만 지금 이 순간부터 취소하려고요. 당신에 대한 내 마음 모두."

충격으로 굳어진 듯, 지후의 몸이 그대로 멈췄다. 한참 만에야 더듬거리는 그의 대답이 조심스럽게 돌아왔다.

"거짓말. 당신이…… 나를 사랑할 리 없어."

"물어봤어요?"

"……!"

"나한테 먼저 물어봤냐고요. 당신에 대한 내 감정 단 한 번이라도 물어본 적 있어요?"

지후의 눈동자가 혼란으로 흔들렸다.

"어떤 미친년이 사랑하지도 않는 남자에게 1년씩이나 몸을 내줘요?"

진경의 입에서는 절대로 나올 일 없는 과격한 단어의 등장에, 지후는 눈에 띄게 당황하고 있었다. 벌거벗긴 채 묶여 있는 사람이라고는 생각할 수 없는 단호한 음성으로, 진경은 지후에게 따져들었다.

"한지후 씨 사는 동네에선 어떤지 몰라도, 적어도 난 그래요. 사랑하는 남자한테만 몸을 허락해요. 하지만 지금 보니 한지후 씨는 제 사랑을 받을 만한 자격이 없네요. 그 흔한 고백 하나 못해서 이런 찌질한 일이나 벌이는 남자를, 뭘 믿고 사랑할 수 있겠어요."

지후는 난감한 얼굴로 입술을 깨물었다. 구구절절 어느 하나 틀린 말이 없었다. 언제나 옳은 말만 하는 진경이었지만, 오늘은 유난히 더 그랬다.

"당신이 지금 한 짓, 되게 찌질한 일인 건 알고 있어요?"

"……응."

"내가 사랑한 한지후는 자신의 삶과 치열하게 싸우는 용기 있는 남자였어요. 이렇게 여자를 묶어놓고 사랑이나 구걸하는 한심한 찌질이가 아니라."

비수처럼 내리꽂히는 말의 공격에, 지후는 말을 잃은 채 가만히 서 있었다.

"……미안. 실망시켜서."

한참 만에야 그가 머뭇거리며 입을 열었다.

"그럼 똑똑히 말해봐요. 날 사랑하긴 해요?"

"……응."

지후는 가만히 고개를 끄덕였다.

"언제부터요?"

"아마도 처음 만났을 때부터인 것 같아. 처음엔 좀 신기했고, 왠지 모르게 계속 관심이 갔고, 어느 순간부터 당신 생각이 계속 났어. 그때까지만 해도 사랑한다고는 생각하지 못했는데, 처음으로 같이 자던 날 깨달았어. 내가 당신을 사랑한다는 걸."

한지후의 짝사랑 역사가 짐작보다 훨씬 더 오래되었다는 사실을 깨달은 진경은 어쩐지 허탈해졌다. 밤을 보낸 다음 날 곧바로 태도가 바뀐 지후 때문에 수만 가지의 가설을 혼자 세워보며 고민했던 불면의 밤들이 모두 다 헛되게만 느껴졌다.

"겁쟁이네요, 한지후 씨도, 나도."

진경은 쓸쓸한 목소리로 중얼거렸다.

"사랑이 무섭다는 말, 사랑을 믿지 않는다는 말……. 그냥 다 핑계였어요. 당신도 나도 그저 상처받는 게 무서웠던 겁쟁이였던 거예요."

지후 역시 가만히 고개를 끄덕였다. 그 역시 두려웠던 것이다. 사랑이, 그리고 그 사랑으로 인해 자신이 받을 상처가. 사랑에 실패했던 부모의 전례가 트라우마가 되었다는 것 역시 변명일 뿐이었다. 조금 더 용기가 있었다면, 그리고 자신과 상대에 대한 믿음이 있었다면, 적어도 이런 식의 결말은 나지 않았을 것이다.

"풀어봐요. 할 말 있으니까."

진경이 강경하게 명령했다. 이제는 더 이상 지후 역시 버틸 수 없었다. 지후는 조용히 고개를 끄덕이고는 진경의 팔목에 묶여 있던 넥타이를 풀었다. 손수건으로 몇 겹이나 덧대어놓았음에도 불구하고, 진경의 여린 피부는 이미 벌겋게 부풀어 있었다.

양손의 자유를 찾은 진경은 자리에서 일어나 손목을 까딱거리며 굳은 몸을 풀었다.

"우선 한 대 맞고 시작하죠."

지후를 똑바로 바라보며 진경은 도발적으로 말했다.

"상대방 몰래 약을 탄 것도, 이런 식으로 묶어놓고 감금한 것도 심각한 범죄 행위인 것은 알고 있죠? 고소하는 건 참아줄 테니까, 시원하게 한 대 맞고 쌍방합의로 해요."

지후는 웃었다. 너무나 은진경다워서였다. 고작 넥타이로 묶는 걸로 이런 여자를 가질 수 있을 거라 생각하다니, 자신은 너무나도 어리석었는지도 모른다.

"알았어. 마음껏 때려. 당신 기분 풀릴 때까지 얼마든지."

진경에게 따귀를 맞을 각오를 하며, 지후는 얼굴을 내밀었다. 하지만 그 순간, 진경의 주먹이 지후의 복부에 내리꽂혔다. 순식간에 지후의 몸이 반으로 접힐 정도의 강력한 라이트 훅이었다. 지후에겐 안타까운 일이었지만, 진경은 대학 졸업 후 1년 6개월간 복싱

학원에 다닌 적이 있었고, 몹시 전도유망하니 이대로 실력을 갈고 닦아 아마추어 복싱선수로 활동해보지 않겠냐는 스카웃 제의를 받은 적이 있었다. 지후가 저만치서 쿨럭거리고 있는 동안, 진경은 돌덩이 같은 지후의 복근 덕분에 얼얼해진 주먹을 흔들며 입을 열었다.

"잘 들어요, 한지후 씨."

기침을 멈춘 지후가 홀린 듯이 진경을 바라보았다. 부옇게 새벽이 밝아오는 여명 속에서, 벌거벗은 나신으로 앉아 있는 그녀는 마치 새벽의 여신 같았다. 아니, 푸르른 밤의 여왕 같았다.

"나는 한지후 씨가 좋아요. 언젠가부터 당신이 좋았어요. 나는 사랑을 잘 모르지만, 한지후 씨에 대해 갖고 있는 내 감정이 사랑이란 건 알 수 있을 것 같아요. 만일 당신도 나와 같은 마음이라면, 당신과 같이 해보고 싶어요. 사랑이라는 것."

조금의 막힘도 없이 진경은 자신의 감정과 생각을 쏟아내었다. 지금껏 묵혀두고 쌓아놓기만 했던 감정들이 입 밖으로 뿜어져 나오자, 비로소 뱃속이 탁 트인 듯한 시원함이 쏟아져 들어왔다.

"한지후 씨, 당신을 사랑합니다."

마치 재판정에서의 엄숙한 판결문처럼, 진경은 지후를 향해 고백했다.

진경의 고백을 받은 지후는 한동안 대답이 없었다. 조금 전 복부에 내리꽂힌 라이트 훅보다 훨씬 더 강렬한 한 방이 그의 영혼을 강타한 듯한 얼굴이었다. 한참을 그렇게 넋 빠진 듯 서 있던 지후는 마침내 한 손으로 이마를 짚은 채 실성한 사람처럼 하하, 웃었다.

"진경아."

한참 만에야, 지후는 진경을 바라보며 입을 열었다. 은 비서도, 은진경도 아닌, '진경아'라는 생소한 호칭이었다. 수없이 들어온 제 이름인데도, 진경은 어쩐지 화끈 부끄러워졌다. 자신의 이름이 이렇게나 달콤한 울림을 가지고 있었다는 걸, 진경은 난생처음으로 깨달았다.

"진짜 미안한데, 다리는 좀 나중에 풀어줘야 할 것 같다."

지후의 대답은 참으로 뜬금없었다. 동그래진 진경의 눈동자를 바라보며, 지후가 씨익 웃었다. 푸르른 새벽의 빛 속에 서 있는 그의 모습에선 어둠 속의 광기 따위는 더 이상 느껴지지 않았다. 하지만 그의 눈동자에는 종류가 다른 묘한 흥분이 흘러넘칠 듯 넘실대고 있는 중이었다.

"나 더 이상 참을 수가 없을 것 같아."

그제야 진경은 자신이 여전히 벌거벗은 나신이며, 두 다리는 여전히 한껏 벌려진 채 침대의 기둥에 묶여 있다는 사실을 깨달았다. 그리고 지후가 자신을 잡아먹을 듯 강렬한 시선으로 이글이글 바라보고 있다는 사실도. 자신을 바라보는 지후의 뜨거운 눈빛에서 그의 명확한 의도를 읽어낸 진경은 경악했다. 어째서 이 남자의 모든 결론은 이렇게 귀결되고 만단 말인가!

"나 지금, 네가 너무 사랑스러워서 미쳐버릴 것 같아."

감동에 가득 찬 목소리로 지후가 속삭였다.

"사랑한다, 진경아. 지금껏 말하지 못해서 미안해. 용기 없고 못난 나를, 부디 용서해줘."

지후의 몸이 성큼 다가왔다. 하지만 로맨틱하기 짝이 없는 지후의 고백을 들으면서, 진경은 등 뒤로 오싹 소름이 끼치는 것을 느꼈다. 진경의 본능은 이미 직감한 것이었다. 지금 이대로 저 남자가 덮쳐온다면, 감당하지 못할 무서운 일이 생길지도 모른다는 사실을. 진경은 본능적으로 몸을 뒤로 빼며 탈출을 시도하려 했다. 하지만 아직도 그녀의 두 발목은 한껏 벌려진 채 단단히 묶여 있는 중이었고, 잔뜩 흥분한 사내의 눈앞에는 새벽빛 아래 은빛으로 빛나는 늘씬한 다리와 그 사이의 은밀하고도 탐스러운 과실이 먹음직스럽게 진설되어 있는 상태였다. 위기를 직감한 진경은 꿀꺽 마른침을 삼켰다.

하지만 패기만만한 태도로 사랑을 먼저 고백한 사람은 진경이었다. 그것은 이 남자를 이런 흥분의 도가니 속으로 빠뜨린 당사자 역시 다름 아닌 진경이란 의미였다. 그러니 이제 와서 물러설 수는 없었다. 조금 전까지 지후의 용기 없음을 질책하던 그녀가 이제 와서 겁쟁이처럼 뒤로 내뺄 수는 없는 일이었다. 마침내 진경은 굳은 결심을 하며 마음을 다잡았다. 인생사 모든 것이 뿌린 대로 거두는 것이라면, 진경 역시 자신에게 주어진 운명을 끝까지 책임지기로 했다. 그것이 비록 이 짐승 같은 사내를 온몸으로 감당하는 일일지라도 말이다. 하지만 진경이 이 결심을 후회하게 된 건 그리 오래지 않아서였다.

양쪽으로 벌어진 그녀의 중심에 커다란 사내의 기둥이 문질러져 오자, 그 선연한 감촉에 진경은 몸서리를 쳤다.

"미안…… 괜찮지? 지금 해도?"

의견을 물어보는 사람치고는 너무 노골적으로 구는 것 아니냐고, 진경은 따지고 싶었다. 입으로 내뱉은 정중한 의문문과는 달리, 이미 그의 기둥은 터질 듯이 잔뜩 부풀어서 미끈한 액체를 흘리고 있었다. 그가 진심으로 흥분한 상태라는 걸, 진경은 몸으로 느낄 수 있었다. 하지만 양쪽으로 벌려져 단단히 고정되어 있는 그녀의 중심은 헐떡이며 문질러오는 사내의 몸뚱이를 막을 수도, 피할 수도 없었다.

"사랑해, 진경아."

진경의 입술에 짧은 버드 키스를 몇 번이나 남기며, 지후가 달콤하고도 애절한 목소리로 속삭였다. 사랑에 있어서만큼은, 참으로 모범학생인 지후였다. 처음으로 사랑을 고백한 것이 바로 얼마 전일진대, 벌써부터 다채로운 목소리로 사랑을 속삭이며 진경의 혼을 쏙 빼놓고 있었다. 귓가에서 속닥이는 달콤한 목소리에, 진경의 경계심 역시 반쯤 녹아내리고 있는 중이었다.

"허락해줘."

이미 반쯤 쉰 그의 목소리에는 절박한 헐떡임이 배어 있었다. 도무지 모른 척하려야 할 수 없는 절박함이었다. 진경은 조그맣게 한숨을 한 번 쉰 후, 그의 턱을 감싸 안았다. 그러고는 그의 입술에 짧은 키스를 남겼다. 그것이 허락의 의미임을 깨달은 순간, 지후의 입술이 싱긋 미소 지었다. 그러고는 아까부터 준비완료 상태로 기다리고 있던 그의 기둥이 그녀의 몸을 단번에 꿰뚫었다. 진경의 짧은 비명이 새벽의 푸른 공기를 가르며 터져 나왔다.

몸을 묶인 채 하는 섹스가 얼마나 잔혹하고 달콤한 것인지, 진경은 처음으로 알게 되었다. 몸 안을 치닫는 새하얀 쾌감을 견딜 수 없어 아무리 몸을 비틀어보아도, 단단히 고정된 양다리로는 달아날 곳이 없었다. 몸 안으로 끊임없이 쏘아져 나오는 쾌락을 간신히 견뎌내는 것만이 진경이 할 수 있는 유일한 일이었다. 그만, 그만, 이라고 수십 번은 외친 것 같았지만, 처음 눈뜬 사랑에 이성을 상실해버린 남자의 열정을 막기엔 역부족이었다. '조금만 참아봐. 금방 끝나. 조금만 더'라는 말만 반복하며 부드러운 키스로 달래기만 할 뿐, 하반신 위로 퍼붓는 격렬한 몸짓은 도무지 멈출 기미가 없었다.

이미 몇 번의 폭발이 그녀의 몸속에서 일어난 후였다. 그의 몸과 연결된 그녀의 여린 곳은 이미 미지근하게 식어버린 미끈미끈한 액체들로 엉망이 되어 있었지만, 여전히 지후는 진경의 몸 깊숙이 틀어박힌 자신의 분신을 뺄 생각이 없는 듯 보였다. 한 차례 폭발이 끝나고 모든 것이 시들어버린 뒤에도, 여전히 진경 안에 몸을 담은 채 부드러운 키스로 다음의 정사를 준비하고 있었다. 끝나지 않는 달콤한 고문이 밤새도록 몇 번이나 계속되었다.

덕분에 진경은 체력이 고갈되어 손 하나 까딱할 힘도 남아 있지 않았다. 원래부터 잘 느끼는 민감한 체질인지라, 온몸이 경련하고 온 신경이 불타오르는 오르가즘을 벌써 몇 번이나 겪은 그녀의 육체는 이미 완전한 그로기 상태라고 할 수 있었다. 하지만 이렇게 죽을 것 같이 힘이 든데도 불구하고, 세상에서 가장 기쁜 얼굴로 키스를 해오는 지후를 바라보면 자신도 모르게 미소가 지어졌다. 그러고는 또다시 어디선가 힘이 솟아올랐다.

이것이야말로 사랑의 힘인 것인가, 하고 진경은 까무룩 사라지는 정신 너머로 아득하게 생각했다. 진경의 몸 위에서 움직이는 지후의 모습은 그만큼 절실하고 애틋해 보였다. 이 남자가 진짜로 나를 사랑하고 있구나, 라고 느낄 수밖에 없는 모습으로, 지후는 진경을 온몸으로 사랑하고 있었다. 그래서 진경은 이 남자의 폭주를 차마 막을 수가 없었다.

결국 두 사람의 정사는 피로에 지친 진경이 스르르 의식을 놓아버리는 것으로, 길고 긴 대장정의 막을 내리게 되었다.

커튼 사이로 내리쬐는 눈부신 가을 햇볕에 눈을 떴을 때, 진경은 온몸이 무너져 내리는 듯한 통증을 느꼈다. 엄청나게 큰 거인이 사지를 작신작신 밟고 지나간 것처럼, 뻐근한 격통이 온몸을 내달리고 있었다. 밤새도록 벌어져 있던 양다리도 욱신거렸고, 제멋대로 빨리고 잡아당겨진 젖꼭지도 따갑고 쓰라렸고. 꽁꽁 묶인 채 발버둥 치던 발목도 아팠다. 커다란 몽둥이로 수없이 쑤셔진 아랫도리야 이루 말할 수도 없었다. 자기도 모르는 새 끙끙 앓는 소리가 새어 나왔다.

그나마 다행인 것은 두 사람이 뿜어낸 수많은 체액들은 깨끗이 닦인 뒤였다는 점이었다. 잠든 사이에 아예 자리를 옮겼는지 마른 햇살의 냄새가 나는 쾌적하고 보송보송한 시트가 깔려 있었다. 하지만 겨우겨우 부은 눈을 뜬 진경은 눈앞에 펼쳐진 뜻밖의 모습에 경악하고 말았다.

"대체 이게 뭐야……."

진경의 입에서 당혹스런 혼잣말이 절로 튀어나왔다. 진경의 눈이 머물러 있는 곳은 침대 맞은편의 흰 벽이었다. 지난밤엔 어두워서 미처 보이지 않았던 것들이 밝은 햇살 아래 고스란히 실체를 드러내고 있었다. 생각지도 못했던 엄청난 광경에 진경은 말문이 막힐 수밖에 없었다.

그 순간, 문이 열리며 이 모든 일의 원흉인 한지후가 등장했다.

"일어났어?"

어제보다 훨씬 더 해사하고 매끈한 모습의 지후는 진경을 발견하곤 다정하게 인사를 건넸다. 맨몸에 검은색 가운만을 걸친 그의 모습은 평소보다 훨씬 더 농염한 매력을 뿜어내고 있었다. 물기에 젖어 흐트러진 검은 머리카락과 벌어진 가운 깃 사이로 탄탄하게 드러난 그의 맨가슴은 보는 이가 부끄러워질 만큼 색정적이었다.

"몸은 좀 괜찮아?"

손에 들고 있던 과일바구니와 주스 잔이 담긴 쟁반을 협탁에 올려놓으며, 지후가 부드럽게 속삭였다. 멀쩡하던 사람을 이 모양으로 만들어놓은 장본인 주제에, 위로의 목소리는 참으로 다정하기만 했다. 하지만 진경은 그의 질문에 곧바로 대답해줄 수 없었다. 그보다 먼저 물어봐야 할 것이 있었기 때문이었다.

"저거 뭐예요?"

진경의 손가락이 벽면을 가리키자, 지후의 몸이 멈칫 굳었다. 하지만 그는 이미 각오하고 있었다는 듯 어깨를 으쓱이며 태연하게 대답했다.

"음…… 취미생활?"

어처구니없는 그의 대답에 진경은 그만 할 말을 잃고 말았다. 침대 맞은편의 벽면을 한가득 메우고 있는 것은 진경 자신의 모습이었다. 언제 찍혔는지도 알 수 없는 자신의 다양한 일상사진들이 족히 수백 장은 넘도록 벽면 가득 붙어 있었다. 추리닝을 입은 추레한 모습으로 집 앞을 나서는 자신의 사진들을 보니, 분노와 함께 부끄러움이 울컥 몰려들었다.

"대체 이게 뭐예요! 얼른 떼요!"

"미안……."

지후는 차마 진경과 눈을 마주치지도 못한 채로, 나지막이 입을 열었다.

"어젯밤의 일들…… 후회한다면 지금이라도 취소해도 좋아."

처벌을 기다리는 것처럼 잔뜩 움츠러든 모습이었다. 어처구니가 없기도 하고 우습기도 해서, 진경은 할 말을 잃은 채 지후의 얼굴만 바라보고 있었다.

"당신이 얼마나 화날지 알아. 내가 얼마나 미친놈처럼 보일지도 알고. 하지만…… 당신에게, 꼭 보여줘야만 한다고 생각했어. 그래서 이 방으로 데리고 온 거야."

지후는 고개를 들었다. 그러고는 진경의 눈을 똑바로 바라보았다.

"이게 나야."

한마디, 한마디 고통스럽고 참담한 표정으로 지후는 천천히 말을 이었다.

"내 사랑의 본질은 이런 거야. 어둡고 음습하고 질척질척하지. 내 사랑이 커지면 커질수록, 아마도 당신은 고통스러워질 거야. 언젠간 나조차도 나를 감당할 수 없을지도 몰라."

지후는 짧은 한숨을 내쉬었다.

"나도 노력했어. 필사적으로. 내 안에 사랑에 미친 광증이 존재한다는 것을 깨달은 그 순간부터, 당신을 사랑하지 않으려고 최대한 노력했어. 하지만…… 나도 어쩔 수가 없었어. 매일 아침 눈을 뜰 때부터 잠이 들 때까지 계속 당신이 생각나. 내 눈이 닿지 않는 곳에 당신이 있다는 사실만으로도, 점점 속이 뒤집힐 것처럼 화가 나. 매일매일 당신을 바라보면서 천국과 지옥을 수천 번 왔다 갔다 해. 당신을 보면 미칠 것 같은데, 당신을 안 보면 죽을 것 같아. 이런 거 하면 안 되는 짓이라는 거 알아. 그런데…… 이렇게라도 하지 않으면 도저히 견딜 수가 없었어. 정말 미안해. 당신을…… 이렇게밖에 사랑할 수 없어서."

지후의 고해성사에 진경은 말을 잃었다. 이 남자의 마음속에 이러한 고민이 있으리라고는, 정말이지 꿈에도 상상하지 못했다. 진경이 혼자만의 사랑으로 고통스러워하는 동안, 이 남자 역시 주체하지 못하는 사랑으로 괴로워하고 있었다니, 이것 참 아이러니한 일이 아닐 수 없었다. 생각보다 훨씬 더 바보 같은 이 남자를 어찌하면 좋을까 생각하며, 진경은 가만히 지후를 바라보았다.

"난 언젠가…… 당신 아버지처럼 될지도 몰라. 언젠가 내 사랑이 집착이 되어서 당신을 질식시키는 날이 올지도 몰라. 그래도 견딜 수 있겠어?"

진경은 쉽게 대답하지 못했다. 여전히 그녀의 깊은 곳에는 칼을 든 아버지와 검붉은 피 웅덩이 속에 누워 있는 엄마의 그림자가 남아 있었다. 그것은 여전히 그녀에게, 무섭고 끔찍한 기억이었다.

"……우리 아버지 일 알고 있었어요?"

어젯밤의 여파로 잔뜩 쉬어버린 목소리로 진경은 간신히 되물었다.

"응, 그것 말고도 많은 걸 알고 있어. 당신에 대한 건 대부분 다."

"좀 더 빨리 말하지 그랬어요."

그것이 진경의 대답이었다. 순간 지후의 눈에 절망이 어렸다. 이미 늦어버렸을지도 모른다는 불길한 깨달음이 그의 뇌리를 스쳤다. 결국, 그가 두려워하던 종말이 오게 된 것일지도 몰랐다. 싸늘한 공포가 그의 온몸을 감쌌다. 진경은 창백하게 굳어진 그를 바라보며 여왕처럼 도도하게 손을 들어 올렸다. 그러고는 벽 한가운데 커다랗게 붙은 사진을 가리켰다.

"당장 떼요. 우선 저것부터."

진경의 손가락이 향한 곳을 바라본 지후의 얼굴엔 절망이 어리고 있었다.

13장. 사랑은 꽃처럼

　진경이 가리킨 곳에는 잔뜩 늘어난 흰 티셔츠를 입은 쪼그려 앉은 그녀의 모습이 커다란 사이즈로 인화되어 있었다. 길고양이들에게 밥을 주고 있었는지, 쭈쭈쭈 하며 오무린 입술로 눈만 활짝 웃고 있는 사진이었다.

　"그냥 나한테 말하지 그랬어요. 그럼 더 예쁜 사진들로 줬을 텐데. 저게 뭐예요. 안티도 아니고. 못생기게 나온 사진만 골라서 붙여놨어."

　"왜, 귀여운데……."

　차디찬 비난과 이별 통보를 각오하며 잔뜩 긴장해 있던 지후는 뜻하지 않은 진경의 지적에 우물쭈물 변명했다.

　"하나도 안 귀여워요. 우선 추리닝 사진들부터 빨리 떼요. 지금 당장 없애버리게. 저거랑 저거, 그리고 저것도."

지후의 얼굴이 해쓱해졌다. 진경이 고른 것은 안타깝게도 그가 가장 좋아하는 사진이었던 것이다. 맨얼굴의 통통 부은 눈꺼풀도, 키스라도 하듯이 오물거리는 조그만 입술도, 편안한 회색 추리닝도, 무릎에 수놓인 곰돌이 무늬도, 지후가 너무나도 애정하는 것들이었다.

"그거 말고 딴 건 안 돼? 특히 저건 내가 진짜 좋아하는 사진인데."

역시나 그 사진만 유난히 크게 인화해놓은 데는 다 이유가 있었던 거다. 저것만큼은 잃을 수 없노라며 소심하게 징징대는 지후를 진경은 어처구니없는 얼굴로 바라보았다. 패션에 대해서만큼은 누구에게도 뒤지지 않는 세련된 선구안을 가지고 있다고 생각하던 지후였는데, 이제 보니 취향도 괴상하기 짝이 없었다. 10년 된 낡은 회색 추리닝 따위가 대체 뭐가 좋다는 건지 도무지 이해할 수가 없었다. 심지어 무릎에 있는 곰돌이 무늬는 반쯤 지워져 있는데 말이다.

"내가 더 예쁜 사진으로 줄게요."

더 예쁜 사진이라는 말에 흔들리긴 했지만 귀여운 곰돌이 추리닝 역시 포기할 수 없는지, 지후는 격렬한 내적 갈등이 담긴 심각한 표정을 지어 보였다. 그 모습이 어쩐지 귀엽고도 웃겨서 진경은 픽 웃고 말았다.

"그리고 궁금한 게 있으면 그냥 물어봐요. 굳이 돈 주고 다른 사람한테 물어보지 말고."

자신의 음습한 컬렉션을 보고도 진경이 그다지 화를 내고 있지 않다는 사실을 귀신처럼 눈치챈 지후는 조심스럽게 침대 위 진경의 옆자리에 앉았다. 그러고는 여왕님께 진상이라도 하듯 공손한 손길로 진경에게 가운을 건넸다. 몸이 푹 싸일 만큼 커다란 지후의 검은 가운을 입느라 진경이 꼼지락거리는 사이 지후는 조심스레 그녀를 향해 질문을 던졌다.

"아버지 얘기…… 물어봐도 돼?"

"저기 기사에 있는 게 다예요."

벽면에 붙은 오래된 신문을 가리키며, 진경은 생각보다 담담한 목소리로 대답했다. 오래된 상처를 헤집는 것은 그녀에게도 결코 쉬운 일은 아니었다. 하지만 진경은 용기를 내기로 결심했다. 그리고 믿어보기로 했다. 이 남자와 자신을. 그리고 사랑의 힘을.

"아빠는 엄마를 많이 사랑했지만, 자기 자신에 대한 믿음이 부족했어요. 그게 모든 비극의 시작이었죠. 사랑에 대한 의심은 의처증으로 커졌고, 사랑받지 못한다는 불안은 폭력으로 나타났어요. 그런데 진짜 웃긴 건 말이죠. 진짜로 바람이 난 사람은 엄마가 아니라 아빠였다는 거예요."

"왜? 엄마를 사랑했다면서?"

지후의 눈이 동그래졌다. 사실 이 비극에서 가장 우스운 것은 이 대목이었다. 그토록 사랑에 목매던 남자가 결국은 자신이 먼저 사랑을 배신했다는 점.

"글쎄요……. 믿을 수 없는 사랑보다는 손쉽게 얻을 수 있는 욕정을 선택했나 보죠. 아무튼 아빠는 동네의 술집마담이랑 정분이 났고, 그 사실을 엄마한테 들켰어요. 그리고 그 일로 말다툼을 심하게 했는데, 아시다시피 그런 결과가 났어요. 물론 고의는 아니었을 거라고 생각해요. 진짜로 죽일 의도는 아니었을 거예요. 그냥 그건…… 불행한 사고였어요. 우리 가족 모두에게."

지후는 손을 뻗어 진경의 어깨를 안아주었다. 그러고는 그녀의 이마 위에 부드러운 키스를 남겼다.

"많이 아팠겠다."

"네…… 많이 아팠죠. 엄마도, 저도, 그리고…… 아빠도."

"아버지가…… 지금도 미워?"

"모르겠어요. 오래된 일이기도 하고, 아빠도 그 일로 충분히 벌을 받은 것 같기도 하고……. 정신병원에서 죽었거든요, 우리 아빠."

"……알아."

"진짜 다 아네. 모르는 건 뭐예요, 나에 대해서?"

"모르는 것 천지지. 무슨 음식을 좋아하는지, 무슨 노래를 좋아하는지, 무슨 계절을 좋아하고, 무슨 책을 좋아하고…… 어떤 남자가 이상형인지."

"밥 잘 먹는 남자가 좋아요."

"진짜?"

자신의 식습관에 대해서 재빨리 반성해보며, 지후가 되물었다.

"네. 밥도 잘 먹고, 웃기도 잘 하고, 씩씩한 남자가 좋아요."

"어쩌지? 나 1차 탈락인 것 같은데?"

"왜요?"

"안 씩씩해서."

진경은 작게 웃었다. 그러곤 자신의 어깨에 놓인 지후의 손을 가만히 잡았다.

"그래요? 난 한지후 씨 씩씩해서 좋아했는데?"

지후는 훗, 하고 작게 웃었다.

"그래 보여?"

"네, 같은 종류의 상처를 지니고 사는데도, 저 사람은 참 씩씩하구나 하고 생각했어요."

"의외네. 난 은진경 보고 그렇게 생각했었는데. 저 사람은 참 강하구나."

"안 강해요, 저. 하루하루 허덕거리며 버티면서 사는 게 고작이에요. 근데 말이에요. 사람은 다 그래요. 누구나 자기 몫의 짐을 지고, 하루하루 자기 삶을 힘겹고 벅차게 꾸려 나가는 거예요."

"……그럴까?"

"그런 시가 있잖아요. 흔들리지 않고 피는 꽃이 어디 있을까."

진경이 말한 시를 한 음절 한 음절 되새기듯, 지후의 표정이 아련해졌다.

"그런 의미에서 한지후 씨 얘길 좀 해봐요."

지후는 잠시 머뭇거리다가 천천히 입을 열었다.

"뭐, 알다시피…… 우리 엄만 회장님의 숨겨진 여자였어. 사실 세컨드란 말도 과분할 정도지. 회장님한테 엄마 같은 여잔 많았거든. 하지만 그중에서 아들을 낳은 건 우리 엄마밖에 없었지. 엄마랑 난 미국의 작은 마을에서 살았어. 동양인이라곤 우리밖에 없었지. 근데 엄만 영어를 못했어. 우습지 않아? 입으로는 사랑한다고 말하면서 말 한마디 안 통하는 곳에 여자 혼자 유배를 보낸다는 게."

지후는 씁쓸한 얼굴로 웃었다.

"사실대로 말한다면 우리 엄만 이미 버림받은 거였어. 불쌍한 엄마만 그 사실을 몰랐지. 엄마는 매일매일 기다렸어. 엄마의 사랑이 왕자님처럼 나타나 구원해주기를. 하지만 꿈은 이루어지지 않았고, 엄마는 미쳐갔지."

지후는 와이셔츠 손목의 단추를 풀고 자신의 팔뚝을 보여주었다. 거기에는 흐릿한 흉터가 남아 있었다. 오래된 화상 자국이었다.

"우리 엄마가 그랬어. 다리미로."

진경의 안색이 하얗게 질려갔다. 어린아이에게 가해진 끔찍한 폭력의 기억. 그것이 무엇인지 진경은 누구보다 잘 알고 있었다. 진경은 팔을 뻗어 지후의 몸을 안았다. 아직도 지워지지 않은 상처를 간직하고 있는 지후의 오른팔이 진경의 긴 머리카락을 부드럽게 쓰다듬었다. 서로의 상처를 핥아주는 어린 짐승처럼, 두 사람은 서로를 그렇게 쓰다듬어주었다.

"엄마가 자살했을 때, 난 슬프면서도 기뻤어. 이제야 이 지옥이 끝났구나 싶었거든. 911에 전화해서 구급차를 부른 것도 나고, 경찰에게 한국에 있는 아버지의 이름을 말한 것도 나였어. 아마도 아버지는 내가 아무것도 기억하지 못했길 바랐을 거야. 하지만 안타깝게도 난 어릴 때부터 좀 똑똑했거든. 아주 어렸을 때 몇 번 본 게 다였지만, 그 사람의 얼굴, 말투, 다 기억하고 있었어. 그렇게 해서 한국에 오게 된 거지. 물론 그다지 환영받지는 못했지만."

먼 과거를 더듬어가는 지후의 목소리는 점점 더 아련해져갔다.

"하긴…… 난 지금까지 한 번도 환영받는 존재인 적이 없었던 것 같아. 어릴 때 잠깐 한국에서 살았던 때를 빼고는 쭉 외국에서 혼자 살았거든. 요즘은 많이 좋아졌다고는 하지만 여전히 인종차별은 존재하고, 어린애들일수록 그런 걸 숨기지 못하지. 사실 아이들이란 어른들이 생각하는 것보다 훨씬 더 잔인한 존재들이야. 어른들은 결코 생각하지 못할 각종 창의적인 방법의 괴롭힘을 발명해내거든."

세상 모두가 적으로 느껴지는 그 서늘한 고독을, 진경 역시 경험해보았다. 무리 이외의 존재에게 쏟아지는 잔혹한 냉대를 온몸으로 겪으며 자라온 진경에게, 지후의 고백은 자기 자신의 고해성사를 듣는 것 같은 기분이었다. 진경은 안고 있던 그의 등을 가만가만 토닥여주었다. 그 맘 이해한다고, 위로해주듯이.

"당신도 알다시피……. 난…… 좀 그래. 정상이 아니야. 어딘가 좀 망가졌다는 걸, 나 스스로도 알아."

자신의 상처를 후벼 파는 듯한 아픈 목소리로, 지후가 한마디씩 힘겹게 내뱉었다.

"그래서 지금도 겁이 나. 내가 당신을 사랑해도 괜찮을지."

"겁이 나면…… 이대로 포기할래요?"

"아니, 그건 안 해. 못 해, 이젠."

"그럼 그냥 해요. 마음 가는 대로."

"……괜찮을까?"

"괜찮게 만들어야죠. 우리가 같이."

그것은 어둠 속에 갇힌 지후의 마음에 갑작스럽게 쏟아진 한 줄기 빛 같았다. 진경의 말을 듣는 순간, 지후는 지금껏 고민하고 있던 수많은 고민들이 한 번에 녹아 없어지는 것을 느꼈다. '같이'라는 한마디가 이토록 커다란 힘이 될 것이라고, 지후는 미처 상상조차 하지 못했다. 하지만 그녀와 함께라면, 진경과 함께 손을 잡고 나아간다면, 사랑 그까짓 게 무에 대수일까 싶어졌다. 앞으로 쏟아질 수많은 암흑 따위 조금도 두렵지 않았다. 그녀와 함께 있다면.

　　"큰일 났다, 은진경."

　　지후가 쿡쿡 낮게 웃으며 말했다.

　　"당신이 버린 거야. 도망갈 수 있는 마지막 기회."

　　"안 도망가요."

　　"도망가고 싶어도 이젠 늦었어. 나 이제 당신 절대로 안 놔."

　　조금도 무섭지 않은 협박이었다. 진경은 말없이 그의 넓은 등만 토닥토닥 두드려주었다. 그리고 지후의 가슴에 조용히 기댄 채, 둥둥 커다란 북소리처럼 울리는 그의 심장 소리에 귀를 기울였다.

　　"약속해줘. 우리 엄마처럼 되지 않겠다고."

　　"네, 그렇게 할게요."

　　"나도 절대 당신 아버지처럼은 되지 않을게."

　　"당연히 그래야죠."

　　지후는 진경의 얼굴을 가만히 바라보았다. 투명한 아침 햇살 아래 빛나는 그녀의 모습이 너무도 예뻐서, 심장이 벅차올랐다. 이 여자가 자신의 여자라는 게 가슴이 터질 것처럼 기뻤다.

　　"진경아."

지후의 속삭임에 진경의 얼굴이 발갛게 달아올랐다. 여전히 '은비서'라는 호칭이 더 익숙한 진경이었다. 귓가를 달콤하게 간질거리는 자신의 이름에, 진경은 얼굴을 붉히며 어깨를 움츠렸다.

"사랑해."

아침 햇살만큼이나 따스한 목소리로 지후가 속삭였다. 진경의 얼굴이 조금 더 붉게 달아올랐다. 어젯밤에도 사랑한다는 고백을 잔뜩 듣긴 했지만, 그건 둘 다 반쯤 이성을 놓은, 섹스 중의 긴급한 상황이었다. 몸을 섞으면서 신음처럼 토해내는 사랑고백과 환한 아침의 햇살 속에서 정식으로 사랑을 속삭이는 것은 차원이 다른 느낌이었다. 아침의 고백이란 심장이 말랑말랑해지고, 주변의 공기마저 분홍빛으로 물드는 듯한 달콤한 그 무엇이었다.

"대답은?"

진경이 부끄러워하는 것을 뻔히 알면서도, 지후는 짓궂게 대답을 요구했다.

"어제 했잖아요."

"어젠 어제고 오늘은 오늘이지. 자, 얼른 다시 말해봐. 또 듣고 싶어."

"나중에요."

"너무한데? 나는 내 마음을 바닥까지 다 털어서 보여줬는데."

"우선 저것들부터 다 떼면 생각해볼게요."

벽면에 덕지덕지 붙은 스토킹의 증거들을 턱으로 가리켜 보이며, 진경이 뾰로통하게 대답했다.

"그리고 어젯밤 일도, 아직 다 용서한 거 아니에요."

어젯밤의 이야기가 나오자, 지후는 뜨끔한 듯 어깨를 움츠렸다. 아무래도 라이트 훅 한 방 정도로는 쉽사리 용서될 일이 아니었나 보다.

"어제 일은…… 진짜 미안해."

"그런 일 또다시 생기면 곧바로 아웃이에요."

한다면 하는 성격의 진경을 누구보다 잘 아는 지후는 움찔해서 고개를 끄덕일 수밖에 없었다.

"그리고, 우선 제 전화기부터 좀 주세요."

"……왜?"

"본부장님은 어떤지 몰라도 전 오늘 출근 못 해요. 누구 때문에 몸이 아주 만신창이거든요."

지후의 얼굴이 새하얗게 질렸다.

"많이 아파?"

"네. 엄청요."

그때부터 지후의 움직임이 부산스러워졌다. 가운을 갖다 주고, 전화기를 챙겨주고, 마실 물과 과일과 수프와 기타 등등의 것들을 충직한 시종처럼 진경 앞에 대령하느라 정신없이 바빠졌기 때문이었다. 덕분에 그날 오전 내내, 진경은 직속 상사의 극진한 수발을 여왕님처럼 받으며 침대에서 보낼 수 있었다.

"할 말이 있어요."

지후가 끓여준 따끈하고 고소한 콘 수프를 떠먹으며, 진경은 입을 열었다. 왠지 모르게 의미심장한 대화의 시작에, 지후의 몸이 긴장으로 바짝 굳어지고 있었다. 혹시라도 진경이 마음을 바꾸기라도 할까 봐 아직도 전전긍긍 중인 지후였다. 자신은 이제 진경이 없으면 살 수 없는데, 혹시라도 진경이 저를 버리고 홀홀 가 버릴까 봐, 지후는 순간순간 겁이 났다.

"회장님이 본부장님의 혼처로 윤건케미컬 쪽을 생각하고 계세요."

진경의 말에 지후의 얼굴이 와작 구겨졌다.

"은진경!"

"윤건케미컬 쪽과 전략적 제휴관계를 맺으면 향후 여러 가지 긍정적인 효과들을 상상 이상으로 많이 얻게 되실 거예요. 회사 차원에서도 그렇고, 본부장님에게도 그래요. 윤건 쪽의 힘을 입을 수 있다면, 회사 내에서 본부장님의 입지를 강화하는 데 막대한 도움이 될 수 있을 거예요."

"그래서? 지금 너 버리고 윤건에 데릴사위로 들어가기라도 하라는 거야?"

"적어도 알고는 계셔야 할 것 같아서요. 본부장님께 온 일생일대의 기회를 저 때문에 포기하게 되는 거니까요."

"됐어. 회사 같은 거 관심 없어. 처음엔 보란 듯이 회사의 주인이 되어서 나를 괄시하던 사람들에게 엿이나 먹여줄까 싶기도 했지만, 이젠 됐어. 그런 거 다 필요없어."

"후회하실지도 몰라요."

"회사 같은 건 됐으니까, 난 그냥 은진경이 그놈의 본부장님 호칭이나 좀 갖다 버렸으면 좋겠어."

진경의 입술이 조그맣게 휘어졌다.

"그럼…… 한지후 씨?"

"아니, 그것도 딱딱해."

"그럼 뭐가 좋은데요? 지후 씨?"

"글쎄…… 자기? 허니? 스위트하트? 아니면…… 오빠?"

듣기만 해도 들척지근한 호칭이 나열될수록 진경의 어깨는 조금씩 움츠러들고 있었다. 자신의 입에서 그런 닭살스러운 단어가 나오는 상상만으로도 진경은 손발이 오그라들 것만 같았다. 하지만 지후의 얼굴은 달콤한 상상의 여파로 점점 더 밝게 불타오르는 중이었다.

"오빠 좋네. 지후 오빠."

마침내 지후는 고심 끝에 결정을 내렸다. 하지만 정작 진경은 '오빠'라는 단어가 주는 과도한 닭살스러움으로 인해 소스라치는 중이었다.

"그냥 지후 씨로 해요. 싫으면 그냥 원래대로 본부장님으로 하고."

역시나 이런 일의 결정권자는 진경이었다. 결국 지후는 아쉬움을 삼키며 '지후 씨'로 타협을 보았다. 그나마 성까지 붙은 풀 네임이 아닌 것만 해도 어디냐며, 지후는 긍정적으로 생각하기로 했다.

"그런데…… 내일은 움직일 수 있겠지?"

진경이 먹을 과일을 조그맣게 잘라주며 지후가 또다시 진경의 눈치를 살살 보았다.

"내일은 출근해야죠. 내일 무슨 일 있어요?"

"내일 회장님…… 아니, 아버지한테 말씀드리려고."

"뭘요? 설마……."

"응, 우리 관계 말씀드려야지. 안 그러면 나 장가갈 때까지 선자리 알아보러 다니실 양반이야."

진경의 얼굴이 급속도로 어두워졌다. 어쩐지 은인의 아들을 꾀어낸 나쁜 여자가 된 것 같은 기분이었다. 한 회장의 명에 따라 순순히 재벌가와 결혼한다면 탄탄대로를 걷게 될 남자가 괜히 자신 때문에 애꿎은 구설수만 얻게 될지도 몰랐다. 지금이야 회사도 돈도 다 필요 없다고 말하지만, 먼 훗날 그가 지금의 선택을 후회하게 되는 날이 올지도 몰랐다.

"정말…… 괜찮겠어요?"

"지금 나한테 묻는 말이야?"

"네."

"바보야, 정말 괜찮겠냐고 물어봐야 할 사람은 네가 아니라 나야. 정말 괜찮겠어, 은진경?"

"뭘 계속 물어요, 싱겁게. 괜찮다고 했잖아요."

"진짜 괜찮겠어? 나랑 결혼해도?"

응? 결혼이라니! 갑자기 급전개 되어버린 이야기에 진경은 깜짝 놀랐다. 진경의 동그래진 눈을 보며 지후는 진지하게 다시 한 번 물었다.

"나랑…… 결혼해줄래?"

"지후 씨……."

"갑자기 이런 데서 프로포즈해서 미안해. 그런데 나 이젠 더 이상 너 없이 못 살 것 같아. 하루라도 빨리 네가 내 여자가 돼줬으면 좋겠어. 너랑 같이 밥을 먹고, 너랑 같이 잠을 자고, 너랑 같이 그렇게 행복하게 늙어갔으면 좋겠어. 그렇게…… 해줄래?"

진경은 문득 울컥 눈물이 날 것만 같았다. 지금껏 그녀는 언제나 혼자였다. 어린 시절의 그 순간 이후로, 진경은 한 번도 '우리'라는 울타리 안에 속해본 적이 없었다. 그런데 지금 눈앞의 남자가 말하고 있는 것이다. 너와 내가 아닌 우리가 되자고. 험난한 인생의 바다를 함께 노 저어갈 수 있는 부부가 되자고.

목이 메어와서 진경은 대답도 못한 채 고개만 끄덕였다. 어느새 그녀의 눈꼬리에는 조그만 이슬방울이 매달려 있었다.

"지금…… 허락한 거야?"

끄덕끄덕. 진경의 고갯짓이 조금 더 커졌다.

"진짜야? 진짜로 나랑 결혼해줄 거야?"

진경의 고갯짓도, 진경의 울음도 조금 더 커졌다. 도무지 울 만한 일이 아니라는 걸 누구보다 잘 알고 있는데도, 이상하게 계속 눈물이 났다.

행복으로 벅찬 얼굴로 지후는 진경의 몸을 끌어안았다. 조그만 그녀의 몸이 지후의 품속에 폭 파묻혔다.

"행복하게 해줄게. 무슨 일이 있어도 그렇게 해줄게. 네가 나한테 와준 것, 후회하지 않게 해줄게."

감동에 북받친 지후의 목소리 역시 조그만 울먹임을 띠고 있었다. 진경이 자신의 품에 안겨 있는 기적이 도무지 믿기지 않아서, 지후는 그녀의 몸을 세차게 끌어안았다. 진경의 동그란 이마 위에 지후의 입술이 몇 번이고, 몇 번이고, 반복해서 내려앉았다.

그제야 지후는 자신이 지난밤 너무나 흥분한 나머지 절제하지 못하고 진경을 마음껏 안아버린 것을 뼈저리게 후회했다. 지금 당장 진경을 안고 싶어서 온몸이 들끓고 있는데도, 지후가 할 수 있는 것은 순결한 이마 키스뿐이었다. 진경의 현재 몸 상태를 감안해봤을 때, 한 번 더 안아도 되냐고 물어봤다간 뼈도 추리지 못할 게 분명했기 때문이었다. 다리 사이가 뻐근할 정도로 부풀어 올랐지만, 지후는 꾹 참았다.

시간은 많았다. 진경은 이제 진짜로 한지후의 여자가 될 터였다. 그리고 자신은 은진경의 공식적인 남자로서, 죽을 때까지 진경을 안을 수 있는 유일한 존재가 될 터였다. 자신에게 닥친 믿지 못할 행운에, 지후는 또다시 벅찬 기쁨을 느꼈다. 지금 이 순간, 한지후는 이 세상에서 가장 행복한 남자였다.

하지만 모두가 다 지후처럼 행복하기만 한 것은 아니었다.

"죄송합니다. 닥터 쇼클리는 진료내용 공개를 끝까지 거부했습니다."

여희는 짜증스러운 얼굴로 눈앞의 남자를 올려다보았다. 미국에서 막 돌아온 남자의 모습에선 아직도 긴 여행의 노독이 느껴지는 듯했다.

"그럼 좀 더 금액을 올려봐요."

한심하다는 눈빛으로 남자를 바라보며, 여희가 입을 열었다.

"돈의 문제는 아닌 것 같습니다. 환자의 비밀을 공개할 수 없다는 의사로서의 신념 문제라고 합니다."

"진짜, 쓸데없이 귀찮게 하네."

찌증스러운 여희의 말에, 남자는 해쓱해진 얼굴로 서둘러 덧붙였다.

"하지만 소득이 전혀 없는 것은 아닙니다. 당시 경찰서에 제출된 의사 소견서를 입수했습니다. 여기, 당시 경찰 기록들과 병원의 통원기록부입니다. 자세한 진료내역까지는 입수하지 못했지만, 이 정도면 한 본부장의 병력에 대한 증거는 충분할 거라고 생각합니다."

여희는 심드렁한 얼굴로 사내가 내민 봉투를 열어 보았다. 이걸로는 만족할 수 없다는 듯 고집스러운 표정을 짓고 있긴 했지만, 흥미롭게 반짝이는 눈빛만큼은 숨길 수가 없었다.

"충동조절장애라……."

짙은 와인빛의 입술 사이에서 조그마한 읊조림이 한숨처럼 새어 나왔다.

"준비됐어?"

"네, 준비됐어요. 지후 씨는요?"

"나야 처음부터 준비 완료지."

진경과 지후는 굳게 닫힌 회장실의 문 앞에 나란히 서 있었다. 긴장한 듯 심호흡을 가다듬는 두 사람의 손은 단단히 깍지 낀 채 마주 잡혀 있었다. 진경의 손가락에 끼여 있는 푸른 아쿠아마린 반지가 반짝, 하고 빛났다.

나이가 들어 많이 유해졌다고는 하지만, 여전히 괄괄하고 다혈질적인 성질을 지닌 한 회장이었다. 여차하면 모든 것을 다 버리고 둘이서만 떠나서 살자고 약속까지 해놓긴 했지만, 그래도 막상 문 앞에 서니 긴장이 되는 것도 사실이었다. 한 회장이 뭐라고 말하든 자신은 아무런 상관도 없다고 큰소리를 탕탕 치는 지후와 달리, 진경은 참으로 심경이 복잡하였다. 자신의 아들을 잘 부탁한다던 은인의 당부를 어긴 듯한 죄책감이 그녀의 어깨를 무겁게 만들고 있었다.

지후가 손을 들어 노크를 하려고 하자, 진경은 조그맣게 숨을 들이쉬었다. 하지만 막상 회장실의 문을 열고 들어갔을 때, 두 사람이 마주하게 된 것은 생각하지 못했던 뜻밖의 반응이었다.

"그래서? 둘이 결혼하기로 했다고?"

"네. 반대하셔도 할 수 없습니다. 저흰 절대 못 헤어집니다."

지후는 결연한 태도로 선언했지만, 정작 한 회장의 시선이 향한 곳은 진경 쪽이었다. 다정함이 묻어나는 어투로 한 회장은 진경에게 물었다.

"진경아, 이놈이 하는 말 진짜냐?"

"……네."

"지후 놈 혼자서 좋다고 억지로 매달리고 그런 건 아니지?"

"아닙니다, 그런 거."

"내 아들이지만, 모자란 점 많은 놈이다. 그래도 괜찮으냐?"

"모자라지 않습니다. 저한텐 충분합니다."

진경의 대답에 한 회장은 못마땅한 듯 쯧쯧 혀를 찼다.

"좋다는 말도 못해서 1년이나 밍기적거린 놈이 좋긴 뭐가 좋누."

한 회장의 입에서 나온 의외의 말에 두 사람은 동시에 놀랐다.

"두 사람 기다리다가 내가 먼저 늙어 죽을 줄 알았다. 좋으면 좋은 거지 뭔 뜸을 그렇게 들여."

"……알고 계셨어요?"

"그럼. 중신 선 게 난데 그걸 모를까."

동그래진 진경의 눈을 바라보며 한 회장은 껄껄 웃었다.

"안 그러면 멀쩡히 일 잘하는 너를 왜 이 녀석한테 보냈겠냐. 딸 삼긴 늦었으니 며느리나 삼을까 싶어서 못난 아들내미 소개 좀 시켜봤다. 다행히도 둘이 썩 좋은 눈치라 내심 기대하고 있었는데, 아무리 기다려도 도통 소식이 있어야 말이지."

"윤건케미컬과 혼사를 주선하신다고……."

"그거야 너희들이 하도 감감무소식이니 한번 떠보려고 한 소리고."

한 회장의 말에 진경은 할 말을 잃었다. 한 회장이 이 모든 것을 다 알고 있었다는 사실에, 기운이 쪽 빠질 만큼 허탈함이 몰려들었다.

"서운하냐?"

"아닙니다."

"너를 꼭 내 식구로 들이고 싶은 늙은이 욕심이었다. 이해하지?"

"네."

"진경아, 너는 며느리이기 이전에 내 딸이다. 너 17살 때, 처음 만난 이후로, 쭉 넌 내 딸이었다."

진경의 눈가에 눈물이 핑 돌았다.

"배 아파 낳은 자식만 내 자식이 아니라, 마음으로 낳은 자식도 내 자식인 거다. 그걸 잊지 말아라."

눈물이 그렁한 눈으로, 진경은 고개를 끄덕였다. 그의 마음이 무엇인지, 진경은 누구보다 잘 알고 있었다. 그녀에게도 마음속의 아버지는 한경 회장이었으니 말이다.

"지후 놈 속 썩이면 나한테 바로 이르고."

"네."

울먹이던 진경의 얼굴에 조그만 웃음의 파동이 일었다.

"이왕 이렇게 된 거 결혼식이나 아주 거하게 하자꾸나."

"괜찮습니다. 저희는 그냥 저희끼리 조촐하게……."

"떼끼! 늘그막에 잔치 한번 거하게 해보겠다는데 그것도 못하게 막는 거냐, 이런 불효막심한 놈."

버럭 역정을 내는 한 회장의 기세에, 소박한 예식을 주장해보려던 진경은 곧바로 쭈그러들고 말았다. 한 회장은 그런 진경을 보며 씨익 한 번 웃고는 지후를 찌릿 노려보았다.

"진경이 울리면 내가 가만 안 둔다. 아주 다리몽댕이를 분질러 놓을 테니 그리 알아라."

'네, 알겠습니다.' 하고 대답하며 지후는 피식 웃었다. 아버지란 이름이 아직 어색한 한경 회장 앞에서 이렇게 편하게 웃어본 것은 그로서도 처음 있는 일이었다. 지금껏 느껴보지 못한 가족이란 느낌을 지후는 이 순간 처음으로 느꼈다. 하지만 화기애애한 분위기도 잠시, 똑똑 울리는 노크 소리와 함께 비서실장의 목소리가 들려왔다.

"사모님께서 오셨습니다."

초대받지 않은 손님, 윤여희의 등장이었다.

여희는 혼자 온 것이 아니었다. 등 뒤에 정후를 대동한 그녀는 초등학교 학부모회의에 참석하는 치맛바람 센 학부모 같은 태도로 기세등등하게 등장했다.

"마침 잘됐네. 당사자가 여기 있으니 얘기하기가 훨씬 쉽겠어."

지후를 노려보며 여희가 표독스럽게 말했다.

"내가 얼마 전에 아주 재밌는 이야기를 들어서 말이야."

여희는 거만하게 다리를 꼬고 앉아 진경을 바라보았다.

"은 비서, 나 커피 한 잔만."

진경이 주춤주춤 일어서려 하자, 한 회장이 손을 들어 그녀를 만류했다.

"앉아 있어라. 오늘은 은 비서도 우리 가족의 일원으로 있는 거니까, 임자는 그냥 찬물이나 한 잔 마셔요."

"뭐야, 왜 은 비서가 우리 가족이에요? 둘이 무슨 사이야?"

"네, 저희 곧 결혼합니다."

의아한 눈으로 지후와 진경을 흘끔거리는 여희를 향해 지후가 예의 바르게 대답했다.

"그래, 잘됐네. 축하해, 은 비서. 근데 은 비서 그거 알아? 애 정신병 있는 거."

여희의 폭탄발언에 분위기는 찬물이라도 끼얹은 듯 조용해졌다. 진경은 새파랗게 질린 얼굴로 지후를 바라보았고, 정후는 눈살을 찌푸리며 제 어미의 옷깃을 잡아당겼다.

"왜 이래. 은 비서도 알 건 알아야지. 애 미국에서 어떻게 살았나 좀 알아봤더니 가관도 그런 가관이 없더라. 하이스쿨 때 몇 번이나 사고 쳐서 회장님이 다 무마한 거, 내가 끝까지 모를 줄 알았니? 거기다, 뭐라더라? 충동조절장애? 그런 걸로 심리치료까지 받았다면서? 이런 불안정한 애한테 회사까지 맡기려고 하다니, 당신 지금 제정신이에요?"

불끈 쥔 지후의 주먹이 부들부들 떨리는 것을, 진경은 가슴 아프게 바라보았다. 면전에서 모욕을 당하는 지후를 바라보는 것만으로도, 진경의 심장은 찢어질 듯 아파왔다.

"과거 충동조절장애 판정을 받고 심리치료를 받은 것은 사실입니다. 하지만 일상생활에 지장이 없을 정도의 경미한 증상이었고, 그 후 꾸준히 치료와 상담을 병행해왔습니다. 1년 전부터는 명상 수련을 계속해오고 있고요. 이제는 보통 사람들이 흔히 갖고 있는 화병 정도의 수준이지, 말씀하신 것처럼 심각한 정신적 결함은 절대 아니라고 생각합니다. 하지만 정히 제 상태가 우려되신다면 경영에서 손을 떼고 회사를 그만두어도 상관없습니다. 저는 이 회사에 욕심 없습니다."

지후의 발언에 여희가 곧바로 화색을 띠었다.

"그 말 진심이지? 나중에 말 바꾸고 그런 거 없는 거지? 이것 봐요, 여보. 애도 이렇게 인정하잖아요. 회사에 의욕도 없는 애한테 왜 그런 중책을 맡기지 못해서 안달인 거예요."

하지만 그녀의 호들갑스러운 즐거움은 그리 오래 가지 못했다. 옆에서 가만히 듣고 있던 정후가 갑자기 입을 열었기 때문이었다.

"저야말로 의욕 같은 거 전혀 없는데요."

정후의 폭탄 발언에 여희의 말이 조용히 사그라들었다.

'얘는 왜 여기서 그런 말을……' 하면서 정후를 말려보려 했지만, 정후는 조금도 개의치 않고 자신의 말을 이어 나갔다.

"어머니한테 몇 번이나 얘기를 해도 도무지 듣지를 않으시네요. 이 자리에서 확실하게 말씀드릴게요. 회사 경영, 전 조금도 관심 없습니다."

"정후야, 지금 무슨 얘길……."

"어머니가 하도 제 말을 듣지 않으시길래 저도 제 나름대로 방법을 강구해봤습니다."

정후는 안주머니에서 지갑을 꺼내더니 무언가를 테이블에 탁 하고 올려놓았다. 그것은 싱긋 웃는 정후의 사진이 조그맣게 박혀 있는 신분증이었다.

"저 작년부터 독일 사람입니다."

"……!"

모두가 같은 표정으로 얼어붙었다. 뜻하지 않은 정후의 발언에, 경악 어린 침묵이 무겁게 내려앉았다.

"작년에 독일에서 결혼하고 귀화 신청했습니다. 지금은 엄연한 독일 시민권자고요."

"무, 무슨……?"

도무지 믿을 수 없다는 듯 여희의 입술이 떨리고 있었다. 그런 그녀에게 쐐기라도 박듯이, 정후는 지갑에서 한 장의 사진을 더 꺼냈다.

"제 아내와 딸이에요. 죄송합니다만 결혼식엔 초대를 못 드렸어요. 혼전 임신이라 경황이 없었거든요."

정후가 내민 사진 속에는 금발의 여인을 안은 채 환하게 웃고 있는 정후의 모습이 찍혀 있었다. 그의 품 안에는 엄마를 꼭 닮은 금발머리의 갓난아기가 안겨 있었다.

"독일에서 깨달았어요. 그동안 제가 얼마나 행복하지 못한 삶을 살고 있었는지요. 그전까지의 저는 한정후가 아니었어요. 윤여희 여사의 꼭두각시였을 뿐이죠. 이제는 그렇게 살지 않으려고요. 미안하지만 어쩔 수 없어요. 이건 어머니 인생이 아니라 내 인생이니까요."

"내가! 내가 너를! 어떻게 키웠는데!"

피 끓듯 힘겹게 내지르는 그녀의 절규엔 분노를 넘어선 공포가 담겨 있었다. 그것은 생의 모든 것을 부정당하는 자의 두려움이었다.

"네! 이런 식으로 키우셨죠. 어머니의 욕심을 대신 이루는 존재로요. 전 더 이상 그렇게 살고 싶지 않습니다. 이젠 제가 행복한 방식으로 살 거라구요!"

"마음대로 해! 죽든지! 말든지! 넌 이제 내 아들도, 뭣도 아니야. 넌 이제! 나한테 아무것도 아니야!"

마지막은 폭풍 같은 오열이었다. 장을 끊어내는 듯한 고통스러운 울부짖음이 한동안 계속되더니 그 후로는 말조차 제대로 잇지 못했다. '너어…… 너, 네가 어떻게…….'라는 간헐적인 외침만이 쉭쉭 쏟아지는 거친 숨결 사이로 조금씩 새어 나올 뿐이었다. 그런 여희를 착잡한 눈으로 바라보던 정후는 '미안해요.' 하고 조그맣게 중얼거렸다.

하지만 이내 자리에서 벌떡 일어나 밝은 목소리로 이야기했다.

"자, 그럼 전 가보도록 하겠습니다. 여기 있어 봐야 어머니 잔소리밖에는 들을 일이 없을 것 같네요. 나중에 독일로 놀러 오시면 집들이는 거하게 하겠습니다. 그리고 누나, 결혼 축하해."

진경을 향해 찡긋 웃어 보인 정후는 그대로 몸을 돌려 성큼성큼 걸어갔다. 정후야, 정후야, 이름을 부르며 여희가 그를 쫓아가려 했지만 한 회장은 그녀를 만류했다.

"그만둬."

"그만둬요? 뭘 그만둬요? 쟤 저렇게 망가지는 걸 그냥 가만 보고 있어요? 내 아들이지 당신 아들 아니라는 거예요? 윤미선이 그년 아들만 당신 아들이고, 내 아들은 당신 아들도 아니란 거예요?"

여희는 지후를 손가락질하며 울부짖었다. 인생의 목표를 눈앞에서 잃어버린 그녀의 절망은 크고도 깊었다.

"그런 거 아니야."

"아니긴 뭐가 아니에요. 당신 나 한 번이라도 사랑한 적 있어요? 내 돈 말고 나를, 나 윤여희를, 사랑한 적이 있기는 하냐구요! 나랑 내 아들, 당신한테 의미가 있기는 해요?"

여희의 외침은 애달팠다. 온몸을 비틀며 절규하는 그녀의 목소리는 폐부를 찢는 것처럼 아프고 괴롭게 들렸다. 지후는 그녀의 모습에서 오래전 어머니의 모습을 보았다. 사랑을 잃어버리고 절규하던 그녀의 외침은 여희에게서 똑같이 재생되고 있었다.

"그만 들어가들 봐라."

침통한 목소리로 한 회장이 말했다.

"이 사람은 내가 잘 설득해볼 테니 너희들은 이제 그만 돌아가라."

"괜찮으시겠습니까?"

"미우나 고우나 내 사람인데 내가 거둬야지. 내 잘못 때문에 상처가 많은 사람이다. 힘들겠지만 너희도 좀 이해해줘라."

꺼이꺼이 울고 있는 여희를 다독이며 한 회장이 말했다.

진경과 지후는 꾸벅 인사를 하고 자리에서 일어났다. 이 뒤는 한 회장과 윤여희, 두 사람 사이의 일이라는 것을 깨달은 탓이다. 닫히는 문틈 사이로 '사랑한다니까, 내가 다 잘못했다니까.' 하는 한 회장의 중얼거림이 끊임없이 흘러나오는 것을 애써 못 들은 체하며, 두 사람은 조용히 회장실을 떠났다.

"언젠가 우리에게도 사랑이 식는 날이 오면 어떻게 될까?"

진경의 손을 잡고 돌아오는 엘리베이터 안에서 지후가 문득 물었다.

"왜요? 겁나요?"

"응. 내 아버지도, 내 어머니도, 당신 아버지도, 당신 어머니도, 처음엔 다 사랑이었을 텐데."

진경은 맞잡은 지후의 손을 조금 더 꼬옥 잡았다. 그러고는 싱긋 웃으며 말문을 열었다.

"혹시 수국의 꽃말이 뭔지 알아요?"

갑작스런 진경의 질문에 지후는 조금 놀란 얼굴이 되었다. 아주 오래전에 지후는 이 질문을 들은 적이 있기 때문이었다. 수국을 좋아하던 그의 어머니에게서, 그는 오래전 이것과 똑같은 질문을 들었다.

"수국의 꽃말은 진심과 변심이래요. 웃기죠? 진심과 변심이 같이 있다는 게요. 수국은 꽃이 피면서 색깔이 변하거든요. 사랑이 변하는 것처럼 꼭 그렇게 변한다고 해서 꽃말이 변심이래요. 원래 수국의 꽃말은 진심이었는데 말이죠. 그런데 말이에요, 사실 수국의 색깔이 변하는 것은 토양의 성질 때문이에요. 땅이 알칼리성이면 핑크색 꽃이 피고, 산성이면 청색 꽃이 피거든요. 그러니까 꽃 자체는 변하는 게 아니에요. 수국을 변하게 만드는 건 그저 토양이 다르기 때문인 거죠."

"그래? 신기하네."

"그러니까 제 말은요, 사랑은 그냥 사랑이라는 거예요."

"그냥 사랑이라……."

"어떤 사랑을 피우는가는 사람에 따라 다른 거구요. 그러니까 우리가 만드는 사랑은 한지후 씨와 나한테 달려 있다는 얘기예요."

진경의 말이 끝나자 지후는 그 자리에서 멈춰 섰다. 그러더니 맞잡은 손을 들어 진경의 손등에 정중하게 입을 맞췄다. 진경은 빨개진 얼굴로 엘리베이터의 CCTV 카메라를 확인했고, 그는 그런 그녀를 흐뭇한 눈으로 바라보았다.

"잘할게."

밑도 끝도 없는 지후의 말에 진경은 고개를 갸웃거렸다.

"앞으로 내가 잘할게. 예쁜 꽃 필 수 있게 땅도 일구고 거름도 주고, 아무튼 최선을 다해서 정말 잘해볼게."

지후의 말뜻이 무슨 의미인지 깨달은 진경은 발갛게 달아오른 얼굴로 바닥만 바라보았다.

"저도요. 저도 노력해볼게요. 최선을 다해서."

발끝으로 바닥을 톡톡 치며 수줍게 대답하는 진경의 모습에, 지후의 인내심은 마침내 한계에 달했다.

"미안한데, 그 노력 지금부터 좀 해줘야겠어."

엘리베이터가 범추자마자, 지후는 진경의 손목을 붙잡은 채 엘리베이터 옆의 비상계단을 향해 성큼성큼 걸었다. 무슨 일이냐고 물어볼 틈도 없었다. 지후의 입술이 그대로 진경을 향해 파고들었기 때문이었다. 서로가 서로에게 온전히 파묻힌 채, 두 사람은 꽃처럼 아름다운 키스를 나눴다. 주변의 모든 것을 녹여내서 하나로 만드는 것처럼, 달콤하고 뜨거운 입맞춤이었다.

두 사람이 피울 사랑의 꽃이 무슨 색인지는 아직 아무도 몰랐다. 그러나 서로가 힘을 모아 열심히 가꾸어 간다면, 세상에서 가장 아름다운 꽃으로 피어나리라는 것만은 분명했다.

에필로그. 가을이 지난 후

　어렸을 적, 지후의 집 앞마당에는 새하얀 수국이 가득 피어 있었다. 처음에는 보라색 수국이라고 했는데, 어찌 된 일인지 지후의 마당에선 매번 흰 꽃만 가득 피었다. 토양의 산성도에 따라서 수국의 색깔이 달라진다는 것을 지후는 훗날 어른이 되어서 알게 되었다. 하지만 안타깝게도, 그의 엄마는 그 사실을 몰랐다. 자신의 마당에 보라색 수국이 아닌 흰 수국이 핀다는 사실을 언제나 슬퍼하고 괴로워했다. 보라색 수국의 꽃말은 '진심'이지만, 흰 수국의 꽃말은 '변심'이기 때문이었다.

　"수국의 꽃말이 뭔지 아니?"

　앞뜰에 만개한 새하얀 수국을 슬픈 눈으로 바라보며, 그녀는 나지막한 목소리로 중얼거렸다.

"옛날에 수라는 소년이랑 국이라는 소녀가 살았었대. 수는 국을 사랑했지만, 국은 수를 사랑하지 않았어. 어느 날, 수는 국을 피해 달아나다가 절벽에서 발을 헛디디고 말았대. 수는 국이를 살리려고 있는 힘껏 손을 내밀었지만, 국은 그 손을 잡지 못하고 절벽에서 떨어져 죽고 말았어. 결국 국은 죽고, 수는 죄책감을 이기지 못하고 그 절벽에 몸을 던졌단다. 오랜 시간이 지난 뒤에 두 사람의 무덤에는 아주 예쁜 꽃이 피어났는데 그게 바로 수국이라고 한다는구나. 그래서 수국의 꽃말은 진심이라고 해. 서로의 진심을 몰라주어서 일어난 비극이었으니까……."

어린 지후를 무릎에 앉혀둔 채, 지후의 엄마는 나직한 자장가처럼 수국의 전설을 조용히 읊조리곤 했다. 그것은 그녀가 발작을 하지 않는, 그래서 지후의 여린 몸을 모질게 때리지 않는 때의 평온한 일상이었다.

지후는 새하얀 꽃잎이 흩날리던 오래전의 앞마당을 떠올리고 있었다. 언제나 엄마를 생각하면 떠오르는, 천장에 대롱거리는 두 다리와 시퍼렇게 질린 얼굴에서 길게 늘어진 혓바닥의 이미지가 아니었다. 언젠가부터, 지후의 마음속에선 잊고 있었던 기억들이 잘 익은 가을 알밤처럼 툭툭 터져 나오곤 했다. 아마도 진경과 함께 살게 된 이후부터였을 것이다.

차창 밖엔 눈이 내리고 있었다. 오래전의 흰 수국 꽃잎을 닮은 새하얗고 탐스러운 눈송이였다. 희뿌연 하늘을 아름답게 수놓고 있는 새하얀 눈의 군무가 아마도 오래전의 기억을 떠올리게 했었나 보다.

"회장님, 도착했습니다."

앞 좌석에서 들려오는 기사의 말에, 지후는 퍼뜩 정신을 차렸다. 잠시 딴생각을 한 것 같은데, 벌써 꽤 많은 시간이 지나 있었다.

지후는 서둘러 차에서 내렸다. 기다리고 있을 이들 생각에, 그의 발걸음이 바빠졌다.

그가 도착한 곳은 도심지의 프리미엄 백화점이었다. 쇼핑을 그다지 즐기지 않는 그가 백화점을 이처럼 자주 찾는 것 역시 결혼 후 생긴 또 하나의 변화였다. 자신을 위해서 쇼핑을 하는 것은 그다지 즐겁지 않지만, 누군가에게 선물을 하고 그들의 기뻐하는 얼굴을 보는 것은 그야말로 지극한 행복이었기 때문이었다.

오늘은 특히나 일정이 바빴다. 오늘은 이유 없이 누군가에게 선물을 주고받고 싶어지는 날, 바로 크리스마스였기 때문이었다. 기독교도 믿지 않으면서 크리스마스를 신줏단지처럼 모시는 근본 없는 문화의식도, 알록달록 벌겋고 퍼런 크리스마스 특유의 부산스러운 분위기도 딱 질색이던 지후였지만, 어쩐지 이번 크리스마스만큼은 덩달아 즐거워졌다. 반짝거리는 트리를 보면서 꺄꺄 웃음 짓던 어린 딸의 미소를 이미 보았으니, 도무지 즐겁지 않을 수가 없었던 것이다.

"오셨습니까, 회장님. 이런 건 말씀만 하시면 저희가 보내드릴 텐데."

머리가 희끗한 중년의 지점장이 환한 미소를 지으며 그를 반겼다. 서비스직 특유의, 어딘지 모르게 닳아버린 듯한 미소였다.

"괜찮습니다. 원래 선물은 직접 들고 가야 제맛이죠."

"하하하, 그건 그렇습니다."

알록달록 크리스마스 분위기로 예쁘게 포장된 선물 상자들을 보며, 지후는 싱긋 미소를 지었다.

"주문한 건 다 들어 있겠죠?"

"네, 염려하지 않으셔도 됩니다. 혹시 풀어보시고 조금이라도 마음에 안 드시는 게 있으면 언제든지 연락 주십시오. 곧바로 직원을 보내겠습니다."

지후는 고개를 끄덕이며 부드럽게 웃어 보였다. 하지만 세파에 닳고 닳은 지점장은 곧바로 느낄 수 있었다. 눈앞에서 웃고 있는 이 사내가 결코 보통내기는 아니라는 사실을. 한경건설을 이끄는 젊은 경영인이라는 소문을 듣긴 했지만, 직접 대면해보니 정말로 예사로운 사내가 아니었다. 지금은 은퇴하여 별장에서 요양 중인 한경 회장을 대신해서, 이 남자가 경영권을 잡은 지 어언 3년. 그 사이 한경이 이룬 비약적 발전은 이 남자의 능력을 고스란히 대변해주고 있었다.

"더 필요하신 것은 없으십니까?"

"아, 그건 따로 들고 가야 하는데……."

"혹시……."

"목걸이 말입니다."

"아, 목걸이요, 그렇지 않아도 그건 저희가 따로 챙겨놓았습니다. 워낙 고가의 물품인지라……."

옆에 서 있던 직원이 내민 비로드 상자를 건네받은 지점장은 공손한 태도로 그것을 지후에게 건넸다.

"사모님께서 아주 기뻐하시겠습니다."

지후의 얼굴에 삽시간에 웃음꽃이 번졌다. 아무리 눈치 없는 사람이라 할지라도 금세 느낄 수밖에 없는, 급격한 표정 변화였다.

"그렇죠? 좋아하겠죠?"

지금껏 목걸이상자를 들고 있던 백화점 여직원의 얼굴에 작은 한숨이 맺혔다. 대체 저 집 마누라는 전생에 무슨 복을 지었기에 이런 남자랑 같이 사는 건가 싶어져서였다. 하지만 그녀가 저런 남자를 만날 가능성은 로또에 당첨되는 것보다 더 희박한 확률일 것이다. 휴, 하고 작은 한숨을 내쉰 후, 그녀는 그가 들고 갈 선물상자들을 하나씩 챙겼다. 이런 쓸데없는 상념에 잠길 시간이 없었다. 오늘은 크리스마스고, 백화점 영업시간 연장일이며, 그녀에겐 특별 야근이 있는 날이었으니까.

"다녀왔어."

그가 문을 열었을 때, 진경은 평소와 다름없이 현관 앞까지 나와 있었다. 가만있어도 가사 도우미가 알아서 해줄 텐데, 그녀는 꼭 이렇게 문 앞에서 그를 기다리곤 했다. 그리고 지후는 언제나 그녀의 이마에 다정한 귀가 키스를 남겼다. 오늘도 마찬가지였다.

지후가 진경에게 키스를 하는 동안, 진경의 품에 안겨 있던 어린 딸이 꺄꺄 소리를 지르며 고사리 같은 손가락을 활짝 폈다. 빠빠, 하고 나름 옹알이 같은 소리도 냈다. 제 딴에는 아빠라고 소리치고 싶은 모양이었다.

"잘 있었어, 우리 공주님?"

빠빠빠빠, 하고 아기의 옹알이가 다급해졌다. 아빠를 보고 기분이 썩 좋아졌나 보다. 작은 손을 파닥대며 온몸으로 기쁨을 표현하고 있었다.

"잘 지냈어, 우리 공주님도?"

이번의 질문은 진경을 향한 것이었다. 아직도 닭살스런 표현은 딱 질색인 진경은 남들 볼까 무서운 듯 얼른 주변의 눈치부터 살폈다.

"그놈의 공주님 타령."

"왜? 우리 공주님보고 공주님이라고 하는데 뭐가 어때서."

소리 죽인 진경의 타박에, 지후는 오히려 더 큰 소리로 공주님을 외쳤다. 내 집에서 내 마누라, 내가 예쁘다는데 누가 뭐랄쏘냐, 라는 맘 편한 배짱이었다.

"뭘 이렇게 많이 샀어요?"

지후의 품에 안긴 선물보따리들을 본 진경이 종알거리며 잔소리를 늘어놓았다. 돈 문제는 신경 쓰지 말라고 그렇게 말을 해줬건만, 여전히 쓸데없는 낭비는 질색인 진경이었다.

"우리 공주님들 선물."

진경의 입술에 또다시 입을 맞추며, 지후가 속삭였다.

"적당히 사라니까."

"싫어."

말 안 듣는 청개구리 꼬마처럼, 지후는 고집을 부렸다. 누가 뭐라 해도 자신의 두 여자에게만큼은 세상에서 가장 좋은 것만을 주고 싶은 지후였다. 설령 진경 본인이라도, 지후의 불타는 열의를 꺾을 수는 없는 일이었다.

"자, 어디 보자."

지후는 진경의 품에서 아기를 덥석 안아 들고는 보드라운 양탄자 위에 앉혔다. 목도 제대로 못 가누던 것이 엊그제 같은데 이제는 저 혼자 앉혀놓아도 제법 힘을 주고 버티고 앉았다.

"이것도 예지 거, 이것도 예지 거. 우와, 우리 예지 선물이 엄청 많네."

선물이 무엇인지는 아직 모르지만, 아기는 반짝거리는 예쁜 상자만으로도 이미 잔뜩 즐거워져 있었다. 꺄르르꺄르르, 숨넘어가게 즐거운 웃음소리를 내며, 짝짝 박수를 쳤다. 박수는 얼마 전부터 예지가 할 수 있게 된 새로운 기술이었다.

"그리고 이건…… 엄마 거."

부드러운 눈빛으로 진경을 바라보며 지후가 웃었다.

"내 것도 있어요?"

"그럼 없을까 봐?"

지후는 품속에 고이 간직해둔 비로드 상자를 꺼냈다. 케이스만 봐도 예사로운 금액이 아니라는 것을 짐작한 진경이 인상을 살풋 찌푸렸다.

"별로 안 비싼 거야."

지후는 재빨리 선수를 쳤다. 물론 고가의 목걸이이긴 했지만, 진경에 비하면 싸구려나 다름없으니 영 거짓말은 아닌 셈이다. 뻔뻔한 지후의 변명에 진경은 곱게 눈을 한 번 흘기고는 조심스레 상자의 뚜껑을 열었다. 바다를 닮은 아름다운 푸른빛의 보석이 상자 안에서 눈부시게 빛나고 있었다. 밤의 여왕이란 별명을 가진 보석. 지후가 언제나 진경을 닮았다고 말하던 그 보석, 아쿠아마린이었다.

"예뻐? 맘에 들어?"

걱정스레 재차 묻는 지후의 물음에 진경은 가만히 고개를 끄덕였다.

"예뻐요."

"이리 와. 지금 해줄게."

지후는 목걸이를 든 채 팔을 둘러 진경의 목을 감쌌다. 푸른빛의 보석을 사이에 둔 채 두 사람은 다정히 마주 보았다.

"예뻐."

"목걸이가?"

"아니, 당신이."

결혼한 지 5년이 지났는데도 여전히 녹아내릴 듯한 시선으로 자신을 바라보는 지후가 귀엽고도 부끄러워서, 진경은 피식 웃었다. 결혼한 지 5년이 지났는데도, 여전히 지후의 아메리칸식 애정 표현에는 영 익숙해지지 않는 진경이었다.

"아, 기대된다. 오늘 밤."

진경은 어이가 없다는 듯이 웃었다. 떡 줄 사람은 생각도 하지 않는데 김칫국부터 벌컥거리고 있는 이 남자가 웃겨서였다.

"목걸이만 걸고 해야지."

벌써부터 음험한 상상의 나래를 펴고 있는 남자의 눈동자는 무한한 행복감으로 가득 차 있었다. 뽀얀 맨살 위에 푸른 보석 목걸이만 한 채 침대 위에서 자신을 기다리는 진경의 모습은 아마도 명화 속의 한 장면처럼 우아하고 색정적일 것이다. 푸른 보석과 맞닿은 보드라운 맨살에 짧은 키스를 하고, 붉은 보석처럼 반짝이고 있을 가슴의 정점에도 차례차례 키스를 하고……. 아름다운 색감을 지닌 에로틱한 장면이 머릿속에 떠오르자, 상상만으로도 온몸이 바짝 일어섰다.

"아니, 오늘 밤은 너무 늦겠다. 지금부터 하자."

마음이 급해진 지후는 서둘러 진경의 손목을 잡아끌었다.

"아주머니! 예지 좀 봐주세요. 저희가 지금 좀 급해서요!"

주책이라며 진경이 지후의 팔뚝을 찰싹찰싹 때렸다. 섹스 하러 가는 게 뭐 대단한 일이라고 동네방네 큰 소리로 자랑이란 말인가. 그러면서도 진경은 지후가 이끄는 대로 2층의 침실로 올라왔다.

결혼 후, 다른 건 몰라도 지후의 잠자리 요구만큼은 최대한 들어주는 편이었다. 그것이 이 남자의 마음을 안심시키고 긴장을 완화시켜주는 가장 좋은 특효약이라는 것을 누구보다도 잘 알기 때문이었다.

오래전, 한 정신과 의사는 지후에게 충동장애라는 이름을 붙여준 적이 있었다. 어린 날 지울 수 없을 만큼 강렬한 트라우마를 겪은 후 홀로 세상과 맞서 싸우며 살아온 이 남자에게는 마음속에 쌓이고 쌓인 화가 깊은 병으로 남아 있었다. 아마 지금도 그의 마음 어딘가에는 여전히 병의 흔적이 고스란히 남아 있을지도 몰랐다. 하지만 지금의 지후는 누구보다도 다정하고 따뜻한 남편이었으며, 누구보다 냉철하고 이성적인 경영인이었다. 이제 그에겐 지켜야 할 많은 것들이 있었고, 지후는 자신이 사랑하는 것들을 지켜내기 위해서 필사적으로 노력해왔다. 그가 얼마나 애써 노력하는지 알기 때문에, 진경 역시 그가 원하는 모든 것들을 가능한 한 들어주려고 노력했다. 예를 들어 바로 지금처럼.

"이렇게요?"

"응. 진짜 예쁘다."

검은 머리카락을 흐트러뜨린 채 침대에 누워 있는 남자는 몹시도 아름다웠다. 원래부터도 참 아름다운 남자였는데, 결혼 후에는 여유롭고 느긋한 기운까지 더해져 예전보다 훨씬 더 아름다워져 있었다. 하지만 한쪽 볼에 보조개를 옴폭 지으며 웃고 있는 이 남자는 자신이 얼마나 아름다운지 잘 알지 못하는 것 같았다. 매일매일 진경이 너무 예뻐 도무지 살 수가 없다며 엄살을 떠는 것을 보니 말이다.

"이제 손으로 가슴을 좀 만져봐. 내 거 말고 당신 거."

모델처럼 우아한 손짓으로 뒷 머리카락을 쓸어 올린 채 목걸이를 한 자신의 목을 보여주고 있던 진경은 이어지는 요청에 미간을 찌푸렸다. 암튼 남사스러운 것만 골라 시킨다 싶어서였다. 사내의 몸 위에 걸터앉아 에로모델처럼 이런저런 포즈를 취해준다는 것은 진경에겐 참으로 곤욕스러운 일이었다. 하지만 오늘은 크리스마스였고, 1년에 한 번 있는 특별한 날이었다. 크리스마스 선물까지 사 들고 온 남편을 위해 이 정도의 서비스쯤은 아낌없이 방출

해줘도 괜찮을 만한 날이었다.

"……이렇게요?"

자신의 가슴을 양손으로 어루만지며 진경은 쑥스럽게 웃었다. 아래에 있던 지후의 얼굴에 황홀함이 스쳤다. 진경의 몸 안에 있던 지후의 분신 역시 바짝 일어서서 자신의 흥분을 강력하게 주장하고 있었다. 이대로 진경에게 이것저것 시켜보며 눈 호강을 하고 싶은 욕망과 어서 빨리 진경의 몸 안에 자신의 몸을 쑤셔 박고 싶은 욕망 사이에서, 지후는 진지하게 고민 중이었다. 하지만 진경이 부끄럽게 웃으며 엄지손가락으로 자신의 젖꼭지를 문지르는 순간, 지후는 고민할 여지도 없이 벌떡 일어서고 말았다. 그러고는 그대로 진경을 안은 채 몸을 뒹굴어 그녀를 자신의 아래에 깔았다. 감미로운 전희의 순간은 이제 끝이 난 것이다. 이제부터는 동물적인 탐욕만이 가득한 본격적인 성애가 시작될 시간이었다.

누군가와 몸과 마음이 하나가 된다는 것은 참으로 성스러운 순간이었다. 세상에 혼자 태어나 일평생 혼자서 살아갈 수밖에 없는 인간이 유일하게 타인과 하나가 될 수 있는 순간이었다. 그 순간만큼은 더 이상 너와 내가 아니고 온전한 우리만이 존재했다. 이 감격적인 환희의 순간이 지후는 눈물이 날 만큼 기쁘고 좋았다. 진경을 알기 전에는 결코 알지 못했던 행복이었다. 진경의 몸 안으로 빠져들고, 빠져들고, 빠져들면서, 지후는 있는 힘껏 신음했다. 마음속에 응어리진 모든 것들을 다 토해낼 것처럼 몸부림치며. 진경의 안에서 무한한 자유를 만끽했다. 그녀는 그에게 해탈이고 열반이고 천국이었다.

"눈이 많이 오네요."

정사로 나른해진 몸을 지후에게 온전히 밀착시킨 채, 진경은 창밖을 바라보고 있었다. 소복소복 소리도 없이 천지에 흰 눈이 새하얗게 쌓여 있었다. 오늘 뉴스엔 폭설로 인한 교통체증 소식으로 난리통이 나겠지만, 어쨌든 창밖으로 바라보는 흰 눈의 향연은 보는 이의 마음까지 포근하게 해줄 만큼 평화로운 광경이었다.

봄이 오고, 여름이 오고, 가을이 오고……. 마침내 겨울이 왔고 한 해가 끝나가고 있었다. 매년 반복되는 지구의 순환이건만, 언제나 새롭고 언제나 감격스러웠다. 이 남자와 함께한 이후부터 진경에겐 하루하루가 언제나 그랬다. 언제나 두근거리는 선물 같았다.

"여보."

부드러운 진경의 부름에 지후가 진경의 머리카락을 다정하게 쓰다듬었다. 진경이 편안하게 등을 기대로 있는 지후의 가슴에선 따뜻한 온기와 함께 기분 좋은 박동 소리가 들려왔다.

"내가 그 얘기 했었나요?"

"무슨 얘기?"

"내가 당신을 사랑한다는 거."

등 뒤의 지후가 부드럽게 웃었다. 웃음의 공명을 따라 그의 몸이 웅웅 울렸다.

"아니, 처음 들어봤는데? 다시 말해봐. 당신이 나를 어떻게 한다고?"

"사랑한다고요."

"너무 빨라서 못 들었는데? 다시 한 번만 더 말해줘."

"못 들었으면 끝. 자, 이제 난 자요."

"어, 진짜 못 들었단 말이야. 빨리 다시 말해봐. 응? 응?"

어린애처럼 조르는 지후의 모습에 푸훗, 웃음을 터뜨리며, 진경은 그의 귓가에 조그맣게 다시 한 번 말해주었다.

당신을 사랑합니다, 라고.

-마침-

작가 후기

올해도 어김없이 가을이 왔습니다. 가을에 어울리는 낭만적인 사랑 이야기 한 편을 가지고 와보았는데, 마음에 드셨을지 모르겠습니다.

이 이야기는 '나쁜 남자의 이야기를 써보자.'는 조그만 결심에서부터 시작되었습니다. 전작의 남자 주인공들이 모두들 둥글둥글 귀여운 친구들이었기에, 이번만큼은 사내다운 카리스마가 넘쳐나는 나쁜 남자의 이야기를 써보자며 야심만만하게 도전장을 던져보았습니다.

그리고 한 3회쯤 썼을 때 백기를 들고 말았지요. 나쁜 남자를 넘어서 쓰레기 같은 남자를 써보겠다는 야심찬 결심과는 달리, 우리의 한지후 군께서 너무나 쾌활하고 상냥한 성격의 소유자셨던 것입니다. 원래는 카리스마 넘치는 나쁜 남자와 순종적인 순애보를 보여주는 지고지순한 비서님의 이야기였는데, 언젠가부터 사랑꾼 한지후와 똑순이 은진경의 이야기로 바뀌어 있지 뭡니까! '안 돼, 넌 쓰레기니까 벌써부터 이렇게 본격적으로 연애를 시작하면 안 된단 말이야.' 하고 열심히 타일러보았지만, 한번 사랑에 빠진 남자는 작가인 저조차 도무지 막을 수가 없더군요.

하지만 우여곡절 끝에 탄생한 두 사람의 이야기는 왠지 처음의 시놉시스보다 더 마음에 들게 완성된 듯합니다. 지후와 진경의 이야기가 여러분의 마음에도 따뜻하게 다가간다면 더 이상 소원이 없을 것 같네요. 부디 재미있게 읽어주시길!

-정은향 드림.